蔡骏
作品

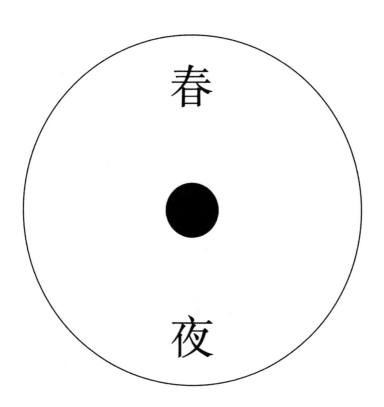

春

夜

作家出版社

《春夜》同名有声剧
已在"喜马拉雅"独家上线
聆听《春夜》
探寻"梦"中的人性真相
欢迎扫描关注收听

上海是光的存在，是暗的虚无。上海是欲海浮沉的庄严肃穆，风情万种的一本正经，窃窃私语的太虚幻境。上海是静安寺的卡门，淮海路的浮士德，大自鸣钟的唐璜，徐家汇的安娜·卡列尼娜，外滩的于连跟玛蒂尔达。上海是人间喜剧，也是人间悲剧，是所有喜剧、所有悲剧的总和。上海是两千五百万个躁动的活灵魂，加上死灵魂，便是两千五百万次方的灵魂，两千五百万次方的秘密，两千五百万次方的托梦。

——题记

目录

第一章　万箭穿心

一

"钩子船长"死了。

他终于死了。不知高寿几何？命丧何时何地？他是我的童年噩梦之一。因为手。准确讲，是右手，整根食指断了，中指跟无名指，仅存半截。大拇指，小拇指，倒是完整，粗壮，坚硬，像装了一副铁钩，拗断小囡脖颈，轻轻松松。说来话长，美国总统尼克松访华，我爸爸从部队复员，分配到上海春申机械厂，做了老毛师傅的关门徒弟。粉碎"四人帮"后，部队战友小沈介绍，我爸爸认得了工农兵大学生小王，就是我妈妈。十一届三中全会后，我爸爸跟我妈妈结婚，像生产汽车机械部件，拿我生产到社会主义社会。我妈妈十月怀胎，挺了大肚皮上班，感觉我要出来，紧急送到医院。我是提前造反，张牙舞爪，羊水破裂，我妈妈痛得昏天黑地，我爸爸尚一无所知，还在工厂上班，跟老毛师傅立了车床前，一道加工汽车模具。当日，春申厂出了一桩大事体，厂长要造职工浴室，挖开锅炉房隔壁空地，烂泥三尺深下，露出厚厚一摞瓷器碎片，好像死人骨头，泛出森森白光。老毛师傅推开众人，带了我爸爸一道，冲洗碎瓷片上泥垢，流水如小姑娘手指甲，慢慢交剥鸡蛋壳，剥出一汪天青色，弹眼落睛，有人讲是青花瓷。春申厂人头攒动，围了里三层，外三层，都传挖出一只古墓，青花瓷只是一道前菜，调味道的料酒，金山银山的陪葬品，三千斤重的楠木棺材，眼看要破土而出，困了棺材里的死人骨，不是皇帝钦赐的士大夫，就是腰缠万贯的沙船巨富，再不济也是本地土豪。潮潮翻翻的碎瓷片下，没觅着楠木棺材，倒是掘出一口青花瓷大瓮缸，竟有半个人高，半个人宽，像个身怀六甲的女同志，挺了大肚皮，就要分娩生产。我爸爸自然想起我妈妈来，预产期在几日后。汰去瓮缸表面淤泥，再用毛刷子清理，方才露出青花瓷本色，皆是枝繁叶茂花纹，深蓝色藤蔓缠绕，深蓝色睡莲婀娜，深蓝色马蹄莲徐徐开放，渗出巴格达的黎明，开罗的破晓，天方的夜谭。青花瓷大瓮缸，还有一副密封盖头，裹了黄泥跟熟石灰，像陈年绍兴花雕的酒坛子。老毛师傅取来捏凿，伍斤吼陆斤，要打开密封盖头，终归飘出一层气味，肉眼可见的粉尘，像蝴蝶扑上我爸爸面孔。味道先是寡淡，若有若无，牵丝攀藤，然后像冬天被头筒，焐了汤婆子，热水袋，春申厂一千多人，苏州河边十几家工厂，大自鸣钟几十条弄堂，普陀中学，江宁路小学，回民小学，长寿路第一到第五小学，沪西清真寺，玉佛寺，纺织医院，普陀区妇婴保健院，所有人统统闻着，浓烈，醇厚，甚嚣尘上，披霞戴彩，无孔不入，洋洋洒洒降下来。江宁路住了个南洋老华侨，多年后这样回忆：好像冬天里撒开胡椒种子，肉桂树在苏州河飘香，肉豆蔻在大自鸣钟开花，丁香烟丝一根根烧起来，回到马来群岛的香料季节，让人迷醉，痴狂，毕生不忘。老毛师傅抱了青花瓷大瓮缸说，铁榔头给我。我爸爸说，师傅，你要做啥？老毛师傅目露精光，魂灵头出窍，啥人都拦不牢了，手掌心喷了唾沫，夯起铁榔头，三十斤熟铁，把手三尺长，怒骂一声，辣块妈妈，两只手臂膊抡圆，力拔千钧，倒拔杨柳，一道金属反光，榔头飞起来，榔头落下去。我爸爸闭了眼乌珠，捂了两只耳朵，好像高射炮齐鸣，又像原子弹引爆，平地惊雷，赤地千里。春申厂鸦雀无声，集体中了邪，变成哑子，变成痴子。我爸爸睁开眼乌珠，只见青花瓷大瓮缸，好像饕饕吃剩的碎骨，青的白的，流淌遍地，平地却多了一对男女：一个少年郎，年方弱冠，黑发垂肩，骨架魁伟，赛过一块透明的冰；一个女娇娥，二八韶华，三千青丝，面带桃花，丰艳绝伦，更有玲珑之姿，赛过一匹极薄的绸。青花瓷大瓮缸里，竟装了两只白光光肉身，好似怀胎千年，孕育一对龙凤胎，又像腌咸菜，腌咸肉，不着一丝一缕，水晶剔透，相拥而坐，双臂缠绕双臂，双腿缠绵双腿，脚底心对了脚底心，额角头顶了额角头，十指跟十指交缠，胸脯跟胸脯相贴，腰肢跟腰肢相交，榫卯相接，天衣无缝，春种秋收，留待过年。这一对痴男怨女，不是瓷器，不是大理石，不是泥塑木雕，不是米开朗琪罗作品，而是真男真女，头发是真的，眉毛是真的，连眼睫毛都是真的，毛细血管，纤毫毕见，血肉之躯，袒胸露乳，却绝非春宫艳景，在场工人群众，更无一个有淫秽念头。可惜这人间奇观，只持续了一分钟，我爸爸上气不接下气，实在摒不牢，吐出一口湿气，带了活人胃里浊气，早饭的咸蛋黄味道，喷涌到这对男女胴体。白璧无瑕后背，弹出一道道冰裂纹，又像植物花纹生长，伤痕血丝蔓延，两张青春面孔，晕开一粒粒霉斑，愁容惨淡，白发三千丈，明镜秋霜。晴空万里，激起阵阵寒风，苏州河沉渣泛滥，带了沿线工厂化学味道，拂过男女肉身，像清明节焚烧锡箔冥钞，烧成一团团焦黑，剥落纷纷，天女散花，皮肤，肌肉，内脏灰飞烟灭，变成一万只黑蝴蝶翅膀，直上青天，欢宴，歌舞，翻云覆雨。遍地青花瓷碎片上，只剩两具白骨，依旧相拥而眠，骨头跟骨头交缠，手指骨节纵横交错，难分难解。两对头骨眼窝，幽深对视，又穿过彼此颅骨，盯了我爸爸的眼乌珠。老毛师傅哐当一声，掼倒在亲手挖的深坑内。这时光，我舅舅骑了脚踏车，风风火火，冲到春申厂，寻到我爸爸说，姐夫啊，你马上要当爸爸了，快跟我去医院。我爸爸莫知莫觉说，哪能会是今日。我舅舅说，阿姐早产啦。老毛师傅拍拍我爸爸说，徒弟快去，再过两日，我的外孙也要出世了。苏州河顺流而下五公里，黄浦区中心医院妇产科，我正好爬出母体，来到人世，浑身血淋嗒滴，助产士剪了脐带，称分量七斤二两。我爸爸迟到半个钟头，抱我入怀，眉开眼笑，我闻着他手指头上，飘散香料群岛气味，邪气迷人。我爸爸只请两天假，第三天回春申厂上班。待我满月之日，春申厂职工浴室造好，青花瓷大瓮缸碎片，连同两具古人骸骨，移送河南路中汇大楼，上海博物馆。我爸爸当上爸爸，心花怒放，上班牵记我跟我妈妈，还会牵记青花瓷大瓮缸里一对男女，操作机床分了心，吃掉老毛师傅右手，奈么闯了大祸。老毛师傅的中指，无名指，只余一半，食指送到医院，勉强接上，三个月后，发黑流脓，爬出蛆虫，再给医生切掉。有人讲是报应，老毛师傅亲手敲碎青花瓷大瓮缸，魂灵头作祟，必让他断送一只手，终成"钩子船长"，光荣退休。此恨绵绵无绝期的时光中，我慢慢交长大，地球经历了两伊战争，海湾战争，苏联解体，捷克斯洛伐克分家，南斯拉夫一分为六，波黑又一分为三，唯独我爸爸跟老毛师傅情谊，赛过牢不可破的联盟。我的外公外婆，爷爷奶奶，依次告别人间，"钩子船长"却有万寿无疆倾向，挺一张猪肝颜色面孔，双目暴射精光，太阳穴鼓鼓，花白头发朝天，火葬场，墓地，皆是遥不可及。他终于死了。

接到这一消息，清明节次日。我在北京，立了颁奖台，捧起奖杯，对了麦克风，念出获奖感言。我的手机响了，《国际歌》铃声嘹亮，庄严的颁奖典礼，登时有了老一辈无产阶级革命家追悼会腔调。我刚要关掉手机，发觉是我爸爸来电，长远没接到过他电话，暗想大事不妙。我只好抱了奖杯，转到后台接听。一千三百公里外，我爸爸说，老毛师傅死了。隔两秒，一只铁钩，冲出手机屏，恶狠狠揪牢我耳朵，抛回到遥远往昔。我爸爸又说，明日，老毛师傅大殓，你快点回上海，参加追悼会。我说，没空，明日还要开会，讨论电影剧本，后日回来。我爸爸说，儿子，你必须回来，有人牵记你，追悼会结束，要跟你碰一面。我改说普通话，葬礼后的聚会，究竟哪个人找我？我爸爸说，张海。

一秒钟内，我挂断电话，关手机。回到台上，群贤毕至，我手捧奖杯，皮笑肉不笑，获奖者集体合影。颁奖礼后，便是晚宴，席上觥筹交错，弱水萍飘，莲台叶聚，龙虎斗京华。担心的事体来了，赞助商来敬酒，竟是中国白酒大亨。我不吃酒，但看在奖金面子上，只好抿一小口，准备偷偷吐掉。但这位白酒大亨，颇为霸道，两只眼乌珠盯牢我，茅台入口，牙齿间转三圈，像漱口水，辛辣浓香，又像匕首，终归刺入体内，一击致命。天旋地转，我竟没倒下，自行走回酒店。同舍另一作家，却已烂醉如泥。我想呕吐，未果。北京一夜，被酒精淹没前，我改签机票，明日回上海。

天明，北京大霾，绛草凝珠，昙花隔雾，央视新大楼，欲拒还迎，只剩裤脚管一只。早高峰，路人皆口罩伺候，刹车尾灯世界，滚滚红尘，碧血黄沙。助理帮我订了专车，出三环，长亭外，古道边，雾霾碧连天。首都机场T3，我拖了行李，过五关，斩六将，办完登机牌，过安检，冲到登机口，通知晚点，航班排队。赶不上追悼会了，我痴等半日，雾霾稍稍退散，方才登上波音737。隔了舷窗，遥望京华，万里西风瀚海沙，"钩子船长"当在焚尸炉中，结实，干枯，还没冷透。困于祖国夜空，我做了一只梦。

待到梦醒，早已飞出一千多公里，只剩一轮月亮，刚好挂于舷窗外，正跟梦中风景雷同，圆如青铜古镜，满满铺开一弯春夜。降落虹桥机场，春风如一把湿毛巾，从头到脚，揩去北国烟尘。上了出租车，我打开手机，收到我爸爸短信，关照我到忘川楼，神探亨特，保尔·柯察金，冉阿让，集体静坐等我，切勿着急，安全第一。听闻这么一堆英雄人物，静候我归来，登时受宠若惊，记忆错乱。

忘川楼，此地形势诡谲，中山北路内环高架，凯旋路轻轨，纵贯光新路，对冲苏州河，锐角大转弯，分出江宁路，光复西路。天上看便是"天"，不对，是个"夫"，天上出了头，"夫"下要加一"人"，便是苏州河，竖写是"夫人"，有男有女，社会细胞，爱情坟墓。忘川楼，恰好戳了"夫人"心脏，五条马路，一根高架，一根轻轨，一条河流，齐齐汇聚，风水老法里讲，万箭穿心，煞气中的煞气，大凶中的大凶。餐厅门口，阴风阵阵，架一黑火盆，余烬未凉。江南旧俗，葬礼后，家属必要宴请宾客，俗称"豆腐羹饭"。我没赶上葬礼，不必跨火盆，拖了箱子，迈入忘川楼。

二楼，服务员在收台子，唯独一桌，聚了几个老头。我爸爸牙齿摇落，头发倒是一根没少，大半花白。他最亲密的三位同志，形如《西游记》狮驼岭三怪，统管四万七八千小妖，差点点吃了唐僧肉，欺辱孙悟空。头一怪，青狮怪，身高一米九，重约两百斤，猪肝颜色面孔，脑门半秃，人称神探亨特；第二怪，白象怪，头上寸草不生，额角头像电灯泡，鼻梁上一副眼镜片，赛过啤酒瓶底，人称保尔·柯察金；第三怪，大鹏怪，长相威严，颇有腔调，面孔棱角分明，装个大鼻头，两腮插满胡楂，卷曲头发，大半灰白，人称冉阿让。狮驼岭三怪，少了头发，缺了牙齿，没了威风，老得不成体统，反多几十斤赘肉，堆积下巴跟腰带之间，分别来自冷战铁幕两端，以及《悲惨世界》。

我爸爸留给我一碗豆腐羹，一镬子八宝饭，几道小菜，荤素搭配。飞机上，我忙了发梦，错过可爱的空乘送餐，自然饿肚皮。风卷残云吃菜，我才想起一人，抬头问，张海呢？有人在我背后说，阿哥，我在此地。我闻着机油，烟草，酒精，骨灰，发酸的荤小菜，发甜的素小菜，欲火焚身的油，忆苦思甜的盐，瞒天过海的酱，妒火中烧的醋。我回过头，他的面孔大变不变，法令纹更深，额角头更亮，黑西装别了黑袖章，缀一小块红布，代表死者孙辈。

他是张海，衬衫领口松开，脖颈红彤彤，像从火化炉里拉出来，还没烧清爽。我爸爸说，骏骏回来了，飞机票临时改签，老贵的，小海好讲了吧。保尔·柯察金搭腔说，对的，老毛师傅断气前头，到底交代过啥秘密？张海喉结滚动，望了我的眼乌珠说，阿哥，我们哪里一年认得的？我说，蛮长远的，记不大清。张海说，1998年，春天，我们在追悼会上认得，再到此地吃饭，就在忘川楼。

这要是一部犯罪小说，按照阿加莎·克里斯蒂，埃勒里·奎因，雷蒙德·钱德勒套路，从这一趟葬礼，回到上一趟葬礼，从忘川楼回到忘川楼，从一口青花瓷大瓮缸里，掘出一连串秘密，漫长，绝响，诡谲。每个角色，重新列队安检，剥去衣装，X光透视，肮脏的手，血红的心，乌黑的肺，雪白的魂，一切清爽，一切清算，算盘珠子，噼里啪啦，铡刀，绞索，子弹，毒针，电椅各有伺候。该上天堂的，上天堂；该死无葬身之地的，死无葬身之地；该万箭穿心的，万箭穿心。

二

婚礼与葬礼，如同一对孪生子，又教人雌雄莫辨。第一桩，皆是人生头等大事；第二桩，都要选定良辰吉日；第三桩，来的都是至亲好友；第四桩，要挂大幅照片，前者彩色，后者黑白；第五桩，有德高望重的人物致辞；第六桩，收到礼物或现金不少；第七桩，忙碌的不是主角自己，婚礼忙父母，葬礼忙子女；第八桩，大摆宴席，圆台面越多越有脸面；第九桩，要有火，婚礼红红火火放鞭炮，葬礼红红火火烧成灰；第十桩，购置不动产，婚礼前买阳宅，葬礼后买阴宅；第十一桩，要去民政局，仪式前必须依法登记；第十二桩，有人为你一条龙服务，要价不菲；第十三桩，都是坟墓，婚礼是爱情坟墓，葬礼是坟墓本尊；第十四桩，婚礼是一生痛苦起点，葬礼是痛苦一生终点。最后一桩，葬礼的意义，远远超过婚礼。若说有何不同？奈么人的一生，只能有一趟葬礼，你没第二趟机会，告别过去。就像我们生命中诸多头一趟——头一趟出生，头一趟死亡，头一趟初恋，绝无两趟可言。我头一趟见到张海，既是一场婚礼，也是一场葬礼。

1998年，春天，我爸爸还是个精壮汉子，我尚是苍白少年，皮包骨头，前途未卜，面孔上的荷尔蒙，一粒粒赤豆粉刺，绽放到荼蘼。礼拜六，我爸爸说，跟我走，吃喜酒。我说，啥地方？我爸爸说，南京路，国际饭店。我说，啥人家结婚？我爸爸说，你的堂阿哥。我说，去年这时光，刚吃过他喜酒。我爸爸说，新娘子不好，外插花，离婚了，今日二婚。千年难板，我爸爸穿了黑西装。我也穿得一本正经，皮鞋上油，锃光似亮，吃喜酒腔势。父子俩出门，一路春风相送，温风如酒，坐公交车，走了七站路，南京路，国际饭店，遥遥无期，胖阿姨售票员探出头，手拿票板，敲了玻璃窗，敞开喉咙吼，终点站到啦，火葬场到啦，送死人的下来。

这一路公交车终点站，亦是一半上海人终点站。西宝兴路殡仪馆，天空尽是阴霾，焚尸炉烟囱，喷射灰尘，犹如婚礼烟花，也是花的海洋，白色花圈，卷起人生最后惊涛骇浪。婚礼变成葬礼，喜酒自然吃不成，我说，我想回家。我爸爸说，三鞠躬就好回去了。我爸爸牵了我的手，穿过不计其数的老灵魂，人间烟火，摩肩接踵，堪比隔壁四川北路闹市。殡仪馆内，厅堂满目，小如饭店食堂，中如宾馆大堂，大如剧院礼堂，拉上银幕就能放电影，各家各户，遗体告别，各有尊卑。我爸爸帮我袖子管别上黑纱，来到一间遗体告别大厅，名唤"金龙厅"，颇有水泊梁山聚义厅气概，及时雨宋江，玉麒麟卢俊义，智多星吴用，英雄好汉排排坐，唯独晁盖要死。大厅堆满花圈，挂遍丝绸被套，挽联个个"千古""沉痛哀悼""驾鹤西游"。虎背熊腰神探亨特，钢铁战士保尔·柯察金，邋遢胡子冉阿让，风云人物聚齐，仿佛诺贝尔文学奖颁奖典礼。我爸爸这三位老友，时值壮年，一生中最后的黄金时代，面含悲戚，互递香烟，头顶烟雾缭绕，放鞭炮般闹忙。黑色帷幔正中，挂一张黑白照片，框了个五十多岁男人，朝我微微一笑。我爸爸说，他是老厂长。

遗体告别仪式，局领导致悼词，家属答谢。集体三鞠躬，但我没动，我爸爸压我头颈，他是天生断掌，手劲大，我不得不折腰。哀乐响起，瞻仰遗体，鱼贯入帷幔。人群中低沉哀嚎。我爸爸落下眼泪水，滴滴答答，打湿西装领头。啥人能让他如丧考妣？我伸长头颈，挤入人群缝隙，想见识老厂长，究竟何方神圣。如来佛祖？元始天尊？三只眼杨戬？一秒钟后，我后悔了。水晶棺材之中，所谓遗体，竟是个木头假人。头发是假的，五官是假的，皮肤也是假的。两只眼睛，一对嘴唇皮，都是毛笔画上去的，颜色比活人鲜艳，好似涂了口红，搽了胭脂。寿衣里包裹的身体，恐怕也是假的。唯一真的，是我爸爸的眼泪水。我吓得魂都没了。我爸爸捏牢我手说，不要怕，你养出来刚满月，老厂长就抱过你。

　　我想要呕吐了，冲出遗体告别大厅，迎面撞着"钩子船长"。刚逃出少年噩梦，童年噩梦不期而至。老毛师傅已是七旬老翁，右手藏了袖子管里，深蓝色中山装，领头毛糙发白，好像一张黑白照片。老头背后立一少年，灰夹克，黑长裤，白跑鞋，略高我两公分，肤色更深一分，肩头宽了半寸。少年跟我一般大，鼻头下巴，点缀紫红色粉刺，头发如春天韭菜，乌黑旺盛。老毛师傅说，小讨债鬼，还不叫人？少年一愣，叫我一声，阿哥好。我爸爸出来寻我，看到老毛师傅，递出一支红双喜，再用自来火点上。"钩子船长"吐出一口烟，对少年说，快打招呼。少年一愣，点头鞠躬。老毛师傅怒说，小扫把星，火葬场，不要对活人鞠躬。老头子抬起残缺右手，陡然猛击少年后脑，仿佛暗藏铁钩，金属回声响亮。我的耳膜嗡嗡作响，少年脑壳会不会粉粉碎，脑子变成豆腐花？经受"钩子船长"暴击，少年竟然不倒，硬生生立于原地，犟头倔脑，直勾勾盯了人看，好像要从你的面孔上，盯出两只洞眼来。少年说，外公，我错了。我暗暗瞥他，他大方说，阿哥，我叫张海，弓长张，上海的海。他说普通话，带了不知何地口音。他是老毛师傅的外孙。这是我头一趟见到张海。

　　遗体告别仪式落幕，老厂长一生谢幕，恋恋不舍，钻进火化炉。我昂了头颈，望了烟囱，定快快。张海问我，阿哥，你在看什么？我说，我在看烟囱。张海说，烟囱上有什么？我脑子里电闪雷鸣，想象焚尸炉喷出五斤骨灰，遗体告别大厅挤出二两眼泪水，烟囱开始长高，东方明珠这样高，画了一只长颈鹿，四只脚立了殡仪馆，头颈升到烟囱云端，细长鹿头，一对小角，喷出浓黑烟雾，像一朵朵黑牡丹。一只新故事，神不知，鬼不觉，着床，受精。

　　追悼会后，我爸爸一诺千金，带我去吃饭。七部大巴，拉上几百多号人，浩浩汤汤，开出夕阳下的火葬场，开到中山北路光新路口，"万箭穿心"忘川楼。众人跨过火盆，去了晦气，免得不干不净物事尾随。跟遗体告别大厅一般，大堂摆开二十几桌，老厂长派头，不可一世，君临天下。圆台面上，无锡糖醋小排，扬州狮子头，上海腌笃鲜，长江鲥鱼，百事可乐，力波啤酒，花雕黄酒，剑南春白酒，软壳中华国烟，金装良友外烟，赛过吃喜酒。此种老店家，专做白喜事，豆腐羹饭生意，菜色相比红喜事，稍逊风骚，却有沟通天上人间的烟火味。童年一个时期，周围老人走了多，我频频被带去各种追悼会，吃豆腐羹饭，亲朋好友，往往同一批人，老酒香烟不断，一天世界，好像人这一辈子，烧成灰烬之后，所有生日宴的总和，合成一趟葬礼宴，最后一夜辉煌，风流云散，永不复来。但这身后的辉煌，必跟你生前的辉煌成正比，或跟子女的辉煌成正比，若是活着时光寒酸，人情凉薄，最后一夜灯火便暗淡，便温凉如水，门可罗雀，这一夜过后，乘火箭般被忘记，快于骨灰冷却速度。

　　我爸爸，神探亨特，保尔·柯察金，冉阿让，老毛师傅，还有我跟张海，同坐一张圆台面。十七八岁少年，除非天生自来熟百搭，否则不轻易言语，我跟张海都在这阶段，饭量倒是不小，他啃一根鸡腿，我吞三块牛肉，只要消灭桌上一道菜，就能免了尴尬。吃的竞赛中，我俩打成平手，但在吃酒方面，我跟我爸爸一样，滴酒不沾，故而一败涂地。张海连干三杯啤酒，我吃了两杯可乐，脸颊发烫。我不敢看人家眼睛，低头讲话，抬头看天。张海每讲一句，每听一句，皆是直勾勾盯牢你，好像一对眼乌珠里，左边藏了孔雀胆，右边塞了鹤顶红，多看一眼，就要七窍流血。我才晓得，张海跟我同岁，生日小我几天，也是摩羯座。

　　台子上，我爸爸敬烟，神探亨特敬酒，冉阿让吃得面红耳赤，保尔·柯察金唾沫横飞，讲起这几年，厂里积下不少三角债，老厂长要陪吃，陪喝，陪笑，方能讨回几根毛来，山东一家汽车厂，欠了我们厂一百万货款，八年抗战，没还过一分铜钿，老厂长去讨债，开了厂里的桑塔纳，八百里路云和月，上了山东人的鸿门宴，老厂长豪气干云天，唱了三回《智斗》，念了七十二道行酒令，吃了一斤白酒，方才讨回十万大洋。神探亨特说，老厂长是真英雄，夹紧现金，星夜兼程，驱车返沪，只为第二天，要给全厂职工发工资，凌晨三点，老厂长刚进上海，就在高速公路昏了头，钻进一辆集装箱卡车底盘。保尔·柯察金叹息，残酷啊残酷，老厂长当场身亡，上半截粉身碎骨，只剩骨肉渣渣，下半截却完好无损，今日追悼会上"遗体"，下半身是如假包换的老厂长，上半身却只能做个替身，选用一根上等松木，雕出死人身体跟首级，再用橡皮泥捏成五官，两只眼乌珠，一对嘴唇皮，请了殡仪馆化妆师，用毛笔画上去。托保尔·柯察金口福，我是胃里翻腾，七荤八素，哇一口，隔夜饭吐到台子上。我爸爸非但不关心我，反而怒不可遏，教训我无规无矩。冉阿让讲没事体，跟神探亨特一道收作台子。

　　张海扶我去卫生间，打开水龙头，帮我清理衣裳，终归话是稠了。张海问我，那个叔叔为啥叫保尔·柯察金？我说，《钢铁是怎样炼成的》看过吧？张海说，没看过。我说，我看过三遍，书里的男主角，保尔·柯察金。张海说，也是话痨？我说，不是话痨，是个战士，后来变成瞎子。张海说，蛮惨。我说，你看那个爷叔，戴了一千度的眼镜片，等于半个瞎子，但他欢喜读书，逢人就讲《钢铁是怎样炼成的》，还会背诵保尔的名言，大家就叫他保尔·柯察金了。张海又问，冉阿让呢？我说，《悲惨世界》看过吧？张海说，看过电影，上海电影译制片厂的配音。我说，你看那位爷叔，面孔上全是胡子，头发也是卷毛，相貌凶恶，像个枪毙鬼，劳改犯，绝对是冉阿让翻版。张海笑说，有道理，最后一位，神探亨特，我就明白了，我看过那部电视剧。

讲到此地，女厕所冲出一个小姑娘，风风火火，神智无知，撞到我的胸口，一道掼倒在地。小姑娘的白衣裳，变成揩台布，当场哭咔乌拉。张海拖起小姑娘，看她七八岁年纪，也别了黑袖章，面孔白白净净，像涂一层牛奶，眼乌珠漂亮，涌出一层眼泪水。红白喜事上，小朋友吃吃停停，疯来跑去，容易碰着磕着。张海揩揩她的面孔说，你叫什么名字？小姑娘一抽一抽说，小荷。她的声音呢，像一颗大白兔奶糖，听到耳朵里，吃到嘴巴里，化在舌头尖，流成一片糖水。我是胃里翻腾，身上狼藉，问她一句，你家长呢？小姑娘回头一指，隔壁一桌，也是春申厂职工。小姑娘爸爸立起来，不到四十岁，乌黑头发，油光似亮。我不认得此人，此人倒认得我，他笑说，你是蔡师傅儿子吧。他又对女儿说，小荷，谢谢哥哥。小姑娘先看我，再看张海，噘了嘴巴说，谢谢哥哥。我说，不谢。

小姑娘爸爸斟满酒杯，到我们一桌来敬酒。所有人皆立起来，唯独“钩子船长”坐定，下巴高挺，不动如山。来人对我爸爸尤为恭敬，言必称“师傅”，连吃五杯老酒，再敬五根香烟，转战下一桌去了。冉阿让闷声说，“三浦友和”终归当上厂长了。我说，他是厂长？神探亨特说，老厂长刚烧成灰，新厂长走马上任。我问我爸爸，他为啥叫你师傅？我爸爸说，哼，他刚进厂时光，做过我的徒弟，现在飞黄腾达了。我又问，为啥叫“三浦友和”？保尔·柯察金说，厂里每个人都有外号，看过日本片子《血疑》吗？我想想，只记得三浦友和，山口百惠。保尔·柯察金说，人人讲他像《血疑》男主角，他又姓浦，“三浦友和”外号就来了。我再看厂长一桌，小姑娘泪痕未干，向我翻翻白眼。

天下没有不散的宴席，也没有不死的老师傅，宾客们酒足饭饱告辞。我爸爸却不肯走，烟头堆积如山。我爸爸说，老厂长是个好人，当初我刚进厂，他还是车间主任，安排我拜师学艺，做了老毛师傅徒弟。再阿让说，我也是呢，作孽啊，老厂长正好六十岁，再过一个月，就要退休享福，还没看到第三代出世。保尔·柯察金说，老厂长被拦腰截断，他用命调来的十万块现金，困了公文包里，一张也没少，一日也没耽搁，当天就发了大家工资，鞠躬尽瘁，死而后已。我想起追悼会上，我爸爸给家属送白包，破天荒，装了五百五十块，恰是他一个月工资。老毛师傅问一句，厂长车祸走了，出事体的车子呢？餐桌不响了，杯中酒水不响，碟中骨头不响，碗里汤汁更不响。我爸爸平常闷声不响，现在却响了，车子就在厂里。"钩子船长"德高望重，当即决定，去。

出了忘川楼，过沪杭铁道口。彼时火车已不开，在造轻轨高架。我爸爸跟老毛师傅打头阵。"钩子船长"抬头挺胸，腰板笔挺，疾行如风，脚下有根，南帝，北丐，东邪，西毒才有的修为；神探亨特，形如关二爷，身长八尺，面红如赭，酷似美国电视剧《神探亨特》男主角，又如伦勃朗《夜巡》，金灿灿是光，黑漆漆是影，阿姆斯特丹水城，无数条苏州河环绕；保尔·柯察金戴了一千度眼镜，胸前口袋，插一支上海造英雄牌金笔；冉阿让仓皇夜奔，顶天立地市长，原是亡命苦役犯，今宵要救珂赛特；殿后压阵小将，便是我跟张海，雄兔脚扑朔，雌兔眼迷离，两个少年傍地走，婚礼与葬礼一般难以分辨。老少七人，若说葫芦七兄弟，恐怕乱了辈分，莫如是七剑下天山。

江宁路往南，一边苏州河，一边造币厂。忽而高山，忽而河谷，没入阴影，沐在月下。造币厂阴影，比造币厂本身更巍峨，覆盖静水深流。江宁路桥，旧称造币厂桥，苏州河九曲十八弯，长寿路桥，昌化路桥，江宁路桥，西康路桥，宝成桥，武宁路桥，以至三官堂桥，沪西曹家渡，二十四桥明月夜，在西洋风景大上海，山重水复，柳暗花明，造出江南风光。立定桥头，北岸浩荡棚户区，朱家湾，潭子湾，潘家湾，一片可怕小世界。鸽子笼模糊，星光点点，多少男女老幼，魂灵翻涌，灯火渐暗，被褥渐热，春梦渐生。两根铁路线，穿过斜拉桥相交，火车站广场，千万人露宿月下。苏州河南，一字长蛇阵排开，一片光明大世界：面粉厂，啤酒厂，印刷厂，药水厂，灯泡厂，申新九厂，上钢八厂，国棉六厂，多数已寿终正寝，少数还苟延残喘。桥下夜航船，马达声声，有一船工独立，浊浪翻涌，渐次淹过船舷。苏州河有味道，天地独一份，雨天腐烂味道，千丝百转，阴天牙膏味道，催人泪下，晴天酱油味道，馋吐水嗒嗒滴，东边日出西边雨，泔脚钵头味道，发馊三日，必要捏了鼻头。苏州河底淤泥，沉渣泛起，金光闪闪，生出个璀璨暗世界，困了白骨，困了袁大头，困了小黄鱼。再往前数，南宋韩世忠，忠王李秀成，李鸿章洋枪队，陈其美革命军，北伐装甲列车，呜咽渡河，四行仓库，八百壮士，杨慧敏，女童军，青天白日旗，这夜光景，齐刷刷涌到眼门前。

下江宁路桥，转入澳门路，春申机械厂到了。我小时光，这座工厂是个钢铁堡垒，蒸汽白烟翻涌，仿佛《雾都孤儿》或《远大前程》时代，在职工人一千，退休工人两千，车床，刨床，铣床，磨床，彻夜不息轰鸣，订单如雪片飞来，我爸爸忙得四脚朝天，三班倒。上海牌，红旗牌，东风牌，首长喊"同志们好"的大轿车，都有若干个零部件，出自我爸爸之手。他是车铣刨磨样样精通，兼任资深电工，大到电冰箱，小到收音机，鬼斧神工，无所不能修理。世事难料，我爸爸的光辉岁月好景不长，崔健唱《新长征路上的摇滚》的同时，德国人，日本人，法国人，本着国际主义精神，带来合资汽车品牌。车内五脏六肺，筋骨肌腱，乃至五官七窍，漂洋过海而来。春申厂的产品，一夜间，堆积仓库，化作废铜烂铁，工人们各奔东西。我爸爸跟冉阿让，还要争抢一只下岗名额，老友到底是老友，没为名额打破头，反而互相谦让。冉阿让不争气，鬼使神差，打了女儿的钢琴老师，治安拘留十五日，只得下岗。只留我爸爸在厂里，独守孤城。冉阿让因祸得福，去了私人老板修车行，诊断汽车疑难杂症，如扁鹊华佗诊断蔡桓公曹操，手到擒来，药到病除，每月可赚三千大洋。我问过我爸爸，羡慕过冉阿让吧？我爸爸惜字如金说，屁。

今朝夜里厢，月色清艳，厂里山青水绿，再无油污，铁锈与灰尘飞扬，反而春风吹送，兰花幽香。墙下开辟一块园圃，种了花花草草，泥里埋了何首乌，木莲，覆盆子，犹如百草园，大概还有赤练蛇。保尔·柯察金赞我爸爸有闲情野趣。我爸爸说，少拍马屁，厂里没生活，只好养花养鸟，打牌下棋，解解厌气。穿过一车间，绕过二车间，到了红砖围墙仓库，蹿出一条黑颜色大狗，向不速之客狂吠，震得我耳朵痛。神探亨特叫它名字，撒切尔夫人。它便摇起尾巴，蹭了神探亨特的裤脚管。

我爸爸打开生锈铁门。冉阿让推上电闸，屋顶砰砰作响，亮起一排白炽灯。撒切尔夫人再度狂吠。我伸手挡光，我爸爸搂我肩膊。他的手，相当热，湿润，汗津津，油滋滋。今宵是老厂长头七，人死在这部车上，见车如见本尊。严格来讲，是车的遗体。车顶消失，引擎盖掀掉，暴露发动机，五脏六肺，座位靠背，横向一刀切断，如断头骑士，比追悼会上所见"遗体"更加可怖。老厂长的三魂，这部车的六魄，冲入鼻孔，灌入胸肺，壮大胆囊。神探亨特呼吸粗重，保尔·柯察金鼻腔拉风箱，冉阿让面颊爆出胡楂，"钩子船长"喉咙生出浓痰，我爸爸掏出一支烟，迟迟没点上。上海大众桑塔纳，黑颜色车身，火柴盒车头，低矮，颀长，进气格栅上车标，圆圈内，一只V，一只W，车尾贴"上海·SANTANA"，德语"VOLKSWAGEN"。五年前，厂里还没欠一屁股债，买了这部车子，平常老厂长自己开，现在像一具尸体，弹痕累累，枭首示众，死无葬身之地。仓库变成停灵义庄，而我们，变成送葬家属。我跟张海并排而立，像初出茅庐的实习法医，观察解剖尸体。昨日，我爸爸带了单位介绍信，跑到交警队，将这具残骸运回厂里，发觉不少老厂长骨头，内脏残渣，全部集齐，装了马甲袋，称分量有两斤，交到家属手里，今日一并送入火化炉。

我爸爸说，车子发动机没坏，就像一个人，内脏统统坏掉，心脏还是好的，就能救活过来。神探亨特提一瓶绍兴花雕，洒于地上，围绕桑塔纳一圈，留下金灿灿圆环，醇厚甘苦之味，惹人迷醉。冉阿让说，要是在山东鸿门宴，老厂长不吃五十二度白酒，吃温过的黄酒，怕是能躲过血光之灾。保尔·柯察金说，黄酒后劲也大，还要开车子，老厂长不是死在酒上，是死在操心上，不肯让厂里断了粮，结果自己断了头，惨。

老毛师傅发话道，你们要修这部车，必得有个帮手。洪亮的扬州嗓门，仿佛一台机床轰鸣，绕梁三日不绝。我爸爸跟他的伙伴们，面面相觑，除掉这几张老面孔，还有啥帮手？"钩子船长"伸出右手，捉牢张海后背。我又听"咚"一声，少年膝盖撞上水门汀。我爸爸要扶张海，老毛师傅说，不要碰他。张海跪于地上，双眼盯了我爸爸，叫一声师傅。老毛师傅踢了外孙屁股一脚，怒骂道，小把戏，没规矩，还不磕头。张海连磕三个响头，水门汀山响，前额爆出红肿。张海立起来，我爸爸递出一支红双喜烟。张海不敢接。"钩子船长"说，不识好歹，师傅给你烟就接。张海掏出打火机，先给我爸爸点烟，再给自己点。阴风袭来，火苗孟浪，摇曳。张海用手挡风点火，以烟代茶，拜师礼成。神探亨特，保尔·柯察金，冉阿让，加上我，连同老厂长的魂，半死的桑塔纳，同做见证人。我爸爸跟张海，同时吐出两团烟雾，穿过我的头顶，缥缈而去。冉阿让向"钩子船长"敬一支烟。神探亨特，保尔·柯察金，互敬一支烟。六根烟枪，湿云四集，弥漫，散逸。撒切尔夫人，蹲坐于地，不怒自威。唯独不抽烟的我，被尼古丁熏得双眼通红，如临大敌，热泪滚滚，不争气地溢出眼角。少年张海面孔，渐次模糊暗淡。春夜，老厂长头七，也是桑塔纳头七，中国人称"回魂夜"，魂兮归来。

三

雪夜。西风烈，冷月消逝。前头白茫茫冰面，背后黑莽莽森林，无始无终。深一脚，浅一脚，踏了雪地。冷，毛孔缩紧，冻得抖嗦，鼻涕水，眼泪水，甫一垂落，凝结成冰。我看到一部车，黑颜色桑塔纳，车顶没得，只有下半身，变成敞篷车。方向盘后，坐定一只木头假人，毛笔画的五官，分明是水晶棺材里老厂长。我惊说，你不是烧成骨灰了吗？木头假人翻嘴巴说，是的，我来寻你托梦。我说，托梦啊，你寻对了人。老厂长说，进来啊，外头冷。我拉开车门，坐他旁边，幕天席地，车里更加冷，真是滑稽。老厂长踏油门，发动机响亮，一骑绝尘，冲过白颜色冰面，风挡玻璃不存在，狂风卷了雪片吹来，眯了眼乌珠，头发根根竖起。再看老厂长，木头雕刻面孔，毛笔描画五官，特殊材料制成共产党员，泰山崩于前而色不变，这点点风雪，等于毛毛雨。但我一介肉身凡胎，眼看就要冻僵，老厂长给我一件军大衣，一条羊毛围巾，一顶苏联毛皮帽子，穿了这身行头，变成保尔·柯察金。远光灯像宇宙探照灯，却照到深海荧光生物，大白鲸游过仙女座，飞船沉入马尾藻海。我问，这是啥地方？老厂长说，西伯利亚，贝加尔湖。我心里叫苦，地理书上讲，贝加尔湖是世界第一深湖，地球五分之一淡水，最深一千六百多米。我问老厂长，你从啥地方来？老厂长说，从上海来。我说，要到啥地方去？老厂长说，到巴黎去。我说，去巴黎做啥？老厂长说，捉厂长回来。我说，你不就是厂长？老厂长说，我已经不是了。倏忽间，车子停下来了，发动机暴露在风雪中颤抖。老厂长两手一摊说，这部车子，要跟我一道烧成灰了。我急忙说，我去寻我爸爸，他会修好这部车子，开出贝加尔湖，我们便能得救。老厂长说，告诉你爸爸，这台厂里的桑塔纳，拜托他负责修好。老厂长伸出一只手，拍拍我的面孔，木头假手太硬，像抽人耳光，痛煞了。雪停，月亮出来，像一只心脏，刚挖出来，涂了金颜色油漆，吊了云端，以儆效尤。冰面下，声音若有若无，有女人在哭，有小囡在吵，还有男人唱戏，老厂长讲一句苏州话，奈么好哉。冰面裂开一道缝，像生鸡蛋壳碎裂，马上第二道，第三道，渐次绽放，像参天大树枝丫。车底下，黑水翻腾，沸腾一阵阵热气，潜龙在渊几万年，终归张开鳞片，飞龙在天。老厂长不讲了，毛笔画的眼睛鼻头不动了，彻底变成木头人。我拼命叫，爸爸，爸爸，爸爸救我啊。冰冷的水，汹涌而至，我不会游泳，也没力道挣扎，地球上五分之一淡水，冲进鼻孔，气管，肺叶，心脏。沉到一千六百米下，贝加尔湖底，听到一支男人歌声飘来：夜已深沉人寂静，听窗外阵阵雨声与雷鸣，想起今日发生事，思绪纷纷难安寝……

梦醒。我从眠床跳起，浑身虚汗，冰冰冷，好像还在幽深湖底。后半夜，阳台种了凤仙花，夜来香，枝繁叶茂，搅碎月光。我从小搬家过好多趟，无论搬到啥地方，皆没离开过苏州河。这年春天，我家刚搬到静安区，海防路的小区，我妈妈单位分配，赶上福利分房末班车。新家虽在二楼，却有三个朝南大阳台。小区深深，一览无余，没有鸟语花香，也有鸡飞狗跳。隔壁邻居，无一认得，全部陌生人，老死不相往来。

我爸爸穿了短裤，冲进来问，儿子啊，你在叫我？我妈妈披了困衣，开灯说，楼上楼下，都听到你在惨叫，爸爸救我啊。我拍拍心口说，老厂长给我托梦。我妈妈说，信口雌黄。我爸爸说，老厂长跟你讲了啥？我妈妈扭我爸爸一记，厉声训斥，你也热昏啦，叫你不要带儿子去追悼会，你不听，这记好了，吓得做噩梦了。我爸爸没声音了。我妈妈说，老厂长有四十年党龄，马克思辩证唯物主义者相信，物质决定意识，物质灭亡决定精神毁灭，老厂长的物质已经死亡，烧成骨灰，精神跟随物质同时灭亡，不可能留下灵魂。我说，《共产党宣言》第一句是啥？我妈妈是政工干部，理论水平颇高，脱口而出，一个幽灵，共产主义的幽灵，在欧洲大陆徘徊，为了对这个幽灵进行神圣的围剿……我说，你看看，马克思祖师爷都这样讲了，共产党员是有灵魂的，老厂长当然也有灵魂，精神不灭，飘荡在他工作战斗过一辈子的春申厂。我妈妈说，你这小鬼，这是诡辩论，明早还要读书，快困觉。我妈妈先回去困了。我爸爸关起门问我，现在好讲了吧，老厂长寻你托梦做啥？我复述梦中情景，录像带似回放，画面声音，梦中五感，百分之百还原，直到沉入贝加尔湖，我唱出"夜已深沉人寂静，听窗外阵阵雨声与雷鸣，想起今日发生事，思绪纷纷难安寝"。这四句，不知啥的来头，好像是沪剧。我爸爸惊说，十年前，春申厂职工新年聚餐，老厂长也唱过这一段，他最欢喜的沪剧《雷雨》，周家老爷唱词。我说，《雷雨》啊，这么是老厂长托梦，不是我自己做噩梦。我爸爸打开窗门，吃一支红双喜，蓝烟袅袅，嗅了花香，若有所思。

所谓托梦，不同于一般噩梦，要么是自家亲人，要么参加过追悼会，反正皆是死人。头一趟碰着托梦，是我小学三年级，外婆脑出血走了，晕倒前还给我吃好早饭。追悼会上，我才晓得啥叫死亡，就是再也看不到，再也回不来，去了天边远，像西伯利亚。我哭了伤心，夜里梦到外婆，欢天喜地，以为外婆回来。外婆告诉我，下头蛮冷的，但不寂寞，还有老多亲眷朋友，街坊邻居，有的就在去年，有的刚解放，有的还在中华民国，日本人打仗，军阀混战，遍地饿殍，坟墩墩不得了。外婆担心我外公，他的身体不好，叫我多关心关心。醒过来，我告诉我妈妈。但我妈妈不相信这一套。我便拿外婆的托梦，偷偷告诉外公。我外公欢喜读《聊斋志异》，家里有四卷白话本，我跟他读了不少。外公讲，他一直没等到外婆托梦，原来托给外孙了啊。从此以后，我成了外婆跟外公之间的传声筒，一个在阴间，一个在人间，却能彼此捎话，聊天，谈心，吹牛皮，全靠我发梦。这是我跟外公的秘密，不敢告诉我妈妈，否则我妈妈会担心我发神经，外公要犯老年痴呆，几卷本《聊斋志异》也要被束之高阁，不准再看，免得中了聂小倩，白秋练，翩翩，阿宝，婴宁，还有罗刹海市的毒。平常发梦，刚一惊醒，即刻忘光，不管噩梦，美梦，还是春梦。但我每趟碰到托梦，人的相貌，黑白的，还是彩色的，梦中风景，细节，所有对白，甚至唱歌，关键是托梦交代之事，无有遗漏，醒来记得清清爽爽。有两年，走掉的人特别多，就连隔壁邻居死后，也来寻我托梦，告诉我儿媳妇不孝，金银首饰藏了啥地方，有话带给小辈。偶尔还有动物，我住了曹家渡时光，养过一只猫，因为调皮，破坏了我爸爸养的花，便被处以极刑，做成猫肉汤。这只猫也曾寻我托梦，钻到我怀里，任由我抚遍它全身三匝。我一度相信它会起死回生，或者灵魂附体，重新回来寻我。也因这桩事体，少年时光，我跟我爸爸经常吵，好像仇人相见。等我读初中，外公肝硬化走了，他来寻我托梦，拜托我告诉我妈妈，他要跟外婆落叶归根，生当同衾，死亦同穴。虽然讲，我妈妈是共产党干部，但不是特殊材料做成，也会得心软，回到镇江，在我外公外婆出生的乡村，修葺坟冢一座，葬入两个骨灰盒子，魂归故里。没过两年，我爷爷又走了，也是送我去读书，回来心脏病发，阴阳两隔。爷爷死后在家里停灵，头七期间，频频向我托梦，交代好几桩事体，包括银行存折密码，免得小辈取不出钞票，又讲了退休单位地址，远在大兴安岭，加格达奇铁路局，这才寻着单位领导，派人来参加追悼会，发放了抚恤金。三七，五七，直到断七，我奶奶相信观世音菩萨，从玉佛寺请了和尚到家里，念经作法，超度亡灵，但是徒劳无功，我爷爷的魂灵头，直到入葬以后，依然没有消亡，还是经常向我托梦，要我向奶奶传话。再后来，我奶奶又走了，仿佛连环召唤，去另一世界团圆。我问过小学同学，中学同学，我的表哥跟表妹们，有人从未经历过托梦，有人偶尔有过一两趟，但像我这种情况，确是独一无二。

以上托梦分析，无关弗洛伊德或荣格，皆是私人经验之谈。其中有一趟，最为诡异。我读书地方蛮远，每日要坐两部公交车，早高峰一个钟头。有个冷天，放学后，我跟同学踢足球，一脚踢到隔壁工厂。我翻过围墙捡球，到了工厂后院，荒烟蔓草，青砖坟茔，砖木结构老房子，飞檐翘起，鬼气森森。此地老早是公墓，"文化大革命"破四旧，拆了墓地，造起工厂跟学堂。我听老师讲过，六十年前，上海滩大明星阮玲玉，自杀后葬于此地。我以为会碰着鬼，最起码是个艳鬼，却碰着一只女工。霞光里，浮起一只妙龄少妇，标致端庄，细眉细目，仿佛阮玲玉照片，电影里张曼玉扮相。她穿白颜色绒线衫，头发湿漉漉披了，热气蒸腾，刚出工厂浴室，怀抱塑料脸盆，毛巾，洗头膏，护肤品。女工撞着我，误认我是登徒子，流氓恶少，欲图不轨，尖叫呼救。可怜我抱了个足球，拔脚就逃，踏过坟茔，翻墙头，单脚落地，扭了脚，肿了一大块。当夜，我爸爸陪我去医院，先冰敷，再热敷。第二日，一跷一跷，铁拐李上学，惨。几日后，阮玲玉来寻我托梦，风华绝代，倾城倾国。梦中还是墓地，不再是工厂跟学堂，而是联义山庄，广东人公墓。阮玲玉带我流连，亭台楼阁，精庐水榭，天上人间，共享繁华。她讲话是广东口音，又关照我一只秘密：人言可畏，这四个字，乃是唐先生杜撰，她的真正死因，就是男人无情，若你长大，红颜有缘，切莫不义。

四

春天快要过去，老毛师傅带了外孙，到我家里做客。张海穿一件灰衬衫，黑裤子，白球鞋，身上清汤寡水。是夜，我妈妈在市委党校学习。看到师傅祖孙到访，我爸爸格外殷勤，先敬一支中华，再介绍客厅酒柜，我妈妈的三八红旗手，优秀纪检干部奖状。"钩子船长"参观过餐厅，两个卧室，两个卫生间，一个储藏室，最后到书房。老头啧啧称叹，全厂在职，下岗，退休职工，无人比得上我家，保尔·柯察金还住新客站北广场，太阳山路棚户区，三代同堂，老小八口人，窝了九个平方米，一个人放屁，全家门熏死。相比我家这套房子，老厂长家也稍逊风骚，解放前，资本家也不过如此嘛。听到这种夸奖，我爸爸如坐针毡。

沙发上坐定，老毛师傅喷出一句扬州话，辣块妈妈，世道不好，恶人当道，要是老厂长还活着，小海老早顶替我进厂了。我爸爸说，师傅啊，老黄历了。我爸爸跟老毛师傅，讲得有来有回，我在旁边偷听，原来张海要捧铁饭碗，只有厂长讲了算。老厂长鞠躬尽瘁，死而后已，新厂长"三浦友和"临危受命，生不逢时，接下春申厂的烂摊子。上个礼拜，我爸爸带了张海，提了两条中华，登门造访。厂长不肯收礼，还讲现在是1998年，不是1988年，更不是1978年，工厂铁饭碗，早已打碎一地，成了渣，不如搪瓷碗，不如塑料碗，厂里九成工人下岗，发工资东拼西凑，岂有进人名额。我爸爸说，国有工矿企业，哪怕下岗了，再就业了，但是劳保、医保一样不缺，党支部，工会还关心你，逢年过节，发点年货，这便是全民所有制的好处，要是无业游民，个体户，饿死都没的人管。厂长说，张海要进春申厂，只有一个办法，就是当临时工，没身份，没劳保，没医保，等于三无产品。我爸爸左思右想，别无他法，厂长已仁至义尽，天都快塌了，哪里还能挑三拣四。临时工，虽不是铁饭碗，总赛过待业做流氓吧。厂长批了条子，张海捧上这份塑料饭碗，当了我爸爸的关门徒弟。

"钩子船长"抬起右手，搂了张海说，外公没的用，这只手啊，连只螺蛳壳都捏不牢，从今往后，你跟着师傅，听师傅话，学好手艺，有口饭吃，还能讨媳妇。我爸爸说，哪有奈么大规矩。老毛师傅一本正经说，老规矩是要讲的，旧社会啊，进厂做学徒，必定要给师傅下跪磕头，拜师礼，上三支香，杀一只鸡，指天发誓，背叛师门，天诛地灭，白刀子进，红刀子出，全家杀光。老头讲得吃力，气喘吁吁，抽一支烟说，小海初中毕业，刚从江西回到上海，不进春申厂，必在外头鬼混，挨杀千刀，只有他当上工人，我才能安心翘辫子，要不然，进棺材都不安宁，到了阴间，还得拆了阎罗殿，继续革命。说罢，老毛师傅跟我爸爸回客厅，吃烟吃茶去了。

中国象棋规则，老帅跟老将不能碰头，我跟张海单独相处，红中对白板，反而尴尬。我便介绍起书架，其中一百多本，是我妈妈藏书，《马克思恩格斯选集》《悲惨世界》《安娜·卡列尼娜》《钢铁是怎样炼成的》，八十年代《收获》《当代》《人民文学》，中文本科自学考试教科书。我自己大约有两百本书，《中国通史》《欧洲中世纪史》《第三帝国的兴亡》《中国抗美援越秘闻》。最近几年全套《军事世界》《舰船知识》杂志。我问张海，你平常看啥书？张海说，卫斯理算吗？我说，算。张海说，卧龙生、云中岳算吗？我说，读过金庸吧？张海点头，报了一长串书名，闻所未闻，不在"飞雪连天射白鹿，笑书神侠倚碧鸳"之列，大概是"金庸新"或"全庸"大作。

我的写字台上，摆了一组线圈，两只电容，一只小喇叭，一根电子二极管。张海说，这是什么？我说，矿石收音机，小时候自己做的。张海说，阿哥真有本事。我说，我爸爸教我的，二极管就是半导体。张海说，用电池吗？我说，不需要电源。张海惊说，不用电就能听广播？我说，试验给你看。这只矿石收音机，台子上积灰老多年，我妈妈想当垃圾丢掉，都被我爸爸抢救回来。我拉出天线，打开窗门，收着信号，小喇叭终归响了，咿咿呀呀，嗞啦嗞啦，像两只蚊子，一雌一雄，双宿双飞，交配产卵，听得人汗毛凛凛。张海探头过来，要看清二极管里秘密，藏了啥的乾坤。我调整可变电容，像十几把折扇，打开叠了一道，便能调出不同电台。两只蚊子飞的声音，渐渐变成一只男人抑扬顿挫的上海话："上海人民广播电台，中波1197，调频92.4，为你播出苏州评弹开篇《宝玉夜探》。"三弦跟琵琶前奏，好像五根手指头，贴了你后背摸过来，一只老头子唱苏州话："隆冬寒露结成冰，月色迷蒙欲断魂，一阵阵朔风透入骨，乌洞洞的大观园里冷清清，贾宝玉一路花街步，脚步轻移缓缓行，他是一盏灯一个人。"我已吓煞，马上转动可变电容，调到隔壁音乐台。评弹消失，两只女人唱歌："来吧，来吧，相约九八，来吧，来吧，相约一九九八，相约在甜美的春风里，相约那永远的青春年华……"声音终归古怪，像吊了绳子上，马上要断气。我关了收音机说，不听啦，有电磁干扰。张海说，阿哥，可以收听国外广播吧？我说，就是短波吧，我妈妈不准我听，不过间谍小说里写，矿石收音机，蛮适合搞间谍活动，当作无线电接收器，可以窃听信号。

张海问我，阿哥，你是学电报密码的吗？我神秘兮兮说，猜对了一半。张海说，你要做间谍？我笑笑，翻出一本小册子，绿颜色封面《标准电码本》，打开俱是方格子，每一格，皆有数字与汉字，0001是"一"，0002是"丁"，0003是"七"，0004是"丈"，0005却成了"三"。张海说，莫尔斯密码？我说，不是密码，是明码，我在读电报专业。慈禧太后时光，有个法国人按照《康熙字典》部首排列法，每个汉字对应四位数字，编出中文电码本，香港身份证，美国签证，直到今日，还在用电码标记汉字姓名。我拿出纸笔说，你随便写几个字，我翻译给你看。张海拿起笔，悬在半空，落下变成三个字：春申厂。我是不假思索，写出三组数字，春2504，申3947，厂0617。张海说，有什么规律？我摇头说，中文电码，便是"无理码"，没规律可循，考试超级严格，错一两字，便不及格，这本《标准电码本》，两千多个常用汉字，我死记硬背了三年，这才烂熟于胸，脑子里全是四位数字，简直是哥德巴赫猜想。张海问，阿哥，你要做电报员？我说，嗯，明年就上班了。我又闷掉，不想为妙。这时光，隔壁传来老毛师傅的扬州话，声若洪钟，小海呀，家去。

"钩子船长"临别时，残缺右手捏了我爸爸说，小海命苦啊，他的前程，交给你了。我爸爸说，师傅，我懂。我爸爸送客下楼。我立了阳台目送，车棚亮起昏黄的灯，春风吹起一片片榆叶，像一枚枚硬币，沙沙掠过少年张海。他蓦地回首，望向二楼阳台。我忙低头，躲到枝繁叶茂的夜来香背后。他朝我挥舞双手，来回交叉到头顶，像海员离开港口告别。夜空清澈起来，繁星熠熠，难得一见。对面三楼，响起家庭卡拉 OK，有个中年男人沙哑嗓音，邰正宵的《九百九十九朵玫瑰》。

我的写字台抽屉里，藏了一沓文稿纸。老厂长追悼会，我仰望火葬场烟囱，好像看到一只长颈鹿，一只故事，撞进我的脑子。吃好豆腐羹饭，从春申厂回到家里，我便戴了眼镜，弓了后背，捏一支钢笔，铺开文稿纸，焚尸炉，长颈鹿烟囱，数不清的死灵魂、活灵魂，统统从笔尖流出，流进一只只小方格子，流出一朵朵蓝墨水化开花苞，像烟囱上喷出黑牡丹。我不是不想给张海看，是我头一趟写小说，是我不敢拿出手。

"钩子船长"跟张海离开当夜，我的处女作《焚尸年代的爱情》终归写好。故事大致是这样的：未来某年，地球上病毒泛滥，像中世纪黑死病，西班牙大流感，死亡率百分之百，百业萧条，唯独殡葬，焚尸，墓地生意兴隆，铁板新村遍地开花，殡仪馆托拉斯，焚尸炉康采恩，公墓辛迪加，垄断资本主义组织复兴。焚尸年代，文学艺术毫无用场，图书当作柴爿，付之一炬，却是焚尸炉好燃料，除掉装饰墓碑。本地有一座火葬场，焚尸炉烟囱高耸，画一只长颈鹿，云朵里呼吸，太阳里吃树叶子，月亮里吃露水，日夜焚烧，吞入千万尸体，喷出无数魂灵头，仿佛海上灯塔，通宵达旦，指引夜航船避开暗礁。焚尸年代末期，不但人感染病毒，机器，车子，房子皆不能幸免，长颈鹿焚尸炉，一级级加高升级，犹如巴比伦通天塔，不但烧人，也能烧机器，烧车子，甚至烧房子。苏州河边各家工厂，先从申新九厂起，依次感染病毒，工厂等于坟场，不处理会传染全城，还会沿了河浜，顺流而下，进入黄浦江，长江口，毁灭全世界。工厂依次拆掉，钢铁，砖瓦，机器，木头，塞进焚尸炉，烧成灰，喷出长颈鹿烟囱口，直送同温层，臭氧层，电离层，散逸到地球各地。钢铁烧成的滚烫铁汁，只好灌注地下，原本地面沉降，却是因祸得福，反而升高十米，锦江饭店北楼，正好恢复原本高度。最后烧的是春申厂，工厂大门，一车间，两车间，厂长办公室，财务室，职工浴室，仓库，像老厂长肉身，要么直上云霄，要么直送地狱。天上那一部分，悠悠扬扬，飘到东京，纽约，巴黎；地狱那一部分，沉入三叠纪，侏罗纪，白垩纪，相伴恐龙化石，长眠不醒。只剩半截的桑塔纳，塞进焚尸炉，点火烧到最旺，红光万丈，像切尔诺贝利核电站控制棒插入反应堆爆炸，全城听到长颈鹿巨兽尖叫。一千米高的烟囱，断裂三截，像巴比伦塔倒掉，爆炸七天七夜，铺满地下的钢铁，熔化成铁汁，流进苏州河，黄浦江，长江，东海，水面漂满死鱼死虾死甲鱼。人们组织五十名死士，穿戴防护装备，回到长颈鹿烟囱废墟，从堆积如山的铁渣下，掘出一部桑塔纳普通型轿车，只剩下半截车身，转动钥匙，发动机砰砰作响，四只轮盘转动，飞奔上路，冲往烟雾缭绕的北方。因祸得福，焚尸炉大爆炸后，滋生出一种病毒抗体，人体一经注射，即能终身免疫，病毒得到控制，不消一年，便像天花消亡。焚尸年代，到此终结，人类历史进入下一阶段。苏州河边的工厂呢，虽然一家也没剩下来，但是春申厂，老厂长的桑塔纳，却已铭记史册，刻到全世界的纪念碑上。

　　我誊写一遍文稿纸，装入一只牛皮纸大信封，买了八角邮票贴上，塞进邮筒口子，寄去北京的文学期刊。热天，法国人在巴黎捧起世界杯，中国人在大江南北抗洪，克林顿跟莱温斯基搞七捻三，只好空袭伊拉克，萨达姆日子难过。我的唇上冒出胡子，偷用我爸爸的剃须刀，刮去一片，反而日夜生长，郁郁葱葱，像春天一样。秋天，我终归上班了，翻出中文电码本，背得滚瓜烂熟，乘24路电车到淮海路，走到思南路7号，进了卢湾邮局报到。只可惜，我连一个字电报都没发出，便接到改行通知，转到邮政窗口。原来呢，信息时代已到，浩浩汤汤，顺之者昌，逆之者亡，我心里两千多个中文电码，恰好属于"逆之者亡"序列，成为博物馆古董，联合国教科文组织，非物质文化遗产。我是有苦难言，人人叫我小朋友，好像人人都小觑我。我为自己前程而忧虑，夙夜梦寐，忽惊坐起，吓出一身冷汗。每日下班回来，头一桩大事体，便是开家里信箱，要从一沓沓《新民晚报》里，寻觅投稿回信，直到1998年消逝，我的小说石沉大海，我也没再见过张海。

五

1999年，血血红的5月，北约空袭南联盟，中国驻贝尔格莱德大使馆，遭了飞来横祸。学生上街游行，包围美国领事馆。我爸爸回到家里，愁眉苦脸，穷凶极恶吃香烟。我妈妈是优秀纪检干部，察觉有异，用双规腐败分子手段，审问到半夜，我爸爸老实交代，在厂里跟人动手了。我妈妈冷笑说，快五十岁的人，越活越有出息了。我爸爸沉闷，与世无争，但不是没打过人，何况当过兵，天生一张通关手，搏击好底子。他叹气说，我连一根毛都没少，只是张海倒霉了。我插嘴问，你徒弟出了啥事体？我爸爸说，为了老厂长的桑塔纳。

陈凯歌《霸王别姬》头一句"不疯魔，不成活"，本是梨园行老话，亦能用于我爸爸。比方讲，他养花，三只阳台搞成植物园，春天君子兰，热天夜来香，秋天蟹脚兰，冷天漳州水仙，还有昙花一现，我家仿佛花开四季，万古长青的遗体告别大厅；他欢喜摄影，家里全是古董照相机，自己搭了暗房，通宵冲洗底片，犹如间谍佐尔格，在我四岁这年，我爸爸带我去人民公园，神探亨特，保尔·柯察金，冉阿让到齐，他忙着给人家小朋友拍照片，结果我倒是走失，人民广场大喇叭广播寻人，方才接我回来，这是我头一趟出名；他想学画，托了工会主席引荐，拜入国画大师程十发门下，想做末等弟子，大师早已收过关门徒弟，退而求其次，做个徒孙也好，无奈徒弟们也年事已高，只得寻了徒孙学艺，成了徒曾孙，购得湖笔，宣纸，端砚，徽墨，看了教材，照猫画虎，夜以继日，摆开功架泼墨，终得一代表作《钱塘江春潮图》，四尺对开，五彩斑斓，令人六神无主，七上八下，我费了九牛二虎之力，千百种解读，竟是毕加索才情，达利风骨，弗里达气魄，加泰罗尼亚超现实主义腔调。

　　现在呢，我爸爸的心血来潮，他的疯魔，他的成活，便是要修复老厂长的桑塔纳。我妈妈对修车子没兴趣，继续审问，到底跟啥人动了手？我爸爸说，癫痫。讲到重点了，自从大半工人下岗，留守的无心上班，要么做私活，要么从仓库顺手牵羊，有个瘟生，头上斑秃，外号"癫痫"，经常到仓库揩油。我爸爸跟张海师徒，在车床，铣床，刨床跟磨床上加工零部件，准备替换到桑塔纳上，出去吃一支香烟，转身回来就没了。张海提醒一句，癫痫刚来过。我爸爸寻到癫痫，先礼后兵，叫他还出来。癫痫不承认，我爸爸骂他两句，对方便先动手了。工厂打架不稀奇，热血冲头，说打就打，有的是日积月累，心里不爽，有的是无缘无故，脑筋搭错。至于后果，除非断手断脚，否则惊动不到派出所。张海不懂窍槛，不知深浅，看到师傅吃亏，举起开口扳手，就给癫痫开了瓢。这记闯祸，眼看癫痫血流不止，我爸爸送他到最近的纺织医院。癫痫是皮肉伤，头上缝两针，搽了红药水。有人要报警，癫痫却说，不必劳烦老派同志出马，谈谈医药费跟赔偿，伸出一根手指头，狮子大开口，一万块私了，等于我爸爸十八个月工资。不然，癫痫就要去派出所。

　　我爸爸说，我答应过老毛师傅，不但要带张海出师，还要保他平安，无病无灾，他要是过不了这道关，就要吃官司，甚至上山。等到天亮，我妈妈去了银行，取出一万块，交到我爸爸手里。但有一桩条件，必须让癫痫出谅解书，律师看过才作数。厂长原本要开除张海，癫痫收了一万块，跟我爸爸一道寻到厂长，讲大水冲了龙王庙，误会一场，是他自己撞伤，大事化小，小事化无。张海的塑料饭碗保牢，他写了欠条，一万块，必定如数归还。我爸爸点一支烟，将借条烧成灰。不要看他动作潇洒，实际上呢，我爸爸是个吝啬鬼，三五块也要争个面红耳赤。这年余下时光，我爸爸在家里颇为恭顺，不再犟头倔脑。

这日起，我缠了我爸爸，想要去春申厂，看看老厂长的桑塔纳。想起上趟看到它，上半身腰斩，千疮百孔，等于一具尸骸，如何起死回生？就像老早公园里，拉起帐篷，两块一张门票，好看"花瓶少女""人兽杂交"。我爸爸不同意，他讲就像烧菜，只有端到台子上，才能让食客品尝，现在这部车子，还在油锅里翻滚，缺了油盐酱醋，根本上不了台面。但我天天缠，日日缠，从春天缠到秋天。我爸爸也大变样了，老早他每日跑证券公司，盯牢股票大屏幕，愁眉苦脸，现在他是笑看股市风云，早上穿戴整齐，高高兴兴上班，平平安安回家。终有一夜，秋风四起，我爸爸说，跟我来吧。

是夜，我们父子同行，到了春申厂门口，却碰到神探亨特。他是一副虎背熊腰身坯，穿了上海妇女用品商店保安制服。我说，亨特爷叔，你下班啦。神探亨特面露愠色。半年前，我从单位出来，路过淮海路跟雁荡路，妇女用品商店门口，碰着一只彪形大汉，身穿保安制服，俗称"黑猫"，赫然是神探亨特。故人相逢，我蛮开心，他却面孔通红，长吁短叹。神探亨特原是钳工，老厂长看他力大无穷，体形颇具威慑性，调他入保卫科。工厂火红年代，仓库里有黄铜，常有飞贼进来，偷盗国家财产。神探亨特虽无手枪，却有手铐电棍，几番擒获梁上君子。后来保卫科撤销，神探亨特下岗，再就业为商场保安，镇守妇女用品商店，继续跟小偷家族斗智斗勇，落了他手里的犯罪分子，没五百童男童女，也有斯巴达三百勇士。只可惜，堂堂身高八尺关二爷，自诩洛杉矶警察局神探，竟为妇女同志们服务，犹如杨贵妃沦落风尘，不免夺志，不免丧气。

我爸爸也问，亨特，今夜你来做啥？神探亨特说，我陪费文莉来的。这记精彩了，《乱世佳人》《魂断蓝桥》。神探亨特背后，露出一只女人，穿了黑裙子，像送葬寡妇。她瞪了眼乌珠说，骏骏长大了哦。她的鼻梁跟下巴有点硬，硬得咄咄逼人，面孔是盐腌过的，烟熏过的，不是小姑娘的冰鲜，不是寡淡，不是清蒸，而是浓油赤酱的上海菜。想起来了，她叫费文莉，消费的费，文化的文，茉莉的莉，不是外号，而是真名实姓。小时光，我爸爸带我来厂里，有个女会计，总是披了头发，捏我面孔，手指上雪花膏味道，就是她。

春申厂里，一阵犬吠响起，震得耳膜生痛，必是撒切尔夫人。神探亨特叫一声，手电照出一条猛犬，母夜叉变成林黛玉，缠了神探亨特脚头，摇尾巴，舔舌头，肉麻得不得了。撒切尔夫人一叫，张海也出来了。今夜是他值班，面孔上青春痘更旺，穿了蓝颜色工作服，好像一只蓝颜色魂魄，从湿空气里拧出来。神探亨特开道，老少五人，四男一女，走到仓库围墙前。神探亨特点上打火机，火光像少女心脏，小鹿腾跃，照亮红砖斑驳，青苔腻腻，墙角一摊黑色水渍，不晓得是狗尿，还是苏州河水返潮，一轮微弱反光，微缩版月亮，六便士大小。神探亨特说，就是此地。

费文莉蹲下，打开坤包，掏出厚厚一沓锡箔，还有冥钞，就差披麻戴孝放鞭炮。我看了一吓，今日既非清明，又不是冬至，更不是七月半。神探亨特点了锡箔，冲起一团火苗。费文莉说，建军啊，建军啊。声音凄惨，叫魂一般，一张张天地银行钞票，面值上亿美元，烧成黑蝴蝶般灰烬，秋风扫落叶，卷上星空。夜凉如水，神探亨特却烧得满脸油腻，我跟张海呛得咳嗽。费文莉已是梨花带雨，豆大的眼泪水，化开雪白妆容，拖出两道黑眼影，吧嗒吧嗒，滑落火海，嗞嗞作响。火光摇曳，她是哭得伤心，通体发抖，又从坤包中，取出一卷纸头，不是锡箔冥币黄表纸，倒像是考试卷子，画了几何题目，密密麻麻公式，放了火上，先烧起一只角，火苗往上跳啊跳，像饿肚皮的老饕，没几口便吞掉整卷。灰烬飞上夜空，有一片没烧清爽，飘到眼门前，我伸出二指禅抓牢，只见画了几只小圆点，脚踏车轮盘钢丝般线条，只一秒钟，烫得手指头冒烟，彻底烧化了。我说，这是啥？神探亨特说，建军画过的图纸。我说，建军又是啥人？神探亨特说，厂里的工程师，1990年，就在这堵墙下，他被人一刀戳穿心脏，作孽啊，年纪还轻，订婚没几天，他的未婚妻呢，就是费文莉。我说，凶手捉到了吧？神探亨特摸了围墙说，九年了，案子还没破，今日是他的忌日，老厂长魂灵保佑，让我捉到凶手吧。他挺起一米九的身坯，摆出单手据枪姿态，黑夜里每一只野猫，每一窝老鼠，每一片树叶，皆是嫌疑犯。锡箔冥钞烧光，满地黑黄灰烬，仿佛死人骨灰，渗透地下。费文莉像吃过半斤白酒，面色微醺，走不动路，神探亨特搀牢她。

拜祭好死人，再看一部死人车子。我爸爸打开仓库，推上电闸，大灯照亮银灰色罩子，盖牢一部车子，呼之欲出。张海掀开罩子，轻手慢脚，像新郎揭盖头，解内衣，慢慢交暴露新娘，又像剥一颗洋葱，一根甘蔗，一枚榴莲，五味俱全，慢慢交暴露真容。神探亨特刚点上一支烟，隔手落出嘴唇皮，啪嗒掼到地上，烟灰溅绽，火星熄灭。这两秒钟里，仓库里邪气安静，我能听到费文莉小心脏扑扑乱跳，张海面孔上爆出一颗粉刺，老厂长的魂灵头窃窃私语。我看到这部断命的桑塔纳，原本已被腰斩，现在引擎盖，车顶，前后三对车柱，失而复得，彤彤红，如鲜血，如烈火；车身还是乌漆墨黑，保持原样，垂死病中惊坐起，上半身红发少女，下半身黑衣姑娘，拼成一个混血女郎。

神探亨特捡起烟头，拍拍灰，重新点上自来火，喷了烟雾说，老蔡，你有本事。我爸爸不声不响。张海道出秘密，两个月前，冉阿让过来帮忙，蹲了车子前头，连吃三包香烟，做了诊断：除掉一只心脏，其余五脏六肺，从咽喉到大肠，无一幸存，经脉皆断，想要起死回生，只好移花接木，借尸还魂。冉阿让跑到汽车坟场，觅到一部出租车，也是桑塔纳，刚开三年，新近报废，漆皮也没磨损，直角挺硬，新鲜，挺刮[1]。美中不足，报废车是红颜色，烈焰翻腾，厂里的桑塔纳是黑颜色，深沉如墨。月黑风高，我爸爸踏了一部黄

---

1 挺刮：上海方言。意为高品质和一流水平。

鱼车，带了徒弟张海，来到汽车坟场，像两个盗墓贼，卸掉出租车引擎盖，再用切割机，拆下整块车顶，还有前风挡两侧A柱，前后门两侧B柱，后风挡两侧C柱，总共六根柱子，装上黄鱼车，分量实在是重，我爸爸在前头蹬车，张海在后头卖力推，鸡叫天明，方才运回厂里。我爸爸，冉阿让，临时工张海，三人齐上阵，用一台焊接机，将红颜色车顶，红颜色引擎盖，ABC六根柱子，焊接上黑颜色车身。车祸撞烂的进气格栅，前挡板，车侧扰流板，保险杠，车灯，电路，等等，汽车坟场淘来替换，质量没问题，我爸爸精心挑选，超过时限不要，有过外伤不要，有过内伤，更加不能要。美中不足，风挡玻璃不好用旧的，看上去窗明几净，揩得清清爽爽，实际上呢，还是皇帝的新衣，根本不存在。

张海说，汽车不是人，是机器，用机械方式制造，也能用机械方式复原，师傅教我手艺，布置功课，让我拆掉仓库里的发动机，变速箱，拆得粉粉碎，原样装回去，必须分毫不差。神探亨特搭腔，就像法医解剖尸体，必要熟悉每根骨头，要不然，一刀切下去，就坏事体了。我说，就像史上第一部科幻小说，也是惊悚小说，玛丽·雪莱《弗兰肯斯坦》。张海说，阿哥，德国大众，日本丰田，美国通用，全世界大车厂，尽是机器人流水线，机械臂上来，钢筋骨架，肌肉皮肤，血管内脏，自然搭好，造车比造人更快，不过嘛，手工有手工的好处，法拉利，兰博基尼，布加迪，这点顶级跑车，还用手工打磨，因而珍贵，也是艺术品。我说，这样讲法，你们就是当代的达·芬奇，米开朗琪罗，拉斐尔，这部桑塔纳，便不是弗兰肯斯坦，而是丽莎女士，《创世记》《西斯廷圣母》。我爸爸摇头说，越讲越豁边了。费文莉说，这家厂人人皆有外号，这部车子也要起个名字。神探亨特说，迪迪·麦考尔，洛杉矶女警察，有腔调吧。费文莉说，乱世佳人，名字大气吧，老厂长的桑塔纳，出过人性命的车祸，就像南北战争，男人流血，断手断脚，女人落泪，断心断肺。张海说，阿姐，我倒觉着，可以叫红黑军团，AC米兰球衣，一道红，一道黑，像这部车子颜色。他这一句，叫我醍醐灌顶，我说，红与黑。我爸爸莫知莫觉，啥东西？张海说，好像是一部译制片，赵忠祥老师配音。神探亨特说，美国警匪片吧，贩毒还是绑票的？我说，讲一个法国后生，出身蛮苦，先后跟两个女人谈恋爱，即将飞黄腾达，最后却被杀头。神探亨特说，小白脸轧妞头，杀人偿命，欠债还钱，天经地义，不冤枉。

费文莉问我爸爸，蔡师傅，这部车子可以开吧？这女人，这一句，像一根针，戳爆儿童节气球，让我爸爸垂头丧气。一年前，车祸空前惨烈，车子变速箱，刹车片，避震器，统统报销。冉阿让问过价钿，以上零部件，加上风挡玻璃，等于我爸爸五年工资。要是从废弃车场里拆，一是未必拆得到，二是关键零部件，用报废旧货，便有安全隐患，最好用原厂新货。我爸爸愁眉苦脸说，车子开不动，只是个摆设。我说，人死不能复生，就像不能收起骨灰，重新造出一个老厂长。我爸爸说，老厂长的交代，我是没本事完成了，散了吧。

一弯秋月出来。围墙下一摊灰烬，煞风景。神探亨特开动车走了。我爸爸骑了脚踏车，叫我上后座。但我不肯，要自己走回去。费文莉叫张海送她回去，张海看我爸爸一眼。我爸爸说，小海，你负责送费文莉。张海骑上脚踏车，费文莉坐上书报架，雪白手臂膊，像两条白蛇，缠了张海腰上。我再看她一身黑寡妇裙子，想起《红与黑》结局，玛蒂尔达小姐，一身素缟，怀抱爱人的头颅，亲嘴巴，再埋葬。

六

月亮，大得简直不像话，像一只脸盆，吊了头顶，随时跌落，杠头开花。风里有桂花香味。厂里寂寂无声，也没撒切尔夫人把门，唯独值班室亮了灯。仓库背后，红砖围墙前，白露为霜，墙面渗出一颗颗水滴，一滴滴眼泪水。墙根爬满绿油油苔藓，像男人皮癣，女人丝袜。我看到一个影子，好像一株野草，何首乌，木莲，覆盆子，慢慢生长，脱颖而出。月光从脸盆变成灯泡，一个男人，身高一米八，卖相登样，皮肤煞白。他是建军，春申厂的工程师，1990年，他死在这堵墙下。建军从墙里爬出来，像崂山道士，像西洋人魔术，像特异功能穿墙术。他从头到脚湿透，地下一圈水，好像差点淹死，带了苏州河味道，一层层蔓延。月光倒映水里，像打碎的鸡蛋黄，蛋清蛋黄，混了一道，淌到我的脚边。建军幽幽说，谢谢你来看我。我说，建军哥哥，谢谢你来寻我托梦，有事体要帮忙吧。建军说，请跟你爸爸讲一声，一定要修好红与黑。我说，你也晓得红与黑？这部车子进厂时光，你已经死了。建军说，我已死了九年，但我的魂灵头，从没离开过春申厂，没离开过这堵墙。我说，建军哥哥，你是被这堵墙困牢，身陷囹圄，不得投胎吧。建军说，只有捉到杀害我的凶手，我才能逃出这堵墙，得到自由，好去轮回。我说，凶手是啥人？建军却摇头，伸出蓝颜色魂灵手，触摸我的面孔，刚开始冰冷，隔手滚烫，好像要穿过皮肤，钻到脑子里去。建军说，骏骏，再托你一桩事体，费文莉来望我，烧了一卷纸头，你看到吧？我说，看到了，蛮奇怪的，讲是你画的图纸，到底画了啥？建军说，永动机。我说，啥？建军再讲一遍，我设计的永动机图纸。我苦笑说，魂灵头也会得弄怂人啊，永动机违反了科学规律。建军说，这么你告诉我，现在我立了你面前，是违反了热力学第一定律，还是第二定律呢？我想想说，物理学所有定律，大概统统违反了。建军说，既然灵魂存在，那么永动机也是存在的。我是张口结舌，无从反驳。建军又说，骏骏，我是功亏一篑，只差最后一步，这是我的一小步，人类的一大步，便能造出永动机，拜托你帮我画好图纸。我说，建军哥哥，你怕是所托非人，我没这本事，还有啊，你的图纸都被费文莉烧了。建军说，你会有办法的，我送你一样礼物。我吓煞说，无功不受禄。建军笑笑，弯下腰，从脚下水塘里，捞出一坨月亮，马上变成一只皮球，再看颜色，黑白相间。建军说，这只足球，送给你。建军拿球摆在地上，左脚支撑，右脚背抽射，足球飞向夜空，命中靶心，月亮粉粉碎，坠落到地球，这记事体大了，春申厂开始摇晃，车间，仓库，围墙，土崩瓦解，长寿路房子倒塌，苏州河桥梁断裂，裂开一道地缝，吞我下去。

　　这种梦，人人都做过，一脚踏空，自由落体，到底便醒了。我是浑身虚汗，打开窗门，没月亮，车棚的灯亮了，数不清的枯叶子，被风卷起来跳舞，金光闪闪，扑簌扑簌，冲上阳台，像永动机吹出的风，像意大利之夏的太阳。1990 年，我还是个小学生，期末考试刚过，我爸爸带我去胶州路，静安工人体育场。我爸爸刚到四十岁，神探亨特还没啤酒肚，保尔·柯察金还有头发，冉阿让胡子刮得清爽，只留两只鬓角，像南斯拉夫电影男主角。工会主席瓦西里，带了一帮娘子军，坐上看台做啦啦队。"瓦西里"这只外号，出自《列宁在 1918》的警卫员瓦西里，妇孺皆知的口头禅"面包会有的，牛奶会有的，一切都会有的"，老早人人拿三十六块工资，瓦西里用这句话鼓励大家好好上班；后来厂里发不出工资，瓦西里也用这句话抚慰大家安心下岗。静安工人体育场，老早胶州公园，隔壁是集中营，监禁过八百壮士，谢晋元出师未捷身先死。胶州路还有万国殡仪馆，徐志摩，阮玲玉，鲁迅先生在此大殓，整条路阴气重。我的小学运动会也在此地，我在煤渣跑道上参加 4×100 米接力，敬陪末席，奥林匹克精神。这一日，上海市总工会运动会，男子足球四分之一决赛，春申厂打进八强，对手是国棉六厂。我爸爸对足球没兴趣，他被瓦西里硬劲拖来，工会重大活动，每个职工必须参加，还要拖家带口。神探亨特带了女儿雯雯，个头体重都在我之上；保尔·柯察金带了儿子小东，尚在读幼儿园，叼一根娃娃雪糕；冉阿让带了女儿征越，已经要漂亮了，背了红书包，撑一把小阳伞，戴了帽子墨镜，披了长袖子，生怕被晒黑，坐了小台子前，抓紧写暑假作业。老厂长坐到我爸爸身边，他还不是木头假人，看来身板蛮好，摸摸我的头顶，递给我爸爸一支香烟，干部特供飞马牌。保尔·柯察金气色不佳，熬夜看世界杯，苏联队零比两输了，叫他痛心疾首。神探亨特在球场上，把守春申厂大门，果然是保卫科，否则一米九的身高，暴殄天物了。春申厂球衣是红黑间条，有点像AC米兰，厂里女职工自己买了布料，踏了缝纫机做出来的。对面国棉六厂，球衣却是蓝黑间条，好像国际米兰。春申厂排出433阵型，三个前锋，八号是工程师建军，九号是销售科长"三浦友和"，十号人称"大自鸣钟马拉多纳"，几年前从上海队退役，分配到春申厂上班，第五届全国运动会金牌得主，要不是断过脚骨，讲不定就进了国家队，那中国足球不会有黑色三分钟，会冲出亚洲，走向世界，去了意大利夏天。今日是场恶战，国棉六厂是个大厂，横跨在长寿路上，纺织女工就有五六千，看台上统一着装，敲锣打鼓，红旗招展，高八度尖叫，压过所有男同志。球场上，春申厂八号建军，身高体健，球风行云流水，好像范·巴斯滕，又像卡尼吉亚，他接到十号传球，正脚背抽射，四十五度角破网，一比零。老厂长烟头断下来，征越也没心思写作业了。女会计费文莉跳起来，短裙子下头，两条大腿明晃晃，让我看得发呆。中场休息，春申厂领先一球，瓦西里原本跟女职工们打成一片，这才去发香烟，却被十号老球皮推开。这边看台上，还坐一个年轻女子，细眉细眼，其秀在骨，最是那一低头的温柔，沙扬娜拉，得一外号"山口百惠"，便是"三浦友和"娘子。她戴了遮阳帽，穿白裙子，怀抱一个毛毛头，刚满六个月。她要给小囡喂奶，几个女工凑来，打开洋伞遮掩，光天化日，不好叫男人看到。下半场，九号"三浦友和"接到十号传球，就被对方铲倒。"山口百惠"急煞，抱了女儿冲下去，她是医院护士，要给老公包扎伤口。春申厂少一人，无人可换。国棉六厂攻势如潮，接连打进三球，终场三比一，春申厂被淘汰。散场，我爸爸骑了脚踏车，我分开双腿，上了后座。神探亨特，保尔·柯察金，冉阿让，各自荡了自家小囡，骑出静安工人体育场。建军穿了红黑球衣，全身汗津津，到底年轻身体好，踢了九十分钟比赛，还能骑二八脚踏车。费文莉坐他背后，肉腿高悬，荡在车轮右边，手臂环绕未婚夫胸口。五部脚踏车，搭了六个大人，四个小囡，十只轮胎，平行骑过胶州路。风吹过法国梧桐树荫，知了拼命叫，世界一点点坍缩，神探亨特去了洛杉矶，保尔·柯察金回了苏维埃，冉阿让冲去巴黎，我跟我爸爸要去啥地方？建军的车轮变成钟表盘，费文莉两根雪白大腿，变成一根时针，一根分针，在凌晨跟白昼之间，剪来剪去，像三十九级台阶，又像一台永动机。意大利之夏过去，北京亚运会来了。秋天，建军死在春申厂，至今是个无头案。隔七年，香港回归，春申厂足球队解散，"大自鸣钟马拉多纳"下岗，在共和新路火车头体育场踢野球，五十米开外，踢进一只世界波，实在太激动，绕场一圈庆祝，突发心肌梗死，送入铁道医院，人已经没了。

天刚亮，我拿我爸爸摇醒。他准备请我吃耳光。我说，我想起建军哥哥了，1990年，你带我去静安工人体育场，我看到过他。我爸爸说，老早变成死鬼了。我说，他搞过创造发明吧？我爸爸说，建军是正宗大学生，不像你妈妈自学考试出来。我说，他做过永动机吧？我爸爸说，瞎三话四，建军是工程师，不是厨师，做不来三黄鸡，白斩鸡，冰箱里的永冻鸡。我扑了眠床笑说，冰箱里的永冻鸡，你才瞎三话四呢。对于建军的永动机，我爸爸一无所知，图纸已被费文莉烧成灰烬，难道要建军再来托梦一趟，重新画一遍图纸，再由我复原出来？解铃还须系铃人，只有寻着费文莉，才能帮到建军哥哥。而能帮到我的人，搜肠刮肚，只得一人，便是张海。

七

礼拜六，我跟张海乘63路公交车，去一趟曹杨新村。兰溪路穿进去，最早的工人新村"两万户"，已改成六层楼工房。张海带了礼物，VCD封面是织田裕二，铃木保奈美，《东京爱情故事》。张海说，费文莉老公在日本，欢喜这个腔调。三楼，费文莉开了门，面孔白里透红，红颜色羊毛衫，头发都弄得花俏起来。看到两个后生，费文莉客气，拿了两双毛绒拖鞋。张海问，小军不在家里啊？费文莉说，去他外公外婆家里了。我咬了张海耳朵问，小军又是啥人？张海说，费文莉的儿子。房间不大，一室一厅，电冰箱蛮大的，电视机在放《还珠格格》。费文莉开了两瓶可乐，削了两只苹果，又问吃香烟吧，她藏了几包日本七星。但我只吃苹果，张海吃自己的牡丹。费文莉又开两听朝日啤酒。张海坐定说，阿姐，我阿哥想问一桩事体。费文莉嘴唇皮一圈泡沫说，讲啊。我的喉结上下滚动酝酿，方才说，阿姐，上趟到春申厂，你烧了锡箔冥币，还有一卷图纸。费文莉蹙了娥眉说，问这做啥？我说，听讲是建军哥哥的图纸。费文莉眼乌珠一瞪，又软下来说，你还记得建军啊。我说，前几日，建军哥哥来寻我托梦了。费文莉说，建军哪能会寻你托梦，九年了，他都没来寻过我，你讲荒诞吧。我说，我没吹牛皮，建军哥哥在梦里讲，他的永动机图纸，只剩最后一步了。费文莉惊起说，你也晓得建军的永动机？我说，为啥要烧他的图纸？费文莉吃一口啤酒说，建军的图纸，就是他的性命宝贝，我哪里舍得烧掉，非但不能烧，还复印了五十张，留到我死为止，每年忌日，我都会到春申厂，在他送命的围墙下，烧一卷复印件，让他在阴间收着，继续画图纸，发明他的永动机。我说，建军哥哥不在阴间，他被困了围墙里，发明永动机的任务，已经交给我了。费文莉关了电视机说，骏骏，不是我看轻你，建军是大学本科毕业，机械工程专业第一名，还会得讲英文，差点要去德国留学，他的爸爸妈妈，都是党员干部，要儿子为国家做贡献，他就分配进了春申厂，这是1987年，我还是正宗小姑娘，第一眼，我就相中了他。费文莉啧啧说，一米八，面孔白净，还会踢足球，一只鼎，万人迷，我读了夜大学财会专业，碰到算术题，便要缠了建军，帮我解题，解到半夜，顺便解了裤腰带，偷偷摸摸，成就好事体。我听得面孔发红，费文莉讲得起劲，建军还会设计改造机器，工业系统技术标兵，老厂长要重点培养，让他做接班人，哎呀呀，要是他还活了，如今的厂长，就不是"三浦友和"，那么我呢，就是堂堂的厂长夫人。费文莉叹口气说，1990年，我跟建军订婚，双方家长吃饭，准备年底领证，过年办酒，订了浦江饭店，十八桌圆台面，请帖都备好了。我说，外滩浦江饭店，灵的。费文莉说，当时厂里生意好，建军不但要加班管生产，还要熬夜值班，建军走的夜里，他在厂里值班，落了雨，我生怕他肚皮饿，披了雨衣，骑了脚踏车，带一只钢种饭盒子，两只鸡腿，两只茶叶蛋，建军在画永动机图纸，他讲要是画好，四个现代化，可以提前二十年实现。张海说，思想这样正宗。费文莉说，你以为呢，像现在小青年吊儿郎当吗，建军让我早点回去歇息，我是风里来，雨里去，回家独守闺房，后半夜，电闪雷鸣，老天爷哭得稀里哗啦，我是思汉，一宿不眠，眼皮狂跳，枕头被眼泪水打湿，等到天亮，早班工人看到值班室没人，寻遍整个厂子，却在仓库墙壁下，发觉血泊里的建军，眼乌珠还睁了，指甲缝里皆是血啊。费文莉的眼泪水，扑簌掉落。我递给她纸头，眼泪水滴到我的手背上，好像要烫出血泡。费文莉说，我冲到厂里，哭天抢地，神探亨特拦牢我，建军被担架抬出来，白布单盖了面孔，送上棺材样的面包车，前往冰冰凉的世界。张海说，阿姐不哭。费文莉揩揩眼泪水说，建军身上三处伤口，其中一刀，扎破心脏，但没留下凶器，案发这夜，落大雨，痕迹被冲了清爽，人死了厂里，就是保卫科责任，神探亨特没日没夜调查。张海说，他捉了一辈子小偷小摸，要是破了这桩杀人案，就能调入公安局，变成有编制的正宗警察。费文莉板下面孔说，小海啊，不准你这样讲神探亨特，他是为了建军，也为了春申厂，他还去马路对面几家厂，追问当夜有啥人加班，寻遍上百个嫌疑人，还是没捉牢凶手。我说，阿姐，建军哥哥的图纸，我好看看吧。费文莉打开抽屉，翻出一卷图纸，也是复印件，我慢慢交打开，像荆轲刺秦王，一点点暴露督亢地图，密密匝匝线路图，写满数字跟英文，蝇头小字说明，直到图穷匕见，永动机，像一只摩天轮，挂了几十只吊厢。费文莉又搬出一只纸板箱说，都是建军留下来的书，还有他的笔记本，反正我也看不懂，借给你们看看，记得要还给我，留下来吃饭吧。我摇摇头，收起图纸，张海抱起箱子，拔脚出门。

曹杨新村出来，我们乘公交车到武宁路，银宫商厦，肯德基背后，便是沪西工人文化宫。上海工人三次武装起义纪念雕塑后，一栋苏联式老楼，现在一楼改成舞厅；二楼改成台球房；三楼改成人才市场，就是下岗工人，掼到社会上自谋出路，再就业，寻工作的地方。背后是游戏机房，但我没兴趣，又去邮币卡市场，我天天在邮局上班，对邮票已经厌气。西宫中，还有一池碧波，四周绿树成荫，闹中取静。两个人坐到水边，头顶树叶子变黄。张海说，阿哥，捧了建军留下来的书，就像捧了他的骨灰盒子。我说，我连建军的魂灵头都见过了。天上飘过浓云，映了水中倒影，两个少年，一齐发呆。几条鲤鱼游来，张海学了他外公的扬州话说，没的吃，家去。我说，你好像跟费文莉蛮熟。

张海无啥好瞒，一塌刮子倒出来。今年热天，三十八度高温，费文莉家里电冰箱、电风扇都坏了。她送我爸爸两包中华，邀他上门去修。她是流言蜚语缠身，我爸爸怎敢单独上门，只得拖了徒弟同行。好在张海学艺颇精，掌握了修理家电的独门秘辛。天一黑，我爸爸匆匆告辞，留下徒弟做生活。热昏的夜，张海赤了膊，汗流浃背，修好压缩机。费文莉留他吃夜饭，熟食店买了冷面，冷馄饨，鸡腿，力波啤酒。张海统统扫光，汗酸顺了头颈，一滴滴流到胸口。费文莉拿了毛巾，替他揩身，手指尖触摸皮肤，像蛇张开鳞片滑行。张海背过身，按开关，风扇转动，修好了。微热的风，女人香味道，汗津津发丝，贴了雪白脖颈。费文莉给他点烟，自家也抽一支。费文莉喷的烟雾，像一条丝巾，张海喷的像一只钢圈，丝巾跟钢圈，空中短暂相交，缠绕，融化，又被电风扇打散，变成一团幽蓝。张海揿灭烟头，赤了膊，落荒而逃，跨越苏州河，回到莫干山路老房子。老毛师傅问他出了啥事体。张海回答，碰到一群流氓，打相打，衣裳撕烂掉了。

我吞了口馋吐水，没声音了。张海说，阿哥，你在想啥？他讲上海话有点滑稽，每个字拼老命靠近静安寺，一出口，却飞到江湾五角场，飞到青浦朱家角，到我耳朵里，就成了苏州话，苏北话，苏联话的混血儿。我改说普通话，在想怎么破建军的杀人案。张海还是讲洋泾浜上海话，神探亨特都没破案，阿哥你能破？我捡起一片树叶子，摆上水面说，我看过所有柯南道尔，阿加莎·克里斯蒂小说，华生与福尔摩斯，大侦探波罗，皆是枕边跟厕中密友，但我眼高手低，纸上谈兵，哪能真正破案，不过嘛，要说第一嫌疑人，倒是死者的未婚妻。张海说，怀疑费文莉？案发这天夜里，她不是守了家里吗？我说，你也听费文莉讲了，上半夜，她到厂里给建军送饭，至于下半夜，她几点钟回去的，啥人能证明，此种杀人案，多半是情杀或仇杀。张海说，阿哥讲得有理，还有啥人有嫌疑？我说，厂长"三浦友和"。张海说，案发时，他只是销售科长，建军死后，才被提拔上副厂长。我拍大腿说，这就是动机。张海说，建军是他的竞争对手？我说，不仅是竞争，还有嫉妒心。张海说，我只晓得女人有嫉妒心。我说，男人嫉妒起来，比女人还要辣手辣脚，动刀动枪，杀人害命。西宫水面上，树叶子漂远，被一条鲤鱼吞没。我接了说，工会主席瓦西里，我爸爸讲过，此人经常发花痴，跟厂里女职工搞不清爽，也有情杀可能。张海说，瓦西里是个缩卵，杀鸡杀鱼杀老鼠都不敢，顶多打个苍蝇蟑螂。我说，还有保尔·柯察金，不要小看这种人，文弱书生，最有欺骗性了。张海笑笑说，阿哥，你是说你自家吗？对不起啊。我说，没关系，我还真盼自家有这本事，十步杀一人，千里不留行，事了拂衣去，深藏身与名，但我有三不杀，一不杀无名之辈，二不杀无辜百姓，三不杀老弱妇孺。这样吹牛皮，让我觉着心情舒畅。张海赞道，阿哥，你懂的真多。我笑说，满嘴文绉绉的人，一是会招惹女人，二是会走极端，招惹女人便是费文莉，走极端就是情杀。以上理论，皆是我从推理小说中批发而来。张海说，神探亨特没怀疑过保尔·柯察金吧。我说，冉阿让嫌疑反而最小，因为他这张面孔，实在太像土匪强盗，杀人如麻的枪毙鬼。张海大笑，对对对，枪毙鬼，不可能是冉阿让。我讲得兴起，刹不了车，低声问，《东方快车谋杀案》看过吗？张海说，看过电影，蛮精彩的。我说，凶手也许不止一个，你讲被害人身上有三处伤口不是？张海惊说，三个凶手，各戳一刀？我说，一种可能。张海说，建军是个好人，年纪轻轻，哪来这样多仇家？我说，人心难测，还有一种杀人动机，就是建军的永动机图纸，案发当夜，他在值班室画图纸，就差最后一口气。张海说，结果呢，建军自己最后一口气没了。我说，不要小看这张图纸，点石成金，价值不可估量，要是有人觊觎他的成果，也想发明永动机，或者卖给有需要的人，比方讲，美国中央情报局，英国军情五处，以色列摩萨德特工，甚至苏联克格勃，对了，苏联老早没了。张海却说，阿哥，你没讲错，凶杀案发生时光，苏联还没解体。我说，我们会不会被监听了？张海说，啥人监听？我说，美国 CIA。还好四下无人，只有西宫隔壁，公交停车场的轰鸣。我摇头说，我们没这资格。但我看了天上浓云，又抛出一个可能性，神探亨特都有杀人嫌疑，九年没破案，除非凶手就是侦探本人，一生一世，沉冤难雪。张海说，阿哥，你可以写故事了。我说，这不是故事，还漏了一个嫌疑犯，就是我爸爸。张海说，阿哥，师傅是个好人。我说，好人也会做错事，好人隐藏最深。张海又说，师傅真是个好人。我说，不讲了，我爸爸也没杀人胆量，走吧。

　　整个秋天，我摊开永动机图纸，摊开建军留下来的书，每夜看一个钟头，一点点都看不懂，好像天书。每个礼拜，我都去上海图书馆，借一箱子物理学、机械学的书回来。但我只看到能量总和保持不变，既不能凭空产生，也不能凭空消失，好像建军哥哥并不赞同。每趟去图书馆还书，我又顺便借了《卡夫卡全集》，倒是看得起劲，又是背脊骨冷飕飕。1999 年，最后一夜，卡夫卡终归来寻我托梦，他就是约瑟夫·K，莫名其妙吃了官司，又莫名其妙被刀子戳死，正好戳到心脏，死得像条狗一样。就像 1990 年，春申厂的仓库围墙下，建军哥哥莫名其妙被戳了三刀，其中一刀，戳破了心脏。卡夫卡来到凶案现场，拉起血泊中的建军，走到苏州河畔，熏人的重金属气味里，藏了夹竹桃花香，一只摩天轮慢吞吞升起来，转起来，一串串四位数字，像发电报，挑了天上星星，一道旋转，变成黑洞，吞噬时间跟空间，拿我也吞进去，回炉再造，脱胎换骨，再吐出来。我的二十世纪，就这样再会了。不对，永远不会再会。梦醒时，已是 2000 年。

八

多年以后，当我回到忘川楼，立在神探亨特，保尔·柯察金，冉阿让面前，必会想起我爸爸带我去工厂看望那辆桑塔纳轿车的遥远春夜。当时，上海春申机械厂奄奄一息，车间与围墙靠近苏州河堤坝，河水黑臭浑浊，沿着遍布淤泥与重金属物质的河床流去，水中的夜航船油腻、乌黑，活像史前的猪婆龙。千禧年，春节前，我买了头一台电脑。调制解调器拨号上网，我下载《百年孤独》，学会模仿加西亚·马尔克斯开篇。我又参照王小波的《立新街甲一号与昆仑奴》，写了一则短篇《天宝大球场的陷落》，发在榕树下网站。我像被啥人灵魂附体，全身细胞灿烂，爆炸，目之所见，每个平方厘米，皆尽写满蝇头小楷。每个礼拜，我要写一篇小说，否则头痛欲裂，要被奇思异想撑破。电报码输入法，仅需敲打右侧数字键，家里噼里啪啦。楼下脚踏车棚，住了几只野猫，深夜此起彼伏，肆意交配叫春，满清十大酷刑般哀嚎，跟了我键盘唱和。

春天，张海带一张光盘到我家里，帮我装了一款单机游戏，没汉化，八个欧洲中世纪国王，自由选择角色，建造步兵，骑兵，炮兵，海军，甚至飞艇各军种，亦有妖魔鬼怪助阵，文艺复兴，蒸汽朋克，指环王混搭。我爸爸用过任天堂红白机，1990坦克大战，魂斗罗，作弊版九十九条命，皆没这款电脑游戏扎劲。白天上班，我爸爸是个游魂般的工人，手底下只有一个临时工；夜里打游戏，我爸爸就是凯撒大帝，屠龙圣乔治，自由罗兰之歌，也是堂吉诃德跟桑丘·潘沙。我爸爸经常邀请张海来打游戏，师徒二人穿了蓝颜色工作服，领子袖口还有金属油污，又像一对蓝精灵，一个操纵鼠标，一个敲打键盘，开疆拓土，称王称霸。

这一年，我跟我爸爸，张海，三人共用一台电脑，同一套键盘与鼠标，既打出过几十万字小说，也打死过几十万游戏士兵，怪兽，女巫，血流成河，人头滚滚。我爸爸打游戏水准起伏不定，我却收到了人生第一张获奖通知。这是一只文学新人奖，主办方有两家，一是人民文学出版社，二是某外资出版集团，当年位列世界五百强。这年春天，我做过一个梦——我爸爸不是工人，而是拥有亿万财富的工厂主，平常开一辆敞篷车。而我这儿子不争气，脑筋不太好。有人说我已做了爹，小囡他妈，就是我爸爸女秘书，她叫米兰。实际上呢，小囡是我弟弟。我爸爸为掩人耳目，让我背了锅，挡了枪。当我发觉秘密，决定报复，绑架了米兰，以及同父异母弟弟，藏身高楼密室。我向我爸爸勒索赎金。他只好卖掉工厂，给我一百万美元。太阳升起时光，警察寻到了我。我抱了无数美元跳楼，自由落体，天女散花，美元如玉剑如虹。我却大难不死，被消防气垫所救。当我接受精神治疗出院，米兰正在等我。这是父子之间故事，也有斯德哥尔摩综合征。小说名叫《绑架》。我当然没拿给我爸爸看。直到今日，我爸爸也从没看过我任何文字。小说打印出来，邮寄出去投稿，参加文学新人奖比赛，竟从十四万篇投稿中，脱颖而出。

领奖地点在北京。我没一个人出过远门，我妈妈在我衣裳内袋藏了五百块，又托了铁路局关系，买了一张软卧票，处级干部待遇。

我爸爸送我到新客站，黄昏时分，等我过了检票口，他点上一支牡丹，气定神闲，让我觉得几分怪异。走到月台，我却碰着张海，他没穿蓝颜色工作服，灰夹克衫，黑长裤，白跑鞋。他帮我拎起行李，登上火车，到了软卧包厢。我抢回行李说，你好下车了。张海掏出一张硬卧车票，价钿是软卧一半。张海说，师傅给我买的车票，必要我照顾阿哥到北京。

车门关闭。汽笛呜咽。月台柱子，渐次后退。夕阳挂在车头前，疾速坠落，沉入铁轨河流。黑夜婆婆，从车尾徐徐追来，亦步亦趋，如影随形。张海给我一袋水果点心，关照夜里饿了好吃。我在软卧1号车厢，张海在硬卧15号车厢，他要从火车头走到火车尾，绵长的十五节车厢，路过每一节，都要小心侧身，弯腰，被人踩到脚，踩到别人脚，抱怨，吵架，动手，苦难行军，从火器时代，走到石器时代。我想象火车是种危险的交通工具，十几节车厢里，装满体味浓烈的陌生人，三分之一江洋大盗，三分之一小偷小摸，剩下三分之一旅客。软卧包厢，坐有四人，唯独我乳臭未干。我吃了我妈妈给我的面包，吃了张海给我的水果点心。我爬到上铺，带了一本玛格丽特·杜拉斯的《中国北方的情人》，夜里让人困不着。火车哐啷哐啷，如同海上行舟，震荡波从铁轨袭来，传到枕头，颅骨，梦里，最难将息。后半夜，老厂长终来托梦，他开一部敞篷桑塔纳，追赶一列绿皮火车，公路与铁路平行，方向盘纹丝不动，仪表盘转到一百公里，跟火车齐头并进，终点站是北京。

到了北京，张海陪我到三元桥，主办方安排的宾馆。还有一个获奖者，跟我同住一室。等我办好入住，张海已不知去向。北京头一夜，我几乎失眠，想出门兜一圈，没能挪下床。第二日，颁奖典礼，我得了一等奖，数我年龄最小，当场领取五千块奖金。几位评委到场，俱是鼎鼎大名人物，往昔只在报纸跟杂志上见过。我跟评委合影，不晓得讲啥。众评委敷衍笑笑，扎堆抽烟，谈及这年诺奖，怒发冲冠。走出颁奖典礼，我带了奖金跟奖状，仿佛好梦一场，迎面看到张海，他已等候多时。我问他，昨夜去了啥地方？他说，三元桥对面，有家招待所，只要五十块。我说，领着奖金了，想吃啥，我请客。张海说，涮羊肉。

月上柳梢头，我们从三元桥出发，沿香河园路，到东直门，过东二环，就是簋街。张海挑一家回民馆子，打开老铜锅，点两斤羊肉，一瓶啤酒。我说，你哪能会寻到此地？张海说，招待所大妈介绍的。热气氤氲，铜锅沸腾，肉酥焦嫩，并无腥膻之气，吃得汗流浃背。张海胃口比我好，好像一整头羊羔，被他吞入胃中，啤酒吃光，而我滴酒未沾。时光还早，我俩浑身火锅味道，从东直门内大街，走到鼓楼东大街。夜色下，鼓楼巍峨堂皇，绕了一圈，到地安门西大街，一边北海后门，另一边荷花市场，便是什刹海。残荷犹在，簇拥水岸，俱是破屋烂瓦，酒吧尚待字闺中，零零落落。月光明媚，像个血红大饼，摊了波光粼粼上。

一路流连，绕过"银锭观山"石头，荡过后海北沿，乌漆墨黑，星空寂寥。我问起老厂长的桑塔纳，我叫它"红与黑"。张海说，还是老问题，红与黑修得漂亮，可惜不好开，缺少五脏六肺。我说，我家里的矿石收音机，还有我爸爸的《电工词典》，统统交给你了吧。张海说，阿哥，我回去就还给你。我说，不必了，我真不感兴趣，小时光，我爸爸让我看电工书，交流电，直流电，电阻，电容，电路图，我还有点兴趣，看到功是焦耳，功率是瓦特，电压是伏特，电流是安培，电阻是欧米茄，我就头晕了，他又教我用电工笔，万用表，灯泡检测电源，我妈妈臭骂他一顿，讲这是危险动作，万一触电哪能办，再看家里书架，我妈妈的中文自学考试辅导资料，我正起劲读《三国演义》跟《中国通史》。张海说，阿哥，现在当工人没出息，还是读书好。我说，等我读了中学，春申厂开始下岗，厂里的产品说明书，变成废纸，我爸爸拿回家里，垫玻璃台板，垫矮凳脚，还给我做了包书纸。张海说，我看到过，铜版纸说明书，蛮漂亮的。我说，说明书还有英文呢，有一趟，英文老师注意到了我的包书纸，全是语法错误，当作中式英语的典型教案，当日夜里，我拆掉所有包书纸，调成我妈妈订阅《收获》的牛皮纸信封。张海摒牢不笑，路过几座古老宅门，据说有醇亲王府，末代皇帝溥仪出生地，常有侍女太监闹鬼传闻，气氛恢复严肃。我抬了头，看后海上的星空，想起老舍先生《断魂枪》，最后沙子龙关好小门，一气刺下六十四枪，望了天上群星，想起当年在野店荒林的威风，我便想起我爸爸摊了一天世界[1]，修了好几只破电视机，报废的电动马达，望了春申厂的产品说明书，想起当年在技术工人比武大会上的威风。但他不是不传，是我这亲儿子不争气，只好传给关门徒弟。走到鼓楼西大街，德胜门箭楼如猛虎，暗夜匍匐。乘上出租车，桑塔纳普通型，红颜色外壳，北京颇为少见，如同红鬃烈马。车子上了北二环，五十年前尚是城墙，一边是天子宫殿，金碧辉煌，一边是吹角连营，胡笳声声。我看到雍和宫，万福阁三重飞檐，黄琉璃筒瓦歇山顶，暗夜里金光闪闪。

　　天明，张海跟我一道醒来。同屋的获奖者，未能得到心仪奖项，昨日愤然离京，空出一张床，我便邀张海同住。窗帘拉开一条缝，照了张海后背，他在看北京地图，肩胛骨突出，像两块三角铁。我们提了行李，打的到天安门广场溜达。天晴朗，万里无云，游人蛮多，人民英雄纪念碑前立定，张海说，几年前，寒冬腊月，我跟妈妈从江西到北京，住在西三环批发市场，卖羊绒衫，一日早上，五点起床，天还是黑的，冷风飕飕，冻得眼泪鼻涕直流，我坐了公交车，来到天安门看升旗。听到此地，我好像看到广场苍穹上，星星闪耀，天安门打开，国旗班依次出来。奏好国歌，国旗升到杆顶，张海听到有人叫他。人民英雄纪念碑前，一名少女在叫"张海"，她也是十四五岁，白羽绒服，脑后马尾，头戴红绒线帽，双颊绯红，却直摇头，口中呵出热气，绽开一朵朵雾花。张海走到她眼门前，

1　摊了一天世界：上海方言。把东西摊了一地，到处都是。

同时来了个男生，蓝白运动服，比张海高过一头，少女看到他就笑了，原来还有一个张海，同名同姓。北京张海，牵了少女的手，告别广场。江西张海，形影相吊，孤留在人民英雄纪念碑前。天空渐亮，白衣少女背影，混入天安门人流，长安街车流。第二天早上，张海又披星戴月，来到广场，比国旗班还早，占据最佳位置，期望再碰到少女，无论跟他同名同姓的男生是否出现。事与愿违，呼唤过张海的女孩，不见踪影。从天黑到天亮，从升旗到降旗。最后一日，张海整宿不眠，刚过零点，悄然出发。风从西山扑来，夜空飘起雪花，没公交车，也没脚踏车，他从西三环步行，零下十度，走到公主坟。长安街上，路灯亮着，笔直往东走，路过中央电视台，穿过西二环复兴门，经过民族文化宫，西单，新华门，走到天安门，后背心满是热汗。凌晨三点，广场上空空荡荡，地上一层薄雪。他孤零零立在孤零零的国旗杆前，眺望阴云密布的夜空，雪花像消失的星辰，闪耀坠落路灯下。国旗班出天安门，国歌奏响，五颗星星，升上旗杆高空。寒冬，雪天，来看升旗的人不多，张海终究没再碰着那姑娘。晌午，太阳挂上旗杆，积雪彻底融化，张海跟妈妈离开北京，坐了三日三夜火车，回到江西的兵工厂。

我问张海，你还想她吗？人民英雄纪念碑前，张海说，夜深人静时会的。我说，你陪我来北京，还想寻这姑娘？张海抽一支烟说，昨天凌晨，天还没亮，我就到了广场，老多人来看升旗，我在人山人海中，注意每一张面孔。我说，五年过去，人家从中学到大学了吧，你还能认出来？张海信誓旦旦说，绝对认得，只要到我眼门前。我说，可惜，现在到你眼门前的人，是我。下半天，我们穿过天安门，沿了北京中轴线，游了故宫，景山，北海，天气是极好的，赁一叶小舟，琼华岛白塔，倒映水面，如同镜中之画，被小船切碎。小风吹得惬意，我哼起《让我们荡起双桨》。张海摊开双手躺下，叼一支牡丹烟，仰望天上云朵，依次飘过水面。他只躺五分钟，仿佛闹钟响了，拔出烟说，阿哥，到点了，去火车站。

傍晚，我们上了火车。回程票是普通硬卧，我要爬上三层阁楼，视若畏途。张海让给我中铺，他轻松爬到上铺，悄悄关照我，钞票藏于何处，看管好五千块奖金。一夜过去，这班硬卧列车，不如想象中可怕，更非铁板新村，乘客们也不是江南七怪，五岳剑派，桃谷六仙。天亮，火车在北方大地行走。长日漫漫，我跟张海，坐在过道，面对面，泡方便面。天又黑了。斗转星移，车厢熄灯，黑暗渊薮，车窗如镜，犹如无尽隧道，照出两张面孔，相视一笑。四周鼾声澎湃，荡气回肠，飘荡各种辛辣味道，隔壁臭脚味，高邮咸蛋味，大蒜大葱味，田间地头，蔚为壮观。我捏了鼻头说，张海，讲讲你家里人吧。张海说，没啥好讲的，我娘是知青，二十岁去了江西，分配到兵工厂，嫁给我爸爸，才有了我。我说，你爸爸呢？张海说，老早离婚，出国了，我妈妈下岗了，带我走南闯北，做小生意，重新结婚，嫁给一个卡车司机，姓李，无儿无女，符合计划生育政策。我说，你妈妈又养小囡了？张海说，我妈妈四十多岁，第二趟怀孕，肚皮高挺，像个氢气球，随时会爆胎，医院B超一看，双胞胎，我后爹开了十吨头卡车，带了我们回上海，但是上海亲眷不肯帮我妈妈，只好住到外公家里。我说，你的舅舅阿姨们，是怕多一个人头报户口。张海说，对的，我妈妈是高龄产妇，吃足苦头，养了四十八个钟头，差点翘辫子，血流了产房一地，我的双胞胎妹妹才出来，我外公跑到南市城隍庙，寻了个老道士，从古诗里抽出两个名字，一个海悠，一个海然。我说，必是陶渊明"采菊东篱下，悠然见南山"。张海说，大约莫是吧，我妈妈抱了双胞胎去派出所，户籍警讲，不符合政策，要回江西报户口，我妈妈在派出所呼天抢地，后头不好讲啊。我说，有啥不好讲？张海尴尬说，我妈妈揭开衣襟，露出两个奶头，一左一右，当众喂奶，我外公闻讯赶来，黑了面孔，拿她送回江西，我妈妈回上海的念头，从此打消。我说，哪里一年？张海说，四年前，我初中毕业，没读高中，只好待业，我妈妈怕我走歪道，让我回上海，跟了外公，最好能进春申厂，感谢师傅。

京沪线旷野，天上有稀薄星辰。墨擦黑的硬卧车厢，张海喷出湿气，涂满整块玻璃，像一团暖流，几番变幻形状，先是一辆巨龙公交车，变成切诺基越野车，再是鲜红的敞篷车，最后浓缩为一部桑塔纳。夜暗了，又亮了，皓月当空。中秋节快到。轰隆隆，轰隆隆，列车碾过南京长江大桥。漫长的桥，最长的江。长江的后半夜，我人生的前半夜。天上银河，脚下长江，变成两条笔直轨道，列车剖开星辰大海。女列车员，走过硬卧车厢，北方话响起，你俩，咋还不睡，别吵吵，安静，静。

第二章　愚人节

一

爱因斯坦讲，太空光速旅行一年，归来世界变样，父母坟头青草摇曳，爱人奄奄一息，稚子已到中年，而你依旧年少，沉睡谷里，青丝满头，不如归去。忘川楼的装修，菜品，酒水，已调过无数趟，口味从寡淡到鲜甜，直至辛辣，调味料从油盐酱醋到食品添加剂，老板娘从妖艳少妇，变作时髦老妪，死者遗像从老厂长，变成"钩子船长"。唯独不变的，是门口火盆，是豆腐羹，是魂灵头。

张海眼圈发黑，眼白织着血丝，摸出一包软壳中华，递出四支烟，给四个老头子点火。神探亨特醉里挑灯看剑，保尔·柯察金梦回吹角连营，冉阿让可怜白发生。我爸爸打开窗门，扇扇风，免得服务员啰嗦。春申厂四大金刚，星火燎原，送老毛师傅最后一程。春风夹带火盆灰烬，恣意汪洋而来，吊灯晃动，张海面孔一半明，一半暗。他的香烟只烧半根，掐灭酒杯中，冰凉剩菜，慢慢酸臭。千言万语，哽了我喉咙口，讲不出，咽不下，当中搁了，实在难过。每个人皆想晓得，老毛师傅断气前，最后交代的秘密。

张海刚要讲话，我爸爸举手说，小英。张海回过头，拧起眉毛，喊一声，妈。忘川楼里，多了一个老年女人，脖颈如同鸡皮，烫了开水，煺了毛，只待清蒸。她穿一套黑衣裳，至少淘汰二十年，黑袖章，头插白花，葬礼上女眷标配。春风吹乱灰白短发，太阳穴，暴青筋，眼乌珠杀气腾腾。今日头七，按照老法习俗，张海娘刚回一趟莫干山路，从老房子里翻出死人遗物，焚烧到阴间去，因而浑身上下，烟熏火燎气，面孔烤得发红，鼻头冒油珠子，看样子比我妈妈老得多。实际上呢，她比我妈妈还小几岁。

空气有点冷。张海娘还带了两个女儿。一个黑颜色羊绒裙，戴眼镜，留短发；一个白颜色夹克衫，没戴眼镜，扎了马尾。打扮大相径庭，长相几乎没差，身高、体形、肤色、五官，就像一个人，随身带了落地镜，加 PS 功能。这一对双胞胎姊妹，顶多二十岁，皆戴黑袖章，黑布上缀一小块红布，必是老毛师傅孙辈。我猜，短发黑裙是姐姐，长发白衣是妹妹，青春少女版黑白无常。张海娘目光阴鸷，老太版阎罗王。张海呢，勾销生死簿的铁面判官。他的外公，正在黄泉路上，游览十八层地狱，等候判决。这一家，这一夜，绝配。

保尔·柯察金会做人，招呼母女三人落座，倒了三杯白开水。张海娘腰粗，步履沉重，吃了一大口水。我爸爸怯生生靠近，刚要搭话，她便大吼一声，册那[1]，这世道变得快，儿子不捧遗像，叫外孙捧，一帮瘟生。我爸爸缩回来，三位老友也熄火。我看到一头衰老的母狮，牙齿跟爪子落光，不能撕碎猎物骨头，只剩咆哮力道。张海娘的拳头敲台子，碗儿、碟儿、杯儿，震得丁零哐啷，然后骂人，她的口音独到，呛了上海话、扬州话、普通话以及江西话，用到畜生、婊子养的、杀千刀、断子绝孙等词汇。她继承了老毛师傅的大嗓门，又像发动机轰鸣，哭诉兄弟姊妹没良心，老头子喜丧，九十多岁，本该大操大办，却是狗屁倒灶，租了最小的遗体告别厅，买了最便宜的骨灰盒，只想收白包礼金，戆进不戆出。追悼会上捧遗像，竟让外孙张海出面。张海娘说，张海大舅舅居然讲，坐骨神

1　册那：上海方言。妈的。

经痛，不好久立，碰着赤佬了，为啥不断手断脚，干脆坐轮椅来嘛，这一顿豆腐羹饭，还是张海买单的，租了一辆大巴，将宾客们送来，饭还没吃好，这帮人全部走光，商量瓜分遗产去了。

张海鼻翼发抖，一声不吭，任由他娘哇啦哇啦。我爸爸看不下去，抽一根中华壮胆，走到张海娘身边，还是叫她小英，教人肚肠角痒，极不搭边。我爸爸是老毛师傅关门徒弟，等于半个儿子，自然也跟师傅子女稔熟，当作兄弟姊妹。张海娘涕泗交集，两个孪生姐妹，各拿一块餐巾纸，一个帮娘揩眼泪，一个帮娘擤鼻涕。她们不姓张，也不姓毛，而姓李，张海的同母异父妹妹，姐姐海悠，短发黑裙；妹妹海然，长发白衣。双胞胎姿色平平，除掉出自同一娘胎，跟张海唯一相似，只剩名字里的"海"。张海催促老娘回宾馆，莫干山路老房子，又破又小，正办丧事，乌七八糟，不如宾馆适意。张海娘抹去眼泪，瞪了儿子一眼说，你也没良心。张海不讲话。张海娘怨气深重，带了两个女儿离开。我爸爸说，小英，路上当心。我爸爸又关照张海，不送妈妈跟妹妹吗？张海说，宾馆在马路对面，不必送了。

我爸爸跟老友们又抽一轮香烟，我被熏得眼泪鼻涕直流，躲了窗口吹风。忘川楼后，沿江宁路跟苏州河，便是上海造币厂。北洋军阀时期，古典主义建筑，尚有武警站岗，工人昼夜加班，制造一分到一元硬币。此种山川形胜，非但不是煞气，还是风水宝地。忘川楼，忘川水，便是苏州河，川流不息，有水便有财。造币厂有金银财货，古人称钱为泉，同样是水。忘川楼，在此大煞大凶之地，专做豆腐羹饭生意，至阴至阳，至柔至刚，二十年而不倒，不是"万箭穿心"，而是"万泉穿心"，否极泰来，大吉大利，妙不可言，必有高人指点。今夜这顿饭后，桌上几位客官，怕是时来运转，天降横财。

我离开窗门，脑子疼，想不动了。保尔·柯察金说，小海啊，晚终晚，总归凑齐人头了，你就讲嘛，老毛师傅遗言到底是啥？张海揩了把面，吃了口热水，正要讲话，又被女鞋脚步声打断。我爸爸再喊一声"小英"。张海娘牵着双胞胎女儿，杀了个回马枪，前度刘郎复还。四个老头，面色都不太好，尤其我爸爸，想寻厕所躲藏。张海娘气势汹汹，坐在儿子旁边，厉声道，小海啊，你倒是快点讲啊，你外公断气前讲了啥？

张海不声不响，眼里有一团火，脑壳变成焚尸炉，啥人被他看在眼里，就要烧成骨灰。"钩子船长"能有啥遗言？但鉴于，老头活了将近一个世纪，漫长的一生，必然见识过不计其数的人。凡是有人，就有秘密。凡是秘密，可大亦可小，轻于鸿毛的小秘密，重于泰山的大秘密，还有秘密中的秘密，鸿毛与泰山，兼而有之。不同花色，不同分量，不同味道的秘密们，繁星点点，叠床架屋，像女人结绒线衫，像蜘蛛吐丝结网，诱惑，捕捉，猎食，误打误撞的闯入者，比如我。

神探亨特挪动庞大身躯，嘴唇皮嚅动，吃了一杯啤酒说，小海啊，老毛师傅断气前，是不是讲了1990年，我们厂的工程师，建军被杀的案子？张海说，不是。再阿让说，难道老毛师傅杀过人？张海再摇头，不是。保尔·柯察金说，要么啊，你外公是地下党员，解放前，潜伏国统区，搞情报工作，为党立下汗马功劳，可惜脱离组织，未能得到公正待遇，还有一种可能，物极必反，你外公是国民党，潜伏上海七十年，要求得台湾一纸证明？保尔·柯察金钻研党史多年，每夜电视机前坐定，看谍战剧，抗日神剧，革命主旋律剧。张海又摇头说，爷叔，电视剧里的中共情报人员，住了公共租界，法租界，静安寺路，霞飞路，个个穿西装，别领带，要么绸缎长衫，西伯利亚裘皮，写毛笔字，读洋书，听百老汇唱片，哪能像我外公住了药水弄，滚地龙，赤膊穿单裈，大字不认得几只，台虎钳上显身手？张海的反驳有力，保尔·柯察金吃了瘪。我却想起一桩旧事，今日追悼会，小王先生来过吧？张海说，电话打不通，我去思南路报丧，人去楼空。我吸口冷气说，难道他也不在了？张海说，他还在的话，也有八十几岁，这种年纪老人，见不得殡仪馆，火葬场。我又问，老毛师傅的秘密，是不是我出生这一日，春申厂地下挖出来的青花瓷大瓮缸？经我一讲，众人鸦雀无声，忘川楼下，地宫大门敞开，青铜器闪光，金山银海，璀璨不竭。至此，这一葬礼故事，又从谍战剧掉头，滑向《夺宝奇兵》《盗墓笔记》，乃至《达·芬奇密码》。张海娘不耐烦，手指头戳儿子后背心说，小海，半夜三更，不要吊人胃口，快点讲，你外公断气前，到底有啥秘密？

今宵，老毛师傅头七，死人魂灵头，必要回来望望故人。张海面孔通红，点一支香烟，眼乌珠望了天花板，盯了袅袅蓝烟说，外公断气前，只留一句话，把厂长捉回来。

二

千禧年，北京归来不久，《绑架》发表在《当代》杂志。命运为我打开一道窄门，门缝里可以窥见小径分岔的花园。旋踵而至，另一道大门，向我慷慨敞开。圣诞节前，张海腋下夹一张 VCD，神秘兮兮到我家。我，我爸爸，张海，三个男人，观赏一个日本姑娘的悲惨一生，电视机里爬出来的绝世容颜。这段时光，有种电脑病毒，半夜上网黑屏，冒出一张女鬼面孔。我没被吓死，却有了故事，一半是女鬼病毒，一半是清东陵被盗墓记载。我告诉张海，我能写这种故事。张海不信，跟我打赌。从冬至到清明，每日下班，我便在电脑前坐定，空调不开，两条棉毛裤，两件羊绒衫，冻得刮刮抖，电报码输入法，敲打四位数字，一个汉字，连一个汉字，一条句子，连一条句子，一个断头皇后，连一个"还我头来"，再连一个"她在地宫里"，打出第一本书《病毒》。

这年春节，还有一桩大事体。保尔·柯察金下岗后，闲来无事，他没神探亨特雄健体魄，不屑于当保安，也没我爸爸的手艺，宁愿领两百块下岗工资，打打麻将，兜兜文庙旧书市场，沙里淘金。他收到旧《申报》一张，登了民国二十年4月1日，华商上海春申机器厂开办启事。民国二十年，就是1931年，整整七十年前。工会主席瓦西里，奉命来到我家，传递厂长指示，今年4月1日，要办七十周年厂庆，无论在职、下岗，或是退休，统统邀请，并有大事宣布。我家客厅宽阔，瓦西里又唤来神探亨特，保尔·柯察金，冉阿让，五根烟枪扫射，熏黑了我家天花板，当晚惹怒我妈妈。

雪霁天晴，春天踏了猫步而来。七十周年厂庆，日夜倒计时。每个礼拜天，工会主席瓦西里，准时来我家报到，讨论厂庆安排，大到天王老子，小到腰眼角落，邀请嘉宾，编排节目，职工接待，央视《春晚》，不过如此。瓦西里每趟上门，皆是两手空空，既无面包，更无牛奶，还要吃掉我爸爸一包香烟，一两茶叶。

3月将尽，《病毒》大功告成，落下最后一笔"在她的腹中，正孕育着一个新的生命，一个蜷曲着的胎儿，她就是皇后阿鲁特小枝，噩梦才刚刚开始"。Word字数统计，十万八千字，犹如师徒四人，西天取经之里程。我的电脑键盘，打得油光锃亮，厚厚油脂一层，形如古董包浆。这一日，张海跟瓦西里同时上门，讲起厂庆安排，张海说，还有一位嘉宾，必须要请的。我爸爸问，啥人？张海说，外公有一位结拜兄弟，小王先生，七十岁了，春申机器厂老板的二公子，没有继承家业，却当了作家，住在思南路，外公讲他是文曲星下凡。瓦西里拍了大腿，好啊，七十周年厂庆，方方面面都请到了，独缺一样，就是春申厂的根，当年老板王先生，是我们厂的创始人，第一代老厂长，二公子请过来，饮水思源，把根留住，厂庆才能圆满。张海说，外公也想念小王先生，明日下班，我就去思南路，请他来参加厂庆。我已偷听多时，听说要拜访作家，自告奋勇说，我在思南路上班，陪你一道去。

次日，我刚下班，在单位隔壁阿娘面馆，吃了碗面。思南路上，风清月朗，张海骑了脚踏车而来。他摊开手掌心，红墨水写了地址，思南路101弄。张海让我上脚踏车后座，我一犹豫，还是坐上去了。从思南路往南走，过南昌路，再过皋兰路，香山路，复兴中路，法国梧桐林荫道，荔荔轻风，庭院深深，过周公馆，梅老板寓所，已是荒凉无人，鬼气森严。张海按响脚踏车铃铛，一如驱鬼小法师。秘密世界尽头，便是思南路101弄。

穿过衰败过街楼，我跟张海上三楼。303室，门里有电视机声音。张海敲门，略等片刻，一个老头子开门，满头霜雪，身坯瘦高，鹤发童颜。张海说，小王先生。老头子说，是我，哪位？张海说，我是老毛师傅外孙。小王先生展开眉头说，稀客，请进，进。房间比较宽敞，三面皆是书架，密密麻麻，就像三道城墙，电视机亮着，正在重播英超比赛，曼联打曼城，又是德比。主人让我跟张海坐沙发，他去灶披间泡咖啡，木头窗门外，明月可见，树影婆娑。我嗅着书的气味，虫蛀，泛潮，发霉，朽烂。咖啡香味道，渐次散逸开来。客厅正方形餐桌，摆了一副碗筷，一条河鲫鱼，一盆炒青菜，一碗番茄汤，还有一瓶醉泥螺，只剩鱼骨，残渣，汤水。由此推理，老头单身，至少独居，可能是宁波人。小王先生端出咖啡，收作餐桌。两只咖啡杯，托盘，皆是法国陶瓷，配不锈钢勺子，一小杯牛奶，又撬开铁盒头一只，掏出方糖两枚。我是轻啜一口，苦兮兮，便放糖，勺子摇一摇，又嫌甜。小王先生说，老毛师傅叫我小王先生，老王先生就是我的爸爸，也是春申厂的老板，还有一位大王先生，就是我的阿哥。小王先生讲得一口老派上海话，略带宁波腔。张海开门见山，讲起七十周年厂庆，邀他做嘉宾。小王先生默然。张海又说，小王先生，我外公牵记你老多年了。小王先生说，我也想念你外公。张海说，外公讲了，明日夜里，江宁路沧浪亭，请你吃面。小王先生说，好极，一定。张海递出一根红双喜，小王先生笑了摇头，拉开抽屉，拿出一包三五牌。张海不客气，接过香烟，再给小王先生点火。吞云吐雾，吃了咖啡，本来要走，主人拖了我们不放，电视机前看英超。小王先生看得扎劲，竟是贝克汉姆球迷。他又问，你们欢喜哪支球队？我说，阿根廷。张海说，AC米兰。小王先生说，欢喜哪个球星？我说，马拉多纳。张海说，保罗·马尔蒂尼。小王先生说，我欢喜博比·查尔顿。张海说，1966年世界杯冠军？小王先生说，对的，1966年，啥地方有电视转播，我是看过期报纸杂志，慢慢才搞清爽，赞。电视机旁边，摊了三本旧书，一本《金陵春》，一本《钱塘春》，还有一本《春申与魔窟》，封面都是手绘，七八十年代样子，纸页油黄，霉烂扑鼻。三本书名，都有"春"字，真是春天系列，署名同一人：春木。我大胆问，小王先生大作？小王先生说，惭愧，"春木"是我笔名，这三本书，皆是二十多年前，瞎写写的，不足挂齿，请多指教，你是春申厂职工子弟，自有缘分，勿客气。小王先生送我三本书，教我着实紧张，小心打开《金陵春》，第一章，南京紫金山，孝陵卫前，一桩谋杀案，死的是汪伪汉奸，日本特高课出动，机枪，狼狗，摩托车，封锁方圆一公里，捉拿嫌疑犯。我说，这不是侦探小说？小王先生说，有眼光，名义上是抗日题材，实际上是侦探破案，只不过，侦探主角是地下党。我再看文字，相当典雅，不见政治说教，不见农村闲话，更无翻译腔。翻开《钱塘春》，孤山寺北贾亭西，水面初平云脚低，杭州西湖风光，却非谋杀案开场，而是日伪秘密会议，选在孤山一幢别墅，前有苏曼殊墓，后有林和靖墓。一位日本少将，喜好梅妻鹤子风雅，陷入中共情报机构陷阱。我说，这是间谍小说吧，像肯·弗莱特《针眼》，又像知识悬疑小说，运用文学艺术素材，讲述惊悚谋杀故事。小王先生吃惊道，这位小弟，不是平常人啊。我说，不好意思，班门弄斧，我在思南路邮局上班。小王先生说，有缘分，每趟新邮上市，我就来排队，买首日封，盖纪念戳，贴好邮票，柜台盖销，以后我来望望你。张海笑说，我这位阿哥，肚皮里大有墨水，写得一手好文章，我陪他去北京领过奖呢。小王先生说，好极了，春申厂职工子弟，人才辈出，我要好好看你作品。我红了面孔说，瞎写写。我拉扯张海衣角，翻他白眼。老作家春木，早已著作等身，我呢，无名小卒一只，岂能翘尾巴。第三本《春申与魔窟》，开头竟是华商上海春申机器厂，魔窟便是极司菲尔路76号，现在的万航渡路，汪伪特工总部。小王先生说，这本书，不少都是真事，老毛师傅也是当事人，二十年前，上海电影制片厂，将这本书改编为电影。我翻到版权页，一看吓煞人，1980年5月第28次印刷，500000—550000册。小王先生苦笑说，稿费按字数算，一个字一分铜钿，这本书赚了1800块，当年也是一笔巨款。小王先生问我欢喜啥书，尽管开口好了。我不敢得寸进尺，拉了张海告辞。小王先生送到楼下，张海横关照，竖关照，明日夜里，江宁路澳门路口，沧浪亭面馆，外公静候，不见不散。夜已深，张海说，阿哥，我骑脚踏车送你回家。我摇头，腋胳肢夹了书，转到建国西路，乘24路电车，打道回府。

三

翌日，夜里六点钟，江宁路，沧浪亭面馆。"钩子船长"跟张海祖孙先到，我跟我爸爸旋踵而至，神探亨特，保尔·柯察金，冉阿让也都赶到。本来呢，工会主席瓦西里也想来，老毛师傅说，滚蛋，我跟老兄弟碰头，这只狗东西凑来做啥？瓦西里快快然缺席。小王先生准点来了，白西装，蓝领带，白皮鞋，山青水绿，小开派头，像老早的地下党员。而我爸爸这伙工人，更像白色恐怖下的入党积极分子，冒了生命危险来开会。"钩子船长"右手如钩，只好跟小王先生相拥，千言万语，相逢一笑。两人差了十岁，身体皆健，双双白头。八个男人坐定，各自点了苏式面。小王先生吃素面，老毛师傅更年长，却吃浓油赤酱大排面。神探亨特又要了啤酒，冉阿让点几样小菜。

小王先生问我，小弟啊，书看了吧，有啥意见，多多指正。我连忙说，不敢，不敢，刚看《春申与魔窟》，开头有一句：春申机器厂，创办于1931年4月1日。保尔·柯察金说，哎呀，我考证的厂庆日可不假。老毛师傅面孔一板，轮得到你讲话吗？嘴巴缝起来。保尔·柯察金当即噤声。小王先生啜一口面，放下筷子，笃悠悠说，那一天，既是春申厂生日，也是我的生日，我父亲讲过，我的出生，便是春申厂吉兆。老毛师傅大喜说，小木弟啊，七十周年厂庆，就是你的七十大寿，我们为工厂祝寿，也为你祝寿。小木，必是小王先生小名，怪不得笔名春木，春就是春申厂嘛。小王先生再吃一口面，并不接老毛师傅的话，自顾自说，我的祖父，老老王先生，本是宁波四明山读书人，浙江乡试中了举人，候补当上几年县官，远在西北，河西走廊，祁连山下，朝廷昏庸，天下大乱，大厦将倾，我祖父虽为县太爷，却得罪了洋大人，差点人头落地，早早退出仕途，弃官从商，到上海做生意，到了我的父亲，老王先生，留学法国，学习机械，学成归国，民国二十年，华商上海春申机器厂，开业大吉，啥叫华商？旧上海，有美商，英商，法商，甚至意商和比商，最多却是日商，苏州河边，一半是日商纺织厂，一半是无锡荣家产业，就是华商。小王先生讲得吃力，只剩吃面汤力道。轮到"钩子船长"说了，我十六岁啊，从扬州逃难到上海，苏州河上岸，落脚药水弄，同乡介绍我进春申厂，拜师学艺，乖乖隆地咚，韭菜炒大葱，规矩大过天呢，点香烛，杀公鸡，发毒誓，青帮为证，黄色工会为证，春申厂老板，老王先生，长手长脚，讲一口宁波话，天天穿白西装，坐凯迪拉克轿车，到厂里看一眼。小王先生说，我十几岁，天天来厂里面玩，跟了老毛阿哥，大热天，爬上洋钿桥，一头跳进苏州河，游泳，畅快，适意。"钩子船长"说，小弟客气，你是老板二公子，上海不太平，汉奸，流氓，横行霸道，像你这种富家公子，被绑的，被撕的，太多了，保护二公子，是我本分。小王先生放下筷子，想讲啥话，却又不讲。老毛师傅继续说，东洋人占了西洋人的租界，日本株式会社接管春申厂，生产军用卡车配件，北到伪满洲国，东至硫磺岛，皆有我们的产品，厂里出了地下党，工友被捉到极司菲尔路 76 号魔窟，剥了皮，漂在苏州河上，隔手，草鞋浜杀人事件，日本兵大搜捕，封锁药水弄，几万老百姓，天天有人饿死，我老毛，尚是小毛，饭量大咪，饿得前胸贴后背，墙根下挖牛舌头草吃，三更半夜，游过苏州河，东洋兵乱放枪，三八步枪，子弹咪溜溜，耳朵边划过，水底下钻过。老毛师傅卷起裤脚管，暴露伤疤，竟似日本皇室菊花纹。他说，这一枪，差点要了我的小命，待到东洋鬼子战败，又隔四年，上海解放，终归天亮，工人阶级，翻身做主人，老王先生还在，照旧每天坐了凯迪拉克，到厂里看一眼，抗美援朝，他还捐了一架飞机，1956 年，公私合营，华商上海春申机器厂，改名上海春申机械厂，老王先生一看苗头不对，收拾细软，带了家小，去了香港。小王先生说，唯独我是共产党，留在上海，再没动过。说罢，小王先生闷声不响，老毛师傅说，后来的事体，不谈了。

保尔·柯察金心领神会说，对的，走进新时代嘛，讲讲现在的春申厂，听说费文莉出事体了。我爸爸说，我不关心。保尔·柯察金嘬两口老酒，眉开眼笑说，费文莉老公在日本，她一个人带了小囡，青春少妇，常年守空房，自然要闹出故事，故事精彩了，就变成事故，她跟瓦西里搞上了，一直传到海的对面，东京居酒屋里刷盘子的老公耳朵里。冉阿让冷笑说，这种事体，你又晓得了？保尔·柯察金说，我也是关心厂里同事，毕竟瓦西里是我们工会主席，费文莉老公飞回上海，冲到厂门口，杀气腾腾，逼了瓦西里到苏州河桥洞下。神探亨特拍台子说，堂堂工会主席，竟是缩卵，跪下求饶，指天发誓，辩解自家清白，没敢松过裤腰带，费文莉老公放过瓦西里，回去剥光娘子衣裳，五花大绑，吊了房梁上，皮带抽了一整夜，然后离婚。老毛师傅说，不准再讲，听了腻腥。我只管低头吃面，成年男女世界，我不懂。冉阿让买单，掏出蓝灰色人民币，厚厚一沓,甩到账台,挺刮作响。老毛师傅说,小木弟弟啊,一道去厂里看看吧。

六老二少,月下夜行,穿过澳门路,到了春申厂。我说,撒切尔夫人呢?张海说,它轧了姘头,一定是交配去了。撒切尔夫人不在,野猫家族,老鼠家族,纷纷撑市面,大闹天宫。张海认得每一只猫,分别起了名字:白猫是范·巴斯滕,黑猫是同是三剑客的古利特,黄猫是罗伯特·巴乔,三花猫是乌克兰核弹头舍甫琴科,最漂亮的一只,自然是保罗·马尔蒂尼,皆是效力过 AC 米兰球星。小王先生一路说,厂子大变样了,但我不想再看。我爸爸说,我有一件宝贝,想请先生鉴定。小王先生爱好古物,果然展颜。

转到厂里仓库,红与黑,梳妆完毕,红颜色引擎盖,似一腔碧血,倒映我跟张海面孔;红颜色车顶,顶了一头烈焰,要烧着天花板;前后六根车柱,挑了血红火红腮红绯红。神探亨特叹道,红得像举"红宝书"的红卫兵。保尔·柯察金说,是花儿为什么这样红。车子下半身,四扇门,车头,后备厢,还是黑颜色,打过蜡,抛过光,变了容颜,上了新妆,风挡玻璃,几面车窗,后视镜装好,雨刮器都擦刮拉新。后备厢上头,多了一架尾翼,好似飞机翅膀,一旦发动,她会全身摇曳,脱离地面,直冲云霄。

小王先生问,这部车子还能开吧?上一趟,费文莉这样问,让我爸爸吃瘪。这趟他是胸有成竹,掏出车钥匙。张海心领神会,开门上车,原来去年,张海已从驾校出师,驾照到手,休息天帮私人老板开车子,赚外快。张海搓搓手,放下手刹,插入钥匙,转动点火,发动机轰鸣,大光灯亮起,上一挡,刹车,离合,油门,四只车轮动了。我爸爸坐了副驾驶座,叫徒弟不要急,慢慢交,笃悠悠,兜圈子。神探亨特,保尔·柯察金,冉阿让皆鼓掌。小王先生闷声不响。我爸爸听发动机声音,便晓得有没有毛病,像个妇科医生,诊断这位红发新娘,大病初愈,神女应无恙。听力方面,我爸爸必有天赋,掌握十几种乐器,口琴,二胡,扬琴,笛子,电子琴,听一遍电视剧主题曲，便能记下谱子。今夜，春申厂仓库变成维也纳金色大厅，米兰斯卡拉歌剧院，车上两个男人，不是我爸爸跟张海，而是托斯卡尼尼跟卡拉扬，启动奏响巴赫，油离配合莫扎特，上油门变成贝多芬，踩刹车又是老柴。要是我爸爸披上西装，车头大众标志，调成奥迪四个圆圈，便成亿万富豪工厂主。

冉阿让讲，上个月，厂长心血来潮，巡视全厂，打开仓库，发现这台桑塔纳，已经脱胎换骨，漂亮是漂亮，但不能开，等于还是尸体。"三浦友和"决定在厂庆当天，让这台车破茧而出，作为七十周年厂庆献礼，展示春申厂工人技术。厂长命财务拨款，寻到上海大众，购买原厂变速箱，刹车片，避震器，车窗玻璃。车子内伤治愈，外观大变样。按照工会主席瓦西里讲法，改了风水，挡了煞气，不再是一部事故车。张海还不满意，他对车屁股动脑筋，要装尾翼。这方面，我爸爸完全不懂。张海买了参考书，计算空气动力学，仓库墙上，密密麻麻，写满公式，得出这个尺寸形状，提升车速最佳，还能增强轮胎附着力，增强稳定性。前两日，车子办好年检，随时可以上路。

看罢红与黑，小王先生要走了。大家送他到宜昌路，24路电车终点站。小王先生再跟老毛师傅作别，贴了我耳朵说，小弟啊，有空来我家做客。小王先生上了末班电车，前车门投币，寻了位子坐定。马路边，"钩子船长"眼神落寞，脊梁骨有点弯了。我爸爸，神探亨特，保尔·柯察金，冉阿让一道吃烟。张海跟我坐在西康路桥头，吹苏州河风。当当当当，小辫子翘起来，24路末班电车开动。隔了车窗，小王先生面孔，渐渐模糊，模糊，不见。

四

4月1号，阿猫阿狗，群贤毕至，上海春申机械厂挂了横幅——

喜迎七十周年厂庆。在职工人自然全到，下岗来了大半，退休工人也有上百，老毛师傅就是代表。工厂处处挂彩带，屋顶几十面彩旗，锣鼓喧天。我爸爸不辞辛劳，自不待言，他还负责厂庆摄影，头颈挂了奥林巴斯照相机，日本原装的宝贝，1994年，我妈妈公派美国考察，在纽约花了四千块买的。神探亨特，负责维持秩序，进来五六百人，每人自带矮凳马扎。保尔·柯察金，自诩舞文弄墨，写了所有美术字，串场词。冉阿让爬上屋顶，冒死装了一千瓦小太阳，有了舞台追光效果。张海从仓库搬出一只古董，五百斤重家什，来自捷克斯洛伐克，这台车床出厂之日，希特勒还没吞并苏台德区，待到苏联红军反攻，东欧解放，机器成为战利品，拆到乌拉尔兵工厂，生产T34坦克零部件，中苏友好时期，中国用二十吨大米，换来这台机器。

今日最拉风的，却是红与黑，老厂长的桑塔纳，堂而皇之，弹眼落睛，仿佛车展保时捷，法拉利，兰博基尼，独缺比基尼车模。台下头，退休女工花枝招展，莺莺燕燕，分发饮料，糖果，散装香烟，混了前门，牡丹，双喜还有中华。车间里挂了彩带，气球，如同六一晚会。厂长第一排坐好，旁边坐了女儿小荷，还是女童面孔，比起三年前的豆腐羹饭，个头长了不少，已读小学五年级。厂长不带娘子，却带女儿来厂庆，是向全厂职工表决心，要拿春申厂当自家千金来宝贝。保尔·柯察金带了儿子小东，年纪还小，今年要中考，来得不情不愿。神探亨特带了女儿雯雯，她快要大学毕业，比我高半个头，长得虎背熊腰。冉阿让女儿也来了，征越十八岁，就要高考，她跟我打招呼，但我不会搭话，嗯呀啊呀，不知所云。我爸爸手指头戳我腰眼说，小鬼不上台面。

厂庆开幕前，"钩子船长"几番起立，回头望月，小海啊，你去看看，小王先生来了吧？张海说，我到厂门口看了十几遍，没的影子啊。老毛师傅说，厂庆慢点开，有没有电话？厂长同意稍候，到了办公室，"钩子船长"让我拨电话，打到思南路101弄。电话终归打通，小王先生说，今日我不来的。我按免提，让大家听到。我说，小王先生，今朝是七十周年厂庆，也是你七十大寿，厂里蛋糕也准备好了。小王先生说，你们自己吃吧，我来是啥身份？老板二公子？早就不是了，这家工厂，不是我的，是你们的，是老毛师傅，是你爸爸，是神探亨特，是保尔·柯察金，是冉阿让，是小海，但不是我的。"钩子船长"大声吼，小木弟弟，小木弟弟，你来呀，来呀，我等你，等你。小王先生说，对不起，老毛阿哥，我老了，每过一天，离翘辫子，就近一天，老实讲呢，我有四十年没过生日了，你也保重身体，不讲了，再会。电话挂掉。嘟嘟嘟，嘟嘟嘟。厂长办公室，安安静静，"三浦友和"摊开手说，不来就不来，不搭界。

回到大车间，老毛师傅一屁股坐下，面色仓皇。我爸爸递一根香烟，老头猛抽一口。大喇叭啸叫，刺破耳朵。冉阿让上去调试，喂喂喂，拍话筒，砰砰砰，像打枪，排队枪毙。工会主席瓦西里上台，蓝西装，黑皮鞋，头路梳得清爽，面孔没二两肉，跟他联袂的主持人，就是女会计费文莉。她化了浓妆，粉面带玉，弹眼落睛，嘴唇皮血血红，穿了白色连衣裙，胸不小，胯骨屁股颇大，走路左右扭动，像白乌龟。瓦西里台风一如春晚，挥洒自如，大气老成。男女主持人，珠联璧合，一番陈词滥调，有请老毛师傅上台，讲述春申厂光荣历史。"钩子船长"右手缺三根手指，拿不了话筒，嗓门洪亮，喀秋莎火箭炮一般轰鸣，最后一排都能听清。老毛师傅从清朝末年，老老王先生讲起，讲到老王先生创办春申厂，自己跟小王先生的情谊，再讲到解放以后，公私合营，忆苦思甜，记性好得一塌糊涂，直到1966年，上海工人武斗，打响全国第一炮。工会主席瓦西里，急匆匆上台说，老毛师傅，后头还有节目，抓紧时光。"钩子船长"最厌别人插嘴，伸出钩子般右手，推开瓦西里说，小把戏，此地轮得到你放屁？瓦西里灰溜溜下台，大家一片哄笑。还是厂长"三浦友和"，亲自拿老毛师傅请下去。

文艺汇演，第一只节目。女会计费文莉唱越剧，傅全香《杜十娘怒沉百宝箱》。这位杜十娘，白颜色连衣裙，左手兰花指，右手麦克风。澳门路申新九厂，莫干山路面粉厂，江宁路造币厂，长寿路国棉六厂，武宁路上钢八厂，每一只厂，皆有这样一枝厂花，有时一对，有时花开三五枝，轮流坐庄，麻将牌似，春夏秋冬，百花盛开，争奇斗艳，不只供人观赏，也是蜂儿蝶儿，辛苦采蜜，跟男人家同样做生活，也跟女人家同样做生活。前一个做生活，在旋转纱锭前，在轰鸣车床前，在噼里啪啦算盘前；后一个做生活，是买汰烧，是养儿育女，当窗理云鬓，对镜贴花黄。两个做生活来源不同，含义不同，又殊途同归。如今呢，没了前一个做生活，后一个做生活也独木难支，一枝枝厂花，不免要萎了，残了，凋了，败了。我爸爸爱听越剧，快活时哼哼唧唧几句，费文莉的唱词，我是勉强听懂：实指望良禽择木身有靠，谁又知我凤凰瞎眼会配乌鸦，这真是痴心女子负心汉，到头来海誓山盟尽虚假……台下窃窃私语，都说这唱词精妙，简直为费文莉量身定制。有人讲起她跟瓦西里的风流故事，又传她跟厂长"三浦友和"暗通款曲。台上杜十娘，怒沉完百宝箱，台下男女，掌声雷动，人人尽是李甲孙富，喊"再来一个"，亵渎味道深重。

第二只节目，冉阿让上台，难得刮清爽胡子，穿了对襟羊毛衫，胸口挂24K金链子，开口竟是日本话《北国之春》，音色，音准，台风无懈可击。无法判断日语是否标准，听起来嘛，像模像样，有腔有调，即便不是东京标准音，也是虹口公园横浜桥。不要看冉阿让样貌凶狠粗鲁，二十年前，他是男版邓丽君，每日听磁带，学这首日语歌，追到了马路对面，申新九厂的厂花，三八红旗手的纺织女工，后来便有了征越。

冉阿让退场，神探亨特上台，开始打太极拳。七位下岗女工，同台表演太极剑，背景音乐是《倚天屠龙记》的片尾曲《爱江山更爱美人》，但七个舞剑的妇女，总让我想起《七剑下天山》跟《白发魔女传》。神探亨特在保卫科就练拳，号称源自太极张三丰，张无忌跟赵敏一脉传承，慢可练九阳真经，快可打拳王泰森，武林称雄，无须自宫。想当年，老多盗窃国家财产的蟊贼，都在神探亨特拳脚下哀嚎过。我爸爸跟他练过几年，在我家客厅施展拳脚，不是白鹤亮翅，便是黑虎掏心。学会张无忌跟赵敏的武功，我爸爸就在厂里带徒弟，练习太极推手。张海每趟装模作样，被推出去几步开外，摔了四脚朝天，全为哄师傅开心。

费文莉娉娉婷婷，唇红齿白报幕，下一节目，竟是我爸爸，笛子独奏《帕米尔的春天》。我爸爸穿了工作服上台，拍照片的任务，自然落到我身上。我退到车间门口，拍下厂庆全景。舞台中心，我爸爸器宇轩昂，手执竹笛，呜呜横吹。若拿蓝颜色工作服，换成衣袂飘飘的古装，不是楚留香，也是陆小凤。十二岁起，我跟我爸爸学吹笛，从《每周广播电视报》剪下简谱练习，吹得一手《梅花三弄》，但非古曲，而是琼瑶剧主题曲。《帕米尔的春天》，难于上青天，各种滑音，颤音，循环运气吹到底，怕是要吹出小肠气。不要小看一根笛管，比萨克斯风响亮得多，从苏州河到大自鸣钟，皆能听到笛声悠扬。一曲告终，我爸爸恢复紧张，羞涩地笑。台下掌声如雷，保尔·柯察金，已是眼泪汪汪，当年他是知青，去了新疆生产建设兵团，遥望过帕米尔的雪峰，品尝过花儿为什么这样红。雯雯，征越，小东，同样拼命拍手。我举了奥林巴斯相机，又给职工子女们拍照，直到胶卷拍光。

师傅下台，徒弟上台。费文莉瞄了张海一眼，报幕道，第五个节目，上海说唱《金陵塔》。我是听了一呆，黄永生的《金陵塔》，必用标准上海话，唱得滚瓜烂熟，连绵不绝，我只会一句"金陵塔，塔金陵"，张海的洋泾浜上海话，哪能唱得下来，岂不是要大出洋相，自取其辱？张海立了麦克风前，背景音乐响起，江南紫竹调，他一开口"桃花扭头红，杨柳条儿青，不唱前朝评古事，唱只唱，金陵宝塔一层又一层，金陵塔，塔金陵，金陵宝塔第一层，一层宝塔有四只角，四只角上有金铃，风吹金铃旺旺响，雨打金铃唧吟又唧吟"。他是唱得括拉松脆，气息不断，官话腔，江北腔，江西腔，风流云散，只剩正宗老派上海话，坐标南京西路，静安寺，听得我浑身鸡皮疙瘩。我爸爸咬我耳朵说，小海买了黄永生的磁带，每日午休，都要学唱《金陵塔》，刮风落雨，雷打不动。"这座宝塔造得真伟大，全是古代劳动人民汗血结晶品啊，名胜古迹传流到如今。苏州城内四秀才，一个姓郭一个姓陆，一个姓卜一个姓粟，郭卜粟陆陆卜郭粟，卜陆粟郭郭卜粟陆，四秀才吃菱肉剥菱壳，菱壳掼了壁角落，胡同小厮来扫落郭卜，雨打金铃唧吟又唧吟。"张海的喉咙，舌头，牙齿，嘴唇皮，皆是天作之合，其疾如风，其徐如林，绝不打一个嗝愣，像开自动步枪，或单发，或连击，单手换弹匣，枪枪命中靶心，见血封喉，涤荡人间，台上台下打成马蜂窝。张海的金陵塔，节节攀高，台下人听得呆了，痴了，疯了，扬了头颈，瞪了眼乌珠，好像春申厂上空，大自鸣钟地带，造起金陵宝塔十三层，五十二只角上有金铃，风吹金铃旺旺响，雨打金铃唧吟又唧吟。厂长女儿小荷，爬了爸爸大腿上，两只手托了粉腮，花痴般看了张海，仿佛他是黄永生大师本人，要么魂灵头附体。小荷大叫"好"，一语惊醒梦中人，全厂掌声雷动，像原子弹爆炸，升起一团蘑菇云，春申厂从此立起来了。

高潮接了高潮，波峰接了波峰，波谷都没得了。下一节目，保尔·柯察金上台，倾情朗诵《今天是你的生日我的上海春申机械厂》。保尔·柯察金一身红西装，先酝酿情绪，摆出手势，突然捏紧麦克风，这记是氢弹爆炸了——

啊！今天是你的生日，我的上海春申机械厂！

啊！伟大的工人之子！

啊！苏州河畔的明珠！

啊！勇于探索！继往开来！

啊……

我的腹肌痛煞，实在捆不牢，笑出声来。张海也笑了。笑得最起劲的，是保尔·柯察金的儿子小东。我爸爸要制止我们失礼，无奈台上声情并茂"啊！星星之火的中国机械工业！"，我爸爸也狂笑不止。保尔·柯察金普通话不标准，颇具喜剧效果，随了"啊！"的深入，他开始慌张，提高声调，"啊！"从中音3提高到高音3，最后到帕瓦罗蒂境界。台下人民群众，早已笑得不成样子，仿佛男的全部中彩票，女的全部怀孕，一律双胞胎。春申厂七十年的历史，这一刻，是欢乐顶点。我却从一声声"啊！"里，听出风萧萧兮易水寒的绝唱。最后一句"啊！愿你有一个灿烂的前程！"我确定保尔·柯察金抄了海子。

保尔·柯察金面红耳赤下台。瓦西里上台，宣布最后一个节目，退休工人合唱团《汽车机械工人之歌》，还是保尔·柯察金作词，旋律照抄《咱们工人有力量》。三十名退休工人，男女各占一半，唱得极有力量，欢快且雄壮，深沉且和谐，就是普通话略烂，"改造得世界变呀么变了样"哪能听都像"逼呀么逼了样"。大合唱终了，掌声四起，曲终却人不散，瓦西里有请厂长上台。

"三浦友和"黑西装，红领带，皮鞋揩得锃亮。宝贝女儿小荷，拼命给爸爸拍手。厂长先感谢全体职工，尤其下岗职工，发扬风格，给了春申厂复兴的机会。他再点名表扬我爸爸，在职工人撑起了这片厂。厂长说，台前这辆轿车，老厂长的桑塔纳，死而复生，焕然一新，是我厂工人技术实力的全面展示，也是老厂长精神不死，愚公移山，精卫填海，刑天舞干戚，借了七十周年厂庆的大喜日子，我要宣布一桩大事体。台下面面相觑，不知要发啥劳保用品，男同志帆布手套，还是女同志卫生巾。厂长下令关灯，灯火辉煌的大车间，陷入大肠般的黑暗，厂庆有了追悼会般诡异。投影光束，穿过众人头顶，像电影院放映机。台上背景幕布，亮起刺眼的幻灯片，上海国际汽车城规划图，画了F1赛车场，上海大众新厂房，汽车博物馆，零部件配套园区，外围有个小红点。

厂长拉出一根无线电天线，指了幻灯片上小红点说，未来的上海春申机械厂。台下鸦雀无声。我爸爸放下照相机，戆了，呆了，定快快了。"钩子船长"要立起来，又被张海劝下去。第二张幻灯片，还是平面图，标出三个车间，一个仓库，一栋办公楼，一排宿舍。厂长说，各位同志，我请规划设计院做的，按照国际标准建设，对标德国博世，加拿大麦格纳，日本爱信精机，以上三家，皆是世界一流汽车零部件供应商。第三张幻灯片，工厂流水线假想图，车间纤尘不染，全套日本进口数控机床，德国工业机器人，机械臂飞来飞去，不是终结者两代，也是机械战警三代，生产发动机，变速箱，刹车片，工人戴了帽子，口罩，操纵笔记本电脑，蛮像《黑客帝国》。厂长叹气说，各位爷叔，各位兄弟，三年来，这家厂半死不活，实际上呢，已经进了棺材，就等盖上钉子，鲁迅先生讲"不在沉默中爆发，就在沉默中灭亡"，现在啊，再不爆发就来不及了，我向大家报告一声，经过多方努力，我已从社会上募集到资金，幻灯片里这块风水宝地，刚刚批下来，再过一个月，破土动工，就在国际汽车城，近水楼台先得月，春申厂再也不愁订单，好时光又要回来啦。瓦西里立起来，带头鼓掌。厂长说，我还要宣布一桩大事体，春申厂要进行股份制改造，让每一位职工持股当老板，不管在职还是下岗，都能认购原始股，将来春申厂发展好了，再去A股上市圈钱，到时光，大家不用再被股票弄怂，适适意意炒自家股票。说罢，幻灯片变成原始股发行说明，募集一百万股，每股价格一块，每人一万股起，三年盈利，每年分红，五年返本。厂长说，明年此时，春申厂必将搬到汽车城，壮士断腕，凤凰涅槃。"三浦友和"走入幻灯光束，面孔惨白。

台下众人喧哗，有人问，汽车城在安亭，离市区太远，快出上海，要到昆山了，上班一个钟头，堵车两个钟头，啥人去啊？厂长说，不用担心，厂里会安排班车，汽车城规划了地铁，过几年就会通车。厂长答疑之时，我爸爸却闷了。老毛师傅又像开炮说，七十年啦，这个厂子，没得了？工会主席瓦西里，看山水说，面包会有的，牛奶会有的，一切都会有的。这番名垂青史的台词，令人哄堂大笑，解脱紧张气氛。瓦西里又说，当年炒原始股，买认购证的皆发大财，如今厂里也发原始股，怕是一夜暴富的机会。厂长拍拍瓦西里，当他是雪中送炭天使。厂长宣布，春申机械厂七十周年大庆，胜利闭幕，下趟大庆，将在四十公里外的汽车城。

五

翌日，"三浦友和"来我家里做客。厂长对我爸爸客气，对我妈妈更加恭顺，拎了一包脑白金，简直谄媚。我妈妈官拜正处级，行政级别比厂长高。看了我家房子，"三浦友和"不无艳羡讲，困难企业的厂长，住的就是陋室而已。他又说，老蔡啊，只要你认购哪怕一万块，自然有人跟进，冉阿让再就业风生水起，袋袋里装了钞票，麻将桌上输掉，不如交到厂里来，必定加倍奉还。我爸爸说，我不想看到春申厂搬场。厂长说，我进厂二十年，也是春申厂第七任厂长，老早工厂开在苏州河旁，方便内河运输，现在二十一世纪，长寿路，大自鸣钟，寸土寸金，不适合再开工厂了，你看对面申新九厂，响当当几千人大厂，接待过外宾无数，说没就没了，与其被拆迁消灭，不如主动搬到汽车城，地方比现在大五倍，还有政策配套，关键是有订单，有生活做，老蔡啊，像你这样的老师傅，也不用没事体打太极拳了。我爸爸说，工会主席瓦西里，更适合带头表率。厂长面色不佳说，你还不晓得瓦西里，一毛不拔铁公鸡，屁眼里夹了一分硬币，人民广场兜三圈都花不掉。想必，厂长刚从工会主席家里出来。接下来，厂长横讲竖讲，从祖师爷卡尔·马克思讲起，当年在伦敦炒股票，净赚四百英镑，再到深化国有企业改革红头文件，小布什总统上台，全球经济形势，再到沪深股市动向。茶几上，烟缸又满，我爸爸啊呀嗯呀，不知所云。倒是我妈妈，发觉了一位优秀企业家潜质，跟厂长聊得热络，交流各种小道消息。上个月，我妈妈刚去汽车城参观过，表示厂长目光长远，计划虽然大胆，但有敢为天下先的气魄。我妈妈还为他出谋划策，举出自家单位案例，如何向上级单位哭穷，要来优惠政策。临别之际，厂长表示有耐心等我爸爸，也有恒心让春申厂旧貌换新颜，在汽车城重获新生。厂长又赞我妈妈是优秀纪检干部，赞我文章写得好。我爸爸拿我推回门里说，啥的狗屁不通文章，我是一个字也没看过，不送。

厂长前脚一走，我妈妈后脚发飙，骂我爸爸没大局观，没集体荣誉感。我爸爸说，不是不相信厂长，也不是舍不得一万块，我是不舍得工厂搬家，我进厂三十年，从大门到食堂到浴室，再到车间跟仓库，蒙了眼睛走一遍，也能分毫不差，厂里每块砖头，每个机器，每个螺丝，每个蚂蚁都认得我，要是搬到陌生地方，就像抛弃糟糠之妻跟亲儿子。我妈妈冷笑说，你的脑子啊，还停在三十年前，刻舟求剑。我爸爸说，今日早上，我发了个梦，老毛师傅，终归老死了，我呢，也变成了老头子，清明节，我给师傅扫墓，坟墓突然裂开，出来的不是两只蝴蝶，不是梁山伯与祝英台，而是一只右手，缺了三根手指头，像个铁钩，抓牢我的头颈，扬州话轰隆轰隆，我的厂呢？我的厂呢？辣块？辣块？我爸爸学起扬州话，老毛师傅腔调，惟妙惟肖，我抱了肚皮笑。我爸爸对老毛师傅毕恭毕敬，百依百顺，不但是一辈子，还要带进棺材，带进下一代。我妈妈不语多时，终归哼一声，我看你是热昏，黄粱大梦。

一个礼拜后，不晓得是脑子被雷劈过，还是被灌了迷魂汤，我爸爸改了主意，头一趟忤逆了老厂长托梦。他去了趟证券公司，割肉抛掉套牢多年的股票，取出五万块现金，交到厂里财务室，换来一纸股权认购协议书。我爸爸又发扬先锋模范作用，给老同事们打电话，劝说大家认购原始股。首先响应的是冉阿让，爽快买了四万股，神探亨特买了三万股，吝啬鬼保尔·柯察金，裤裆里挤出一万块来。大家络绎不绝来交钞票，会计费文莉忙得不亦乐乎，只好买了一台点钞机。一百万股集资，超额完成。工厂门口贴出大红榜，我爸爸名列第一位，认购金额最高，冉阿让荣登榜眼，神探亨特位居探花，其余皆是一万股。唯独"面包会有的"工会主席瓦西里，一分铜钿都没出。

春天基本过去，厂长命令张海当驾驶员，开了红与黑到机场，接来一位香港客人，房地产开发商，待到明年春申厂搬迁，这块地皮便是他的了。财神爷驾到，这位香港王总，戴了墨镜，身长八尺，竟跟神探亨特一般高，讲一口香港普通话，却有上海口音，举了数码相机，咔嚓咔嚓，扫过厂里角角落落。我爸爸羞赧地笑，张海手指代替木梳，理出谢霆锋发型，穿了蓝颜色工作服，一本正经摆剪刀手。香港王总称赞厂里一砖一瓦，机器设备，都有历史价值，拆为平地，实在可惜。纽约曼哈顿苏荷区，原本多是工厂仓库，第二次世界大战后，要么倒闭，要么搬迁，剩下老厂房，就被艺术家利用，变成画廊，摄影棚，博物馆，高级餐厅，变成美国最有腔调的社区。张海大胆问，工厂不用拆了？香港王总拍了一车间的红砖说，唔舍得拆，拆就系暴殄天物，呢度系上海嘅苏荷区。

厂长说，好，改造成上海的苏荷区。春申厂背后是苏州河，也是苏荷，既是音译，又是意译，命中注定。我爸爸捉了徒弟问，工厂不拆了？张海鸡啄米似点头说，不拆了。我爸爸说，小海，快去工作间，我的抽屉下藏了一包中华。少顷，张海取来软壳中华，我爸爸拆开包装，递出一支香烟。这一举动鲁莽，厂长本要阻拦，香港王总却不介意，非但让我爸爸给他点火，还回敬一支万宝路。我爸爸吃惯国烟，万宝路太冲，香港脚臭味道，熏得头晕。香港王总又讲两句上海话，颇为亲切，指点江山，啥地方改成画廊，啥地方做成餐厅，啥的报废机器，可以改成装置艺术，还有整面外墙，要请艺术家涂鸦,三分之一凡·高风格,三分之一毕加索风格,最后三分之一,宫崎骏《天空之城》。屋顶上,放一台上海牌轿车,一台国产发动机,纪念中国汽车工业。这位香港开发商,阎王老爷一般降临,又如观音菩萨一般告别,我爸爸,张海,所有工人夹道欢送,就差挂出横幅,举起鲜花,戴上红领巾。

厂门口,香港王总盯牢红与黑,恋恋不舍,连讲三个英文: cool, amazing, perfect。我爸爸一个都没听懂。王总抚摸红颜色引擎盖,摆弄屁股尾翼,坐进驾驶位,转钥匙点火,听发动机声音,分明是嫖客上青楼,挑选名妓腔调,他说,浦厂长啊,今天坐这辆 car 到厂里,好犀利啊,请问这辆车,系哪位师傅改装?厂长请出我爸爸。香港王总又敬一支香烟。我爸爸拿了烟,手指抖豁,不想点火。香港人摸了红与黑说,春申厂可以不拆,但有一个条件,这辆桑塔纳,我出二十万买下来。厂长说,王总啊,这辆破车,不值二十万,就算普桑新车,十万块也到顶了。香港王总改用上海话说,千金难买我欢喜。厂长说,只要王总欢喜,车子开回去吧。香港王总说,你们先办过户手续,再过十天,我来提车。我爸爸反应不及,还想再问两句,香港王总已拦了出租车,扬长而去。

春申厂保下来了,红与黑却要走了。我爸爸冲到厂长办公室,跟"三浦友和"大吵一趟。我爸爸拍台子说,你帮你讲哦,桑塔纳是老厂长的,他死在这部车子上,魂灵头也在,多少钞票都不能卖。厂长敬一支烟说,师傅,你来选吧,是这部车子卖给香港王总,还是香港王总拆掉春申厂?我爸爸说,春申厂跟红与黑,这两样宝贝,只好留一样?厂长说,这笔账你算算看,春申厂要是保留下来,最起码还有一百年寿命,红与黑落到香港人手里,保养得好,可以再开三五年,然后报废,你要是选红与黑呢,这部车子搬到新工厂,也是再开三五年,再报废,但是春申厂,三个月内就要拆成平地。我爸爸闷掉,烧光一支烟,嘴唇皮青紫说,我选春申厂。出了办公室,我爸爸打开仓库,拎一铅桶自来水,揩清爽红与黑,让红颜色更红，红得开出花来，黑颜色更黑，黑得滴出墨来。我爸爸让张海拿了钥匙，发动车子，在春申厂里开一圈。我爸爸坐在副驾驶座，闭了眼睛说，小海，你有没有听到，好像有小囡在哭？张海说，师傅，我只听到发动机声音。我爸爸说，不对，是小囡在哭，对不起，老厂长，我拿你的车子送掉了，卖掉一个亲儿子，才能保牢一家门老小平安，不要记恨我。张海说，师傅，老厂长不会记恨你的。我爸爸说，这部车子会记恨我的。

六

几日后，红与黑竟来寻我了。六点钟，我刚下班，出了单位大门，张海开了这部车子，停到思南路上。他还带了厂长的宝贝女儿，小荷从后排下来，虚龄十二，背了迪士尼米奇书包，穿了连衣裙，映日荷花别样红。我说，红与黑不是卖掉了吗？张海说，再过两日，香港王总来提车。我说，你要偷走这部车？张海说，瞎讲了，我是奉厂长之命，开车接送小荷，肚皮饿了，先吃面。在我单位隔壁，有阿娘面馆一间，淮海路一带小有名气。撑门面的阿娘，待我极好，有一日，我早饭没吃，饿得前胸贴后背，阿娘亲手煎了荷包蛋，端托盘为我送来。这间面馆，后来便成了我的食堂。今宵，三人坐定，我吃鳝丝面，张海吃辣肉面，小荷吃虾仁面。天气渐热，小荷吃得一头香汗，面色白里泛红，她说，我要期末考试了，我爸爸请了补习班老师，原本住了沪太路，离我家里不远，今年拆迁搬去龙华，公交车要转三部。我说，蛮远的。张海说，厂长是大忙人，天天出去谈生意，厂里只有我会开车，他就请我帮忙，每个礼拜六，来回接送小荷。我说，这算加班吧？张海说，厂长讲这是私事，汽油费由他来出，加班费嘛，折成一条中华烟。我说，厂长倒是两袖清风。小荷说，我爸爸出差去了，我妈妈在医院值班，家里没人，张海哥哥就带我来吃面。我们三人，吃得油光满面，夜风吹来葱油香味。小姑娘吃饱了，我跟张海的面汤一滴不留。我要摸口袋买单，张海抢先一步买单，辣肉面六块，鳝丝面八块，虾仁面十块。阿娘眉开眼笑，还夸小姑娘漂亮。

　　天暗了。张海开出红与黑，我们单位几个驾驶员，立了门口看野眼，吹牛皮，围拢来观赏这部车子。张海接到两根香烟，确实拉风。张海换挡起步，打方向盘，大转弯上了淮海路。我坐他旁边，小荷在后排，摇下车窗，让风吹进来，头发飘散开。法国梧桐上彩灯，橱窗里女模特，新华联玻璃天桥，国泰电影院海报，百盛广告屏，像五颜六色魔方，翻来覆去，乱花渐欲迷人眼。小荷说，张海哥哥，我想去一个地方。张海说，啥地方？小荷说，汽车城。我说，去做啥，老远的。小荷说，厂庆这日，我坐了第一排，我爸爸讲的计划，放的幻灯片，春申厂的新工厂，我想亲眼看一看。张海拍一记方向盘说，好，我也要去看看。我说，夜里看得清吧？张海说，厂长给我看过照片，工地灯火通明，日长夜大，再过三个月，厂房就会盖好，一道去看看吧。我还在犹豫，张海又说，阿哥，再过两天，这部红与黑，就归香港人了，再想坐也没机会了。开过静安希尔顿，风在车里钻来钻去，荡漾汽油味道，汗酸跟烟草味道，小荷头发里香味道，阿娘面馆汤水味道。我晓得，红与黑要带我走。我说，好吧，早去早回。张海笑说，没问题，到汽车城，我们只看一眼，先送小荷回去，再送阿哥，师傅不会晓得。我关照小荷说，今夜去看新工厂，不好告诉你爸爸妈妈，否则张海要倒霉。小荷伸出小指拇说，拉钩。我伸出小指拇头，张海碰着静安寺红灯，他也弹出小手指，小荷手指冰凉细嫩，像根小小的胡萝卜。三根手指头拉了一道，这桩事体就是绝密，天荒地老，不会让人晓得。开上武宁路桥，月亮泡在苏州河里，化成一摊大饼。穿过内环高架，张海保持六挡，时速八十公里，我下意识抓牢把手。张海说，阿哥，不要怕，我是老司机了，这部车子开过几十遍，四只轮盘，就像我的两只脚。小荷帮腔说，我作证，张海哥哥开车老稳的，我最放心了。我看到沪宁高速牌子，再开就要到苏州，无锡，南京，甚至北京。张海走了旁边一条路，提醒说，安全带。我赶紧给自己系好，用力拉，像美国死刑犯，五花大绑上电椅。张海说，后排也系上。小荷皱皱眉头，我转身教她，手忙脚乱，终归绑上安全带。

张海打开电台，张国荣《夜半歌声》，小荷跟着哼歌，世界越发空旷，黯淡无光。张海说，阿哥，你最想去啥地方？他的音量盖过张国荣，像他外公一样洪亮。我说，不晓得。其实呢，我想快点回家里。张海说，我想去米兰。小荷说，米兰在啥地方？张海说，意大利，AC米兰晓得吧，我想去圣西罗球场，看一场米兰德比，小荷，现在轮到你讲了。小荷说，我想去巴黎。张海说，我们三个一道去，先去巴黎，再去米兰，反正顺路。小荷问我，哥哥，你想去啥地方？我说，耶路撒冷。几个月前，我写过一首诗，每一小节开头，都是"跨过苏州河，到耶路撒冷去"。小荷问，这又是啥地方啊？张海插嘴说，电视新闻里听到过，不是爆炸，就是骚乱，不大好去的。我说，也没错，但是好地方，神圣的地方。小荷说，神圣是啥东西，语文老师教过，《新华词典》里也有，我还是不懂。我看了她的眼乌珠说，蛮难回答的。张海笑说，就是像我外公那样，想打我就打我，我必须要乖乖挨打，还要被打得开心，这就叫神圣。

汽车城到了。车窗摇下来，隔一片黑暗旷野，沪宁高速，流光溢彩，彻夜轰鸣。上海F1赛车场正在造。小姑娘坐车里，张海不吃香烟，瘾头上来，猛吸鼻头，有点困。我说，你就吃一支吧。小荷也说，允许你吃一支。张海点一支牡丹，蓝颜色魂灵，从烟头袅袅升起。张海说，我在给老厂长烧香，等到春申厂搬过来，他必要每日来转转。小荷嗔怒说，不要吓我。张海说，老厂长的魂灵头，一直在这部车上。我说，今朝夜里，老厂长又要来托梦了。小荷扒上来说，啥的托梦？我说，你是小囡，最好不晓得。小荷柳眉倒竖说，我不小了，放了暑假，就要读初中预备班。我说，托梦嘛，就是有人会在梦里跟你讲故事。张海说，阿哥，怪不得，你小说写得好，还会写皇后的头，写"她在地宫里"，有鬼神相助，不对，是贵人相助。我说，据说托梦伤身，总归给点补偿，否则啥人做好事呢？张海说，全世界的大作家，都会被幽灵托梦吧。我说，有的会，有的不会，比方讲，卡夫卡肯定会被托梦，否则写不出《变形记》，还有美国恐怖小说大师，斯蒂芬·金，绝对是托梦朋友。张海说，阿哥，祝你被托梦越来越多，小说越写越赞。我说，但奇怪哦，这两年，给我托梦最多的，却是老厂长。小荷说，哥哥，不要再吓我了。

丁字路口打弯，未来的春申厂，就在小道尽头。两边开了夹竹桃，跟苏州河畔一样，红颜色，白颜色花蕊。春夏之交，月明星稀，野风微醺，中了夹竹桃毒，沉醉，迷离，让人窒息。小路曲折，张海的手指骨节，方向盘上暴突，来回拉方向，加挡，减挡，踩离合，抬刹车。地面崎岖坑洼，颠得我七荤八素，还好绑了安全带，胃里的面要造反，差点吐到仪表盘上。后排小荷尖叫，却叫张海不要踏刹车，开得快一点，再快一点。最后五百米，路又变直，张海调到六挡冲刺。远光灯扫射，像穿过隧道。须臾，这道光被吃掉。红与黑被吃掉，红与黑在转。天在转，地在转，月亮在转，星星在转，我，张海，小荷，三个人也在转。车祸发生了。

滑铁卢战役，法国胸甲骑兵，气吞万里如虎，杀到英国步兵方阵前，横出一条深沟，功亏一篑。雨果老爹评价拿破仑，那个人的过分的重量搅乱了人类命运的平衡。红与黑过分的重量，搅乱了我，张海，小荷三个人的命运的平衡。开花炮弹，在我脑中开花。军刀劈开肩膊，车裂，腰斩。星辰堕落，但不寂静。地球还在自转。安全带对抗重力。我想到了死。眼镜片碎了。我怕变成"钩子船长"。电影里每逢翻车，就会漏油，每逢漏油，就会爆炸。我看到了恐惧的样子。它是红的血，它是黑的油，淹没我的头顶，沉没到冰面下，负一千六百米，贝加尔湖底下腐烂，灿烂，烂。

七

红与黑，后排多了一个人，坐了小荷身旁，却是老厂长。他的面孔五官，眼睛鼻头，既不是木头，也不是毛笔画的，而是天生肉长，黑白两色，一如追悼会遗像。张海说，没路了。风挡玻璃外，黑漆漆，雾茫茫，如在地下，古墓世界。老厂长说，往前开。张海踏了油门，离合，加挡冲刺。红与黑，如同装了盾构掘进机，黑夜剥落，土崩瓦解，上穷碧落下黄泉。飞蛾破茧，凤凰涅槃，月光出来了，小荷问，去啥地方？老厂长说，回春申厂。看不到路牌，四下影影绰绰。张海一抹黑，老厂长说，往前开。张海捏紧方向盘，笔直向前走。道阻且长，渡过一条河，又一条河，开了一整夜，又一整夜。上桥，涉水，地下打洞，爆了两只轮胎，还没寻着春申厂。梦就是这样，明明只困几分钟，却像几个钟头，甚至好几日，好几年。你永远在赶路，越过九十九道街口，爬过一百零一级台阶。眼看要望着苏州河，又撞到一辆集装箱卡车，红与黑带了我们四个，钻到卡车底盘下。老厂长下半身还在座位上，上半身已贴了后备厢，泪水涟涟，连声哀叹，寻不着了，寻不着了，如何是好，如何是好。梦醒。

天，蒙蒙亮。落雨，潮湿，温热，发霉的雨点，滴落在眼皮。我在呼吸。运道蛮好，十根手指头，皆能张开，拳头能握紧，脚指头可以动，关节还活络，就是仪表盘上，全是我的呕吐物，阿娘面馆的鳝丝面。老厂长托梦，救了我的命。他的死魂灵，葬于红与黑中，带我走出地底，死而复生，就像这部桑塔纳。张海也活着，面孔插了碎玻璃，横过两枝鲜血梅花，又被雨水模糊。还有小荷，她困在后座，雪白面孔流血，裙子上也有血，映日荷花更红了，红得腥气。

风挡玻璃，变成一张蜘蛛网，竟没粉碎，哈利路亚。三个人都绑了安全带，像锁子甲，明光铠，挡牢万箭穿心，否则人已凉了。车门能开，没被困死。我爬出车门，再拉后门，松开小荷的安全带，抱她出来。小姑娘分量轻。雨水打了面孔，小荷醒了，眼乌珠睁开看我，又看看红与黑，手指头沾血，眼泪水涌出。我又去拖张海，他分量比我重，运道不好，膝盖肿了，脚骨断了。张海咬了牙，叫不出声，只喘粗气，困兽犹斗。小荷哭管哭，也来帮忙，四只手拖了张海，终归拉出驾驶座，雨水，血水，汗水，眼泪水，浑身湿透。我爬上变形的引擎盖，再上车顶，托了小荷的腋胳肢，帮她爬上地面。我不敢再动张海，免得骨折加重。小荷伸手拉我，我爬上去，掼倒泥泞之中，像第二趟出生，又像一只小小虫豸。回头看，红与黑，陷落在一条深沟中，地球上的一道伤疤。惯性不可阻挡，车头嵌入淤泥，齷齪，但是柔软，小姑娘胸脯般柔软，吮吸，融化了冲击力。车子屁股，两只后轮，风骚翘于地上，尾翼断裂，像一架飞机坠毁。红的，黑的，加上烂污泥，混了一道，调色盘似灿烂。

梅子黄时雨，脑子也是黄时雨，混沌中渐渐明了。我的衬衫上皆是血，慢慢脱下来，拔出小臂上的碎玻璃，性命交关时光，我伸手挡了面孔。最疼是锁骨，安全带的血印子，从肩膀贯穿到腰眼。小荷坐在淤泥里，裙子洇出殷红的血，定快快看我说，哥哥，我要死了吗？我搂了她说，小荷，要是你死了，我跟张海陪你一道死。小荷破涕为笑说，哥哥，这我就放心了。我的膀胱憋了一夜，马上就要爆炸，摒不牢了，我叫小荷转过身去。我出了一泡尿，老厂长保佑，从上到下，器官皆没事体。有事体的是张海，他的面孔煞白，坐在深沟里说，阿哥，快去新工厂，叫人来帮忙。我说，新工厂在啥地方？他大概耳膜穿孔了，就像老毛师傅，嗓子吼得乓乓响，新工厂就在这头。

但我只看到处女地，一道深沟的处女地，无边旷野，碎石头，野草，几株泡桐疯长，乌鸦停在树梢，淋得萎靡不振，报丧似呜咽。我用衬衫盖了小荷头上，勉强遮挡雨水，叫她看了张海，不要乱跑。我去寻人救命，脚高脚低，举目无亲，冷到骨髓里去。我没看到工地，也没新工厂，更没昼夜不停的施工队。大吊车，搅拌车，打桩机，不过是一场梦。张海想象的新工厂，全是空中楼阁，飘在头顶的雨云。顶了梅雨，我走了半个钟头，寻到最近的活人，是一家农舍。我借了人家电话，打回家里，无人接听。我想，爸爸妈妈正在寻我，满世界地寻，焦头烂额地寻。

　　我们得救了，红与黑也得救了。救援拖车来到，将桑塔纳拖出深沟，像拖一具淹死鬼。车头变形损伤，但是形状没变，还是洋火盒子。我爸爸跟张海亲手焊接的部分，倒是固若金汤，六根车柱也没断。送到医院，张海膝盖骨折，手脚受伤好几处，医生讲不会有后遗症，不会变成跛脚，打三个月石膏即好。我没少一块零部件，每根骨头皆安好，只有皮肉伤，软组织挫伤，连缝针都不必，但是淋雨着了凉，打了摆子，高烧连发三日才退。照道理讲，我坐副驾驶，比开车的张海更危险。但我没事体，运交华盖，必有后福。小荷头上有道伤口，碎玻璃划的，缝了三针，身上没伤，只有乌青块，裙子上洇的血，是小姑娘初潮。"山口百惠"头一个冲到医院，抱了小荷，眼泪汪汪，但没骂人，就拿女儿领回家里了。

　　第一个后果，张海倒霉了。骨折相当痛，但他没哭。我爸爸冲到医院，张海倒是哭了。我爸爸第一趟骂他，抽他一个耳光。张海认错，不该开了红与黑，走夜路，看野眼，冲到荒郊野外，差一点点害死我，害死厂长女儿。我爸爸却讲对不起，捏捏徒弟面孔，叫他注意休息，好好养伤。老毛师傅来了，一声不吭，抬起铁钩般右手，打得外孙鼻青面肿，牙齿脱落两枚。我爸爸拿他拦下来，生怕张海被打死。

　　第二个后果，我爸爸，神探亨特，保尔·柯察金，冉阿让，四人顶了雨披，骑了四十公里脚踏车，去看了车祸现场。心心念念的新工厂，屁都没有，只有一条屁眼似的深沟，沟底皆是屎尿般的淤泥，零落桑塔纳的保险杠，铁皮碎屑，玻璃渣渣。保尔·柯察金说，地址搞错了吧？他们又骑了车，走遍汽车城，问了方圆十公里内，所有工地跟单位，结果清清爽爽，根本不存在春申厂工地。我爸爸的面色，便跟深沟中的淤泥一样。梅雨下，我爸爸跟老伙伴们，再骑四十公里脚踏车，汗流浃背，雨披内外，皆是淌淌滴，赶回厂里，听说"三浦友和"刚出门，去了外地出差，给子虚乌有的新工厂采购设备。

其实呢，我爸爸只要厂长解释一句，新工厂不在汽车城，而在浦东金桥，那头有上海通用。要么搬出上海，去了苏州，无锡，常州。要么像四十年前，大小三线建设，上海工厂西迁万里，巴山蜀水，云贵高原，瘴疠苗疆的深山地洞。甚至于，新的春申厂已经造好，厂长要送惊喜，放一只大炮仗。最后一种可能，七十周年厂庆，"三浦友和"宣布工厂搬迁，原始股集资这日，恰是愚人节，一场恶作剧，一场游戏，一场梦。

红与黑拖回厂里。发动机还是好的，变速箱没啥问题，水箱震坏了调个新的。相比三年前，老厂长粉身碎骨，这趟事故，不过是伤风感冒，吃个药，打个针，上个创可贴即好。老毛师傅讲，这部车子是厂里资产，啥人弄坏就由啥人负责，哪怕明日就要卖给人家。老头取出存折，拿出全部退休工资，调换车窗玻璃跟大灯。我爸爸自掏腰包，给车子做了钣金跟喷漆，调了两只前轮，修好尾翼，焕然一新，锁了仓库，等了香港王总来取。

厂长办公室，灰尘一日比一日厚。我爸爸拿了湿抹布，揩拭"三浦友和"的办公桌，顺便看玻璃台板下头，压了好几张全家福。最旧的一张照片，三十年前，我爸爸从部队复员，进厂做了工人，立于最后一排角落。以后每隔几年，我爸爸位置就往前移，往当中移，面孔越发清晰，也不再后生。十年前，春申厂被评为文明单位，全家福从黑白变成五颜六色，我爸爸已立到第二排当中，前头就是老厂长。最后一张全家福，占了整面墙壁，便是七十周年厂庆。厂长坐第一排当中，宝贝女儿坐他大腿上。我爸爸在厂长左边，工会主席瓦西里在右边，左右护法，张保王横。神探亨特，保尔·柯察金，冉阿让都在第二排。他们三人的子女，雯雯，小东，征越立在第三排。最后一排，临时工张海笑得灿烂。唯有第一排的"钩子船长"，瞪了两只眼乌珠，如同遗像一张。拍这张照片的人，就是我。

一个礼拜后，厂长办公室已被收得窗明几净，如同殡仪馆告别大厅。女会计费文莉也消失了，请了事假，不晓得在啥地方。保尔·柯察金说，费文莉跟"三浦友和"私奔了吧？自觉形势不妙，我爸爸带上神探亨特，保尔·柯察金，冉阿让，寻到厂长家里。

黄梅天快过去，还在落雨。甘泉新村，六层工房顶楼，门口堵了七八个男人，一看绝非善类，个个自称债主。我爸爸敲门半天未果。神探亨特轻舒猿臂，让债主们退后。我爸爸隔了门，报出自家大名。片刻后，房门打开一道缝隙，露出"山口百惠"面孔。我爸爸吃了一惊，见她骨瘦形销，面容憔悴，头发凌乱，不免让人怜惜。当年"三浦友和"结婚摆酒，我爸爸是新郎官师傅，新娘子过来点烟敬酒，师傅长，师傅短，稍带苏州口音，像一块糯糯软糖。后来，我爸爸来此做客，"山口百惠"做过几道小菜，对于灶披间生活，我爸爸一窍不通，却对徒弟娘子赞不绝口，每趟提及，自然惹我妈妈生气。

"山口百惠"将四个老工人请入家中，紧紧锁上房门。女儿头上还裹了纱布，正好横过眉毛，前两日刚拆线，她妈妈担心留疤。小荷面孔煞白，红了眼圈，眼乌珠幽幽闪光，扑了台子上背英文，准备明日大考。"山口百惠"回到卧室，梳妆打扮，吩咐女儿招呼四位爷叔。冉阿让问她，伤口还痛吧。小荷说，不痛。她拿了四只玻璃杯，抓出四把龙井茶叶，倾了杯中，一杯杯倒满开水。神探亨特不忍心说，不要忙了，爷叔们自己来，妹妹去写字吧。我爸爸沙发上坐了，相当局促，不晓得脚往哪里搁。玻璃杯里茶叶，慢慢泡开，翻滚，拉伸，纠缠不清，嘴唇皮还没搭上，我爸爸心口却烫了一记。女主人再出来，面孔稍有颜色，才像"山口百惠"本尊，又敬了客人四根烟，她唉声叹气讲，一个礼拜联系不到厂长了，不晓得他的下落。还有一桩秘密，"山口百惠"说，一年前，老浦就跟我协议离婚了，他每日回来，陪女儿吃夜饭做功课，然后出门过夜，小荷一直以为爸爸是去厂里值班。冉阿让强凶霸道说，这只畜生。"山口百惠"说，离婚是我们两个人事体，没告诉大家，现在他闯了大祸，生死不明，连累全厂老小，我实在抱歉。冉阿让说，我也有女儿，是我们抱歉。"山口百惠"搂了女儿说，现在呢，小姑娘也懂了，马上期末考试，小升初，不好耽误成绩。我爸爸只抽半支烟，吃半杯茶，便招呼兄弟们走吧，厂长若有消息，请"山口百惠"第一时间通知，要是门外那点瘟生，再来纠缠孤儿寡母，他自会来帮忙。

四个老伙伴出来，跟堵门的债主谈判。人家不管厂长何时离婚，拿出一张张借条，几千块到几万块不等，白纸黑字，有"三浦友和"签名，还有血红手印子。借条时光，最早在前年，多半在今年。保尔·柯察金问，厂长讲过借钞票理由吧，用到啥地方去了？债主们表示一无所知，堂堂一厂之长，总有还款能力，哪怕是灰色收入。神探亨特发了一圈香烟，洛杉矶警探似分析，这是一桩蓄谋已久的诈骗案，"三浦友和"利用厂长身份，向全厂职工集资，向社会人员借款，最后卷款潜逃，更吓人的是，一年前，他就悄悄离婚，撇清老婆小囡责任。保尔·柯察金说，列宁同志讲啊，最坚固的堡垒都是从内部被攻破的。冉阿让说，死蟹一只，大家认购原始股的钞票，统统没得了。我爸爸说，何止我们口袋里的钞票，春申厂也要没了吧。保尔·柯察金说，天要落雨，娘要嫁人，哪能办。神探亨特对债主说，各位朋友，大家都是"三浦友和"的受害者，你们也到外头想想办法，一定要捉他回来，不过嘛，跟他老婆小囡没关系，不要再来此地了。神探亨特身坯强大，妇女用品商店捉盗贼气魄，加上冉阿让面貌凶恶，债主们作鸟兽散。

到楼下，四个老头避雨，吃香烟，吐痰。保尔·柯察金说，刚才要是动手，我们打得过人家吧？冉阿让说，帮帮忙，都是老棺材了，走几步路就喘了，肋膀骨拆散了啊。神探亨特放下拳头说，上个礼拜，我刚去医院做过胃镜，受罪啊。我爸爸骑上脚踏车，穿了雨披说，不要讲了，这是命。

八

国际奥委会主席萨马兰奇，宣布 2008 年奥运会花落北京之日，法院判决下来，上海春申机械厂破产清算，资产拍卖抵债。凤凰涅槃没盼来，铁板新村倒是敞开，直接出送火化炉。全厂职工有两条路，一是买断工龄，一次性拿十几万走人；二是关系转到上级单位，继续领五百五十块基本工资，不用上班，直到退休。我爸爸选第二条路。

整个热天，我家里吵翻天，玻璃窗敲掉好几块。我爸爸怪我妈妈，听信厂长鬼话，啥的狗屁新工厂，劝他买原始股，损失五万块不算啥，关键是我爸爸带头认购集资，全厂职工跟他屁股后头交钞票，坑害了大家。我妈妈被吵得吃不消，身为大型国有企业纪委书记，办过几桩类似案子，晓得事体复杂，颇难定性。公安局经侦大队，有我妈妈老朋友，打听下来，一百万职工集资款，没被厂长中饱私囊，而是偿还了春申厂债务，皆是老厂长生前拖欠。既然如此，"三浦友和"并未贪污腐败，即便失踪，也是经济纠纷，无法刑事立案，除非寻到厂长本人。还有重要证人，便是春申厂的女会计，费文莉。

一夜，我家里响起三趟电话。头一趟我妈妈接了，刚问是哪位，对方没声音。第二趟我爸爸接的，咳嗽一声，电话那头挂断，我爸爸骂一句，神经病。第三趟是我接的，听到嘤嘤哭声，难道午夜凶铃？一个小姑娘说，哥哥，是我。我说，小荷？电话那头说，声音轻一点，不要被人听到。刚刚两只电话，也是她打来的，存心避开别人。我抱了电话，关了门说，你爸爸回来了？小荷哭腔说，我爸爸没回来，但是，厂里的女会计寻着了。我说，费文莉回来了？小荷说，听人家讲，只要寻到这个女人，就能寻到我爸爸。我说，报警啊。小荷说，她刚被公安局放出来。我说，叫你妈妈去寻她。小荷说，自从我爸爸跑路，我妈妈气得生了毛病，心脏不好，现在住医院。我说，我去告诉我爸爸。小荷说，千万不好讲，我怕他寻着我爸爸，两个人动手打起来，我爸爸会被打死。我说，我爸爸是通关手，倒是打人有力道。小荷说，你能答应我吧。我说，好，我不告诉我爸爸，明日我休息，带你去曹杨新村，寻到费文莉。小荷说，我去过了，人不在，但我打听到一只地址，她逃到浦东乡下去了，我怀疑我爸爸就在那边。我说，你一个小姑娘，不要乱跑。小荷说，张海哥哥骨折，没人好帮我了，只好来求哥哥你。我捏了电话，看阳台外，夜来香花影浮动，像小姑娘一抽一抽，一粒粒眼泪水，从听筒里溢出来，热气滚滚，冤家，我说，明日早上，春申厂门口碰头，去浦东。

　　第二天，我赶早出门，带了新买的摩托罗拉，我的第一台手机。小荷已候我多时，她穿运动短裤，白颜色T恤，棒球帽遮太阳，眉角一道淡淡的疤，可能要跟一辈子。我懊恼说，那天到汽车城，我要是坚决不同意，也不会出这种事体了。我们不乘地铁，公交车到外滩，烈日高悬，万里无云。金陵东路码头，渡轮蹒跚而来，像只剁椒鱼头，翻腾浊浪靠岸。隔了铁网格子，黄浦江夹了泡沫塑料垃圾，飘了辛辣味道。我牵了小荷的手，挤到圆圆船头。马达轰鸣，船舷下，卷起千堆雪，离开码头摇晃，像吃了黄酒微醺。外滩跳了探戈，一步一退一回头。一艘远洋轮船开过，集装箱印了COSCO，从鹿特丹起航，穿过三片大洋，六条海峡，一条运河，带了莱茵河的泥腥味，沉船带的铁锈味，地中海的阳光味，苏伊士的战争味，还有摩西渡过的红海味，跟黄浦江本身气味混合，又变成音乐会，竖琴泛了波澜，单簧管吹了浪头，大提琴拉了汽笛，三角铁提醒到岸。外滩海关大钟敲响，《东方红》嘹亮，世界第三大钟，英国大本钟的兄弟，好像有个钟楼怪人，惊醒黄浦江两岸。

轮渡开到浦东，陆家嘴滨江绿地，尚未完工。东方明珠高耸，隔壁是金茂大厦，貌似张海的金陵塔。我们肚皮皆饿了，寻着一家做盒饭生意的小店，多是建筑工地民工。我问小荷，吃饭讲究吧？小荷说，不讲究。我们便坐定，吃了两客盒饭。小荷欢喜鸡腿，浓油赤酱，地沟油味道蛮重，连连舔手指头。小荷又叫口渴，我买一罐冰镇可乐，两口被她吃光。八佰伴门口，等着公交车，没空调，热得像铁皮罐头，所有车窗摇下来，热风进来，人人汗流浃背，要成小笼包。小荷脱了棒球帽，拼命扇风。开到张江高科园区，满目皆是工地，柏油路面，太阳烤得热气氤氲，变形，好像发一面孔青春痘。再调一部中巴，乘客皆是浦东本地人，我跟小荷像珍稀动物。肤色黧黑的农人，挑了养鸡的竹笼子，养长毛兔的铅丝笼子；包头巾的农村妇女，卖洋葱头归来，扑了座位上，打瞌睡；戴草帽的老爷叔，卖土鸡蛋归来，敞开衣襟，脱了鞋袜透气，车厢内各种气味，重峦叠嶂，多姿多彩，小荷一路捏了鼻头。中巴专走乡间小路，颠簸如同坐船，让人屁股生痛。开到落乡地方，碧绿万顷，我是五谷不分，哪里是稻田，哪里又是麦子，还有棉花田。

中巴急刹车，发动机浓烟滚滚，司机两手一摊，死蟹一只，车子抛锚。全车人老老实实下来，纷纷顶了毒太阳走路。我问还要多少路，司机讲只有五公里，就到川沙县城，走走一歇歇。没想着，农妇，老爷叔，都比我们快，乡间地头，如履平地。我跟小荷落了最后，但见绿茫茫农田，漂了浮萍河道，听取蛙声一片。大伏天，老天爷热昏，气象预报三十七摄氏度，立了太阳下，超过四十度，怕是要中暑。小荷发丝黏了鬓角，面孔泛红，哭咻乌拉说，完结，要晒黑了。山重水复疑无路，前头横出一片池塘，浮了荷叶，菡萏初开，半白半粉，飞一阵蜻蜓。荷花池前，挺立一株大香樟树，亭亭如盖，葱郁墨绿。速速躲入浓荫下，顿觉阴凉四五度。香樟花期刚过，枝叶间缀满果子，树皮粗粝纹路里，沁出樟脑清香。小荷吸鼻头，神魂颠倒，再也走不动，一屁股坐落，姑且避暑。树上伏了蝉鸣，上海人唤作"野乌子"，甚是聒噪。我说，方圆一两里地，只有这一棵大树，孤苦伶仃，不是常态。小荷有气无力说，哥哥，歇一歇，帮我看看四周围，可有坏人？我说，连只鬼都看不到。小荷却没声音，呼吸粗重起来，已经困着。到底十一岁，小姑娘说困就困，教人羡煞，想我夜夜发梦，时常碰着托梦，睡眠质量差劲。我靠了香樟树下，听了头顶蝉鸣，野乌子啊野乌子，你分明是精灵子，叫得富有节奏层次，五线谱上唱经文，竟有催眠功能，让人眼皮瞌睏，昏昏眠去。

　　醒来，树欲静而风不止，大香樟树每片树叶子，都变成金叶子，金铃般声响。小荷还是困熟，夕照童颜，涂抹金粉一层。我拿她推醒，小荷揩揩眼屎，莫知莫觉问，这啥地方？我笑说，是你带我来的。她跳起来说，奇奇和蒂蒂呢？小荷花容失色，绕了大香樟树一圈说，高飞呢？布鲁托呢？大老板米奇呢？老板娘米妮呢？我从背后捉牢她说，做梦了吧？小荷抬头说，哎呀呀，这棵大树哪里来的？城堡呢？七个小矮人呢？白马王子呢？我说，你是小荷，不是白雪公主，你的亲娘还活了，没后娘照了魔镜寻你。小荷一屁股坐下说，但我爸爸呢？我爸爸呢？我搔头说，今夜就能寻着。小荷幽幽然说，真想现在才是梦啊，我是白雪公主，你呢，却不是白马王子，而是唐老鸭。我说，瞎讲。小荷说，唐老鸭老灵的。我仰望大香樟树说，你梦到此地造起了迪士尼乐园？小荷说，世界上有四只迪士尼，美国两只，日本一只，还有一只在巴黎。我说，听讲香港也要造。小荷说，哥哥，你能带我去吧？我说，去香港？看迪士尼？小荷说，就算你答应了？再拉钩。我勉勉强强，伸出小指拇头，跟她拉钩。

太阳快落山，离开大香樟树，我才发觉背后农田里，排了一只一只坟墩墩。小荷拍心口说，哇，我们在坟地午睡。我说，不怕，死人不会弄侬你的，只有活人会害人。但到夜里，正好天热，死人骨头，纷纷亮起磷火，实在吓人，我拉了小荷，回到乡间公路。野草丛中，藏了一部脚踏车，我扶起来一看，满是铁锈，丁零哐啷穷响，早被遗弃。我骑上脚踏车，两只轮盘倒还好，龙头能把牢方向，链条也没断。小荷跳上后座，两只小手，环绕我腰间说，哥哥，快踏啊。我骑车蹩脚，摇摇晃晃，还好后座是小学生，要是再大两岁，重个十斤，必定要翻跟头。夕阳无限好，只是愈发稀薄。天卷浓云，野风惬意，穿过两条小河浜，头顶高架飞渡，当是磁悬浮工程，从龙阳路直通浦东机场。我们跟磁悬浮平行，背对落日，骑一段，夕阳又跑到左手边。前头起了楼房，隔一条河浜，小荷在我耳后吹气如兰，川沙到了。

九

天黑了，但没月亮。此地近海，湿漉漉海风吹来。我说，今日没计划好，既寻不着费文莉，也回不去市区，完结了。小荷说，哥哥，不要紧，住我家里好吧。我说，你又瞎讲了。小荷说，跟我走嘛。浦东新区成立，川沙撤县，但有护城河，旧时县城规格。我骑了脚踏车，小荷在背后指挥，穿过北市街，转到中市街，进一条弄堂，两边皆是高墙，青砖裸露，苔藓湿滑，换了人间。一扇老宅门前，头顶匾额，名曰"营造第"。

小姑娘拍了铜头门环，等好一歇，咿呀打开，但见一个老头，橘子皮皱纹，浑浊眼角。小荷跳起说，爷爷。老头定睛一看，眉开眼笑说，小荷宝贝回来了。进了老宅，迎面青砖照壁，雕了蝙蝠一只，母鹿一只，仙桃一只，福禄寿三宝。天井种了花花草草，夜来香味道浓，还有两只家猫，一只花，一只黄，跳到小荷怀里撒娇。我问，你爷爷？小荷说，当然了。她拉了老头说，爷爷，这是我哥哥，他的文章写得老好，想来望望你。小荷爷爷客气说，小阿弟，请进，请坐。客堂间，雕梁画栋，早已破败，横了一张书桌，笔搁了笔架上，宣纸墨迹未干，四列颜体楷书——

> 金炉香烬漏声残
> 翦翦轻风阵阵寒
> 春色恼人眠不得
> 月移花影上栏干

我说，赞，不像唐诗，倒有宋诗味道。我妈妈有一本《宋诗一百首》，我看过几百遍。小荷爷爷一口浦东本地腔说，小阿弟，眼光不错，宋神宗召王安石入京，命他在翰林院值夜班，恰逢春夜，风光幽静，王安石有感而发，作诗《春夜》。我兴致盎然说，好一首《春夜》，看似不动声色，只讲香炉，轻风，月影，却是静水深流，暗潮翻涌，只待来日，扭转乾坤。小荷爷爷笑笑，欲言又止。

小荷缠了我说，哥哥，你在讲啥啊，我爷爷的书法灵光吧。小荷爷爷说，小姑娘，瞎三话四，我是退休没事体，随便写写，解解厌气。小荷走到门口，望了老屋深巷说，爷爷，你晓得爸爸在啥地方？小荷爷爷叹气说，上个月，你妈妈来过此地，怀疑你爸爸藏在老宅，但他真的没来过，你也是来寻爸爸的吧？小荷说，爷爷，芦潮港哪能走？小荷爷爷立起来说，要去芦潮港做啥，远开八只脚呢，已经超出浦东新区，远在南汇的角落。我也惊说，费文莉在芦潮港？你也不讲清爽。小荷说，我只晓得浦东，当然先来寻爷爷。我说，四十度太阳底下，浪费了一天。小荷嘬嘴巴说，哥哥，明日一早，我们去芦潮港，去寻女会计，寻我爸爸。我没回答，手机便响了。新买的摩托罗拉，我手忙脚乱接听，却是我妈妈打来，问我回来吃夜饭吧。我是心慌，狠狠瞪了小荷一眼，她却向我吐舌头。我灵机一动，电话里编故事说，妈妈，我在崇明，今夜回不来。我妈妈惊说，你在崇明？我说，团支部活动，共青团员一道去崇明，住了岛上宾馆。我妈妈说，你个小鬼，不早点讲，夜饭都给你烧好了。我说，临时通知，出门忘记讲了，明日就回来。小荷在我对面，摆了个剪刀手。我妈妈又关照一通，叫我注意安全，跟同事们搞好关系，身上带了多少钞票云云。我应付几句，挂了电话，小荷笑说，哥哥，你蛮会吹牛皮嘛，蛮听妈妈的话。我的火气辣辣上来，摒牢不响。小荷说，爷爷，肚皮饿了，有吃的吧。小荷爷爷说，我是脑子坏掉了，孙女回来，哪能好没饭吃呢。

　　转到东厢房，一张方木台子，摆了碗筷，老人牙齿不好，天天吃泡饭，还有黄泥螺，醉蟛蜞，豆腐乳，萧山萝卜干。小荷皱眉头说，没肉吃吗？小荷爷爷说，我现在去买。我说，泡饭蛮好的，谢谢爷爷。我捏了小姑娘一把说，有饭吃蛮好了，不要挑三拣四，小姐脾气。我也长远没吃过泡饭，老头子烧了一镬子，吃得精光见底，打了饱嗝。小荷爷爷笑说，到底小伙子，这栋房子里，就我一个孤老头子，退休以后，叶落归根，回祖宅养老。我说，房子有多少年数了？小荷爷爷说，清末光绪年间，戊戌年造的，超过一百年了。我看看头顶房梁，再看窗棂上雕花说，不错，蛮值铜钿。小荷爷爷说，从我爷爷一代起，就分了大房，二房，三房，四房，我老爹只算四房，到我这一代，小辈多分散到国外，我只有居住权，卖也卖不得，租也租不得，又是国家文保单位，不好私自改造，我等于是看门的。

　　小荷带我参观，老宅格局不小，别有洞天，第二进院子，摆了几只老盆景，红了樱桃，绿了芭蕉。墙上爬满藤蔓，草木葳蕤，静谧。庭院深深深几许，围绕三进院落，螺蛳壳里做道场，套室回廊，栽花取势，虚实相间。可惜颓败多年，木头断裂，屋顶穿洞，蜘蛛网成群结队，好在养了两只猫，否则鼠患猖獗。小荷访古探幽，又像盗墓寻宝，游来荡去，要是穿上戏服，装了水袖，披了三千青丝，再唱一支《倩女离魂》，倒是要成女鬼。小姑娘手脚并用，爬上楼梯，落满灰尘。我跟她屁股后头，生怕地板腐朽，楼板断裂，我是担待不起。我说，小荷，你在寻啥？小荷说，我要寻我爸爸。我说，你爷爷不是讲了吗，你爸爸不在此地。小荷说，嘘，哥哥，你不晓得，这栋老宅，就像迷宫，有九十九间房，笃定藏人。我笑说，真是大红灯笼高高挂，老爷妻妾成群。小荷神秘兮兮说，不要开玩笑，万一我爸爸，就在你背后偷听呢。我是一吓，回头看到一只红木柜子，上下都是灰尘，打开柜门，当然并无厂长，只有一摞摞线装书，民国石印本，《酉阳杂俎》《太平广记》《镜花缘》之类，原来是藏书楼。

第三进院，逼仄潮湿，敞开一道后门，飘来香味道，一歇淡，一歇浓，我的鼻头有点点酸，老多年没闻了，想起我的外婆，只好在托梦中相逢。风里飘来女人声音"栀子花，白兰花……"。后门外，一盏路灯，照亮石头弹格路，一个老太婆走来，浦东乡下蓝布衣裳，头发花白，皮肤也是雪雪白，手挽一只竹篮子，满满装了白颜色花瓣，散了浓浓香味道，绕指柔般，冲入鼻息。小时光，我常看到这样的老太太，或者农村妇女，挽了竹篮子叫卖，五分铜钿能买一簇，我外婆特别欢喜，白兰花别了衣裳，一房间都是香的。每趟外婆来寻我托梦，此种清香就会充盈梦中，流溢到枕头上，余味缠绕，隔夜都不散。小荷说，阿婆，我要白兰花。老太婆说，妹妹，五分一簇。小荷说，这样便宜啊，但我没五分硬币。老太婆说，妹妹，多买一点，这位先生欢喜。我是尴尬，翻开皮夹子，寻出一元硬币，交给老太婆说，阿婆，我要十簇花，不用找零。老太婆说，不作兴。小荷从竹篮子里，挑了十簇白兰花，两簇帮自己别上，两簇帮我别上。竹篮里还有一支莲蓬，新鲜出水地碧绿，莲子粒粒可见。老太婆翻出一张纸币，老早绝版的五角，塞到我手里。诧异之间，老太婆便转身，挽了竹篮子，回到弹格路上，一路叫"栀子花，白兰花"，没入浓雾夜色，像锦鲤潜入深水。

穿过三进院子，白兰花清香，长了翅膀，飞遍营造第角角落落，每一格窗棂，每一根雕花木头，每一张蜘蛛网，每一粒灰尘，都变得多愁善感，低吟浅酌，患得患失，化作一片香海，夜来香也被压了风头，黯然失色，顾影自怜。客堂间里，小荷爷爷惊说，啥地方来的白兰花？小荷说，爷爷，剩下来给你。小姑娘摊开手心，还有六簇白兰花，像引爆一颗香味道炸弹，直教老头呆坐不动。我说，刚刚到后院，看到一个卖白兰花的阿婆。小荷爷爷立起来，拉了我的手说，啥样子？我说，六十多岁，头发雪白，面孔也是雪白，穿了农村衣裳，竹篮里还有一支新鲜莲蓬。小荷爷爷说，现在这季节，哪能会有莲蓬？我也惊说，对，秋天才有莲蓬。小荷爷爷走到后院，我们紧跟在后，生怕老头子碰着磕着。出后门，弹格路上，空旷静谧。小荷说，香味道还没散。我说，是你衣裳上的白兰花。

关好后门，放门闩，回到客堂间。小荷给爷爷泡一杯茶问，刚刚的阿婆，你认得？小荷爷爷说，她是我的长辈。小荷说，她看上去比你年轻。小荷爷爷说，我们都叫她莲花奶奶。小荷说，莲花奶奶？小荷爷爷说，从清朝讲起吧，我考考你，宋氏三姐妹晓得吧？小荷说，宋霭龄，宋庆龄，宋美龄。小荷爷爷说，她们三姐妹，祖籍海南，实际上呢，都生于川沙县城内史第，距离此地，不过几十步路，宋庆龄只会浦东口音上海话，基本不懂国语，她跟孙中山只好以英文交流，我再考考你，"营造第"是啥意思？小荷说，我们浦家，是川沙的营造世家，就是造房子的，建筑队，包工头。小荷爷爷说，不错，从晚清到民国，上海滩的大楼，多是浦东人造的，和平饭店南楼，老早汇中饭店，就是我爷爷营造，还有大名鼎鼎的哈同花园。我说，上海滩大亨哈同？小荷爷爷点头说，哈同生在巴格达，苦出身，穷得捡垃圾，二十几岁到上海，身上只有六块银元，在沙逊洋行做门童，哈同发财，除掉犹太人的精明，也因为他的夫人，罗迦陵。小荷说，刘嘉玲？老头子口齿不清，川沙本地口音，自然让人听错。他取了毛笔，蘸了墨水，在王安石《春夜》下头，写了"罗迦陵"三字，宽博遒劲，力透纸背。我说，这只怪名字，也是外国人吧。小荷爷爷说，中法混血，生在上海老城厢九亩地，从小卖花为生。小荷嗅了胸口花香说，栀子花，白兰花。小荷爷爷说，罗迦陵大字不识几个，但是聪明，学会英文跟法文，哈同还是小瘪三，认定她有旺夫运，贩卖烟土，大发横财，又炒上海滩地皮，南京路上半数地产，几万间石库门房子，皆属哈同洋行，日进斗金，富可敌国。我说，此人名声不好，巧取豪夺，为富不仁。小荷爷爷说，哈同是犹太人，罗迦陵却信佛教，请了乌目山僧设计花园，仿照《红楼梦》大观园，营造商就是我们浦家，我祖父负责工程，糅杂中国式，日本式，科林斯式，巴洛克式，洛可可式，殖民地式，东西合璧，造了足足八年，人称海上大观园，命名"爱俪园"。小荷爷爷又提毛笔，写了"爱俪园"三字。小荷说，爷爷，哈同花园讲了半天，莲花奶奶在啥地方呢？

　　小荷爷爷吃一口茶，看了屋檐下的莲花木雕说，哈同跟罗迦陵生不出小囡，有一个中国养女，学名罗友莲，就是莲花奶奶，再讲我的大伯父，浦家长房长孙，爱俪园落成后，我大伯父常去做客，莲花奶奶，彼时还是莲花姑娘，两人结缘，同欢喜李商隐的诗，琴瑟和鸣，私定终身，不过嘛，大伯父早有结发妻室，出于川沙本地名门，惹来一场风波，莲花奶奶委屈做小，终归嫁入浦家。小荷说，莲花奶奶搬来此地？小荷爷爷说，是，但她是偏房，不能容于正室，此中故事，后人已不晓得了，等到哈同死后，中外子女争产，莲花奶奶志不在此，我大伯父也无意继承家业，两人一道出国，游历南洋，又去印度，最后到阿拉伯，也是寻根。我说，因为哈同生于巴格达。小荷爷爷说，对的，莲花奶奶在伊拉克寻访古迹，古巴比伦，亚述古城，还有通天塔，又到大马士革，耶路撒冷。我说，基本是《天方夜谭》地界。小荷说，哥哥，你不是讲过，耶路撒冷，是你最想去的地方。我笑笑说，就是太远。小荷爷爷说，两人西游回来，黄浦江已飘了太阳旗，浦东也被日本人占了，莲花奶奶回了娘家，躲了租界太平，等到罗迦陵过世，日本偷袭珍珠港，孤岛沦陷，哈同花园变成日本兵营，一夜失火，海上大观园，多少奇技淫巧，付之一炬，真是《桃花扇》唱的，眼看他楼塌了。我说，莲花奶奶烧死了？小荷爷爷说，她侥幸被人救出，却得了失心疯，一日到夜，不停讲起爱俪园，讲起巴格达，《天方夜谭》故事，宰相女儿山鲁佐德。小荷说，莲花奶奶真可怜。小荷爷爷说，哈同遗产官司，十几个养子争产，莲花奶奶无处可去，只好搬回川沙营造第，我的年纪还小，跟了莲花奶奶学书法，她写得一手颜体字，真正漂亮，笔锋藏了古人意气，等到上海解放，我读了圣约翰大学，大伯父带了金银财宝，乘船下南洋，又去法国，他从巴黎给我写过信，寄过美金，这层海外关系，让我吃过不少苦头，不谈了。小荷说，莲花奶奶去巴黎了？小荷爷爷冷笑说，大伯父带走一家门，包括原配夫人，唯独莲花奶奶除外，一来呢，莲花奶奶有精神病，二来呢，莲花奶奶早年有过流产，养不出小囡，正室夫人肚皮争气，生了三男两女，必要一道带走。小荷说，不公平。小荷爷爷说，莲花奶奶留了营造第，深居简出，不见天日，满头青丝变霜雪，雪白面孔却不变，她不大跟人讲话，要么念《金刚经》，要么读唐诗，不是相见时难别亦难，便是锦瑟无端五十弦，后来嘛，我分配到机械工业局，搬到静安寺，愚园路，涌泉坊，小荷的爸爸，叔叔，还有姑姑，都在浦西出生，营造第改成校办工厂，唯独莲花奶奶留下来，卖花谋生，只要听到栀子花，白兰花，便是莲花奶奶来了，她活到八十岁，熬过十年动乱，方死在老宅后院。小荷说，刚刚看到的阿婆，就在后院门口。小荷爷爷说，粉碎"四人帮"，国家落实政策，房子退还浦家，街坊一直传说，莲花奶奶阴魂不散，还在卖白兰花，但我从没碰着过。小荷说，爷爷，你一个人住于此地，不怕吗？小荷爷爷说，我这一辈子，看到过的魑魅魍魉，多如牛毛，不会怕的，最起码呢，莲花奶奶不会害人。小荷说，我们真碰着鬼了？我纠正说，不是鬼，是魂灵。小荷爷爷说，今朝夜里，莲花奶奶出来，大概是因为小荷。小荷说，跟我搭界？小荷爷爷说，你爸爸结婚好几年，养不出小囡，偷偷摸摸回到川沙，到了营造第老宅，烧香求过莲花奶奶，隔两个月，你妈妈果真怀上，后来就有了你，所以起名小荷。小荷说，懂了，我的名字，也是莲花奶奶给的，所以今夜，她要送我白兰花。

天井又穿风了，屋檐下吊的风铃，花枝乱颤，叮当乱响。客堂间，两扇门板吹开，两只猫，滴溜溜滚进来。花猫跳了小荷怀里，黄猫跳了我怀里。小荷一低头，衣领上，白兰花，酱香浓郁，猫也跟了微醺，放大的瞳孔，慢慢交缩下去。夜深，我困在客堂间二楼，小荷困隔壁。老家具早已搬空，没寻着中式架子床，只有单人木床，顶上放下蚊帐，月朦胧，鸟朦胧，铺一卷草席，湿抹布揩过，闻了白兰花香，勉强困着。风铃狂响，像金陵塔，唧呤又唧呤，泄入窗棂格子，牵丝攀藤，蜿蜒蛇形，爬上床榻，透过纱帐，泻入梦魂。

莲花奶奶又来了，送我一簇白兰花，又送一支莲蓬，我跟她出门，绕过三进院子，却不是弹格路，而是艳阳天下，桃红柳绿，叠石成烟，三堂，二楼，十八亭，六桥，天演界，飞流界，文海界，海棠艇，驾鹤亭，引泉桥，侯秋吟馆，西爽轩，听风亭，涵虚楼，亭台水榭，美人蕉栏杆，哪里是川沙营造第，分明是上海爱俪园。再看莲花奶奶，一头华发变黑，面孔皱纹烫平，双眼激浊扬清，荡了秋波，返老还童，变成小姑娘，西洋裙子，遮阳小帽，挽了我的手臂膊，爬上一只亭子。我是心惊胆战，又是心旌摇荡，莲花奶奶，错了，应叫莲花姑娘，石桌上铺宣纸，蘸墨水，写唐诗。突然，纸头烧起来，烧起一片彤红光芒。我拽了莲花姑娘要逃，却见青丝又变白，皱纹如冰裂绽开，面孔下巴松下来，荡下来，眼角浑浊灰暗，唯有肌肤雪白，又是莲花奶奶了。我眼睁睁看了她，烧成一团灰烬，祝融托她到高空，飘逝无踪。全城噼啪巨响，鬼哭狼嚎，好似焚尸炉。又一场大雨落下，浇得我湿透，爱俪园已是骨灰，断垣残壁，假山，砖头，木炭，依次升天，重新排列组合，扭曲变形，眼乌珠一眨，搭积木一般，千砖万瓦堆叠，明黄颜色外墙，高耸门廊，中轴对称，平面规矩，主楼高耸，回廊伸展绵延，搭出一座煌煌大厦，纯粹苏联风格，俄罗斯套娃，莫斯科不相信眼泪水，飞来一座克里姆林宫，当中竖起尖顶，跳起一颗五角星，闪耀上海心脏。一夜间，莲花奶奶的哈同花园，造起中苏友好大厦，如今是上海展览中心，而我已经长大。

十

川沙营造第，客堂间二楼。纱帐外，风铃狂欢，雨打芭蕉，应是落红无数。隔壁小荷出来，手托香腮，望了雨滴屋檐，四水归堂，汇入天井之下，一叶叶，一声声，空阶滴到明。低头看我领口，白兰花没了，香气倒是还在，翻开皮夹子，绝版五角纸币，遍寻不着。

上海有两个天涯海角，一个是崇明，一个是芦潮港。川沙到芦潮港，五十几公里，基本沿了海边，直到上海东南角落，原本南汇县，还是稻田滚滚，果园飘香。我跟小荷从川沙出发，乘上中巴，雨横风狂，走走停停，中晌才到芦潮港。望了灰蒙蒙海面，左手东海，右手杭州湾，两边泥沙俱下，浊浪滔天。码头樯橹林立，平常可乘船去宁波，舟山，嵊泗，普陀山，今日停航，齐刷刷进港避风。小荷又叫肚皮饿，寻了渔民饭店，点几样海鲜，大快朵颐。吃好已是下半天，小荷揩揩油脚爪说，谢谢哥哥，我要经常寻你蹭饭。我说，快寻费文莉吧。我向本地人打听，沿了海堤笔直走，便能碰到一栋农民房子。海堤像银河里的铁道，一边是农田，一边是东海，无始无终。滩涂上，正在精卫填海，要挖一只人工湖，东海上造大桥，通到小洋山岛，新造一只深水港，好来顶顶大的轮船。我跟小荷撑了洋伞，顶了狂风骤雨，昨日热煞，今日冷煞，走到脚骨发酸，浪头卷上大堤，海水夹了黄沙，叫苦连天。颠沛流离，终到大堤尽头，孤零零一栋房子，门前杨柳堆烟，狂风吹了穷摇，好像一个苦命女人，披头散发，摧眉折腰。

农舍大门紧闭，小荷正欲敲门，我叫她等一等。转到背面，一扇后门虚掩。我们无声闯入，客厅铺了瓷砖，拉一根晾衣裳绳，挂了两条女人裙子，白颜色胸罩，一看是费文莉尺寸，像是淮海路古今牌。绳子上还挂一件汗衫，一条短裤，分明是男人穿的，刚刚汰好，尚在滴水。费文莉已经离婚，儿子还小，这个男人是啥人？小荷面孔发红，小身体发抖，猜到必是她爸爸。底楼没人，我们爬上二楼，地板上水漫金山，好像白蛇蜿蜒爬行，舔到我的鞋子上，冒一层白气，不是雨水，而是烧过的热水。

小荷冲到前头，房门半开半闭，往里一看，却是一呆。我捉牢小姑娘肩膊，眼乌珠也是一呆，白雾氤氲之间，我看到了费文莉，白花花身体，象牙白似反光，春光灿烂的，暗戳戳的，统统一览无余，又似一家移动的肉店，飘了五香味，椒盐味，孜然味，盐焗味，葱油味，让我的鼻头兴奋，味蕾高潮，心脏荡起来。她坐了木头脚盆里，热气蒸腾的汰浴水，沙门岛张羽煮海，半片东海烧开，夹了鱼腥气，流溢到二楼地板。费文莉立起来，踏出脚盆，先抬左脚，再落右脚，两腿之间，既沉瀣幽暗，又光芒万丈，节外生枝；既沉渣泛起，又风姿摇曳，祸起萧墙。费文莉伸出雪白双臂，就像一条白素贞，千年等一回，缠绕一个男人。此人不是厂长"三浦友和"，而是张海。张海也是狼狈相，他的一只手撑拐，一只手撑墙，一只脚穿了拖鞋，一只脚绑了石膏，像金字塔里木乃伊。费文莉的前胸贴上去，面孔贴上去，嘴唇皮贴上去，分开来，再贴紧，舌头交缠，交战，交相辉映，好像就要烧起来，烧得整栋房子星火燎原。

小荷叫一声，转身要逃，地板湿淋嗒滴，脚底打滑掼倒。费文莉方才惊醒，抓起一条大毛巾，遮牢自己身体。张海吼一声，啥人？我抓了小荷，立了门外说，是我。张海拄了拐杖，绑了石膏，一跛一跛出来，先看我，再看小荷，面孔煞煞红说，纸头包不牢火啊。到了楼下，小姑娘两腮鼓起，怒气冲天，拳头敲了台子。稍候片刻，费文莉换了衣裳下楼。她笑笑说，从上海过来，路上蛮远，肯定肚皮饿了吧。费文莉走进灶披间，打开液化气，烧了一条东海带鱼，还有基围虾，蛤蜊，蛏子，八爪鱼，看来厨艺不错。张海下楼不便，跷了绑石膏的脚，我帮他搀了一把。但他也没声音，躲了角落吃香烟。我跟张海无话好讲，我不嫉妒他跟费文莉亲嘴巴，我嫉妒的是，亲嘴巴这桩事体，张海先尝着味道了。

费文莉端上小菜，餐桌倒是丰盛。我是饿了，正欲动筷，小荷说，当心有毒。费文莉说，要是有毒，我们就一道死了。我说，没毒，吃。小荷说，我爸爸在啥地方？费文莉扬扬眉毛，跷了兰花手指头，剥了一只基围虾，暴露一节节肉头，酱油一蘸，慢条斯理说，不晓得。小荷说，你瞎讲。费文莉说，妹妹，我真不晓得。张海终于开腔说，厂长不在此地。小荷没了志气，吃了两只蛏子，觉着味道不错，囫囵吃光，弹进弹出。张海全程老实，几乎没动过筷子，眼乌珠盯了地板，像死鱼一条，翻了白肚皮，漂了海面上。

窗外，豪雨倾缸，天要塌下来。张海走到门口吃烟。费文莉收作好台子，理理头发，看一眼张海，再看一眼我说，骏骏长大了，该看的都看到了哦，你能帮我保密吧？我避开她的眼乌珠说，嗯，我帮你保密。小荷闷头说，我也不讲。我抬头问费文莉，阿姐，你跟厂长，到底是啥关系？费文莉说，他是厂长，我是会计，上下级工作关系。我说，还有呢。费文莉说，你是问肉体关系？我是面红耳赤，默然无声。费文莉叹气说，我告诉你，我的心，永远是建军的。我说，这就好，下趟建军哥哥寻我托梦，我也好有个交代。费文莉又对小荷说，小姑娘，我没骗你，厂长是死是活，逃到啥地方，我不晓得，你要问，就去问你妈妈吧。小荷说，你要是不心虚，为啥我爸爸刚失踪，你也不见了呢。费文莉说，儿子正好生毛病，急性阑尾炎开刀，我请假去了医院，照顾小军几日，等我从医院回来，警察就寻到我了，关了一个礼拜，查了春申厂财务账本，证明我是清白的，就放出来了。我说，我哪晓得真假？费文莉说，不信去问公安局啊。小荷说，我不相信。费文莉摇头说，你是不相信你爸爸会离开你。我说，阿姐，但你搬到芦潮港，人人都会觉着，你要跟了厂长潜逃。费文莉说，我回到曹杨新村了，但是神探亨特来寻我，冉阿让来寻我，保尔·柯察金都来寻我，要拿回买原始股的钞票，我被这点人烦死了，最后张海跷了脚，绑了石膏，拄了拐杖来寻我，要我拿厂长交出来。我说，张海也是蛮拼的。费文莉说，我从小在南汇长大，这栋房子是亲眷的，常年空关没人住，秋天就要拆掉，我拿小军交给他外公外婆，就想避避风头，也是避暑，张海像块狗皮膏药，必定要紧跟了我，反正我没做过亏心事，两个人一道来了此地。

张海回到客厅，外头雨点太大，立不牢人了。费文莉说，回上海的末班车是五点钟，你们已经错过，只好明早再走。我立起来说，还有其他路吧。费文莉说，此地荒僻，原本都是海滩，二十年前，知青围垦而来，方圆五公里内，只有这一栋房子，四周都是河浜，芦苇荡，等于是个孤岛。小荷说，电话有吧。费文莉说，没通电话。我说，我有手机。但我开机一看，竟没信号，可怜我娘还以为我在崇明岛上。我说，走不掉了？费文莉说，绝对。小荷说，也好，就在这头住一夜，等我爸爸回来。张海说，我已经来了三天，你爸爸真不在此地。小荷说，我不管，来都来了，万一能碰着他呢。费文莉切了一只西瓜，拿出一罐可乐，打开电视机，问小荷看动画片吧。小荷说，我要看《流星花园》。费文莉笑笑，拿了遥控器，翻了十几只台，终归寻着一集。小荷斜睨她一眼，坐上沙发，脚翘黄天保，啃西瓜，吃可乐，听了风声雨声，看F4，大S。从头到尾，小荷没看过张海一眼，嫌他腻腥。

倏忽间，电视机黑屏，统统断电。张海点了两根蜡烛。我立了窗门口，看到狂怒的大海，好像德国纳粹，意大利法西斯，日本军阀，美国3K党同时登陆，又像机关枪嘚里啪啦，油锅下了炒菜，更像死亡金属摇滚，贝斯，电吉他，架子鼓，声嘶力竭，敲碎麦克风，敲得音响爆炸，主唱得道升天。费文莉说，小时光，我就住了此地，老人们都讲海底下，藏了东海龙宫，老早每趟刮台风，老百姓就怕海塘决堤，良田变成汪洋，就要准备童男童女，送到三太子的眠床上，好给他娶新妇，海塘才能太平无事。小荷说，奈么巧了，哥哥就是童男，我就是童女。小荷看我一眼，我又看张海一眼，我的面孔彤彤红，张海面孔煞煞白。费文莉笑说，小姑娘，你哪能晓得哥哥是童男子？小荷翻翻白眼，不响了。费文莉穿了困裙，手里端了蜡烛，烛光如同舌头舔了，说，今夜里，困觉吧。费文莉让小荷跟她困一张床。小姑娘不肯，讲自己不是小囡了，必要一个人住。我想起车祸这天，小荷裙子上的血，帮腔说，有道理，小荷长大了。费文莉心领神会，单独给她一间，帮小姑娘铺好席子，关照不要靠近玻璃窗。

　　我跟张海住一个房间，只有一张木板床，后背硬邦邦。平常这时光，我刚开电脑，看看榕树下 BBS，发发帖子，跟网友吵吵。我是辗转难眠，不得安生，起来点蜡烛，火苗擦亮漆黑，烛光像一团流水，流到张海的面孔上。他睁开乌珠说，阿哥，求你不要告诉师傅。他的两颗牙齿被"钩子船长"打落，讲话漏风，不清不爽。我说，我答应费文莉了，不告诉任何人，小荷会不会讲出去，我就不晓得了。我又翻个身，贴了他的耳朵问，为啥是费文莉？张海只得交代，偌大的春申厂，人丁冷落，张海虽是临时工，却是唯一后生。厂里小姑娘，绝迹多年，只有费文莉一枝花，自会有蝴蝶蜜蜂嗡嗡飞来。当得起一枝花的美名，便要担得起众口铄金的污名，那点五彩斑斓的故事，是神探亨特，保尔·柯察金，冉阿让们的费文莉。张海的费文莉，却是孤零零一朵仙人掌花，想要摘下她，必要扎一手刺。张海既没摘花的心，更无扎刺的胆。费文莉大他十五岁，年龄尴尬，到了风情万种的尾巴。每逢厂里碰面，张海只笑笑，肌肉僵硬，低了头，心里却有一只眼睛，悄悄盯了费文莉。她是千帆过尽的礁石，啥样子的美景风光，惊涛骇浪没碰过？她对男人是春药，对少年是毒药。张海算是定力强的，西天取经路上唐僧，任凭蜘蛛精，蚌壳精，老鼠精，女儿国国主来闹忙，守得牢一口元阳童子气。三日前，张海到了芦潮港，到了这栋房子里，他是想寻厂长，结果肉包子打狗，张海是肉包子，费文莉是狗。张海说，也不好怪她，是我捆不牢。我说，好了，不讲了。张海翻了身，渐渐发热，并且潮湿，贴了我后背渗透。农舍外，两棵大柳树已经倒伏，仿佛风里藏了一百个鲁智深。

十一

烈日，台风，盛夏过去，秋老虎来吃人。春申厂要拆了，车间机器设备，库存零部件，卖成废铜烂铁，三钿不值两钿，统统抵债。我帮我爸爸清理工作间，抱出三只纸板箱，装了电工家什，工欲善其事，必先利其器，冲击钻就有一大两小三只。张海也来帮忙，伤筋动骨一百天，但他到底年轻，脚上石膏拆了，行动恢复自如。厂长办公室，已是徒穷四壁，工会主席瓦西里，带人来洗劫一空，只余墙上大照片，七十周年全家福。张海拆下相框，准备带回家里，藏到床底下，留给外公一个念想。

厂长办公室柜子撤空，墙上露出一道铁门，把手是个圆圈，好似船上舱门。张海使出吃奶力道，舱门纹丝不动。张海揩了汗说，师傅啊，这扇门里，到底有啥？我爸爸说，嘘，小心被人听到。我探头看门外，一个鬼影子都没。我爸爸吃一支烟说，老毛师傅跟我讲过，这只小房间，是春申厂第一位老板，老王先生留下来的，只有厂长可以进去。我说，我怀疑这里藏了人。张海说，难道是厂长？他失踪几个月，藏在办公室里？我存心说，也许不是活人，而是一具尸体。张海跳脚说，快点开门，不是要救厂长的命，是要寻到一百万集资款。我火上浇油说，《福尔摩斯探案集》，《马斯格雷夫礼典》相当恐怖，最后在密室底下，发觉管家的僵尸，活活饿死的。我爸爸看了门锁说，这是防盗门，像银行金库，冲击钻都打不开，除非点炸药，要么整栋楼拆掉。我说，等到拆迁，岂不是玉石俱焚？我爸爸说，必要寻到钥匙。

隔两日，我接到张海电话，钥匙寻着了。傍晚，我跟我爸爸跑到厂门口，只见张海骑了脚踏车，后座荡了小荷，背了米奇书包，裹了翠绿裙子，跳下脚踏车，荷叶罗裙一色裁。我说，你来做啥？小荷说，我来寻我爸爸。我拿张海拉到一旁问，啥情况？张海说，厂长办公室，防盗门钥匙，我思来想去，只可能藏在厂长家里，但是直接上门，必定会被"山口百惠"赶出来。我说，你就去寻小荷？张海说，小姑娘想念爸爸，等了一个热天，眼睛都哭肿了，她从家里偷出钥匙，不过有个条件，就是要亲手开门。

春申厂大限将至，门口贴了法院封条，白颜色大叉，宣告死刑判决。张海正要去撕，我拦了说，不作兴，撕法院封条，要判刑的。转到工厂背后，靠近苏州河，此处围墙低矮，残破，颓败，还有一棵老槐树。十年前，梁上君子，常常从此翻墙入厂，盗窃仓库里的黄铜，逼得神探亨特拉起电网。这两年，春申厂日薄西山，小偷懒得进来，电网早就废了。老少四人，爬上老槐树，翻越墙头。甫一落地，犬吠声响起，撒切尔夫人冲来。张海对它一嘘，它不再声响，摇了尾巴遁去。厂里断电，人去楼空，雕栏玉砌皆不在。路过仓库，铁门已被卸掉，红与黑，早被香港王总拖走。

厂长办公室，我爸爸打开手电，照亮小房间防盗门。张海说，小荷，钥匙呢？小荷打开书包，掏出一块木板，吊了十几把钥匙。小荷说，总有一把钥匙是对的。寻着防盗门锁孔，小荷一把把钥匙戳进去。第一把，不对；第二把，明显太小；第三把，尺寸太大，叫人肚肠角痒。张海走到外头，像给盗窃团伙望风。小荷手里一抖，钥匙板落到地上，忘记掉刚才顺序，只好从头再试一遍。我要帮忙，小荷说，我自己来。试到第十把钥匙，门锁咯噔一记。小荷揩揩汗，一点点转动钥匙。锁开了。她轻推一记，手指头忒细，没推得动。我爸爸帮她推一把，铁门咿咿呀呀，好像压了喉咙口呻吟。又像撬开棺材缝，引出一团烟雾，袅袅而出，扑到眼乌珠里，托梦风景。

小荷叫，爸爸！爸爸！无人回答，嗡嗡回响。腐烂，金属气味，好像头一趟打开定陵地宫。手电光束摇摇欲坠，我看到一把椅子，一张办公桌，蒙了一层光，也蒙了一层灰，绿颜色台灯，厚厚一摞书，吹一口气，露出一本土黄色封面，俄罗斯木版画风格，肖洛霍夫《静静的顿河》，慢慢挺尸出来，压了《马克思恩格斯全集》《鲁迅全集》《巴金全集》。我捏了鼻头靠近，翻开一本《牛虻》，释放霉菌尘埃，飞出一对蛾子，灰翅膀扑扇，绕了小荷头颈飞舞，吓得她踏脚跳。张海手快捏牢蛾子，放到手电筒下。余下一只蛾子，看到同伴被擒，也不逃命，围了张海飞。《牛虻》最后一页，这样一段话："不管我活着，还是我死去，我都是一只牛虻，快乐地飞来飞去。"纸页里的尘埃，呼入气管，我咳嗽说，这只蛾子，大概就是牛虻，另外一只蛾子，是他的情人琼玛。小荷说，快放生。张海放开手指头，牛虻得了自由，围绕我们四人，交错起舞，既像交配，又像飞蛾扑火。我爸爸点一支牡丹烟，吹了口气，人家是口吐莲花，他是口吐牡丹，便将两只蛾子送走，没入黑魆魆天花板，回了烧炭党人的意大利。

整个密室兜底翻，既没寻着金银财宝，更没活人迹象。我爸爸说，厂长不在此地。小荷抢过手电筒，一顿乱照，天花乱坠，直教人头晕，恶心。张海要夺手电筒，小荷推开他说，你骗我。张海说，万一厂长真的藏了此地，过两天拆迁队来，推土机不长眼睛，你爸爸死无葬身之地，现在没寻着，至少说明他还活了。小荷揩揩眼泪水说，嗯，张海哥哥，你讲得有道理。厂长没寻着，倒寻着一台电唱机，一套黑胶木唱片：《红灯记》《红色娘子军》《智取威虎山》《沙家浜》《海港》《奇袭白虎团》。我爸爸说，六只样板戏。小荷问，还能放出声音吧？我爸爸抽出一张《海港》，针头落下，圆盘转动，像日光灯刚亮，嗞啦嗞啦，又像开油锅，噼里啪啦，一只男人声音，喇叭里悠悠而出。样板戏，本该豪情万丈，恨不得吞吐日月，横扫上下五千年，到了这只电唱机里，却像被电熨斗烫过，一记温柔，又一记沙哑，扼了嗓子唱，拍子拖长三倍，如泣如诉，去非洲草原野餐，去乞力马扎罗看雪，慢慢变成女声，咿咿呀呀，像唱越剧。我爸爸贴了电唱机说，这哪是样板戏？我也听出端倪，分明是解放前，旧上海靡靡之音，一个娇滴滴女人，牵丝攀藤吟唱，冬夜里吹来一阵春风，心底死水起了波动，虽然那温暖片刻无踪，谁能忘却了失去的梦……教人心脏吊起来，又慢慢交荡下去，浸泡到一池春水，重重叠叠，戛然而止，好像这个女人，藏身空气中，坐我背后，收作头发，整理衣裳，照镜子，卸妆，篦头发。小荷说，真好听。张海说，吓煞人。我爸爸说，不谈了。

我跳起说，厂里已经断电，电唱机却还能响？小荷一声尖叫，一只手抓了我，一只手抓了张海。我爸爸拍脑袋说，我脑子坏了，忘记断电这桩事体。张海蹲下去一看，电源插头拖了地上，根本没进插座。张海说，这只电唱机，简直成精了。我爸爸插上电源，拿了《智取威虎山》唱片，摆到唱机圆盘上，却是寂静不动，再无声息。电源插头旁，落了一本黑面抄，我弯腰捡起来，轻轻翻开，密密麻麻的数字，蝇头小字的公式，好像一脸盆墨水泼上来。我再翻回第一页，看到一行字"上海春申机械厂，建军"。张海说，哎呀，建军的笔记本，哪能会在此地？我说，难道此地也是建军的工作间？我爸爸说，蛮有可能，老厂长器重建军，经常留他在办公室，一蹲就是一夜天。张海说，怪不得，建军能画出永动机。我说，岂止啊，我看这只房间本身，就是一只永动机，还有建军的魂灵头。小荷抓了我说，哥哥，不要讲了，我怕。我爸爸说，可惜，明日就要没了。想起建军的永动机图纸，还藏我家抽屉里，慢慢交发霉，腐烂，真是所托非人，我的后脊梁一冷。密室里影影绰绰，春申厂每一任厂长，列祖列宗，老王先生开始，一个一个排排坐，魂兮归来，坐了蒙尘的靠背椅子，藏了《马恩全集》的纸页间，困在样板戏的黑胶唱片，太虚幻境一场。时光凝固，压缩，交错，七十年，或者七年，甚至七天，七个钟头，七秒钟，都是一回事体。像一把盐，一把糖，一把味精，统统混了水里，混了油里，啥人再分得清？既没起点，也没终点，一团乱麻，一只死结，剪不断，理还乱。

张海脚下又被绊倒，手电筒扫到地上，照出一只保险箱。我说，奇怪吧，刚刚翻箱倒柜，地毯式搜索，哪能拿它漏过了？张海说，乖乖隆地咚，藏了一百万？小荷说，试试我的钥匙板。张海又是一把把钥匙试过来，最后一把，方才戳进锁眼。手电往里照，一分铜钿都没看到，只有几张薄纸片。我爸爸伸手进去，抖抖豁豁捧出，像在暗房冲洗胶卷，却是几张明信片。头一张，埃菲尔铁塔，印了两行字母，大概是法文。还有外国邮票跟邮戳，实在看不清。第二张，凯旋门，巴黎艳阳下，香榭丽舍大道穿过。第三张，一座堂皇宫殿，贴满镜子，犹如迷宫幻境。我说，凡尔赛宫，镜厅，德皇威廉加冕，《凡尔赛条约》签订，中国代表团缺席，五四运动导火索，皆在此地发生。这三张明信片，十足古老，仿佛千年古尸，活人手指头一触碰，便要化为灰烬。明信片却又是彩色，想必是老早着色照片。

最后一张，不是明信片，而是旧照片。背景还是巴黎，塞纳河畔，一对男女相拥。男的是中国人，二十几岁，格子西装，身材高瘦，容貌挺刮。女的是法国人，深目高鼻，大波浪鬈发，一条白裙子，肤若凝脂，美艳不可名状。照片反面，两行钢笔字，总算看得懂了，中文繁体，竖排两列。我从右面慢慢读起：野有蔓草，零露漙兮。有美一人，清扬婉兮。邂逅相遇，适我愿兮。野有蔓草，零露瀼瀼。有美一人，婉如清扬。邂逅相遇，与子偕臧。第一遍用普通话，不过味同嚼蜡，上海话再读一遍，所有入声出来，这才抑扬顿挫，春秋腔调。我说，《诗经·郑风·野有蔓草》，讲了男女欢爱之事。

还有一行小字，小荷从右往左读：王若拙，马蒂达，民国十五年，巴黎塞纳河畔留念。我爸爸说，王若拙，就是老王先生，华商春申机器厂的老板，小王先生的爸爸。我说，马蒂达，必是照片中女子，《红与黑》玛蒂尔达小姐，法国小姑娘常用名，民国十五年，加上十一换算，便是公元 1926 年，老王先生在法国留学，五年后，他回上海创办了春申厂，又过七十年，这爿厂，这只房间，终归要寿终正寝。照片翻回正面，一男一女，隔了七十五年光阴，眼神惊心动魄，盯了我们四个活人。想必是，老王先生年轻时光，巴黎留学，浪迹天涯，犹如唐璜，也曾荒唐过，寻了法国女朋友，一段露水姻缘，等他奉父命回国，自然棒打鸳鸯。究竟是老王先生始乱终弃，还是美人另攀高枝而去，无从考证。小荷推我后背问，哥哥，照片上的教堂，有点眼熟。我仔细分辨，老王先生跟法国情人背后，哥特式建筑，三扇桃形大拱门，正中一扇玫瑰玻璃窗，顶上两座塔楼，高耸入云霄，好似藏了两个人，一个倾城倾国野玫瑰，一个丑陋驼背有情郎。我说，巴黎圣母院。

第三章　十六年

一

忘川楼外，轻轨高架线上，末班列车辗转通过，轮轨轰鸣鼎沸，六节编组，首尾相接，窗棂灯火点点，像依依送别的灵柩。4号线，上海独一无二的环线。理论上可以无限奔驰下去，变成一个圆环，上海之环，也是生老病死，六道轮回之环。

老毛师傅头七，最后一桌圆台面，听好他的临终遗言，把厂长捉回来，张海娘面孔变色，抬起"钩子船长"般右手，敲打儿子后脑，力道足以将人打成白痴。她吼道，啥狗屁遗言？啥的杀千刀厂长？关我断命事体？哪能不讲老房子留给啥人？二十年啊，只有我给老头子邮生活费，每月三百块，好几趟住院医药费，不能进医保的进口药，满打满算，有十万了，张海的舅舅舅妈，姨妈姨夫们呢，没良心的畜生，一分铜钿都没出过。张海娘干号片刻，双胞胎女儿手足无措。姐姐海悠，闷哼一声，躲到旁边看手机了。妹妹海然，紧拉了妈妈，不让她落到台子底下去。我爸爸问张海，头不要紧吧？张海说，没事体。张海娘抹了眼泪鼻涕，拉紧两个女儿，摇摇摆摆出门，像三个俄罗斯套娃。我爸爸追出去，小英，慢走啊。张海娘摆摆手说，不会再杀回马枪了。她走了，世界才安静。静得像半夜的殡仪馆，骨灰盒里老毛师傅，已经冰冷。

神探亨特挪动庞大身躯，寻着吃剩的半杯啤酒，灌进喉咙，摇摇晃晃，犹如被重拳击中鼻梁的泰森。神探亨特说，瓦西里，到啥地方去了？餐厅吊灯下，神探亨特咬了三根香烟，同时点火，放出猛烈的尼古丁，驱散酒精。冉阿让叼一支烟，顾盼自雄说，瓦西里老早吃饱回去了。保尔·柯察金说，当年厂长搞集资，在座人人都大出血，买了原始股，就连我这种人，平常一毛不拔，竟也晚节不保，出了一万块，唯独工会主席瓦西里，真正是个缩卵，一分铜钿都没拿出来，理由是儿子考大学，要交学费。冉阿让掐灭烟头说，这只瘪三，比猢狲还精，老早看出厂长有问题，今日追悼会，瓦西里代表单位致悼词，春申厂死了十六年，就像死人给死人致悼词。保尔·柯察金说，他还是空手来的，连个花圈，花篮，棉被子都没送，还收了张海一条中华烟，跟了大巴来吃豆腐羹饭，只晓得吃老酒，吹牛皮。我爸爸说，散席后，我架了瓦西里，送他到公交车站，看了他上车才走。保尔·柯察金眼镜片发亮，立起来说，瓦西里啊瓦西里，让他被汽车轧死好了。

张海捧出个木头相框，正是追悼会遗像。"钩子船长"眼乌珠突出，盯牢每个来看他的人。夜里看到此物，自然教人心慌。我爸爸对我说，这张照片是你拍的。我说，这种玩笑不好开的。张海说，阿哥，师傅没开玩笑，外公办后事，必要准备遗像，翻来覆去，寻不着合适的。我爸爸说，我也懊恼，这辈子拍了数不清照片，却漏了老毛师傅，没给他拍一张好好的遗像。张海说，我从床底下，寻着一张大相框，七十周年厂庆全家福，我外公在正中位置，拍得清清爽爽，送到照相馆，抠出外公面孔，放大做成遗像。看了黑白遗像，我才想起来，厂庆当日，我爸爸将奥林巴斯相机放了三脚架上，调好焦距，光圈，取景框，回到第一排坐好，我代替他按下快门。

再重复一遍外公的遗言，张海说，过去十六年，我不是没寻过厂长，但是外公半死不活，只好先照顾他，今日烧成了灰，也算是解放，老法里讲，就是喜丧，从今往后，我必要寻着厂长，捉他回来。我爸爸说，对的，必须捉他回来。我爸爸在春申厂三十年。这爿厂，是他赖以生存的烟草，酒精，空气，水，让他娶了我妈妈，然后有了我。这样讲来，我也是春申厂的儿子。厂长骗了所有人，罪不容诛，应被追拿归案，验明正身，咔嚓一刀，或者千刀万剐，挫骨扬灰，掼进苏州河，喂鱼喂虾。不过当年，河里既没鱼，也没虾，就喂烂污泥吧。沙扬娜拉，三浦友和。

我却说，不要再寻了，人生苦短，这笔钞票，追不回来了，当年原始股集资款，总共一百万，我爸爸脑子搭错，出钞票最多，也不过五万，十六年前，不是小数目，放到现在，五万块算啥，更不要讲，保尔·柯察金爷叔只损失一万块，明日股票涨几个点，统统赚回来了，各位爷叔，就算你们额骨头高，所有钞票追回来，还能赔出利息不成？我爸爸熄角[1]，四个老头默默抽烟，老早在他们眼里，我是个瘦弱干巴、闷声不响的男小囡。士别三日，我已会了雄辩术，滔滔不绝，口若悬河，让人无从反驳。保尔·柯察金咳咳两声说，二十年前，我没看走眼吧，骏骏果真有大出息了啊。

深夜十点，服务员关灯，想要下班，掼出冷面孔。张海去结账，保尔·柯察金问他，你娘子没事体吧，去卫生间这样久？张海立于楼梯口，东张西望说，不晓得，夜里吃豆腐羹饭，突然不适意了。冉阿让说，小海啊，刚才事体，不好让你娘子晓得。张海下楼，到了前台结账，怀抱遗像木框，黑与白的"钩子船长"，恶狠狠盯了人，收钞票的老板娘，倒是气定神闲，见怪不怪。又是我爸爸眼睛尖，戳一戳张海腰眼，提醒说，喂，你娘子来了。神探亨特，保尔·柯察金，冉阿让一道回头，人人眼神诡谲，要么看到丑八怪，要么狐狸精，要么一顾倾人城，再顾倾人国。我也回头，看到了她。

1　熄角：上海方言。沉默，不说话。

二

2001年9月11日，两架飞机撞入纽约世贸中心双塔。曼哈顿天崩地裂，上海春申机械厂，刚好被推土机夷为平地。傍晚，我陪我爸爸去工厂废墟，神探亨特，保尔·柯察金，冉阿让，还有张海都来了。"三浦友和"依然无影无踪，像一只洋泡泡，打了氢气，升上青天，融入白云。七十周年厂庆典礼，厂长引用鲁迅先生的"不在沉默中爆发，就在沉默中灭亡"。一语成谶，春申厂果真在沉默中灭亡，享年七十岁零五个月。

阿房宫冷，铜雀台荒，瓦砾堆上，立了个白衬衫，红领带，白皮鞋的老头，原来是小王先生，白头发梳得清爽，捏一根手杖，敲打破碎红砖头，来看春申厂最后一眼。他嗓子哑了问，老毛阿哥呢？张海说，外公生闷气，不肯出门，要我叫他过来吧？小王先生摆摆手说，不麻烦你外公了，我看看就走。良辰美景，都付与了断井颓垣，我爸爸如同考古学家，分辨出一车间，两车间蛛丝马迹，又挖出马赛克碎片，必是职工浴室。保尔·柯察金循着旧报纸，发现办公室遗迹，当年他常于此坐一整日，抽烟，吃茶，看报纸，吹牛皮。防盗门铁皮，尚有几块残存，便是前两天打开的密室。冉阿让啥都没寻着，立了化为乌有的厂门口，哼《北国之春》。我爸爸寻着工作间，踏了一地废钢铁，穷途末路，蹲下吃一根烟，斜阳西下，洒了血血红一面孔。神探亨特寻到仓库，当年他如铁面判官，在此擒获无数蟊贼。我寻着仓库围墙，已成碎砖头了，建军的魂灵头，终归自由了吧。但我又想，建军要是不死，春申厂也不会败落在"三浦友和"手里。现在春申厂拆光了，案发的墙也没了，将来要是再有证据，重建杀人现场，难于上青天了。就在围墙废墟里，我捡到一条小奶狗，看起来是黑的，其实咖啡色，奄奄一息。昨日，撒切尔夫人忠心耿耿，不准拆迁队进来，便被推土机轧死。它刚养了一窝小狗，玉石俱焚，只剩这一根独苗。身高八尺的神探亨特，当场落泪，仿佛死了娘子，又死了儿子。神探亨特说，当年厂里杀人案，人心惶惶，大家每趟值班，不是讲闹鬼，就是传凶手又来了，我从乡下弄来这条母狗，取名撒切尔夫人，值夜班就不怕了，它还帮了保卫科，抓过好几个盗窃分子，是一条功勋犬。天黑下来，我爸爸拿小狗抱回家里，慢慢喂了牛奶，起名布莱尔，此时执政的英国首相。

当夜，张海打来电话，外公要死了。我爸爸先冲到医院去了。后半夜，我妈妈已经困熟，但我困不着，决定也去看看，悄咪咪出门，一路小跑。凌晨三点，我到了急诊室，嗅着亡魂气味，觉得一切眼熟，鼻头熟，心更熟。我的爷爷奶奶，皆是在这一间急诊室走的。数年前，我奶奶送进来抢救，我还是根豆芽菜，立了同一角落，看人家进进出出，形形色色。有耄耋之年，死之将至；也有正值壮年，命运多舛；还有年轻后生，学《英雄本色》小马哥，胸口中了刀子，血如泉涌，大小便失禁，家里人跪了地上，求医生救命；更有青春少女，吃了整瓶安眠药，卡在鬼门关里，据说腹中，珠胎暗结。有个男医生，高达一米五，自带阎王爷气质，预测我奶奶熬不过一夜，果然不到天明，我奶奶口吐白沫，撒手人寰。

此刻秋夜，我认出同一批医生，同一批护士。其中三寸丁神医，面孔多了几条皱纹，正为"钩子船长"开具病危通知书，原来是中风。我说，心里不适意，想来看看老毛师傅。我爸爸捏紧我说，这只小鬼，总算懂事体了。张海眼圈通红说，昨夜，外公也去看了春申厂，回到家里，先吃一瓶黄酒，再吃一瓶白酒，我实在拦不牢，外公怒火冲天，一边吃酒，一边用扬州话骂娘，他在厂里做了四十多年，加上退休二十年，厂子哪能说没就没。对老毛师傅来讲，等于天塌了，地崩了，海干了，祖坟被挖了，断子绝孙了。

我爸爸一夜未合眼，换来一夜奇迹，矮子神医妙手回春，"钩子船长"身坯底子太好，捡回一条命。但是脑血管爆掉，余生之年，右半边动弹不得，讲话含糊不清，扬州话说成非洲话，离死人只差一口气。老毛师傅劳保卡不够用，还要付两万块。张海有两个舅舅，两个阿姨，为分摊医药费，吵了好几趟。大舅舅下岗八年，终日混棋牌室，打大怪路子。小舅舅开了烟纸店，卖假烟假酒，赚点小铜钿。大姨妈刚办退休，忙碌女儿婚事，讲老头子中风真不是时光，最好晚两年再翘辫子。小姨妈正打离婚官司，上个月捉奸得手，急了要抢房子，哪里有空管老爹。看到这伙兄弟姊妹，纠缠在医院走廊吵架，犹如朝鲜半岛南北和谈，我爸爸默默去证券公司，抛掉最后一点股票，割肉取出现金，替老毛师傅交了医药费。张海的舅舅姨妈们作鸟兽散，塞给我爸爸几根香烟，再没见过影子。

几日后，张海娘姗姗来迟。医院门口，张海跟他娘大吵一场。我头一趟看到张海暴怒，却是冲了自家亲娘。我也是第一趟看到，被我爸爸唤作"小英"的女人，身材还没完全走形，五官残留三十年前遗迹。面对儿子愤懑，做娘的不怯场，放开喉咙反击，引来不明真相的群众围观。灵车司机停下来，吃根香烟，抱了茶缸，跟死人一道看闹忙。张海娘讲，赣南小城市买火车票不便当，她要排队大半夜，才等到一张回上海的车票。她又对张海说，你爸爸身体不好，你两个妹妹在读幼儿园，离不开妈妈照顾。张海冷笑说，那个人，是妹妹的爸爸，不是我的爸爸。张海娘七窍生烟，眼乌珠一瞪，抽了儿子一记耳光。我爸爸一看不妙，冲到两个人当中，左一声小英，右一声小海，拼了老命，隔开这娘俩，避免母子斗殴，人间惨剧。

多事之秋，老毛师傅出了医院，回到莫干山路老房子，从此卧床不起。我爸爸步了神探亨特，保尔·柯察金，再阿让后尘，加入再就业大军。我爸爸去了一家热处理工厂，私人老板开的，在南翔古镇工业区。张海想一道过去，但人家只要有经验的老师傅，年轻力壮的后生，多如苍蝇，不稀罕他一个。我爸爸每日清早出门，骑一辆电瓶车，开十几公里上班。热处理厂，听起来像厨房间，人人端了铁镬子，铁勺子，油焖煎炸上岗。其实呢，是做金属加热，使刚更刚，使柔更柔，刚柔并济。中国人老祖宗铸剑，淬火就是热处理，得出马氏体组织。我爸爸工资翻了三倍，负责修理行车，就是巨型起重机，吊运重物，形如天桥。行车出了毛病，我爸爸便要爬上去，十几米高空，落下去就是大事体。我妈妈颇不放心，叫他不要做了。还是冉阿让介绍，我爸爸去了苏州工业园区，一家外资大厂，总部在德国，生产汽车零部件。我爸爸做了电工，月薪三千，无须爬行车。美中不足，就是太远，要乘班车，路上两个钟头。

过了冬至，张海来我家做客。他拎来一只鸟笼子，老毛师傅养的小鹩哥，已学会一口扬州话。老头中风在床，鹩哥怕是养不活了。我爸爸收养了这只鸟，跟布莱尔做伴，开始鸡飞狗跳的岁月。我爸爸又拉了徒弟走象棋，张海执红先行，炮二平五，我爸爸执黑，马八进七。一红一黑，一进一退，竟是棋逢对手，频频兑子。我爸爸的红兵，张海的黑卒，双双过了楚河汉界，再没回头路，要么杀到棋盘最后一线，要么被车，马，炮，甚至象啊，士啊吃掉，要么丢卒保车，丢卒保帅，死无葬身之地。最后一步，张海马后炮，将死了我爸爸。张海说，对不起，师傅。我爸爸说，好啊，徒弟终归要超过师傅的。临别前，张海送我一枚行星齿轮，汽车变速箱配件，结构类似太阳系，中央是太阳轮，围绕一圈行星轮。一年前，张海亲手画图纸，设计这枚行星齿轮，再用厂里机器开模，金木水火土，各有不同尺寸。太阳的光与热，木星的宏大，天王星的冰冷，冥王星的遥远，火星的神秘，一切皆在手掌心，九大行星，分别自转与公转，最后才是地球。这是春申厂最后一件产品，被我收在抽屉底下。我爸爸装作没事体，叫我送张海下楼。车棚灯坏了。月亮与九大行星，全部暗淡无色，停止自转与公转。寒风摇动枯枝败叶，夜里沙沙哭声，遍地铜钱铺路。莫名其妙，我想起一个人，费文莉还好吧。张海说，费文莉去了日本，带了儿子，投奔前夫，不会再回来了。我叹口气，又问他，将来有啥打算？张海说，不晓得，阿哥，愿你有一个灿烂的前程。他骑上脚踏车，蹬起来，眼乌珠一眨，没了。二楼阳台，荒凉花盆背后，藏了我爸爸影子，目送徒弟远去。

来年开春，我的第一本书《病毒》出版，拿了区区五千块版税。鉴于这本书缘起，是我跟张海一次打赌，我在扉页签名，并写"致我的朋友张海"。但我左思右想，这十来万字薄薄的书，仅是我的小小一步，就此塞回抽屉底下。小说于我，就像我爸爸欢喜修理汽车，欢喜拍照片；神探亨特欢喜集邮，欢喜捉小偷；保尔·柯察金欢喜保尔·柯察金；冉阿让欢喜《北国之春》。而我欢喜搭一个世界，有人，有鬼，有烟火，有离合，有春梦，有噩梦，自然还有托梦，我的魂灵头里爱好。秋天，接到上级一纸调令，我到上海邮政总局上班，编撰企业年鉴，行业史志。新单位也在苏州河边，紧贴四川路桥，1924 年的古老大厦，科林斯式外墙立柱，欧洲折中主义风格，顶上有钟楼跟塔楼，像金鸡独立的巴黎圣母院，立了三尊青铜雕像——通信之神赫尔墨斯，爱神厄洛斯，爱神阿佛洛狄忒，就是罗马人的维纳斯，一旁却是毛主席手书"人民邮电"四个红字，毫不违和。

隔年，又是春天，小布什总统下令入侵伊拉克，古巴比伦，古亚述，古苏美尔，吉尔伽美什，玉石俱焚。中国人传说当中，诱敌深入，空城计，人民战争，一律烟消云散，萨达姆总统让城别走，木兰秋狝。美国人传说当中，大规模杀伤性武器，也没半根毛的踪影。同一阶段，广州，香港，北京的医院里，有人感染神秘病毒，自然跟我的《病毒》也没关系。张国荣跳楼次日，有个制片人，戴了口罩来寻我，看中我的一本书，买走电视剧改编权。我赚到一笔钞票，超过一整年工资。全国拉响警报，每日上班，皆要量体温，开窗通风，洗手液伺候，办公室喷消毒液水。这一漫长时期，最流行的歌手是阿杜，这个长头发的新加坡包工头，人人都会哼两句"我把梦撕了一页，不懂明天该怎么写，冷冷的街冷冷的灯照着谁……"。我坐于办公室窗边，晒了午后太阳，读一本《霍乱时期的爱情》，听苏州河上驳船马达，如同马格达莱纳河上轮船，升了瘟疫旗帜，不晓得要开到啥地方，停到啥时光。炎夏来临，蝉鸣声声，病毒烫死，警报解除。年末，萨达姆虎落平阳，被捕于故乡地洞，再无枭雄霸气，只是个须发皆白的退休老头，顺从地张开嘴巴，任由美国大兵检查牙齿。至于阿杜，莫名其妙地来，又莫名其妙地销声匿迹，就像这一夜，被他撕掉，再不复回。

三

开春，保尔·柯察金召集老兄弟们出游，目的地苏州。我爸爸问我去吧，我讲不去，跟一帮老头踏青，没意思。我爸爸说，要是张海也去，你去吧？我说，嗯，三年没见，要是他来，我就去。礼拜六，一早，我爸爸拿我从眠床拖起。西宫门口集中，保尔·柯察金包了一部依维柯，他带了老婆，儿子小东缺席，刚上大学，犟头倔脑阶段，不肯跟了大人旅游。冉阿让没带老婆，倒是带了女儿征越，已是大姑娘了。神探亨特单刀赴会，老婆没兴趣来，女儿雯雯在单位加班。张海来了，他坐了一部出租车，还带了两个女人。我爸爸面色一变，神探亨特，保尔·柯察金，冉阿让三人皆呆掉。一个是"山口百惠"，不超过四十岁，略施粉黛，她叫我爸爸一声蔡师傅。旁边的小姑娘，自然是小荷，已到豆蔻之年，穿了初中生校服，翻了桃花眼，薄薄皮肤下，青色毛细血管，潺潺流动。我爸爸问，哪能回事？张海说，师傅啊，孤儿寡母，家门口被债主堵牢，亲眷皆没良心，没一个敢收留，昨日逃到医院，杀千刀的债主又寻过来。我爸爸说，要去苏州避风头？张海说，避过这两日就好，一切由我搞定，不会让师母晓得的。重点是后半句，我爸爸才跟其他人商量。还有啥好商量，除掉保尔·柯察金老婆，三个老家伙纷纷同意，便让"山口百惠"母女上车同行。

从苏州河到苏州。依维柯上了沪宁高速，高楼渐变疏朗，田野，厂房，河流绵延。春雨新停，江南晓寒，白烟袅袅，黑鸦四散。这一年，我还是清汤寡水泡饭，张海已是浓油赤酱排骨，发型从谢霆锋转成周杰伦。但只要一笑，他就会露出两颗假牙齿，当年被老毛师傅打落，代价不小。张海额角头贴了护创膏，我问啥情况，他不回答。张海带了四条中华，我爸爸，神探亨特，保尔·柯察金，冉阿让，一人一条。保尔·柯察金说，小海也有出息，真好。我问张海，你发财了？张海点一支万宝路，拉开车窗说，做点小生意。我爸爸问张海，老毛师傅还好吧？张海说，外公精神好了，开录音机，听听淮剧，脑子清爽，可以讲话，都是扬州家乡话，可惜半身不遂，日夜困了眠床，拉屎拉尿，必须有人伺候，这两天我出来，只好请人照顾。我爸爸看一眼"山口百惠"母女，贴了张海耳朵问，老毛师傅晓得吧？张海苍蝇声音回答，当然不能晓得，外公最恨厂长，不讲了。"山口百惠"化了淡妆，眼角难掩灿烂细纹，如同暮春花败，疲倦，暗淡。小荷插了耳机，听MP3，小姑娘有点闷了，不欢喜讲话，惜字如金，可能因为车上人多，也可能因为青春期，更可能是这几年家里变故，心情郁结。路过安亭的汽车城，小荷回头看我，我方才注意到，她的眉角有道淡淡的疤。我也怏怏，口呼白气，模糊车窗玻璃，雾中风景。

征越跟我坐一排，她的名字豪气干云天，颇有来头。冉阿让没当过兵，羡慕我爸爸是复员军人，极想养个儿子，将来送去部队，结果生了小姑娘。冉阿让心里窝火，计划生育，统统一胎，否则单位开除。恰逢中越边境老山战役开打，冉阿让给女儿取名征越，堪比马援征交趾，马革裹尸还。我刚读幼儿园，冉阿让带了女儿来我家做客，征越穿开裆裤，往我家地板出了泡尿。我跟征越读同一所小学，同一所初中，我读四年级，她读一年级，我看她摇摇摆摆晃进校门，她看我跌跌冲冲操场疯跑；我升上初中预备班，她读三年级，上学路分道扬镳；等我初中毕业，她也念了初中，擦肩而过，错过了青梅竹马。我爸爸跟冉阿让商量好了，这趟苏州旅游，就是让我跟征越相亲。但我不声不响，带了丹·布朗的《达·芬奇密码》看起来。征越笑笑，掏出一本郭敬明的《幻城》。

上午十点，到得苏州，由人民路进城，先到北寺塔。我爸爸兴致盎然，背一台单反相机，给老友们拍照片。冉阿让招呼"山口百惠"上塔，她摇头说，自家落魄，跟了大家来做拖油瓶，哪有心思踏青游春，登临古塔，留给年轻人吧。我，张海，征越，小荷，四个人爬上木头台阶，转上九级楼梯，到塔顶，豁然开朗，姑苏古城，粉墙黛瓦，层层叠叠，春雾阴霾覆盖，暗藏惊涛骇浪。凭栏东眺，古城外，江南平野，苏州工业园区，鳞次栉比，十面埋伏，其中一家，是我爸爸上班地方。塔顶阴冷，高处不胜寒，征越拖了鼻涕，先行下去了。小荷还在顶层，大观园里林黛玉，薛宝钗们年纪，面孔白里透红，如同春燕衔泥。我的心底潮湿，正要寻一首宋词，保尔·柯察金老婆上来了，搔首弄姿，叫我爸爸给她拍照片，焚琴煮鹤，大煞风景，只得作罢。众人下塔，"山口百惠"却在报恩寺烧香，她说祈求菩萨保佑母女平安，保佑好人如我爸爸平安。我却想，她是祈求亡命天涯的"三浦友和"平安吧。

北寺塔下，冉阿让寻了饭店，点一台子菜肴酒水。这趟苏州踏青，交通，住宿，门票，皆由几家平摊。"山口百惠"母女开销，自由张海承担。唯独吃饭这一项，全由冉阿让买单。下岗几年，冉阿让在私人老板修车行，偷偷摸摸接私活，修理奥迪奔驰，攒了钞票不少。去年非常时期，老板临阵脱逃，移民澳大利亚，冉阿让头脑活络，借了几十万，接盘修车行，当上老板。时来运转，送走瘟神，天下太平，私家车纷至沓来，新手上路，免不了擦擦碰碰，又有保险公司买单，冉阿让手艺好，管理严，会做生意，雇几个安徽河南工人，经济型，舒适型，豪华型轿车，挤破门槛，不到一年，净赚一百万，还清了债，贷款买了房子。他还给女儿一笔钞票，准备出国留学。看到兄弟发达，神探亨特不免神伤，默然。保尔·柯察金穷开心，吃了半斤黄酒，背起毛主席诗词。征越开始活络，她读新闻专业，吃开口饭，嘴巴甜，会叫人，更会哄人，哄得我爸爸眉开眼笑，夸她乖巧。冉阿让又夸我，自古英雄出少年，骏骏已出了好几本书。征越说，我还没看过你的书，送我两本看看吧？我面孔一红，嗯。冉阿让说，蛮好，你们记得约时光哦。保尔·柯察金老婆开腔了，她在中百一店立柜台，牙齿锋利，吃饱老酒，对"山口百惠"说，阿妹啊，厂长有消息吧，我老公买了一万原始股，奈么是原死股啊，啥时光还给我啊？此话一出，保尔·柯察金一根鸡腿落了地上，捡起来，掸掸灰，纸巾揩揩，继续吃。"山口百惠"没讲过一句，小荷也是闷头吃菜，不惹事体。我爸爸说，吃你的老酒，现在不讲。保尔·柯察金老婆拍台子说，凭啥不能讲，她有面孔来，我就有面孔讲。保尔·柯察金轻拉她的衣角，却被老婆推开骂道，没用场的男人，钞票抱出去时光，你哪能讲的？张海的Zippo打火机一响，给我爸爸跟冉阿让点烟，拖延时光。"山口百惠"却说，阿姐，千错万错，皆是我前夫的错，连累大家，我代他赔罪。小荷皱眉头说，妈妈。做娘的捏牢女儿的手，叫她不要动，不要响。"山口百惠"本来只吃茶，这记倒了满杯黄酒，一饮而尽。保尔·柯察金老婆闷掉。冉阿让立起来说，不吃了，买单。

下半天，依维柯开到拙政园。春风吹柳，开得三两桃枝，四百年紫藤绽开，如西洋美人鬈发垂落。"山口百惠"老家在苏州，闷了一上半天，加上一杯黄酒，玉面带春，真正游园踏青。拙政园中，独辟一块幽静之所，太平天国忠王府，也是苏州博物馆。我欢喜古物，读太平天国，《李秀成自述》翻来覆去，看过一百余遍，自然偏爱此地，兜兜转转，欣赏老祖宗宝贝。天擦黑，到了旅馆，恰在沧浪亭畔，苏州美专旧楼，隔水相对。国营旅馆简陋，保尔·柯察金夫妻俩一间，冉阿让跟神探亨特一间，四个人不困，租了棋牌室，打麻将，砌长城，挑灯夜战。我跟我爸爸一间，"山口百惠"母女一间，张海单吊一间，征越单吊一间。

半夜里，我爸爸鼾声如雷，四面楚歌。我实在吃不消，逃到张海房间。只有一张床，我们各盖一条被头，背靠背，度过清宵。依旧难眠，我跟张海聊天，半个月前，我接到一通午夜凶铃，有个女人在哭，还问我爸爸在吧，半夜哭哭啼啼，没啥好事体，我妈妈抢过电话，皱了眉头听几句，只嗯一声，便挂掉，我爸爸面孔煞白，问是啥人打来。我妈妈说，你的"山口百惠"，又有讨债鬼上门了，我妈妈答应"山口百惠"，放我爸爸出门去帮忙。张海说，师傅也给我打电话了，叫我陪他一道，他还算多个心眼，一个大男人，半夜去敲寡妇门，终归不太好听，临时叫神探亨特，保尔·柯察金，冉阿让更不合适，他们老婆不会放人的，唯独我是关门徒弟，必定叫得动，凌晨一点，我跟师傅跑到甘泉新村，爬上六层楼，看到三个债主，一看就是社会上混的人，他们拿出借条，春申厂便笺纸，白纸黑字，十万人民币，厂长签字手印，我讲"三浦友和"已经死了，不要再寻，债主讲，人没死呢，被门里的女人藏起来了，有个枪毙鬼，推了师傅一把。我说，敢打我爸爸？张海说，师傅还手前，我的拳头先出去了，抱了一个恶人，咕噜噜滚下楼梯，我也是拼命了，好像在屠宰场，肉食品厂，杀牛宰羊，房门终归打开，一个女人出来，攮了一把菜刀，不像"山口百惠"，更像容嬷嬷，杀气腾腾。我摒不牢笑说，有意思。张海说，三个债主被吓倒，拔脚走人，我是杠头开花，额角头全是血，"山口百惠"哇一声哭出来，小荷也跑出来，帮了师傅一道，拿我抬进房间，困了沙发上，我想起六年前，师傅带我到此地，就是坐了这张沙发，求了厂长收留我，"山口百惠"给我检查，发觉伤口太深，必须去医院缝针，我也是逞能，自己爬起来，要骑脚踏车回去，可惜一脚绊倒，师傅拿我扛了肩上，咚咚咚走下六楼。这我倒是相信，我爸爸虽已五十几岁，但他不吃酒，也不打麻将，身材保持蛮好，没啥赘肉，还有胸肌两块。张海说，师傅背了我，"山口百惠"跟小荷一道送我到医院，我头上缝了三针，屁股打一支破伤风针，小荷有胆气，全程陪同，到了天明，再去读书。我说，难怪，我爸爸也不敢讲，要是让我妈妈晓得，他为别的女人动手，必要倒霉。张海说，怪来怪去，也是怪厂长作死，困吧。

沧浪亭水，波澜不兴，一条锦鲤鱼，窜入梦中。讲来也怪，到了苏州，梦就稠了。这一夜，我连续做了三个梦。头一个，外公来寻我，他走了十几年，还是六旬年纪，多病，衰老，面色发黄，看得出肝病。曹家渡的家里，外公开一盏小灯，读《聊斋志异》，席方平到阴间为父申冤，发觉阴间比阳间还要腐败。而我呢，又变成小学生，一只猫咪，缠了我的脚头。外公告诉我，他跟外婆在地下，日子还可以，清明冬至小年夜，能收到我妈妈烧来的铜钿跟供品。外公又唉声叹气，最近乡下搞运动。我说，啥的运动？"文革"老早结束，现在是二十一世纪。外公说，平坟运动，农田上不能有坟墩墩。外公外婆生怕推土机一到，坟冢土崩瓦解，就不能再保佑我了。我夸下海口，保证外公外婆在地下太太平平。第二个，奶奶来向我托梦。我爷爷跟奶奶，葬了上海郊外公墓，并无乡下平坟之烦恼，只是离开乡村故土，未免思乡。爷爷托我回海门乡下去看看，祖坟上多烧点香。奶奶又关照我，早点谈上女朋友，结婚养小囝，她就能有重孙子。我只好说，我争取吧。第三个来托梦的，却是老厂长，还是木头假人，两只脚倒是真人，苏州城里转来转去，从北寺塔转到拙政园，从狮子林转到寄啸山庄，最后到沧浪亭，意兴阑珊，幽幽地吃香烟。阴间的香烟，还是特供的飞马牌。烟雾散逸，水汽迷蒙，老厂长木头面孔板起，扬起毛笔画的眉毛，关照我道，捉厂长回来。

我醒了。凌晨五点。张海醒了更早，窗门开条缝，吃万宝路，我的鼻头闻了，却像飞马牌。这两年，托梦越来越多，好像我的脑子里，开了一间心理诊所，亡魂纷纷组团排队，寻我来诉苦，排忧解难，代写家书。我的托梦业务，门庭若市，还有阴间小贩来炒号，像三甲医院门口号贩子。托梦越多，灵感便越多，小说也像沧浪亭，涟漪波纹，风吹水涌，不时满溢而出，肆意汪洋。张海掐灭烟头说，阿哥，老厂长向你托梦，要捉厂长回来？我说，千真万确。张海说，去沧浪亭看看，讲不定，老厂长的魂，还没飘远。

拂晓前，春寒料峭，遍地露水。我有一点点慌，生怕碰到老厂长，木头假人面孔。张海说，阿哥，水边阴气重，要当心。我说，要是我落下水去，你会救我吧？张海说，马上跳下去。我说，就怕老厂长没来，沧浪亭女鬼倒来了。张海说，真有女鬼。月下沧浪亭，一个白衣裳女子，靠了水边栏杆，背影纤巧，乌发垂肩，人影倒映水面，像个拉长的吊死鬼。张海不怕，轻手轻脚，到栏杆边，划一根火柴，照亮女鬼面孔说，你哪能来了。女鬼一吓，差点落水，还好被张海拉紧。原来是小荷，白颜色运动衫，头发披下来，清汤挂面，红消翠减。小荷说，我困不着，出来走走。张海说，你妈妈呢？小荷说，前两夜，我妈妈都没困，到了苏州才困熟。张海说，你吓啥？小荷低头说，不想跑，不想藏，不想再跟我妈妈到处躲债。我说，报警吧，你回去读书。小荷一抬头，月光落了眼里，闪闪的，像惊蛰的雷，清明的雨。小荷说，哥哥，这个月《萌芽》杂志，我看了你的《荒村》，同学订阅的，我借了看。我搔搔头说，不好意思，多提意见。张海点一支烟，火星烟雾闪烁，他贴了我耳朵说，我逢人就提你，讲你文章写得好。我说，瞎讲了。小荷看了水中沧浪亭说，我到此地，就像到荒村。我说，其实我写的荒村，进士第古宅，一砖一瓦，一草一木，腐烂腔调，都是从你的川沙老家，营造第古宅一夜而来。小荷说，哥哥，我老早看出来了。白月挂天，落一轮入水，波纹如锦缎，像个金澄澄的煎饼。我说，乾隆年间，苏州城里，有一对小夫妻，男的叫沈复，字三白，女的叫陈芸，亦叫芸娘，居于沧浪亭隔壁，七夕夜，芸娘对沈三白说，宇宙之大，同此一月，不知今日世间，亦有如我两人之情兴否？小荷指了水面笑说，也是今夜，我们的月亮。我说，等到中元节，七月半，芸娘跟沈三白，邀月畅饮，讲到沧浪亭畔，素有溺鬼，刚刚小荷在水边，亭亭玉立，我倒以为，真有溺死女鬼出没。小荷说，难道是聂小倩？我说，大概是贞子。小荷噗嗤一笑，不胜娇羞。张海笑说，阿哥，你也会开玩笑了。笑声惊起一对林中鸟，贴了水面划过，波纹涟涟，绞碎月亮。张海幽幽说，小荷，问你一只问题，你爸爸在啥地方？我心里一慌，仿佛老厂长灵魂，就在背后飘，屁股不稳，差点落进水里。小荷收敛笑容，十四岁的眼乌珠，渐渐明亮，摇头，决绝。我隔开张海说，小荷不晓得，最好不晓得，晓得就麻烦了，对吧。小荷看我，我看张海，张海又看小荷，三人再次无声。

清风徐来，薄暮散逸，吹皱一池春水。又一个人影，像中国画的墨点，宣纸上慢慢化开。张海又划一根火柴，照出一张面孔，原来是征越。我说，你也来了？征越笑说，应该我问你们才好。我说，醒了太早，到沧浪亭走走。征越说，后半夜，我爸爸老酒吃醉，回到房间困觉，却叫我去打麻将，免得三缺一。张海说，你也会打麻将？征越吐吐舌头说，七岁就会了，我爸爸经常带我出去打牌，今朝夜里，我又赢了六百块，保尔·柯察金老婆发飙，差点掀翻台子，骂她老公出牌一泡污，我只好出来避避。听到此地，小荷才出来说，太好了，这个女人，真是可气，就会欺负我妈妈。征越皱眉头说，小荷妹妹，你也在啊。小荷说，嗯，困不着。征越翻翻白眼。月落乌啼，四野鸡鸣，犬吠，天色渐明。我这才看清爽，方才所立之地，原来是沧浪亭畔，医院发热门诊，旧年非常时期，专门隔离病人，瘟疫味道深重。征越只说两字，晦气。回到旅馆，我跟张海吃早饭，盛了白粥，榨菜，萝卜干。张海说，小荷没讲实话。我说，啥意思？张海说，小荷是聪明人，她晓得厂长藏在啥地方，讲不定，就在上海，或者苏州，或者杭州。我笑说，你倒是盯了紧的。张海不笑。

上半天，几家人同游沧浪亭。园小乾坤大，唯独遗憾，我没寻着西壁爱莲居，沈三白跟芸娘遗迹，缥缈无踪，大约世上妙物，西风凋碧树的，只留下文字，留下念想，留下魂灵头。至于眼睛看得到的，手指摸得到的，留给我等凡人罢了。下半天，依维柯出城，上了虎丘，望斜塔，临剑池，踩吴王阖闾墓于脚下。"山口百惠"气色转佳，冉阿让跟神探亨特，轮流给她拎包。小荷跟了我身边，却不再讲话，张海最后的提问，让她成了惊弓之鸟。征越面色不佳，不再理睬我了。待到炊烟四起，晚霞灿然，依维柯回到城里，观前街前，寻了百年老店松鹤楼。还是冉阿让请客，点了松鼠鳜鱼，白汁元菜，三虾豆腐，蜜汁火方。大家盯了酒水菜色，再没力道瞎话三千。

酒足饭饱，出观前街，到人民路，车水马龙之间，张海突然发痴。他撒开两只脚，横冲直撞，狼奔豕突，撞倒几多行人，我怀疑他的手机被偷了。但我看到一部轿车，桑塔纳普通型，屁股翘了尾翼，红颜色车顶，黑颜色车身，慢慢交转弯，露出引擎盖，颜色如同烈火，弗兰肯斯坦转世投胎。我爸爸跟冉阿让也认得了，哪怕烧成钢架子，烧成骨灰，烧成铁汁，它是红与黑。张海吼出龌龊话，命令车子停下。红与黑却加速过路口，排气孔咆哮，像一头非洲猎豹，超过所有小羚羊，野牛，斑马，一骑绝尘。

张海跟在后头，差点被车子撞飞，掼倒在水门汀上，说我就想看看，开了红与黑的人，到底是香港王总，还是厂长"三浦友和"。我也跑得快要吐出肺了，喘气说，你看到他了？张海点一支万宝路说，没看清。我说，车牌呢？张海说，也没看清，但要不是做贼心虚，为啥不停车？还要加速逃跑？剧烈运动释放多巴胺，让人兴奋，张海吐出一口浓痰，腔调像"钩子船长"。我说，刚刚你追车样子，就像车匪路霸，江洋大盗，人家没报警就蛮好了。冉阿让说，不必定是香港王总，他欢喜红与黑，也是一时新鲜，我开修车行晓得，有的老板养好几部车，经常换来调去，等于玩具，等于宠物，总有开厌气时光，隔手就会卖掉，甚至送人，三年过去，车主老早调人了吧。苏州人民路上，车来车往，颜色缤纷，似乎一半红，一半黑。张海说，阿哥，你不是写悬疑小说吗，有个道理懂吧，最危险地方，就是最安全地方。我觉着荒唐，不跟他搭腔了。"山口百惠"母女，立了马路对面，小荷身影幽怨，暗戳戳瞟来两眼。张海翘起嘴角，拍拍屁股，贴了我的耳朵说，今夜，至少证明一桩事体，只要盯牢"山口百惠"，盯牢小荷，就能寻着厂长。

四

苏州归来，我爸爸问我，啥时光再跟征越见面，送几本签名书。我说，能不见吧？我爸爸面孔一板，啥意思？我说，现在不想谈朋友。我爸爸说，你这小鬼，神智无知，我都跟冉阿让讲好了，人家看得起你，敬酒不吃吃罚酒。我背过去，不睬他。我妈妈说，小囡不肯，没缘分，算了吧。这一夜，我告诉妈妈，外公到沧浪亭寻我托梦。我妈妈将信将疑，打电话到乡下，果然"平坟运动"是真，马上就要动了。次日，我妈妈紧急买火车票，赶到镇江城外，荒烟蔓草之上，另觅万年吉壤，搬迁坟址，搬迁新居，免了外公外婆夙夜担忧，还求得外公对我保佑。

第二年，外公的保佑便见效了。《荒村公寓》《地狱的第 19 层》《荒村归来》《玛格丽特的秘密》，我的书像一连串大闸蟹，登上图书畅销榜。我在北京办了第一场签售会，夜里去后海，故地重游，沿什刹海，流连到"银锭观山"。虽是隆冬，海面结冰，羊脂凝霜，酒吧却闹忙，灯火粲然，歌手狂甩油腻长发，拨动吉他嘶吼"有多少爱可以重来"。春天，我卖出两部电影，一部电视剧改编权。赚到房子首付，我在苏州河南岸，购入一套酒店式公寓，隔河眺望"万箭穿心"忘川楼，放出去收租。我爸爸却不开心，因为每趟过来，皆会路过春申厂原址，触心境。我爸爸办了待退休，不再上班，免去舟车劳顿之苦。我买一部私家车，上海大众 Polo，排量 1.4 升，送给我爸爸。他去考驾照，这把年纪，真是作孽，交规考了两遍，小路考也是两遍，大路考勉强过关。工会主席瓦西里的口头禅，改成了"房子会有的，车子会有的，一切都会有的"。

春天将尽，张海到我家里做客，送我爸爸一台诺基亚手机。我不肯要他的礼物，但我爸爸看了眼馋，只好捯牢。张海又掏出一万块，我爸爸问，这做啥？张海说，师傅忘记啦，六年前，我敲开"癫痫"的脑壳，要不是师傅拿出一万块赔偿，我就要吃官司，笃定被厂里开除，也许要去白茅岭，也许是铁板新村，我答应要如数奉还。我爸爸接过钞票，尴尬说，实际上这一万块，是你师母出的。张海说，我晓得，师母也有礼物。张海拿出一瓶雅诗兰黛，必定是发了横财，普通人买不起这种货色。孝敬好师傅师母，张海才讲起正事，师傅，去年在苏州，观前街看到红与黑，我思来想去，最有可能，还是香港王总。我爸爸说，厂长这只浮尸，拿春申厂地皮，连同红与黑，一道卖给了香港老板，恐怕是连档模子。张海说，我托朋友去打听，香港王总在搞房地产，又去苏州金鸡湖开发地皮，他在松江佘山有套别墅，我一直想去寻他，但他人在美国做生意，上个月，刚回上海。我爸爸说，厂长会不会跟他在一道？张海说，师傅，我想去佘山寻厂长。我爸爸说，对，不好放过这点畜生。张海说，阿哥，我们一道去吧。我说，这一段时光，我忙了写小说，出版社催了交稿，必须要在春天写好，你们去忙吧。我爸爸也说，他不必去了，这是春申厂的事体，跟他不搭界，小海啊，我们来解决。张海怏怏然告辞，他带来的诺基亚，还留了我家茶几上。我爸爸欢天喜地，拆开包装壳子，研究说明书，这是他的第一台手机。

天亮，我爸爸去了佘山。这一去，音讯全无，等到半夜，下落不明。他刚入手的诺基亚手机，还困了家里充电。我妈妈急了，一夜没困着。我也打了一夜电话，都没打通张海。隔天中晌，我爸爸才回来，眼皮瞌眬，面色灰暗。我妈妈倒了杯水，问他啥情况。我爸爸却点一支香烟，慢吞吞说，我去寻厂长了。我妈妈说，断命的厂长，真是害人。我爸爸说，昨日，我跟张海到了佘山，兜兜转转，终归寻着别墅区，门口立了保安，穿得像香港警察，不让闲杂人等进入。我妈妈说，对，你们就是闲杂人等。我爸爸说，佘山这样远，我们不好白跑一趟，我跟张海装扮成维修电工，蒙混过关，寻到香港王总的别墅，门口停了一部进口轿车，我也搞不清啥牌子，反正张海告诉我，这部车大概值几百万。我说，你没寻着红与黑？我爸爸说，没寻着，别墅也是铁将军把门，张海想翻墙进去，但是被我拦牢，我讲不作兴，要吃官司的。我妈妈说，还好你不是法盲，毕竟是纪检干部家属。我爸爸说，我叫张海有耐心，坐了门口吃香烟，张海还给我买了面包，填饱肚皮，直到夜里，一辆跑车开过来，我认出香港王总，他穿西装，戴墨镜，跟神探亨特一样高，身边还跟了个男人。我惊说，果然是厂长？我爸爸说，不是厂长，是个陌生人，三十多岁，讲一口北方话，等到香港王总开门，张海才上去讲，借一步说话。我说，这样蛮像强盗的。我爸爸说，旁边的北方人，抽出一根高尔夫球杆，打中张海的小肚皮，香港王总按了警报铃，保安抓牢我们，扭送派出所。我说，这北方人必是保镖，张海没事体吧。我爸爸说，张海经得起打，只是皮肉伤，警察盘问到凌晨，还是春申厂这点旧事，保安调出监控录像，我跟张海都没私闯民宅，门槛都没进去，香港王总向警察求情，讲是一场误会。我妈妈说，自讨苦吃，还好人家不追究。我爸爸说，今日早上，我们才从派出所出来，张海送我到楼下，他也没面孔上来。我妈妈苦口婆心教育他，买个教训吧，现在儿子有出息了，苦尽甘来，房子买好，车子又帮你买好，太太平平日子不想过，偏要冒了杀千刀的风险，脑子搭错了，你自己选吧，现在两条路，第一条，蹲了家里种花，遛狗，养鸟，听越剧，帮儿子开车子；第二条，继续寻你的厂长，去寻你买原始股的五万块，跟你的宝贝徒弟混了一道。我爸爸说，好啦，我答应你，从今以后，断了寻厂长念想，不惹事体了。

隔半年，我去了趟巨鹿路，到上海作协，《萌芽》杂志办事，出来沿了陕西南路，走到淮海路口。此地气场强，车水马龙，日夜喧闹。隔壁襄阳路市场，山寨奢侈品集中营，不少人来淘货色，外国瘪三，慕名而来。人潮如同激流，红灯亮起，筑起水坝，各种肤色，性别，身高，气味，回环激荡，浊浪滔天。我等在十字路口，有个男人横出来，莫名其妙，敞开风衣，内插袋亮晶晶，好像圣诞树，挂满手表跟钢笔。他说，Rolex要吧？万宝龙要吧？我认出这张面孔，他是张海。他也认出了我，面孔变得煞煞红，马上合拢风衣。淮海路口，红灯变绿灯，水坝崩溃，浪奔浪流，张海拔脚要跑，我拉了他不放。张海叹气说，阿哥，不好意思，叫你看到我这样子。我说，你在此地多少时光了？张海回到地铁口，台阶上坐定，点一支万宝路。张海说，两年了，襄阳路摊位贵，我挤不进去，就自家进货，立在这只路口，看到男人路过，无论中外，我便敞开风衣做生意，成功概率，起码两成。张海送我一支"万宝龙"钢笔，开价九百块，可以砍到三百块，实际进货价五十块。张海说，阿哥，求你，千万不要让师傅晓得。我皱眉头问，你送我妈妈的雅诗兰黛，也是山寨的吧？张海摇头说，我保证，我送给师母的礼物，绝对正品，毕竟是涂面孔的，我托人从国外带的。

当夜，回到家里，我让我妈妈翻出雅诗兰黛。我问，好用吧？有副作用吧？我妈妈意外儿子哪能会关心老娘面孔。我妈妈说，蛮好的，每日搽了面孔，皱纹啊，斑啊，全部消掉。我劝我妈妈少用点。我又看看我爸爸的诺基亚手机，他总是捏了手心里，像捏一把电工刀，或一只老虎钳，觉得能用一辈子，打电话声音清晰，外壳依旧坚硬，还能敲开小核桃，简直防身利器。今日，偶遇张海这桩事体，我就闷了肚皮里，慢慢发酵，就此烂穿。

来年，襄阳路市场拆掉，本地人失了颜色，外国人如丧考妣。我妈妈收到两张戏票，京剧《廉吏于成龙》，中宣部"五个一工程"奖巡演，尚长荣、关栋天两大老板压阵。我妈妈寻了市纪委的老姊妹，结伴到上海大剧院看戏，却在门口碰着张海。他也是尴尬，讲在等朋友一道看戏，我妈妈问他，是女朋友吧？张海笑笑说，是的。但我妈妈多了心眼，走到大剧院门厅，远远观察张海。猜得没错，张海捏了一沓票子，碰到人就上去搭讪。回到家里，我妈妈说，张海是个黄牛党票贩子。我爸爸闷掉，猛抽几根香烟，自言自语，要是春申厂还在，小海也不用去做黄牛。我硬劲憋牢，没告诉我爸爸，张海不但是个黄牛，还在淮海路卖假货呢。阳春白雪的上海大剧院，抑或周杰伦演唱会，中超联赛虹口，CBA 联赛卢湾，都有可能碰到张海，或者更多职业，不为人知，见不得光。我想起阳台上，堆了几箱牙刷牙膏，还有几十瓶安利纽崔莱钙镁片，还是张海送来的？我爸爸先摇头，再点头。我妈妈说，今朝免费给你，明日就要你出血，赶快送回去，以后不要让他再来了。

五

12月，快到冬至，我还在单位上班，蹲了古老大厦内，埋首故纸堆，筹备上海邮政博物馆。昨日小说写到半夜，周末刚刚签售回来，忙了不亦乐乎。我正要吃中饭，手机响了。陌生来电，一个细细的女声说，哥哥，我是小荷。我是一怔，两年多没见过她了，难道厂长有了下落？她是大义灭亲，来跟我通风报信？我说，你好。小荷说，我能见你吧？我说，最近新书快出来了，蛮忙的。小荷说，现在呢？我说，不可能。小荷说，我在你楼下。我心里一惊，还好今日上班。我说，我不在家。小荷说，我在你单位楼下，四川路桥上。我说，但我要去食堂吃饭了。小荷说，我也没吃午饭，我们能一道吃吗？

四川路桥头，冬天太阳，洒了苏州河上，也洒了小荷的面孔，像倒翻一瓶牛奶，冷冰冰流淌。小荷背了书包，蓝颜色校服，我差点点看成春申厂的工作服，只不过袖子管上，别了一只黑袖章，还缀一块红布，多了肃杀之气。我问她，家里哪一位长辈走了？小荷说，我爷爷，昨日追悼会，火化了。我皱眉头说，我记得，川沙营造第，你爷爷毛笔字写得好。小荷说，爷爷就死了老宅里，留下几行毛笔字，讲他看到了莲花奶奶。我说，莲花奶奶？我这才想起，我们见过她的魂灵头，好像一场梦。两年半不见，小荷长高了，已有玉人之姿，唯独眉角上方，轻描淡写的疤。但她不像妈妈，眉毛比"山口百惠"浓，嘴唇皮丰满，双颊荡了婴儿肥，五官更像她爸爸"三浦友和"。

两个人沿了苏州河，从四川路桥走到乍浦路，循了酸甜苦辣咸，形形色色味道，不用脚走，只用鼻头嗅，就能穿街走巷。午市人挤，多是附近上班族，从外滩，从四川北路，从南京东路闻香而来。我选一家小店，点了四样本帮小菜——四喜烤麸，马兰头香干，红烧划水，毛蟹年糕，还有一碗老鸭汤，加上盖浇饭。小荷点了可口可乐，被我调成菊花茶。上了菜，小荷拿了筷子狂吃，毫无小姑娘矜持。我叫她慢一点，不要喉咙哽死。小荷说，我早饭没吃。我说，你就是来吃饭的？小荷笑说，我来请你签名。她揩揩嘴巴，书包里掏出一本书，是我今年新出的《旋转门》。小荷吐舌头说，只剩这一本了，还有《荒村公寓》跟《地狱的第19层》，我上课偷看，都被老师没收了。我翻开扉页签名，给她写上"To：小荷同学"。小荷欢天喜地，吃光了盖浇饭，肚皮里装了老鸭汤，寒鸦飞渡，荡漾声声。小荷打饱嗝说，谢谢哥哥，今日起，我会经常来寻你蹭饭的。我心里叫苦，不好讲。

出饭店，小荷笑语盈盈说，哥哥，你能陪我走走吧，吃了太饱，要消化，不然还要减肥，烦煞了。我陪了她，过乍浦路桥，波光粼粼，飞来片片白羽。秋冬季节，常有候鸟南来，海鸥，夜鹭，长脚鹭鸶，像白颜色水彩画笔，一笔笔涂了天上，水面上，欢颜上。我跟了她屁股后头，过吴淞路闸桥，直到外白渡桥。电车拖了小辫子开过，苏州河，黄浦江，一条黑线，一条黄线，浊浪拍岸。我追到小荷，扒了外白渡桥栏杆，脚底下木板震动，好像要坠落水底。苏州河对面，上海大厦，浦江饭店，风景岿然不动。黄浦江对面，浦东陆家嘴，摩天楼林立，日长夜大，一日一景，犹如巴比伦塔，不晓得搭到几时。小荷定快快了。我问她，想啥？小荷说，哥哥，你讲这座桥，像不像一座监牢？我看了纵横交错的网格，钢铁铆钉，果然像监牢，不是提篮桥，就是肖申克。冬日江风袭来，小荷摘了头绳，散开头发，黑颜色湍急溪流，溅了我一面孔。小荷捏了一台诺基亚，市价两千块。厂长留下一屁股债，小荷还是高中生，哪来钞票买手机，除非还有赃款。我问她，啥人买的？小荷说，张海哥哥送的。我向后退，桥栏杆顶了腰眼，我说，他还经常来寻你？小荷说，张海一直讲，我爸爸没跑远，跟我还有联系，叫我拿爸爸交出来，但我有五年多没看到爸爸，没听过爸爸声音，要是晓得他在啥地方，我老早不在此地了。我说，张海走火入魔。小荷说，好几趟了，我在学堂门口看到他。我说，张海不是坏人，不会欺负你的。小荷说，这几年，债主们每趟上门，我妈妈会给你爸爸打电话，也会给张海哥哥打电话，他来得最快，也会打人。我说，打讨债的？小荷说，不只是债主，我有个男同学，经常跟了我，但我讨厌他。我说，真讨厌，还是假讨厌？小荷说，真讨厌，张海晓得了，就去动手打人，家长告到学校，老师再来审问我，我讲不认得打人的暴徒。我笑说，暴徒张海。小荷撸了鼻涕，双颊冻得通红。外白渡桥是风口，黄浦江上的风，由此灌入苏州河，溯流而上，横冲直撞，穿过一座座桥，九曲十八弯，直达老早春申厂。我说，走吧，不要冻感冒了。小荷说，我做梦都想我爸爸，今朝早上，我又梦到他了。我说，你梦到厂长在啥地方？小荷说，老远老远的地方，冰天雪地，白茫茫，灰擦擦。我说，这是托梦？小荷说，瞎话三千，我爸爸不会这样死的。我说，嗯，我爸爸也望他活着，有生之年，一定要再碰到，要不然，死不瞑目。走到公交车站，电车到了，小荷上车。隔了玻璃窗，她向我笑笑，挥手自兹去。乌云飘来，太阳一败涂地，我看一河春水，飘一层寒雾，一抹清水鼻涕，拖下来，再吸回去。

　　元旦过后，小荷放了寒假，她不食言，频频来寻我，每趟突然袭击，到了四川路桥，打电话叫我下来，吃中饭，或夜饭，皆是蹭饭。有时光，我会带她翻过苏州河，去到江西中路，我童年住过的古老大厦。立在我家的阳台上，可以望到外滩的屁股。有时光，我们会荡四川北路，走过横浜桥，到多伦路，山阴路，鲁迅故居，直到虹口公园。有一寒夜，乍浦路，霓虹灯像插蜡烛，浮在宇宙灯海，又像中元节河灯，拖了饕餮鬼的魂灵头，辗转潜入苏州河，汇入黄浦江。天上飞的，水里游的，地上爬的，地里生根的，各色食材，横行霸道。路过金米箩大酒店，我们单位年夜饭常常在此。我选了大堂角落，照旧四菜一汤，烤子鱼，三黄鸡，水晶虾仁，咸鱼炒毛豆，三鲜汤。小荷还要啤酒，我说，我不吃酒，你是学生，也不要吃。小荷郁闷，只好吃可口可乐。她掏出一本《蝴蝶公墓》，我的新书，给我签名。小荷胃口蛮好，依旧风卷残云，饿死鬼投胎。我说，你要蹭饭蹭到啥时光？小荷说，蹭一辈子好吧。我摇头说，不好。小荷说，蹭到我考上大学好吧？我闷了一歇说，现在功课紧吧？小荷说，紧得不得了，过了热天，就要高三，现在放寒假，我妈妈还给我寻了家教。我说，文理分科了吧，你选文科吧？小荷说，我选理科，我的数学和物理，都是全班前几名。我说，语文呢？小荷说，看你的书多了，异想天开，语文越来越差，最近一场考试，一塌糊涂，老师说啊，我写作文像开无轨电车，经常偏题，到高考要吓煞人。我说，你这小姑娘，语文不好，赖了我身上？小荷说，不赖你，赖啥人啊？我要是高考不好，就寻律师告你，要你赔偿损失。我说，我只好赔偿你蹭饭。小荷说，最起码的好吧，你要赔偿的多了。我笑说，这我老早被告得倾家荡产了。小荷难得一笑说，哥哥，全国有多少你的读者？我皱眉头说，没统计过，大概几百万。小荷说，一半是女生吧。我说，也许一半以上。小荷说，有人跟你讲过，她欢喜你吧？我面孔一板说，跟你没关系。小荷咬了筷子头，哪能没关系？要是你的上百万女读者，每个都来寻你，你不就没时光陪我，没时光让我蹭饭了吧，我就要饿肚皮了呀。我笑说，哪里有这种好事体。小荷眼乌珠瞟来瞟去，像一枚女间谍，轻声说，哥哥，跟你讲桩事体。我说，快讲，不要神秘兮兮。小荷说，昨日夜里，我下楼倒垃圾，小区花坛里，有个人偷看我。我说，断命的债主又来了？小荷说，我也不是小囡了，一直看哥哥的悬疑小说，胆子变大，就冲花坛里吼。我笑说，这样讲法，你请我吃饭才对。小荷瞪了我说，不开玩笑，我看到花坛里，立起来一个男人，底楼车棚灯亮，原来是张海。我说，还好是张海，不是别人家。小荷说，我就骂他变态，张海也不顶嘴，扭转屁股就跑，果然是个变态。我说，张海虽怪，但不是变态。小荷说，哼，日日夜夜跟了我，至少是个跟踪狂，偷窥狂，我不会放过他的，我要捉牢他，捆起来，扭送派出所，关他两天。我说，也许张海是来做你的超级保镖。小荷说，呸，他缠了我跟妈妈，还不是想要报复我爸爸？张海也是个讨债鬼。小荷眼睛往外斜了斜。我转头，看到落地玻璃外，立了一个男人。第一眼，像个魂灵头，一动不动，眼睛直勾勾，盯了我跟小荷。第二眼，我才看清爽，这人还后生，蓝颜色冲锋衣，鸭舌帽，面孔昏暗。第三眼，他已转身飘走。

小荷跳起说，好像是张海。我冲出去，门口伙计拦我，以为我吃霸王餐。我掏出几百块，掼了账台。冲到乍浦路，闹忙夜市时光，行人食客，潮潮翻翻，我闻到胖阿姨家的冷面，永祥烧鹅皮的肉香，鱼林岛的酸菜鱼火锅，王朝大酒店的野生河虾仁，却再没闻到张海的味道。苏州河上，翦翦轻风，夹了乍浦路的油烟味，夹了饮食男女欲望。我掏出手机，要拨张海电话。小荷拉了我手，抖抖豁豁说，哥哥，不要。我说，为啥？小荷说，他走了，不是更好嘛，为啥要寻他回来。我说，我要教训他，不要再缠了你。小荷说，算了，是我不好，麻烦你了。我心想，也有可能，是她杯弓蛇影。立定桥头，凭栏远眺，透过外白渡桥钢铁网格，三角形陆家嘴，像刚吃好的碗盏，叠了竖了筷子筒，青瓷调羹，饮料吸管，玻璃酒瓶，一只只高耸入云，堆砌星河。小荷靠近我，小身体发抖。小荷说，冷。我只好脱了大衣，披了她身上。她笑了，苍白面孔上，风吹出两团红晕。少了一件衣裳，轮到我流鼻涕。小荷说，你也冷了。我摇头，又点头。小荷说，送我回去吧。

我拦了出租车，上了高架，司机开电台，周杰伦新歌《菊花台》。小荷跟了哼唱，人便东倒西歪，面孔冰凉，头发丝也冰凉，靠到我肩胛上。我无处可逃，叫司机关掉电台。甘泉新村到了，我扶她下车。小荷跌跌冲冲说，哥哥，你要上去吧？我说，你妈妈在吧？小荷说，我妈妈值夜班，不在家里。我说，这样啊，我就不好上去了，再会。小荷一把抓牢我说，哥哥，你不要跑，楼道灯坏了，乌漆墨黑，我怕又碰到张海。我说，好吧，厂长小姐。小荷拳头捶我胸口一记说，啥人是厂长小姐？张海惦记我爸爸，你也惦记我爸爸？我没办法，只好陪了小姑娘，爬上六层楼。楼道灯亮了，小荷开门说，哥哥，进来坐坐。我往门里看一眼，吸鼻头，幽暗，冰凉，至阴至柔，毫无男人气味。我打了个激灵说，早点困。小荷靠了我身上，幽幽地说，我不想早点困。我不响，不能响，也不能想。我摇头，拿她送进门，然后关紧，屏一口气，冲下六层楼。

几日后，我接到一通电话，一个女人说，我是小荷的妈妈。我差点叫出"山口百惠"，她大概不晓得这只花名。我说，阿姨好。"山口百惠"说，拜托你，不要再理睬小荷了。我说，啥情况？张海又骚扰她了？"山口百惠"声音放低，像舌头上生了青苔说，前两个月，小荷讲，她的语文功课不好，想要请教你写作文，所以经常来寻你。我说，我没教好她，是我的错。"山口百惠"说，昨日，小荷的老师跟我讲，她的魂灵头落掉了，心思不在学习上，期末考试成绩下来，一塌糊涂，现在是高二，马上就要高三，我也是急煞了。我说，阿姨，有啥需要我帮忙的吧？"山口百惠"说，只求你一桩事体，不要再跟她见面了，最好也不要联系。我说，为啥？"山口百惠"停了停说，因为我发觉，小荷欢喜你，真不好意思，给你添麻烦了。我捏了手机，手心里有点油腻，从右手调换到左手，却一直不响，"山口百惠"说，喂，喂，信号不好吧？我说，阿姨，我懂了，我保证不再跟她见面。"山口百惠"笑笑说，这几年，一直麻烦你爸爸，现在又麻烦你，是我不争气，没管好老公，又没管好女儿。我说，不要讲了，谢谢你。电话挂了。我呆了半晌，玻璃窗外，上海落雪了。

隔日，天气尚好。小荷照旧打来电话，冬日犹如包浆，包了小姑娘脸颊上，泛一层光圈。她立于四川路桥上看风景，看风景的人立于楼上看她。但我不在楼上，我在家里。我告诉她，我辞职了。电话彼端，电车小辫子摩擦电线火花声，西北风擦过苏州河波纹声，环卫垃圾船切开水面马达声，最后是小姑娘声音，哥哥，我想见你。我说，最好不见。我挂了电话。我没骗小荷，我确实从单位辞职，开了自己的公司，创办悬疑小说杂志，招募几位编辑，人生进入下一阶段。乍浦路的几万种味道，四川路桥头，1924年建造的大厦，我再也闻不着，看不到，听不见了。

六

这年，我非但做了老板，还成了空中飞人。每个周末，皆要跑两个城市，在书店面对上百号读者，侃侃而谈新书。男读者提问，女读者献花，排队签名长龙，按照每个人要求，To 张三李四王二麻子，生日快乐，考研成功云云。三伏天，我去了东三省，哈尔滨，长春，沈阳一路火车南下，直到大连旅顺，飞回上海。我爸爸开了大众 Polo，到机场接我。飞了一千多公里，办了四场活动，签了上千本书，我只想在车上困一觉，却闻着香水味道。我爸爸结结巴巴说，新装了汽车香水。我注意看仪表盘，快到加油警戒线了。几天前，我爸爸送我去机场，路上加满了油箱。我说，爸爸，你这几天去过啥地方？我妈妈晓得吧？新装的香水，要遮盖啥人气味？我爸爸哑口无言。半年前，我就发觉车里有味道。我不抽烟，但从小在我爸爸熏陶下，鼻头也能分辨国烟外烟。我爸爸只吃上海卷烟厂，依次为：大前门，牡丹，红双喜，中华。但我嗅出一种臭味，像一坨大便，熏得我打喷嚏，只有外烟会这样。我爸爸只好承认，张海坐过这部车，一道去朱家角，去淀山湖，拍照片，钓鱼。我说，汽车香水也是张海送的？我爸爸点头。我的精神头来了，直接问，油箱前几天还是满的，可以跑三百多公里，现在要空了，你去过啥地方？上有天堂，下有苏杭，以上海为中心，往返三百公里，便是那两只天堂。我爸爸说，杭州。我说，你跟张海两个去杭州做啥？我爸爸说，不是两个，是四个。我说，神探亨特？保尔·柯察金？冉阿让？三人必有其两。我爸爸说，是"山口百惠"，还有她女儿，小荷。

当夜，我跟我妈妈，好似一个检察院，一个纪检委，要让我爸爸老实交代，受贿几何？贪污几何？乱搞男女关系几何？我爸爸没志气了，如实招来——前日，他接到"山口百惠"来电，一个亲眷讲起，杭州龙井山上，有一座寺庙，烧香还愿之时，意外碰到"三浦友和"。亲眷打听晓得，此人是个居士，上山六年，深居简出，恰好是厂长失踪的六年。我爸爸当即决定，等到天亮，即去杭州寻人。"山口百惠"也想去杭州，虽然早已离婚，毕竟夫妻情分还在，六年来，债主常来骚扰，她跟女儿小荷，东躲西藏，人不像人，鬼不像鬼，她也想寻到前夫，讲讲清爽，叫他回来担肩胛，不要再让孤儿寡母受苦。"山口百惠"又讲，承蒙我爸爸关照，不知何以报答，她以女儿之名发誓，要是寻到了厂长，但凡有条件还债，先还一百万集资款。我爸爸狠狠心，决定带"山口百惠"自驾车去杭州，转念又想，孤男寡女出远门，着实不妥当。他不但要瞒了我妈妈，还要寻第三人同行。我爸爸先给神探亨特打电话，想不到，神探亨特在迪士尼乐园逍遥，雯雯去年结婚，女婿做金融，钞票赚得动，举家游香港。我爸爸不提厂长，免得夜长梦多，横生枝节。再寻保尔·柯察金，只有固定电话，打过去已停机，必是欠费了，果然寒酸。冉阿让电话倒是打通，但他明早飞英国，女儿嫁给老外，要在伦敦办婚礼，秋天再回上海，请大家吃喜酒。天之涯，地之角，知交半零落。我爸爸只好寻一个人，就是张海。

昨日早上，我爸爸早饭来不及吃，开了大众 Polo 出门。先到莫干山路，接上关门徒弟，再到甘泉新村。"山口百惠"早已等候，烫过的头发里，香波气味散逸，为让前夫浪子回头，也是犒劳我爸爸拔刀相助。小荷吵了要一道走，过了这趟暑假，她就要读高三，彻底收骨头了。小荷看到张海，便翻白眼。"山口百惠"买了豆浆油条，做了泡饭配黄泥螺。我爸爸跟张海不客气，吃了热腾腾的早饭，驾车上路。一对师徒，一对母女，四人同车，开了两钟头，终到得天堂杭州。无暇欣赏西湖，绕过孤山寺北贾亭西，郁郁葱葱群山，上了蜿蜒山道。我爸爸年纪大了，看不清山路，就让张海开车。此地离灵隐寺不远，但隔几座山，便如隔几个世纪。山不在高，有仙则名，龙井古寺已到。不是初一，也不是十五，门可罗雀。按照张海讲法，便是上吊的好地方。一番辗转，"山口百惠"举着厂长照片，向好几位僧人打听，方才寻着那位居士。她叫出前夫名字，女儿扑入爸爸怀中，却又红了面孔后退。此人并非"三浦友和"，而是个身高，体型，相貌皆酷似的男子。我爸爸跟"山口百惠"绕了他一圈，像菜市场里挑选老母鸡，就差捏捏肚皮上的油。对方看得火了，一口标准北方话，绝不可能是厂长，哪怕去韩国整过容。原来是李逵跟李鬼，认错人了。辛辛苦苦，白跑一场，我爸爸跟"山口百惠"甚是悲伤。张海向对方道歉，塞出一包万宝路。那人更加生气，佛门清净之地，这算啥？说罢，他拆开包装，抽出一支烟，打火机点上。

既然抽了烟，便交了朋友。这位居士，本是北人，南下经商，在海南掘得第一桶金，又去深圳做拓荒牛，做了日进斗金的贸易公司。六年前，他到杭州，开保时捷敞篷车上山，弯道失控闯祸，没系安全带，人飞出去，撞到古庙山门前，昏迷七天七夜，保时捷撞成废铁，人倒是悠悠醒转。他从医院出来，便住进山中古寺，自觉这场车祸，便是一次缘分，引他来到命中注定之地，脱胎换骨，放下亿万身家，抛妻弃子，隐居在此天堂，跟西湖闹市一山之隔，成为带发修行居士。这只故事，听得我爸爸一愣一愣，不可理喻。张海对前半段十分向往，毕竟还有保时捷敞篷车。世外高人说，各位先生小姐，来到山中寻人，必定别有隐情，本人修行六年，跟随大法师学会奇门遁甲，相面相手之道，愿为四位勘破天机。我爸爸如堕五里雾中，他是唯物主义者，少年时便用毛泽东思想全副武装到牙齿，从来百无禁忌，哪怕到庄严圣地。高人盯了我爸爸细细观察，便说，这位先生，少年颠沛流离，前半生仗剑漫游天下，后半生修身齐家治国平天下，晚年幸福安康，子女有大成就。我爸爸点头说，黑龙江当兵三年，倒是仗剑漫游天下，你查过我家户口簿吧。世外高人又注视"山口百惠"，看得连连叹息，仿佛大观园中人物，他说，这位夫人，想当年，你也是仙履奇缘，蕙质兰心，母仪天下的角色。我爸爸心想，此人讲了不错，厂长是一厂的君王，厂长夫人自然是王后，扑克牌上皮蛋。世外高人又说，可惜啊，夫人，你是家道中落，先生负心远遁，不过嘛，物极必反，否极泰来，另有姻缘桃花，等你第二春呢。前几句虽准，但"山口百惠"前来龙井寻夫，一上来已经挑明，最后两句，却是冲着我爸爸讲的。幸好我爸爸天性迟钝，没听出弦外之音。轮到给小荷相面，世外高人，啧啧称叹，这位姑娘，有福气啊，将来必嫁给大富大贵之人，命中有三个儿子，坐拥房产七处，保时捷911，法拉利California T各一台。十七岁小姑娘听了，哭笑不得说，做梦。张海走近高人说，给我算算吧？世外高人仔细打量，只说八个字——天纵英才，龙行万里。张海道了声谢谢，丢出去两百块，拉了我爸爸跟"山口百惠"母女告辞。高人追出来说，区区两百块，实在有侮辱之嫌，四位远道而来，寻找故人，若要得偿所愿，必得付出真心，本人学艺六载，可测天地宇宙之气，下可寻宝，中可寻人，上可寻龙，童叟无欺……

"山口百惠"还想回头问问，却被张海拉进车里，点火发动离去。高人光火，诅咒张海命运不佳，穷困潦倒，孤独终老。张海放下车窗，伸出手，竖起中指。路过狮峰山，张海买了三斤龙井茶，一斤给师傅，一斤给"山口百惠"，还有一斤，留给卧床不起的外公。回到西湖边，车子进停车场，四人爬孤山，走断桥。我爸爸说，许仙跟白娘子见面的地方。张海说，法海就是一只乌龟，躲了断桥下头，跟白蛇争食汤圆，后来又喜欢白蛇。小荷却说，你们都讲错了，法海欢喜的是青蛇，青蛇也爱他，可惜龟与蛇，无法跨越物种障碍，只得各自修炼成人形，到人间修得共枕眠，但青蛇要让白蛇喜欢许仙，她才能跟法海在一起。夕阳西下，四人到雷峰塔下，吃了西湖醋鱼，再回上海。

我妈妈听了，大发雷霆，气的不是我爸爸带了旁人游山玩水，而是隐瞒不报，早晚要出妖孽。何况两年前，我爸爸已经答应，再不去寻厂长。这一趟，是我爸爸违规违纪，上一趟是黄牌警告，这一趟就要出示红牌，驱逐出场了。我妈妈开始思想政治工作，本着惩前毖后，治病救人宗旨，摆事实，讲道理，举出大量贪污腐化的真实案例，尤其我爸爸这种人，行将退休的老年男性，最容易晚节不保，纪检系统行话，便是"五十九岁现象"。我爸爸说，我又不是领导干部，也不是党员，做了三十多年工人，从没一官半职，小八辣子而已。我妈妈大怒道，啥叫防微杜渐？啥叫全民反腐？不积跬步无以至千里，不积小流无以成江海。我爸爸听不懂，只好说，我只有张海这一个关门徒弟，我也只有老毛师傅这一个师傅。我妈妈勃然大怒道，张海就是我们家的安全隐患，没正经职业，没正当收入，社会闲散人员，派出所重点监控对象好吧，还要一道打游戏？热昏了吧？我说，现在没人用单机游戏了，你们可以打网游，我帮你装《魔兽世界》吧，比八个国王有劲多了。我爸爸说，我只会八个国王，不会其他游戏。我爸爸负隅顽抗，谈判到后半夜，我眼皮瞌眈去困了。

天明，我爸爸缴械投降。党的政工干部战无不胜，在我妈妈强大的思想攻势下，我爸爸同意全部条件——不再跟张海来往，不再跟厂长前妻来往，不再寻找厂长。但是厂里老同事，神探亨特，保尔·柯察金，冉阿让，甚至工会主席瓦西里，我妈妈绝不阻拦。我爸爸可以定期去看老毛师傅，但要在我妈妈陪同下，她来准备冬虫夏草之类补品。最后，我给我爸爸普及了安全教育，门窗要关牢，要是有人敲门，先问是啥人，不认得的人，绝对不开门。如今世界不比以往，像交配季节的非洲草原，到处游荡饥饿的公狮子，哺乳期的母豹子，贪婪的鬣狗家族，我爸爸这样反应迟钝的老人，已不能用羚羊或长颈鹿来形容，他就是羚羊身上割下来的内脏，到处散发肉香，吸引狮子，秃鹫，甚至苍蝇这样的掠食者。

七

　　热天过去，我买了两台多普达S1智能手机。一台我自己用，一台送给我爸爸。张海送给我爸爸的诺基亚，已经被我没收。新手机贵了两倍，有适合老年人的触屏功能，方便我爸爸炒股票。但他颇有怨言，讲新手机外壳不够硬，既敲不开大闸蟹钳子，出门也不能当砖头防身。我爸爸老是问，诺基亚去了啥地方。但我没告诉他，诺基亚还给了张海。

　　彼时，我公司在中远两湾城，正对苏州河，对面是莫干山路。一百年前，沿河而建的面粉厂、纺织厂皆已拆光。我走入颓垣断壁，跋山涉水，穿过乱葬岗似荒野，木头门洞，柳暗花明，撞见斑驳高墙，神秘幽境。能寻到此地之人，不是拆迁队，就是朝圣者，或者艺术家，约等于精神病。绕过这堵墙，最后一条弄堂，苟延残喘。一根根晾衣杆，横看成岭侧成峰，犹如开了奥运会，从阿富汗到赞比亚，万国旗飘扬，列队入场。太阳光变得油腻，穿过床单被套内衣内裤缝隙，纷纷碧落黄泉，掷地有声。本地人大多搬走，出租给外来人口，中国各处方言交错，从塞北到江南，从红土地到巴山蜀水。寻到门牌，墙皮霉败，青苔蔓延。我穿过公用灶披间，踏上木头楼梯，咿呀呀呀，敲了房门。

张海给我开门，大约二十个平方米，上头还有阁楼。墙边一张棕绷床，"钩子船长"困了篾席上。张海说，家里乱糟糟，像狗窟，外公中风六年，只好动左半边，每日伺候拉屎拉尿，翻身揩背，免得褥疮。我怕吵醒老头，张海说他困得死，放炮仗都醒不了。张海吃一支红双喜，蓝颜色烟雾，飘到"钩子船长"头顶，仿佛三魂六魄，一齐飞出肉身，在我面前跳慢三。我呛得咳嗽，张海掐灭烟头。斗室角落里，堆了几十只LV、迪奥、香奈儿、爱马仕女包，按照市价计算，张海已是百万富翁。墙上有个木头书架，摆了蛮多发霉旧书，《汽车零部件知识》《电工词典》《工业机床指南》，还有一台矿石收音机。我还看到金庸，梁羽生，古龙，温瑞安，盖了上海春申机械厂工会的图章。张海说，春申厂拆掉前，我在工会办公室抢救的。我说，你的床呢？张海指指头顶，搬来木头扶梯，带我一前一后爬上去。

六个平方米阁楼，摆一张木床。屋顶开了老虎窗，白云被窗格切碎。二十年前，我外公外婆家里，老闸桥隔壁，苏州河边弄堂，也有一样的小阁楼。我闻到我外公气味，只在托梦里相逢过。床底下的大纸板箱，装满DVD碟片。张海随手抽出三张，昆汀·塔伦蒂诺《低俗小说》，大卫·芬奇《搏击俱乐部》，吕克·贝松《这个杀手不太冷》。张海说，襄阳路市场拆了，我被公安局抓过两次，Rolex跟万宝龙充公，只剩下一点包，准备低价处理掉。我说，不做黄牛了？张海捏了自己耳朵说，现在黄牛不好做，王力宏演唱会门口，我被人打过两趟，最狠打到耳膜穿孔，差点变成聋帮，只好转行，我认得批发碟片兄弟，在大自鸣钟电子市场盘了铺位。我说，我的老多朋友，经常过去淘碟片，西康路桥隔壁，24路电车终点站。张海说，阿哥，你要看啥片子，美国片，日本片，香港片，欧洲文艺片，苏联老片子，包了我身上。我从纸板箱里，翻出一沓北欧天空，橡皮筋捆扎十几部，皆是芬兰大导演，阿基·考里斯马基，其中一张封面，冰天雪地，孤零零一个男人，开一辆白颜色敞篷车。看到芬兰，想起诺基亚，正在我裤子口袋里。我掏出手机，交给张海说，谢谢你，我爸爸不需要了，我给他买了新手机。张海接过诺基亚，翻通话记录，最多是张海，其次是我妈妈，再是冉阿让，神探亨特，保尔·柯察金只有一条，还有一通"山口百惠"来电。翻到最后一条，却没我的名字。张海说，阿哥，你不给师傅打电话？我说，他也没给我打电话。张海只是叹气。我说，我们认得快十年了吧。张海说，老厂长追悼会，西宝兴路殡仪馆，到现在九年。我说，九年也不短了，缘分这东西呢，就像皮夹子里的钞票，终归要用光见底的。张海说，我懂的，师母给我打过电话，劝我不要再跟师傅碰面。我始料未及，我妈妈倒是直接嘛。张海说，当初师母救过我，我永远感激你妈妈。我说，你答应了？张海说，师母的要求，我必须答应。我说，这趟白来了。我掏出一只红包，装了一万块现金。张海说，这啥意思？我说，给老毛师傅一点心意，请个护工，日子好过点，不用你每天伺候。张海收下诺基亚，但拒绝了红包，面孔杀气腾腾。我被他吓到，正要拔脚走人，张海说，你要看看屋顶吧？张海脱了鞋子，立到床上，推开老虎窗。张海说，师傅跟我讲过，阿哥小时光，最欢喜外婆家里阁楼，爬到老虎窗上。他没讲错，我像吃了迷魂汤，脱了鞋子，踏上眠床，跟他一道扒了窗口。天光刺眼，蓝与白，屋顶上瓦片，层层叠叠，像左手叠了右手，左眼皮叠了右眼皮，阿哥叠了阿弟，新郎官叠了新娘子。苏州河，超过一百度打弯，近在眼前，似从两脚之间穿过。风里味道，不再熏人，重新有泥土味。一只野猫，又一只野猫。一声喵呜，又一声喵呜。一只漆黑，一只雪白，前后脚，穿过屋脊。三层楼高屋顶，竟像立于三十层楼，让人恐高。对面中远两湾城，点不清的高楼鸽子笼。老早人的欲望，平铺在大地；现在人的欲望，一层层堆向天空，欲望堆得高了，冲上云霄，好像五十二只铃铛的金陵塔。张海说，风景不一样了吧。我说，大不一样，你还会唱《金陵塔》吧？张海略一想，便唱道，桃花扭头红，杨柳条儿青，不唱前朝评古事，唱只唱，金陵宝塔一层又一层，金陵塔，塔金陵，金陵塔……他打了个嗝愣，再也接不下去。我笑笑，但不能再看对岸，要犯密集恐惧症。张海说，阿哥，上个月跟师傅一道去杭州，我们没寻着厂长，小荷瞒了她妈妈跟我讲，她想见你。我说，我跟她不搭界的，我也不想寻厂长，你死心吧，这辈子都寻不着了，你也不要再去寻小荷了。张海摇头说，阿哥，你命令我不寻师傅，因为你是他儿子，你有这资格，但你不能命令我不寻小荷，因为你讲过，你跟小荷不搭界，你没这资格。这一记，我闷掉。

关上老虎窗，爬下小阁楼。从进门到出门，我没敢再看"钩子船长"，生怕他会跳起来，右手掐牢我头颈，好像童年噩梦。逃出老房子，回到晾衣杆，床单被套，内衣裤的阴影下。张海追出来，陪我到弄堂口，烟酒专卖店，买了两条中华烟给我。张海说，这家店绝对正宗，请你带给师傅。张海拒绝了我的红包，但我不好拒绝这两条烟。莫干山路上，张海背后是一堵墙，围绕废墟竖立，画满千奇百怪涂鸦，高达，葫芦兄弟，奥特曼，凡·高，还有高更。隔壁是一家幸存的工厂，改造成老多画廊，艺术家工作室。回到家里，两条中华烟，我没交给我爸爸，抽屉底下一塞，转身忘记，一年后想起来，已经发霉。

八

2008 年，惊天动地的大事体，一桩接了一桩。年头上，我去了一趟印度，飞行万里，看了泰姬陵，阿格拉红堡，斋普尔镜宫，又到尼泊尔，喜马拉雅山脚下。等我回来上海，看到十几年没见过的大雪。5月，汶川大地震。6月，高考刚过，中远两湾城，我公司楼下，我碰着了小荷。一年半没见过她了，我删除了她的QQ，电话送进黑名单。小荷高了几公分，扎了头发，穿条小裙子，细细白白脚腕，圈了凉鞋搭配。她是精心打扮，却让人以为，根本没打扮过，这才是妙处。苏州河边，我寻了咖啡馆，点两杯奶茶。我问她，高考还好吧？小荷说，不晓得。我说，祝你考出好分数。小荷说，虚伪。我没被人这样讲过，一时语塞。小荷用力吸珍珠奶茶，一颗颗黑粒子，从吸管蹿入嘴巴。小荷说，你现在好吧？我说，好吧。这两个字，意思太多，包罗万象。小荷说，哥哥，浦东的大香樟树下头，我们拉过钩的，你要带我去香港迪士尼，现在自由行了，我们一道去吧。我说，我不能陪你去。小荷说，我满十八岁了，你想去啥地方，我陪你一道去。我说，回家吧，你妈妈等你。小荷蹙了娥眉说，你现在讲话样子，就像我爸爸。我说，瞎讲了。小荷撩开头发，露出眉角说，哥哥，你看我的伤疤，七年前，汽车城的车祸，我头上缝了针，从医院回到家里，落了大雨，我爸爸回来了，抱了我落眼泪水，他晓得大难临头，事体穿帮，再也瞒不牢了，他向我妈妈借钞票，讲要为春申厂还债，虽然老早离婚，我妈妈还是翻箱倒柜，寻出压箱底的三万块，我爸爸拿好钞票，孤零零下楼，我妈妈扑了眠床哭，已经猜到，人不会再回来了，我拿起一把伞，头上包了纱布，冲到楼下，交到我爸爸手里，他撑起伞，摸摸我头发，亲我面孔，我问他，你能带我走吧？我爸爸问，去啥地方？我讲啊，爸爸，你去啥地方，我就去啥地方，我爸爸摇头讲，我要去的地方，老远老远，你去不了。

一滴眼泪水，落进珍珠奶茶，涟漪是没得，浮起两粒桂圆似的黑珍珠。我说，你爸爸终归会回来的。小荷凑近我耳朵，神秘兮兮说，哥哥，告诉你一个秘密，我爸爸已经回来了。我打一只激灵，声音放低说，你讲啥？小荷说，昨日半夜，我接到爸爸的电话，他回来了。我说，你确定？小荷说，千真万确，我爸爸的声音，哪能会得听错。我说，他就在上海？小荷说，我爸爸晓得我要高考，专门从外地赶回来，混了家长当中，远远看我进考场，在外头等我一整天，又跟了我屁股后头，看了我回到家里，我是一门心思考试，莫知莫觉。我说，你要是发觉了他，会得哪能？小荷说，还高考的屁啊，抱了他哭还来不及呢。我说，你爸爸倒是为你着想，高考终归结束，你们可以团聚了。小荷说，还有债主盯了我爸爸，放出风声来，只要捉到他，断手断脚，这趟他回上海，等于上刀山，下油锅。我说，还有啥人晓得？小荷说，除了我跟我妈妈，你是第三个人。我说，张海不晓得吧？小荷说，要是叫张海晓得，我就要倒霉了。我说，你见着你爸爸了吧？小荷说，约了今夜，长寿公园，音乐喷泉。我说，你妈妈去吧？小荷说，我妈妈已经跟他见过了，在我高考的几日里，今夜我跟爸爸见面，连我妈妈都不晓得，生怕她为我担心，哥哥，你陪我去吧。我说，你不怕我告密？告诉我爸爸，或者冉阿让爷叔，神探亨特，保尔·柯察金。小荷说，你不会讲的，我相信你。我说，我答应你，不告诉任何人，但我不会陪你去的，你自己当心吧。小荷说，哥哥，夜里九点，我等你。我立起来，买了单，摇头说，不要等我。

当日傍晚，我爸爸打来电话，问我回去吃饭吧。但我不肯回去，生怕保守不牢秘密，便约了文艺出版社朋友吃饭。到了绍兴路的小饭店，人家从茅盾文学奖，讲到诺贝尔文学奖，我皆是闷声不响。八点半，吃好饭，我上了出租车，司机问去啥地方，我说，长寿路。上了南北高架，两岸高楼群山叠翠，将月亮遮挡，剪碎，切片，又死而复生。天目西路下来，经过新客站，过苏州河，便是长寿路，司机又问我，到啥路口？我想想说，长寿公园。

九点十分，我下了车。长寿公园的音乐喷泉，天上看是个钢琴键盘，平常并不喷水，几十个老阿姨，爬上去跳广场舞，大喇叭声音震天，唱了"你挑着担，我牵着马，迎来日出，送走晚霞"，好像一万只孙悟空，一万只猪八戒，一万只沙和尚。有人吼一声，捉牢他，一个黑衣裳男人，头上罩了帽子，看不清面孔，赤手空拳，慌不择路，昏头六冲，爬上音乐喷泉的大键盘，撞到广场舞老阿姨们当中。大喇叭放到高潮"敢问路在何方，路在脚下"，这条路是荆棘遍地，撞得人仰马翻，再也逃不出去。后头几个人追上来，皆是精壮汉子，凶神恶煞一般，有人用上海话骂娘，又有人用北方话骂姥姥，好像非洲草原上捕猎，一群鬣狗追逐一只羚羊，志在必得，生吞活剥。不消说，统统是厂长的债主。公园里一片大乱，我看到了小荷，斜刺里杀出来，拦了两个男人跟前，人家要拿她推开，她死死揪了对方手臂膊，好像背了炸药包，同归于尽腔势。我跳出来说，不许动手。人家瞪我一眼，吼，多管闲事。小荷贴了我的头颈，对了音乐喷泉狂叫，爸爸快逃啊。这时光，公园大喇叭响起《命运交响曲》，音乐喷泉打开，朝天喷出几十只水柱，随着贝多芬的节奏，最高喷上七八层楼，跳广场舞的老阿姨们，化作七仙女汰浴，纷纷尖叫，抱头逃窜，一只只变成落汤鸡，作鸟兽散。只有厂长留在当中，被喷泉围困，铜墙铁壁，无处可逃。两个债主爬上大键盘，却被贝多芬一记重音，又是一记大军鼓，敲出几道猛烈水流，势不可挡，冲得掼头掼脑，再要爬起来，又在水塘中滑跤，四脚朝天，好像两只乌龟王八。小荷挣脱开我，冲上音乐喷泉，这记真是出水芙蓉，江南可采莲，莲叶何田田。她又像雌老虎捕食，压牢一个债主，不让人爬起来，叫她爸爸快点逃命。剩下三个债主，面面相觑，好像前头是枪林弹雨，不敢再冲进去送死。我还是没看清厂长面孔，趁了小荷帮他挡枪，他倒是爬起来，跌跌冲冲，回头看女儿一眼，跳下大键盘，翻过齐膝深的水塘，逃出长寿公园，横穿马路，差点被汽车撞到。债主绕过喷泉，追到长寿路上，厂长已无影无踪。小荷困了喷泉里，看了爸爸消失，先是狂笑，然后号啕大哭。我是横竖横，冲上音乐喷泉，好像进了淋浴房，从头爽到脚底心，人被水柱冲得连掼三跤，方才拉起小荷。她也冰凉湿透，扑进我怀里，冤家。

爬出音乐喷泉，小荷浑身滴滴答答，向债主伸出中指。我扳下她手，不许再闹。围观人群让开一条路，我们冲出长寿公园，我是连打三只喷嚏。陕西北路有一家大超市，我让小荷挑一套衣裳，内衣也要调换。我又给自己买了衬衫、裤子。收银员多看我两眼，想必不是流氓，就是痴子。我牵了小荷的手，到澳门路上汉庭酒店，对面就是老早春申厂，现在高档楼盘。隔壁沙县小吃，四川麻辣烫，重庆鸡公煲，桂林米粉，飘来各色各样味道，独缺春申厂味道。

我开了一间标房，命令小荷先汰浴，调衣裳。隔了卫生间门，我听到花洒声音，瀑布飞泉，空谷幽兰。等候小荷的十几分钟，我拿了一条大毛巾，先给自己揩身，再用吹风机，换新衣裳。我打开窗门，月亮不见，再开电视机，调响音量。卫生间里淋浴声音停了，我隔了房门说，小荷，我去楼下大堂等你。话音未落，小荷出来了，没穿衣裳，皮肤泛了粉红光晕，只裹了白颜色浴袍，带出一蓬氤氲蒸汽，月朦胧，鸟朦胧。我是一呆，先关窗，再拉窗帘，免得让人偷窥。小荷说，哥哥，你这一走，再要见面，不晓得等到猴年马月，就像这一趟我爸爸回来。我说，你爸爸跟你讲了啥？小荷说，他只讲了一句，广场舞太吵，我根本没听清。我说，可惜。小荷拆了一把木梳，开始篦头发，一根一根梳理，又长又密，好像要梳到天明。我说，债主哪能会寻过来的？小荷说，不晓得，刚刚真的危险，他要逃去老远老远的地方了。我说，啥地方？小荷说，我要是晓得，肯定去寻他了。小荷放下木梳，靠近我说，哥哥，你能抱抱我吧。我说，不可以。小荷说，我等我爸爸抱我，已经等了七年，前面我刚要抱他，就有债主冲出来，我只好叫他先逃，我连我爸爸手指头都没摸着。我叹气说，你抱吧。小荷深呼吸，鼻息扑了我面孔上，两只纤纤小手，从浴袍里滑出来，抓牢我的后背心，手指甲嵌入衬衫，挖破了肉，蛮痛。我的左手抱了她的肩胛，右手揽了她的腰，好像抱一只热水袋。隔了浴袍，我的浑身发抖，贴了她的小胸口，又像抱了一对煤气罐。小荷越来越烫，像莲叶被风卷起，绿蜻蜓折断翅膀，小鱼儿翻了白肚皮。电视机还在响，CCTV4 国际新闻，先放一首《北京欢迎你》，五福娃唱歌跳舞。下一条，巴勒斯坦又有爆炸，隔了小荷蓬松的头发丝，耶路撒冷阿克萨大清真寺金顶，在我的瞳孔当中，忽隐忽现。

九

北京奥运会后，我结婚了。我买了新房子，买了一部宝马5系轿车。第二年，我的儿子菜包出生。我公司搬到长寿公园隔壁，租下二十一楼的复式顶层，扒了阳台上，正好俯瞰音乐喷泉，黑白琴键分明。一日，公司里做九州系列图书的编辑，吃中饭回来，带了一本旧书，发黄，霉烂，八十年代纸头，苏联科幻小说，扉页敲了图章"上海春申机械厂工会"。他讲是楼下公园，有人摆地摊，卖旧书报杂志。我想了想，下到长寿公园，音乐喷泉旁边，寻着旧书地摊。我没看到张海，只看到一个老头。我认得他，我爸爸曾经的密友，工会主席瓦西里。他坐了小矮凳，手指头舔了唾沫翻页，欣赏十年前的《艺术界》人体摄影专辑。铜版纸上模特，丰乳肥臀，来自东欧，捷克斯洛伐克。面包会有的，牛奶会有的，一切美好的精神食粮也会有的，让人不知饥饿与疲倦。瓦西里看得津津有味，我不便打扰他的好事。我也没告诉我爸爸，免得让他烦恼。

上海世博会这年，九州幻想寻着投资，开了一家游戏公司，送我一点零头股份。游戏公司在嘉定，实在太远，我偶尔去看看，不想开车，坐地铁11号线。过了南翔，列车钻出地面。我是眼皮瞌朣，座位上困着，醒来已到汽车城，坐过了站。我决定出站。深秋，天黑得早。地铁站外，公路笔直，对面上海大众厂房，连绵不绝，帕萨特，桑塔纳，Polo，一部接了一部，十月怀胎，或者剖腹产。公路这边，依然空旷，望到上海F1赛车场顶棚。我一个人走，世界面目全非，寻不着那片荒野，更不要讲，地球上的深沟，早被填平，或造楼房了吧。我是刻舟求剑，信马由缰，再回头，地铁站像座小山，可望而不可即。

天黑了。一部富康轿车，挂了皖牌，停了我身边。车窗摇下来，司机问我去哪里。嘉定一带，黑车多如牛毛，皆是外地牌照。我上了车。后排车垫，霉烂味，烟草味，上一任乘客的狐臭味。我说，去地铁站。司机说，十块。他从后视镜里瞄我，慢慢起步，后头一部东风卡车，拼命按喇叭，凶猛超车而去。我说，师傅，太慢了。司机说，阿哥。我说，你跟啥人讲话？司机说，阿哥，我是张海。车子靠边停下，打开双闪，司机掏出红双喜，打火机点烟。我怀疑，车里气味让人神志不清。我凑到前排，仔细端详他的面孔，就是张海，千真万确。我不晓得讲啥。张海笑了，面门中心，鼻头两旁，切出两道法令纹。张海说，阿哥，真有缘分。我说，你开黑车了？不卖碟片了？张海说，现在DVD生意不好，大家上淘宝买片子，迅雷直接下BT，最近世博会，大自鸣钟市场被冲了，这边只有一条地铁，工厂多，夜里只好打黑车，生意不错。张海重新上路，加了两把油门，我看到地铁站了。张海说，师傅还好吧？我说，蛮好，在家里陪孙子呢。我低头看手机，有一搭，没一搭。张海说，对不起，阿哥，你结婚这天，我都没来，我托师傅带了红包给你。我说，是我没给你发请柬。张海说，有小囡照片吧？肯定老像你的。我没接话。黑车停了地铁站口。张海说，我们三年没见了吧。我没声音，匆忙打开车门，走上台阶，想起还没给钞票。我翻开皮夹子，没零头，皆是一百块钞票。我掏出一张粉红票子，塞进车窗。张海说，我不收你的钞票。我说，收吧，不要找了，油价涨了。话音未落，车窗马上升起，差点夹到我手指头。富康的发动机，像一口煮开的高压锅。张海加速度，车子闯过红灯，超过两部轿车，一骑绝尘，消逝无踪。我的食指跟中指间，还夹了一百块钞票。

上了地铁，我没去嘉定开会，直接回去了。11号线，车厢空旷，疲惫从骨头缝里生出来。我立不牢，敞开两只脚，独享整条长椅。月挂中天，汽车城旷野，魔术般变幻，时而灯火辉煌，时而星辰点点。两条冰冷轨道，从田野到工厂，再到城市中心，又像两把利刃，切出幽深隧道，拖我沉入地下。我再没见过张海，他成为我记忆的一部分，赛过成为我生活的一部分。直到又一年春夜。

第四章　追凶

一

忘川楼，妙在一个"忘"字，上面是亡，下面是心，虽是形声字，但"亡心"字形，道出"忘"之真义，汉字之妙。子在川上曰，逝者如斯夫，不舍昼夜。人人皆要渡过忘川，老毛师傅，老厂长，建军哥哥，我的外公外婆，爷爷奶奶，包括我，包括你，天地所有活物，活肉体，死肉体，活灵魂，死灵魂，统统要渡过。到了另一个世界，你却没真正死亡，因为你没被忘记，没被"亡心"。只要还有人牵记你，便能托梦，拜托事体，传声带话，谈天说地，发发牢骚，发发嗲，作作死。

春夜，我的脑子添了二两机油，一样一样捡回来，揩亮，打磨，抛光。我爸爸，神探亨特，保尔·柯察金，冉阿让，冯唐易老，李广难封，从春申厂四大金刚，摇身一变，化作狮驼岭三怪。张海抱了外公遗像，前台算账买单，背后立一女子，二十六七岁光景，黑颜色套装，黑裙子，白袜子，黑鞋子，袖管别了黑布，缀一小块红布。她的头发蛮长，乌黑油亮，发圈束了脑后，插一小朵白棉花。眉角上的疤，隐隐约约，眼乌珠里的光，像焚尸炉里火苗，悄咪咪烧起来，热腾腾烧清爽。她化素净的妆，几乎不见颜色，遗像一样黑白，其实精雕细琢。既非丑八怪，也不是狐狸精。她是小荷，她是张海的娘子。

小荷看了我说，哥哥，好久不见。她的声音，像一团血糯米，拿我包成粽子肉馅。我尴尬地笑，不对，今夜不好笑，但又不好哭，我便哭笑不得，只好说，好久不见。小荷面色苍白，青筋凸显，灯光照得惨淡，捏一沓餐巾纸，揩鼻头嘴角，整理鬓边乱发，拉扯黑套装衣领。小荷说，对不起，让大家久等了，下半天，殡仪馆里哭一场，吹了风，着了凉。神探亨特说，难为你啦，火葬场这种地方，阴风阵阵，吊死鬼、饿死鬼、横死鬼，都在里头飘，你可要当心身体，最好寻个大师，帮你转转运。保尔·柯察金插嘴，亨特啊，你可不要灌输这套封建迷信，我们共产党员，都是辩证唯物主义者，连美帝国主义都不怕，难道还会怕鬼？神探亨特魁伟，即便坐下，挺直后背，仍如常人弯腰站立，他吐了口痰说，放屁，保尔·柯察金，全厂就数你胆子最小，夜里值班上茅房，你还要拖了我一道去，你要是连鬼都不怕，拿厂长捉回来给我看看。众人寂阒。我爸爸踏了神探亨特一脚，疼得他直叫，彻底酒醒，抽了自家一耳光。张海面色，尤其难看，倒是小荷淡淡一笑说，不搭界的，讲起我爸爸，老早习惯了。

我爸爸说，散了吧，早点回去，否则老太婆又要骂了。走出忘川楼，春风徐来，像个纨绔子弟，高衙内，西门庆，吹乱小荷一头青丝，抢去她的小白花。张海怀抱的黑白遗像，也被吹得龇牙咧嘴，面目可憎。这个点，公交车、地铁皆没了。我到路边拦出租车，神探亨特，保尔·柯察金，冉阿让挤上一部车。这几位，皆是我的父执之辈，我给司机两百块，关照每个人务必送到家里。我爸爸去停车场，开出宝马 5 系轿车。前两年，我买了一部 SUV 宝马 X5，原本的老款 5 系轿车，自然给我爸爸开了，平常接送我儿子上学。我说，我来开车吧。我爸爸说，张海跟小荷一道走吧。张海说，不麻烦了，我们拦出租车吧。我爸爸说，小海，你昏头啦，半夜抱了黑白遗像，哪个司机敢停？你娘子身体不好，夜里风大，不要再着凉。我爸爸平常没声音，只有面对关门徒弟，才得一点威风。小荷谢了我爸爸，夫妻俩坐上后排。

我按键点火，拉方向盘，转过上海造币厂，上江宁路桥。我爸爸放下车窗，苏州河，早已变换味道，腐烂味，牙膏味，酱油味，泔脚钵头味，烟消云散，泥土清香也不闻，一河清汤寡水，徐徐东流去。过了桥，走澳门路，当年春申厂，已是琼楼玉宇，高处不胜寒。经过药水弄，长寿新村，沪西清真寺，阿拉伯式圆顶，白色宣礼塔，星月笑傲苍穹。一路静默，我偷瞄后视镜，小荷身戴重孝，张海抱了遗像，"钩子船长"目光如刀，劈开我的后脊背。我在长寿路买了一套大房子，送给爸爸妈妈居住。我爸爸先行下车，关照我必须送张海跟小荷回去。

我问张海，住啥地方？小荷说，甘泉新村，你认得。我闷掉，果然认得。到了甘泉新村，还是老工房，油烟气味蓬勃，底楼深夜档电视剧，二楼麻将声声，三楼小囡哭闹，四楼小夫妻骂山门，五楼寂静无声，六楼拉紧窗帘布，亮了一盏暖灯，厂长"三浦友和"房子。张海怀抱遗像说，阿哥，上去坐坐吧。我说，太晚了，今朝你们辛苦，不打扰了。小荷咳嗽两声说，哥哥，上来吧，我给你泡杯茶。我还犹豫，人却已下了车。三人爬楼梯，一路暗淡，每上一层，声控楼道灯才开，台阶贴满小广告，通水管，修电器，开锁。爬上六楼，我已气喘。

房子不大，两室一厅。装修是旧的，家具是新的。张海捧了外公遗像，供上橱柜，摆两盆水果，又上三炷香。小荷给我泡了明前龙井，香是蛮香，我也口干舌燥，散了热气，轻啜一口。地板上有小马宝莉，其中一匹，块头特别大，我好奇一拎，十几斤重，汽车零部件拼装的。墙上小毛头照片，粉衣裳，头发柔软茂密，面相温润，眼乌珠流光，是个小姑娘。小荷说，我女儿，刚满四岁。小荷做了妈妈，暗暗一算年纪，也不意外。我问，啥名字？张海说，张莲子，莲花莲蓬的莲子。小荷的女儿，菡萏初放，结了莲藕，再出莲子，名副其实。眼门前的她呢，已不是小荷才露尖尖角，而是狂风落尽深红色，绿叶成阴子满枝。小荷说，我妈妈陪了莲子困觉。我不敢作声，想起小荷妈妈，就是"山口百惠"。小荷问我，你太太好吧？儿子好吧？我抱了茶杯说，都蛮好，儿子菜包，小学两年级，调皮捣蛋，读书一天世界，全班倒数第一。小荷说，哥哥，你这样聪明，小囡读书不会差的。听到一声哥哥，我立起来说，你们早点困吧，不要吵醒宝宝。张海说，阿哥，我送你下楼。我说，跑上跑下，你锻炼身体啊。张海说，我想跟你讲讲话，怕以后没机会。

　　张海讲话腔调，就像交代遗嘱。又是六层楼，爬下去，回到车上，出一层薄汗。车内灯渐次熄灭，两张面孔，模糊一团，一个刚跑好全程马拉松，一个刚打好重量级拳王争霸战。昨夜开始闹忙，飞了一千多公里，伍斤吼陆斤，从北京回到上海，我已像条濒死的狗。张海也只剩喘气力道，忙了办丧事，追悼会，遗体火化，豆腐羹饭酒水，招待宾客，跟舅舅阿姨们吵，跟自己老娘吵。张海说，阿哥，小荷嫁给了我，你意外吧。我说，你们夫妻私事，我没兴趣。张海说，四年前，我跟小荷领了证，当年女儿就出生了。我说，你都不告诉我，错过了吃喜酒。张海说，我们没办婚礼，小荷跟她妈妈欠一屁股债，还有债主轮番上门，不单来讨本金，还要利息呢，不是不想办酒，是不敢办。我说，我爸爸也不晓得？张海说，我本想悄咪咪告诉师傅，但他不是最恨厂长吧，现在我跟小荷结婚，做了厂长女婿，等于是个叛徒，背叛师门。我说，没这样严重。张海说，这些年，除了没寻到厂长，其他蛮好，娘子蛮好，女儿也蛮好。我说，老早我跟你有点误会，现在我做爸爸了，你也做爸爸了，老毛师傅都走了，没事体了。张海说，谢谢你，阿哥，我晓得你老忙了，又要写小说，又要管公司，还有社会活动，我不敢来打扰你。我说，扫一扫微信吧。张海说，阿哥，我外公的临终遗言。我打断他说，你又来了，把厂长捉回来。张海说，我是讲，红与黑，老厂长的桑塔纳。我说，只要寻到这部车子，就能寻到香港王总，只要寻到香港王总，就能寻到潜逃的厂长，是吧？张海说，嗯，阿哥，你神通广大，黑道白道皆吃得开，你想想办法，肯定能寻到红与黑。我说，啥叫神通广大，黑道白道皆吃得开？我不过一介平民，写小说浪得虚名，既不是人大代表，也不是政协委员，连个党员都不是，共青团也超龄了。张海说，阿哥，我讲重了。我说，不要再想红与黑，也不要再想厂长了，我走了。张海下车，上楼。我探出车窗，仰望六层楼上，小荷留了一盏灯，像一颗星，悬于浓云。

车子开出小区，收到一条微信，张海发来，关照路上小心。我没回微信，驾了老宝马，强打精神，一路开慢，平安回家。儿子菜包，老早困熟，明早还要上学。娘子也困了。我眼皮瞌睡，脚下如在云端，飘来荡去，来不及汰浴，脱衣上床，眼睛一闭，入梦。

二

这趟走远了。一个少年，从热天出发，野地里走啊走，饥肠辘辘，双腿浮肿，衣衫褴褛，几次跌倒，昏迷，大病，差点点翘辫子。走到秋天，开始落雨，昼夜不绝，连落三旬，稻田淹没，水牛淹死，茅草房子崩坏，肉里生出蛆虫。到处是水，还有墓地，纸钱，招魂幡。水从云里来，从扬子江来，从淮河来，从决堤黄河来，天下的水都来，都无处可去，一片汪洋世界。水里映出面孔，他像少年张海，十六七岁，瘦弱，干枯，面黄，乱发如草。扬州城下，堆满尸体，恶臭扑鼻，点火焚烧，黑烟滚滚，烟里有女人哭声，小囡叫声，男人嘶吼声，死人灵魂在叫。他爸爸，淹死；他妈妈，饿死；他哥哥，病死；他姐姐，上吊死。死人世界里，只有他一个活人。他跟野狗打架，狗嘴里抢食，逃到长江边，爬上一艘舢板，藏了船篷下，水面漂满尸体。他吃死人的肉，死人的血，死人内脏。苏北船老大，划进长江口，外国兵舰开来，黑洞洞炮口，乌泱泱烟囱，螺旋桨泛起浊浪。舢板进黄浦江，炮火连天，尸山血海。太阳旗在飘，米字旗在飘，三色旗在飘。他望了沙逊大厦，中国银行大厦，海关大厦，汇丰银行大厦，划进苏州河，穿过外白渡桥，四川路桥，老闸桥，泥城桥，洋钿桥，到了药水弄上岸。他的个头变高，肩膀变阔，一拳打得死人。他走烂泥路，走弹格路，走煤屑路，走柏油路，走到一座工厂，抹了洋灰，喷了白烟，华商上海春申机器厂。他的样貌又变，声若洪钟，须髯满面，走到莫干山路，弄堂房子，爬上三层楼，翻上小阁楼，推开老虎窗。红灯牌收音机，姚慕双欢天喜地，周柏春愁眉苦脸，黄永生唱《金陵塔》。外孙出世前两日，厂里挖出青花瓷大瓮缸，他是亲手飞起榔头，敲得粉粉碎，断了右手三指，化作"钩子船长"。我来了，还是男小囡，爬上三层楼，翻上小阁楼，推开老虎窗，苏州河扑面而来，月光幽冥，如古镜。"钩子船长"伸出残缺右手说，骏骏，好极了，你终归来看我了。我简直亢奋，坐了屋顶说，老毛师傅，好极了，终归有人来寻我托梦了。老毛师傅说，请帮我带一句话。我笑说，尽管吩咐，我欢喜帮魂灵传话。老毛师傅说，我的全部遗产，包括这套房子，指定由一个人继承，就是我的外孙，照顾我十六年的张海。我说，遗产统统留给张海，其他子女呢，孙子，孙女，外孙，外孙女呢？老毛师傅说，家门不幸，除了小海，其他子孙不孝，哪怕一个平方，一分铜钿，都不会分给他们，辣块妈妈。我说，老毛师傅，谢谢你寻我托梦，可没人会得相信，都会当我有毛病，寻到法官也没用，法律不承认托梦，就算全国人大修法，承认托梦有效，但你已烧成骨灰，躺在铁板新村，今夜对我托梦，已过有效期。老毛师傅遥望月光说，我有办法，速去寻一个人，必会帮我，你也认得。我说，啥人？老毛师傅说，我的结拜兄弟，小王先生。

梦醒，天微亮。掐指一算，托梦离开我十年了。老毛师傅，老厂长，全部从梦中消逝。我思量，厂长"三浦友和"被捉到之前，诸位游魂野鬼，不会安心去投胎转世的。照道理讲，这是好事体，夜里终归太平。但我不这样觉得，长辈们的音容笑貌，皆已暗淡，散逸，氤氲蒸腾。每趟清明冬至，上坟扫墓，我祈求外公外婆，爷爷奶奶，列祖列宗，不要忘记我，有事向我托梦，就算百无聊赖，也好寻我解厌气，讲讲阴间要闻，又下来哪位大人物，是否阳间烧冥币太滥，阴间通货膨胀，物价狂涨。十年，一百二十个月，三千六百五十天，我等待这一夜，这一场梦，春梦也好，噩梦也罢，管你是啥人家的孤魂野鬼。我以为，永久丧失了这一能力，莫名悲哀，惆怅。还好昨日，"钩子船长"送入焚尸炉，烈火烹油，鲜花着锦，烧成骨灰，潜入黑白遗像，捧在张海手里，坐了我的车子，跟了我后背心一路，回魂夜，闯入梦魂，灿烂降临。

清晨，我在床上狂笑，念念有词，老毛师傅，小王先生。枕头竟已湿透，浸了眼泪水。娘子骂我又发神经。一刻也不得耽误，我爬起洗漱，开车到思南路。经过阿娘面馆，已经搬场一百米，变作网红店，客官日夜排队，阿娘早已不在，卢湾区都撤销了，我再没来吃过一口面。思南路101弄19号，房子倒没拆掉，旧貌不改。爬上黑魆魆三楼，我在门前犹豫，小王先生要是不在了，一定会寻我托梦，不会放过我的。所以讲，他还活了，可能搬场，或者年纪大，久病缠身，住了病院。我敲门。屏息静气。等了老久。当年，我调到四川北路上班，特向小王先生告别，带了我的新书上门，却扑了个空。从此，好像阴阳两隔，连同小王先生送我的《春申与魔窟》，一道坠入角落，慢慢交衰老腐烂。偶尔听人提起，有一位老作家春木，困守斗室，无人问津，晚景凄凉。也许门里没人，只有灰尘，魂灵头。也许是个老太婆，要么老早出租，借给外地小青年，甚至老外，附近荡了不少外国瘪三。

门开了。一个老头子，雪雪白头发，身高缩了几公分，还是比我高，面孔倒是更瘦，形容清癯，头颈皮肤垂落，两颊刮得清爽，银丝鹤发，童颜，有仙气。他老了十六岁，我长大了十六岁。我说，小王先生，还认得我吧。小王先生说，抱歉，年纪大了，记性不好。我说，我爸爸是春申厂的工人，我老早在卢湾邮局，我也写小说，你送过我老多书。小王先生摇头，又点头，眼睛浑浊，闪烁，开始湿润，熠熠发光，声音却是沙哑，快请进，请进，进。这只房间，这道房门，像博物馆橱窗，收藏时光，收藏空气，一切永恒不变，白还是白，黑还是黑。还是当年书架，万卷藏书，不增不减，跟主人形影相吊，又腐烂了十六年，味道微微加深。窗帘布是老样子，沙发家具是老样子，电视机都没变，估计已是摆设。小王先生说，早饭吃过吧？我吹牛说，吃过了。小王先生为我泡茶，玻璃杯，热气氤氲，不晓得哪年绿茶，翩然沉没。我带了几本新书，扉页题上"春木老师雅正"。小王先生赞道，每趟书店看到你新书，报纸上还有你的消息，后生可畏，为你开心啊。我惭愧说，不好意思，我一直没回来望先生，我的舞台剧演出，电影公映，也没送先生票子，简直失礼，先生还好吧？小王先生说，怕是大限将至，做过两趟手术，住院三个月，昨日才出院。我说，怪不得，前几日，张海来寻先生，讲是人去楼空。小王先生说，张海是啥人？我说，老毛先生外孙。小王先生说，哦，老毛阿哥还好吧？我说，昨日追悼会，火化了。小王先生惊坐起说，啥？人没了？我说，嗯，张海是来报丧的。小王先生闷声片刻，开窗透气说，不过呢，算算年份，我都八十六了，老毛阿哥大我十岁，也是寿终正寝，等到我走的时光，没人记得我了吧。我吃一口茶，果然极浓，极苦，一口黄连。我如实相告，昨日夜里，收到老毛师傅托梦，叫我来寻小王先生，如假包换。小王先生纵声大笑，我真担心，老头子这样笑法，会不会乐极生悲，心肌梗死，或者气管卡牢，噎死断气。我颇尴尬，只好立起来，轻抚他的后背。小王先生说，小阿弟，你太有劲了，难怪小说写得漂亮，骨骼清奇，天马行空，鬼斧神工。我说，如有鬼助，倒是真的，老毛师傅托梦里讲，兹事体大，只有小王先生，才能帮他完成心愿。小王先生面孔冷下来，关上窗说，他真这样讲？我说，不开玩笑。小王先生吃了口茶，定快快说，这只脑子啊，还好没锈坏。小王先生转身进卧室，好一歇工夫，抱了文件袋出来。小王先生清清嗓子说，十年前，我去过莫干山路，正好张海不在，老毛阿哥中风卧床，脑子却相当清爽，他讲这辈子遗憾颇多，子女不孝，皆没良心，唯独外孙张海，照顾他多年，尽心尽力，淳厚善良，是个好小囡，可惜命运不佳，爸爸不知在天涯何处，妈妈改做他人妇，老毛阿哥决定，他的全部遗产，包括莫干山路房子，指定张海继承。听到此地，我已如释重负，心情痛快，老毛师傅寻我托梦，果然有凭有据，不是瞎话三千，更非南柯一梦。小王先生说，老毛阿哥的决定，着实叫人吃惊，我这辈子，无儿无女，孤苦伶仃，但也绝非不食人间烟火，争遗产这种事体，见得多了，六十年前，春申厂公私合营，我家移民香港，而我不肯背井离乡，一个人留在上海，还做了公证，遗产留给兄长，这才避免兄弟阋墙。我说，先生担心有道理，张海的舅舅舅妈，阿姨姨夫，绝非善类，就连张海亲娘，也是母夜叉，牵涉房子遗产，对这点人是天大事体，到时光不但是吵，恐怕要拿房顶拆掉呢。小王先生说，是的，搞了不好，闹出人性命，我劝老毛阿哥，这份遗嘱，啥人都不好讲，外孙张海本人，都不好晓得，免得惹出事端。我说，这哪能办？小王先生说，我是交通大学法律系毕业的，我拜托一位老同学，上海滩金牌律师，赶到莫干山路，起草一份遗嘱，请老毛阿哥签名，按手印，律师再到上海市公证处，请来两位公证员，登门到老毛阿哥家里，拍摄录像为证，完成遗嘱公证，全程避开张海，为免意外，老毛阿哥不留任何文件，一律由我保管。小王先生打开文件袋，抽出十年前遗嘱，还有公证书，房产证复印件，保存相当好，老毛师傅签名，手印，盖章，至今鲜艳似血。张海的后半生，皆在这张纸上。

三

思南路出来，我打了张海电话，只问他在啥地方。张海说，汽车城。我驾车上路，再上沪宁高速，安亭出口下来。公路道旁，远远竖了一块广告牌，不是林志玲，也不是范冰冰，而是冉阿让爷叔，穿了对襟羊绒衫，挂了金项链，狗项圈般粗壮，手握麦克风，张学友般台风，深情款款歌唱。我的耳朵边，悠悠响起《北国之春》，不是邓丽君，而是日本话原版。冉阿让身后，停了一部桑塔纳，便是消失的红与黑。以上照片，摄于一个春天，春申厂七十周年厂庆，摄影师是我爸爸，用我家的奥林巴斯相机。广告牌下，玻璃房子门口，停了几十部汽车，大到福特皮卡，小到奔驰 Smart，保时捷，法拉利，路虎，争奇斗艳，招牌相当摩登——春申汽车改装店。

这一名字，让人近乡情怯。我停好车，有人来问，要维修，保养，还是改装。我说，张海在吗？此人操安徽话，回头猛吼，张师傅，有人找。我的宝马 X5 旁边，丰田皇冠轿车底盘下，钻出一个男人，蓝色工作服，满身油污，头发如同鸟窝，面孔仿佛特种兵，涂了迷彩色，便是张海。他放下工具说，阿哥，你哪能来了，我去揩把面。等到张海回来，衣裳没换，气味浓烈，面孔基本清爽，头发梳过，勉强可以见人。我说，你在此地上班啊。张海说，冉阿让是我老板，这爿店就叫春申汽车改装店。我说，好像借尸还魂。张海说，我在此做了五年，从喷漆钣金做起，到修理零部件，现在能修发动机了，冉阿让对我蛮好，工资加奖金，到手一万多。我说，蛮好。张海说，汽车城这爿是总店，还有三家分店，一家浦东康桥，一家闵行莘庄，还有一家在昆山，冉阿让年纪大了，没精神守了店里，他只有一个女儿，不可能来帮忙。我说，哦，征越回来了啊。张海说，阿哥，你寻我有事体？我说，是啊，但你不会相信。张海说，只要阿哥讲，我必定相信。我说，昨日夜里，老毛师傅向我托梦了。张海扬起眉毛说，托梦？阿哥，你一点也没变，太好了。我直接说，我刚见过小王先生，你外公的遗嘱，全部法律文件，公证书，统统带来了。张海接过材料，背靠一部吉普越野车，点一支香烟，还是红双喜。他翻了两眼，看到老头子签名跟手印，双手开始发抖，烟灰扑簌飘落，语无伦次说，阿哥，我外公，这事体，嗯，谢谢你，托梦。我说，是我要谢你，还要谢你外公，烧成骨灰当夜，就来寻我托梦。张海抬头看天，苍穹阴冷，像一大块铁。我又说，你不要发懵，快去公证处，做遗产继承公证，房产证变更成你的名字，不要夜长梦多。张海掐灭烟头说，晚了，今日早上，我的舅舅阿姨们，冲到莫干山路老房子，破门而入，来抢房产证。我说，老毛师傅及时托梦，必定估计到危险了。张海说，邻居打电话给我妈妈，她带了我的两个妹妹，穿了拖鞋困衣，奔过去阻拦，先是吵相骂，再是动手。我说，没大事体吧。张海说，你晓得，我妈妈彪悍，她拎起开口扳手，给我舅舅头上开了瓢，派出所打来电话，叫我去处理矛盾。我说，你是有涵养，还在修车子？张海说，但我不想去，到了派出所，看到我妈妈，再看我舅舅阿姨们，这副吃相，我从小看到大，老早看厌了。我说，随便你哪能想，房子不好放弃，他们抢老毛师傅房子，是等拆迁分钞票。张海说，我无所谓。我说，你外公有所谓，快换衣裳，我开车子带你回去，方便请假吧？我给冉阿让打电话，给你放几天假。张海犹豫说，阿哥，等我一歇歇。张海换了一身夹克衫，抱了纸板箱出来。我问他，啥东西？张海说，变形金刚，擎天柱，送给你儿子，我用报废的汽车部件做的，师傅传给我的手艺。我说，你女儿不要吧？张海说，小姑娘不欢喜，就是给男小囡做的。我收下来，摆进后备厢，擎天柱做工考究，关节转动灵活，涂了红的蓝的油漆，赛博朋克腔调，泡沫塑料垫衬，五公斤起板。

我带张海回到常德路，镇坪路桥下，长寿路派出所。小王先生联系的律师，已经等在门口。这位老律师，西装革履、鹤发童颜，派头十足。张海舅舅阿姨们，一看到张海，穷凶极恶围上来。两个双胞胎妹妹，海悠哭肿了眼睛，海然捏紧拳头，准备拼命。派出所是各打五十大板，张海娘治安拘留几日，张海舅舅阿姨们，则是非法闯入民宅。最要紧的房产证，通过律师关系，最后回到张海手里。舅舅阿姨们个个如丧考妣，太平间前，追悼会上，火化炉外，皆没如此号哭。

此后几日，全由律师出面，陪了张海去公证处，再到房产局办了过户。张海娘扬眉吐气，买几十只高升炮仗，在莫干山路弄堂门口，大鸣大放，庆祝老房子归属张海，赢得跟兄弟姊妹们的漫长战争。张海娘难得一掷千金，请了几位得道高僧，在家操办做三七，为外公超度亡灵，历史使命完成，早日投胎去吧，不要阴魂不散。战争还没告终，舅舅阿姨们也请了律师，认为遗嘱不合法，十年前的老毛师傅，中风卧床，不具备民事行为能力，一纸诉状告到法院。张海娘又寻我爸爸，拜托我想办法，救救张海不要吃官司。幸好法院问了公证处，判定老毛师傅遗嘱有效，驳回诉讼请求，尘埃落定。我再给张海建议，做人不好斩尽杀绝，舅舅阿姨们等了老房子拆迁，老老小小十几个户口，皆在这一套房子里，到时光，终归要分铜钿的。双方律师谈判，几番拉锯，签订一纸协议，舅舅阿姨们承认，老毛师傅遗嘱有效，张海拥有全部继承权，但是等到拆迁，户口簿里每个名字，都能分到一笔安置补偿款。协议上唯一没签字的，倒是张海娘，她想赶尽杀绝，一分钱都不留给兄弟姊妹。

遗嘱得偿所愿，老毛师傅的骨灰盒，迁出殡仪馆，搬入墓园，苏州凤凰山。苏州不但是上海的后花园，也是上海人的墓地。张海亲手撬开坟墓，抱了外公骨灰，跟外婆葬于一穴。舅舅阿姨们都来了，但跟张海母子不讲一句，装作路人不识。小荷抱了女儿莲子，来给老毛师傅磕头，烧锡箔，烟熏火燎，小囡眼泪水直流。花岗岩墓碑上，老毛师傅的陶瓷照片，还是我拍的遗像。墓碑新刻两个名字，一是外孙媳妇，浦小荷，二是外曾孙女，张莲子。次日，张海娘便回了江西。

"钩子船长"入土当夜，又来寻我托梦。这夜梦境，回到春申厂，尚未被夷为平地，芳草萋萋，围墙斑驳，白色蒸汽喷涌，行车在头顶飞舞。打开仓库，停了一部红与黑，车厢内外爬满野草藤蔓，好像被绿色植物埋葬，又像失散多年，被人贩子拐卖的小姑娘，送到山沟沟里，嫁作人妇，吃尽苦头哉。我拉开门，旁边是老毛师傅。他说，骏骏啊，难为你了，寻到小王先生，帮张海拿到房子，乖乖隆地咚，赞。我说，应当做的，老毛师傅寻我托梦，这是看得起我。老毛师傅说，张海这桩事体，是我第一桩遗愿，还有第二桩遗愿。我说，没问题，我帮你带话。老毛师傅说，无须带话，我临死前，已关照过张海。我说，难道是？老毛师傅点头说，把厂长捉回来。这句扬州话，洪亮透彻，入木三分。红与黑后排，响起阴森森的声音，骏骏，你记得我吧。梦里已知身是客，我还是魂飞魄散，一回头，看到老厂长，藏了后排座位，神龙见首不见尾，还是木头假人，毛笔画的面孔，追悼会上样子。原来是双料托梦，老毛师傅，老厂长，同时寻我交代遗愿，让人倍感任重道远，一颗红心，两种准备，不是上天堂，就是下地狱。

梦醒。我是又哭又笑，又被娘子骂一顿。十年没碰着托梦，随了老毛师傅归天，托梦就像天上落雨，地里长草，水里青苔，挡也挡不牢。梦中嘱托，我是必要完成了。我寻了公安局朋友，拜托调查春申厂的桑塔纳。每部汽车不管哪能交易，发动机号码，车辆识别代号，终归不变，像人的指纹，身份证号，跟了一辈子，直到烧成灰。春申厂破产当年，红与黑，转到香港王总名下。北京奥运会这年，王总背了一屁股债，逃回香港，下落不明。红与黑转到甘肃，鬼使神差，前几年转回上海，正在汽车坟场，等待报废。接到消息，恰逢深夜，我问公安兄弟，哪一个汽车坟场？公安兄弟回答，汽车城。

四

是夜，"钩子船长"断七。沪宁高速，白茫茫，氤氲生烟。夜色灰蓝，大灯如炬铺路。我开了宝马X5，捏紧方向盘，盯紧前方卡车，双层铁架子，捆绑十几辆轿车，皆是上汽新车出厂。张海在副驾驶座，叼了香烟，但没点上。我爸爸跟冉阿让一道坐了后排，硬要跟我同行。车载音响，张国荣《夜半歌声》，缠绵悱恻，魅影绰绰。张海要关，我说，让他唱吧。经过冉阿让的汽车改装店，灯光打了广告牌上，冉阿让跟红与黑，熠熠生辉，笑傲苍穹。转入一条小路，两边皆是厂房仓库，今夜风景，似曾相识。张海问我，那只擎天柱，你儿子欢喜吧？我不好意思讲，张海亲手做的擎天柱，又重又硬，占地方，人撞到特别痛，变成家庭安全隐患，我娘子讲，正规玩具都要安全测试，这只铁家什，不适合给小囡。看我闷声不响，我爸爸说，小海啊，东西做得蛮好，你的手艺有进步。

汽车坟场到了，开进大门，乌漆墨黑，星月暗淡。光子贴地飞行，扫出不计其数的报废车，有的只剩车壳子，有的四分五裂，支离破碎，有的倒是完好，看起来五成新的，五脏六肺却已移植出去，层层叠叠，幕天席地，好像一口口棺材，一通通墓碑，一具具骨骸，腐烂，生蛆，分解，化作白骨，灵魂飘散。我爸爸说，我的Polo，也在此地吧？前几年，我给我爸爸买了一部奔驰C200，本来的上海大众Polo，卖给二手车中介。我爸爸做过一个梦，醒来后眼泪汪汪，原来Polo寻他托梦，已经死在汽车坟场，雨刮器还在划，喷水像飙眼泪水。Polo哭诉，新主人虐待它，各种危险方式开车，冬天点火就开，伤害发动机，从不保养，像后娘手里小囡，只好报废，乱葬岗上，黄土一抔。

远光灯尽头，照出一条沟。我的眼乌珠被刺一记，鲜血淋淋地痛。我跳下车，一步一步走过去。灯光泛出金颜色，红颜色，我跟张海，两条黑影，慢慢交倾斜，拉长，弥散消逝，像塔尔可夫斯基电影色调。深沟，地球上一道伤疤，通向南北两极，无限延伸。十六年，红与黑，便是落到这条沟里。张海双脚发抖，当年是他开车，脚骨在此掼断。当年厂长承诺之地，没能造起来春申厂，倒是变成汽车坟场，所谓命运，蛮有意思。寻到值班室，张海送了一条软壳中华。管理员带路到围墙下，困了一部桑塔纳，沪C牌照，春梦未醒，静候旧主。

不是红与黑。我蛮失望。管理员说，再仔细看。我打开手机电筒，照亮车子上半身，蒙一层厚厚的灰，有点深褐色。冉阿让拧开矿泉水瓶盖，水浇到引擎盖上，抹布用力揩，汰去尘埃污垢，终归显露本色。火一样红，血一样红，心脏一样红。我爸爸打开X5后备厢，搬来一箱子矿泉水，打开浸透抹布，亲手洗刷车子。我爸爸平常节约，吝啬，今夜却是土豪，矿泉水当成自来水。灰尘一点点汰去，像小姑娘衣裳一点点揭开，妆容一点点卸掉，脂粉剥落，唇膏揩净，鸡蛋壳剥开，露出真面目，到底是王昭君，还是白骨精。车顶流水，描出烈焰红唇，引擎盖流水，画出鲜血梅花，车身流水，蘸出徽墨色泽，尾翼高挺，无须流水，自傲星辰。月光出来了，她也出来了，赤条条出来，犹抱琵琶半遮面，姿态撩人。北方有佳人，绝世而独立，她是倾城倾国，她是红与黑。她坐下来，小家碧玉；她立起来，敦煌飞天；她躺下来，乌尔比诺的维纳斯。她的端庄，她的风情，她的欲望，让我弹眼落睛，让张海五体投地，让我爸爸发痴，让冉阿让发狂。但她不再是黄花闺女，而是怒沉百宝箱的杜十娘。车门好几道划痕，轮胎瘪掉，两块车窗没了，风挡玻璃碎裂，尾翼断了只角，大光灯灭一只，后视镜碎一面，雨刷断一根，两边转向灯皆不见，统统是皮外伤，内伤难以判断。管理员打开引擎盖，寻到发动机号码，验明正身——上海大众，桑塔纳普通型，1993年出厂，芳龄二十四，恰逢本命年，生肖属鸡，汽车世界里，相当于九句老妇，百岁老翁。

　　车子油箱是空的，张海又出手一条中华，问管理员要来一桶93号汽油，小心灌入油箱口，可见中华是硬通货。蓄电池没电，我爸爸说，不要紧，我有办法。在我爸爸指挥下，我开动自家宝马X5，对准红与黑车头，相距不过半尺，像一对小情人，干柴烈火，就要亲嘴巴。打开两部车的引擎盖，抽出搭电线，连接两边蓄电池，先连正极，后连负极。红与黑桑塔纳，白颜色宝马X5，两根搭电线，好似两条舌头，法式舌吻，浪漫交关。我爸爸一声令下，X5点火启动，开始对红与黑充电，一如杨过对小龙女赤膊疗伤，幸好此地并无尹志平。我爸爸说，差不多了。张海断开搭电线，先断负极，再断正极，合上引擎盖。揩揩坐垫灰尘，我爸爸坐进红与黑，并不介意灰尘、蜘蛛网、蟑螂、死老鼠，转动钥匙，点火。先是像喉咙口含了浓痰，又像浓痰变成汽油，气管里大火焚烧。一只大光灯亮起，刺痛我的眼乌珠。我爸爸倾听车子咆哮，像比利时神探波罗，夜访杀人现场，发动机里藏了开膛手杰克，化身博士，香港雨夜屠夫。我爸爸下车说，发动机不错，可以修好。张海说，我要买这部车子。

　　管理员寻出中介电话，张海马上打过去，对方梦中惊坐起，以为有人托梦，又拿电话挂掉。张海连打三只电话，中介才接起来，以为碰到神经病，一顿狂骂。张海冷静，只讲一句，我想买车子，报出车牌号。中介发蒙，以为有人恶作剧，存心捣乱，又向张海推荐其他二手车，同样价廉物美，车龄十年内，公里数二十万内。张海说，对不起，我就要这部车子。中介随口开价，八千块，包括沪C牌照。地球上最贵铁皮，便是上海牌照，已经涨到十万。唯独沪C牌照，还是白菜价钿，因为不准进外环线，只好开在上海郊区。有了"魔都"讲法，魔都便成了结界，佛家、道家术语，便是禁区，铜墙铁壁。孙悟空用金箍棒给唐僧画圈，保证妖魔鬼怪不能进来吃唐僧肉，也是一种结界。这些年，每逢台风来袭，碰着上海地界，要么转弯，要么掉头。人人皆云，魔都有结界。上海外环内六百平方公里，对于沪C牌照来讲，大概便是地球中心，不可突破的结界，在此圈外，畅通无阻，可以走遍中国，还能去天涯海角，去西伯利亚，去撒哈拉沙漠。

张海说，我要了。中介说，明日签合同，后日付款，大后天提车，办手续。张海说，我就在车子旁边，你加我微信，现在付钞票，明日办手续。我问张海，你确定要买？张海说，确定。张海用微信付了八千，当上红与黑第五任车主。

<h1 style="text-align:center">五</h1>

红与黑，第四任车主，是个南通人。远到迪拜，非洲，拉丁美洲的角角落落，都有南通人在造房子，盖大楼，架桥梁，广厦千万间。建筑行业，有腰缠万贯，抱了摇钱树的；也有劳碌命，一年忙到头，赚不着几个铜板。他就属于后者，家在农村，年轻时光，工地上拼命，断过一根手指头。人到中年，他买了第一部车，舍不得花钞票，便问两手车中介，相中一部桑塔纳，上半身红，下半身黑，屁股翘了尾翼，开出去拉风，挂一张沪C牌照，车价只需一万五。沪牌拍卖，水涨船高，频频天价，不少上海人拍不起，只好暗度陈仓，上了苏牌，浙牌，甚至皖牌。同样道理，外地人为买便宜二手车，也会得上沪C牌照。不能进上海市区的沪C车，全国竟有一百万台，大半在外省逍遥。开了红与黑，他是时来运转，短短两年，建材生意大好，净赚大几百万，在宝山买了房子，举家搬迁上海市区，沪C牌照反而不能开了。老婆跟小囡，更嫌桑塔纳太旧，开出去没面子，想要调一部新车。还没打中介电话，风云突变，上证指数从五千点跌到三千点，年末又是"熔断"，股票赔得精光，房子被银行没收，老婆离婚，带走小囡。他是一无所有，剩下红与黑，转行开起网约车，只做郊区生意。过年前，春运高峰，红与黑先跑

湖北，再跑淮北，又跑苏北，最后转回上海，连轴转，香烟连抽两条，开到虹桥高铁站，刚刚停稳，脑血管崩裂，猝死。车子倒没事体，家属嫌不吉利，脱手给中介。这种车龄，又死过人，只有废品回收价值，汽车坟场困了一年，眠于尘埃，荒芜于坟茔，等待我跟张海来救她。像我外公最欢喜的《聊斋志异》，聂小倩困于兰若寺，等待宁采臣从天而降。再晚几日，红与黑便会退下牌照，报废拆卸，粉身碎骨，回炉再造，只好托梦中相逢。

张海办完过户手续，开出汽车坟场。如今的红与黑，是一位落难佳人，要能重新见人，见郎君，见公婆，必先大修，各项整容手术，不必飞去韩国，上海汽车城，春申汽车改装店，自有三位名医，联袂主刀，一是我爸爸，二是冉阿让，三就是张海。店里有的是工具，各种原材料。上海大众在隔壁，桑塔纳原厂零部件，轻松就能搞到。先医内伤，后疗外伤，除了原厂发动机，变速箱，蓄电池，避震器，刹车片，油箱，水箱，等等，一律调成新的，移植五脏六肺，三魂六魄，血管筋骨，增加刹车耐热性，摩擦系数，改装打火系统，进气管，提高发动机肺活量，不但恢复原来功能，还有相当程度提升，让一个瘫痪在床病人，修理成运动健将。外壳所有工序，张海亲手完成，钣金，喷漆，安装玻璃，三只镜子，几只灯。前后座位靠垫，录音机，仪表盘，还有电路。四只轮胎，调换最高配置，最新花纹型号。最后是尾翼修复，张海在电脑上重新计算。每隔两日，我爸爸要去一趟汽车城，回来胃口大好，牙齿落光，还吃一大碗饭，只是身上有机油味道，被我妈妈臭骂一顿。以上修理费用，够买一部上汽大众"新桑塔纳"，冉阿让拍胸脯由店里负担。但是张海不肯，要从自己工资里扣，讲好半年内还清，不欠老板一分。

春天逝去，百花凋谢，红与黑死而复生。新的机动车管理办法，私家车已无强制报废年限。车龄超过十五年，每六个月年检一次。行驶里程，仪表盘显示三十万公里，张海钻下去检查，实为四十万公里，也在预料之内。通过车管所年检，红与黑第二次重生，最后一次重生。她像英雄末路，像美人迟暮，却能屈能伸，既能沦落尘埃，又能出淤泥而不染。我到了春申汽车改装店，张海开出红与黑，引擎盖跟车顶，红里透紫，紫里透金，金里又泛红，车身黑漆，重金属反光，黑曜石般古老，黑陨石般神秘。张海邀我上车兜风，我也不好胆怯，发动机轰鸣，座位颤抖，想到这部车上，至少死过两个人，我便绑紧安全带，拉好把手。红与黑上路，先绕F1赛车场一圈，沪C牌照不好进市区，只好郊区一日游，走上海绕城高速。

红与黑，入青浦，到松江，贴了天马山，遥望松郡九峰，一路葱茏。到金山，杭州湾平行，过奉贤，已是浦东新区，老早芦潮港，现在临港新城。张海不用导航，全靠脑子记路，东海大桥不去，过了浦东国际机场，最快飙到一百三十公里，外环线要到，沪C牌照不好进去，红与黑右转，开进长江隧道，先到长兴岛，路过一爿造船厂，大得吓煞人，一排半成品艨艟巨舰，遥遥可见，只待下水。张海说，小荷在此地上班。我说，江南造船厂？张海说，她是画图纸的，上班太远，每日乘班车，单程一个半钟头，莲子只好"山口百惠"来带。张海开上长江大桥，到了崇明岛，中国第三大岛，远望像一头鲸鱼，尾巴向长江，鱼头向东海。夕阳从车尾追来，云灿霞铺，暮色苍茫。原本灰色的海，涂一层金黄果酱，珐琅彩般。张海踏了油门，我怕再出车祸，急忙提醒刹车，悬崖勒马。崇明东滩，海风劲，芦苇摇摆，潮水汹涌，浑浊，长江沙，东海水，混合，交配，再融化，渗透，扶摇直上，万鸟盘旋，白羽点点。张海点一支烟说，我名字里有个海，老早总觉得，在上海看不到海，今日看到，心满意足。

张海手机响了，一看是小荷来电。我说，接啊。张海掐灭烟头，接电话，多数小荷在讲，张海在听。张海说，我在崇明，陪我阿哥，马上回来。手机挂掉，我问张海，家里有麻烦？张海摇头。我说，小荷有麻烦？张海说，小荷没麻烦，是小荷妈妈。我说，厂长"三浦友和"回来了？张海摇头说，冉阿让女儿征越，寻上门来，兴师问罪了。我惊说，你在冉阿让的汽车改装店上班，难道讲，你跟征越搞了婚外恋？张海苦笑说，不是婚外恋，是黄昏恋。我是彻底不懂了。崇明岛，东海岸，潮声汹汹，满天霞光，张海又吃一支红双喜，叹气说，冉阿让跟小荷妈妈，两个人搞黄昏恋，被冉阿让女儿，捉奸在床。

六

静安公园，我长远没来，撑了伞，滴滴答答，走过法国梧桐树荫。此地有个泰国餐厅，华灯初上，闹中取静，风光蛮好。不过阴雨叫人阴郁，黄梅天，墙壁，天花板，衣裳都像发霉，长毛，空气潮唧唧，可以拧出水来。我点了冬阴功汤，红咖喱蟹，炸虾饼配甜酸酱，香芒糯米饭，两只椰子，对面坐了征越。她小时光长得像冉阿让，大眼睛，粗眉毛，鬈头发，肤色暗，腰身壮，不像洋娃娃，像新疆小姑娘。等她慢慢交长大，身段变苗条，眉毛也修得细了，再没冉阿让影子，倒是像她妈妈，申新九厂的厂花。如今呢，她烫了头发，脂粉浓香，手指甲搽油，嘴唇皮血红，已经熟透。

2006 年，热天，我头一趟出国，去伦敦，拜访兰登书屋英国分公司。到达翌日，我接到征越电话，问我在啥地方。上一年，征越大学毕业，冉阿让出了血本，送女儿去英国读研究生，东安格利亚大学，传播学专业。半日后，泰晤士河畔，英国议会尖顶阴影下，我见着征越。我欢喜古迹，她为我做翻译，一道逛了西敏寺。她喳喳喳讲，从东讲到西，又讲到小时光，她爸爸冉阿让，神探亨特，保尔·柯察金，直到灭亡的春申厂。巍峨穹顶下，我只管耳朵听，眼睛看，两只脚走，后背心一层薄汗。走到"诗人角"，寻到莎士比亚纪念碑，人头攒动，闪光灯咔咔响。纪念碑边上，不起眼角落里，我发觉一块小铜牌，刻有三个姓名：Charlotte Bronte，Emily Bronte，

Anne Bronte。我读起来耳熟，征越说，《简·爱》夏洛特·勃朗特，《呼啸山庄》埃米莉·勃朗特，《艾格妮丝·格雷》安妮·勃朗特。莎士比亚侧畔，默默栖息勃朗特三姐妹，分别刻了生卒年月，最小不过二十九岁，最年长阿姐，也没活到四十岁。绕开各种肤色游客，我们冲出西敏寺，大本钟高悬，时针走到整点，当当当敲响，恍若外滩海关大钟。沿了泰晤士河，我牵了征越的手，她没挣脱，肆意大笑。一座座桥排列过来，奔到滑铁卢桥，征越拉紧我说，看过《魂断蓝桥》吧？我说，看过。征越头靠了我肩上说，费雯·丽就是在这座桥上，跟男主角初次相逢。泰晤士河风习习，衣香鬓影，水鸟争渡。我说，我们认得多久了？征越说，二十年，最起码了。话音未落，征越嘴唇皮便贴上来。欧洲夏天，天黑得晚，刚过八点，苍穹依然泛白，晚霞粲然，让人无处遁逃。《魂断蓝桥》结局，女主角命运不佳，自杀于滑铁卢桥，征越跟我从此开始，绝非佳兆。我在伦敦留了五个昼夜，征越陪了我五个昼夜，住在肯辛顿宫对面。我们一道去大英博物馆，特拉法加尔广场，海德公园，伦敦塔。她还陪我去白教堂区，南亚移民世界，走访开膛手杰克遗迹，为我小说寻素材，可惜后来没写。临别时，征越说，我们相隔万里，欧亚两端，彼此等待，反而耽误对方，不如不再相见。我只好同意，心中揣测，她到底为啥？当时无解。

　　一年后，征越结婚了，新郎是英国人，她的大学老师，教授莎士比亚戏剧。冉阿让夫妇飞去伦敦，参加女儿婚礼，发觉女婿满脸须髯，大腹便便。听说征越刚到英国，就跟老师恋爱。冉阿让心里不适意，女儿尚是青春美娇娥，家里条件蛮好，何至于嫁给这种老外？但我明白，在伦敦，征越已有英国男友，她才要我保密，只能是露水情缘。再隔一年，征越妈妈得了乳腺癌，花了上百万，没能救回来。有得必有失，冉阿让赚了千万身家，却失了娘子。征越已经怀孕，肚皮里装了小囡，回来参加妈妈追悼会，手里捧了遗像，眼泪水嗒嗒滴，叫人心酸。这年冬至，冉阿让老婆在上海入葬，征越在伦敦生了个儿子。混血小囡刚会走路，征越却离婚了，原来老公出轨，同时出柜，跟一个印度小伙子领了结婚证。征越分走大半财产，仅得三千英镑，老外多是脱底棺材，前夫更是垃圾瘪三。征越带了儿子，灰溜溜回到上海。她是一诺千金，不再跟我联系。我跟她之间秘密，怕是要一辈子烂了肚皮里。

　　静安公园，梅雨纷纷，夜色朦胧氤氲。我的鼻头深处，满是红咖喱蟹味道。征越跟我，红中对白板，她吸了椰子说，我们多少年没见了？我脱口而出，九年，在你妈妈追悼会上。征越说，你还好吧？我说，你爸爸没跟你讲过吧。征越笑说，你啊，还是不会讲话，情商一塌糊涂，人家跟你客气两句，你讲蛮好就是了。我自嘲说，有时光，我觉得自己大变样了，又觉得一点也没变。征越说，不变要比变好。我说，轮到我问了，你还好吧？征越说，回国以后，我一个人带了小囡，做过几年报社记者，你晓得，现在没人看报纸了，去年我出来创业，做了新媒体公司，开了几个微信公众号，现在粉丝总数一百多万，出过好几篇十万加，拿着五百万天使投资。征越加我微信，推给我几只公众号，稍稍翻了翻，兴味索然，我口是心非说，恭喜啊，我也有公众号，要向你学习。征越说，有啥要推的软文，广告，算你对折。我说，客气，不过今日，我是来谈判的。

　　其实呢，这顿晚餐，是我爸爸安排，为了冉阿让，只好派我出马。我不想蹚这浑水，尤其不想碰征越。但张海也求我帮忙，他家里闹翻了天，小荷妈妈茶米不进，差点犯心脏病，小荷又要上班，女儿莲子没人管，实在吃不消，冉阿让的问题，务必早日解决。吃好冬阴功汤，征越说，出了这种事体，还不是我们小辈倒霉。我说，我倒是好奇，你是哪能发觉的？征越冷笑说，微信朋友圈。我听了汗毛凛凛，神探亨特朋友圈，关心养生长寿，转发各种健康文章，还推过传销产品，他的女婿做生意，经常带一家门游山玩水，不是云南大理丽江，就是新马泰，或者欧洲十国游。保尔·柯察金，又红又专，转发公众号文章《这一国曾经惹怒中国，如今跪舔来忏悔》

《华为研发黑科技，痛击苹果三星》《中国核潜艇亮剑，日本海上自卫队颤抖》。至于冉阿让，主要晒外孙照片，征越的儿子，中英混血，小名黄毛，最近头发才返黑，有了中国小囡样子。冉阿让擅用唱歌软件，唱好分享朋友圈，原本只唱《北国之春》《草原之夜》《敖包相会》……两年前起，冉阿让开始唱四大天王，张学友《吻别》，刘德华《忘情水》，黎明《今夜你会不会来》，还有姜育恒《再回首》《驿动的心》《从不后悔爱上你》……

　　征越说，这就是证据啊，六十几岁鳏夫，日夜唱这点歌，必有奸情。我笑说，你爸爸欢喜唱歌，翻点新花样，解解厌气，何罪之有？征越说，他周末不见人影，讲是出差谈生意，陪客户，半夜回来，身上有女人味道。我说，毕竟是你爸爸，难道要像管老公一样管他？征越板了面孔说，我在英国时光，连老公都没管牢，结果呢，让他跟小伙子跑了。我晓得失了言，只得说，这不是你的错。征越说，上个月，我偷拿了我爸爸手机，安装跟踪软件，他的微信通话记录，到过啥地方，统统暴露。我说，你太狠了，侵犯隐私。征越说，让他来告我啊，老不要面孔，跟那个女人搞了一道。我说，你讲"山口百惠"？征越拍台子说，她也配叫"山口百惠"？我都想给她改个名字，就叫潘金莲，你看合适吧。我皱眉头说，算了吧，这是你爸爸的自由。征越二度冷笑说，我循了手机定位，寻到他们开房的宾馆，就打110，举报卖淫嫖娼，我跟了警察进去，捉奸在床。我倒吸一口冷气，这只女人，辣手辣脚。我说，你没权利这样做。征越说，我爸爸要打我耳光，幸亏有警察在场，倒是那个女人晓得羞耻，挡了面孔，落荒而逃，我爸爸自暴自弃，承认不正当关系，既然东窗事发，他不想再偷偷摸摸，要跟那个女人结婚，真是昏头了。我说，你爸爸是鳏夫，"山口百惠"离婚十几年，子女又都成家立业，他们可以结婚。征越厉声说，放你狗屁，绝对不允许。征越眼眶发红，三度冷笑说，我也不是为我妈妈，我是为我爸爸的财产，不要被那个女人卷了跑。我说，你爸爸再婚，合情合理合法，你没办法拦牢的。征越说，但你想想，对方是啥的女人，不是省油的灯，骗了春申厂全体工人，卷走大家集资款，我爸爸还拿出来四万块，当时我要高考，我爸爸日夜骂娘，咒厂长不得好死，厂长跟他老婆，根本就是假离婚，为了转移资金，逃避债务，这只女人太复杂了，是个无底洞，还让女儿嫁给张海，她自己又勾引我爸爸，简直是骚货，贱人，赖三，bitch。征越又讲一连串英文，我听了一知半解，邻桌老外都侧目而来，好像她在骂我。我也开一句洋文，stop!

　　征越终归刹车，又吃椰子说，我爸爸被我赶出去了，他是死心塌地要再婚，不再跟我啰嗦，你不是能给死人魂灵带话吧？你能给活人带话吧？我说，讲吧。征越说，我爸爸要跟那只女人结婚，不是不可以，将来是死是活，跟我不搭界。我说，你爸爸只要自由，他不会来烦你的。征越说，但我有条件，他要是再婚，他的所有财产，包括汽车改装店，房产，车子，现金，股票，全部转让到我名下。我说，你是要你爸爸净身出户？出轨老公也不过如此吧。征越说，首先，我爸爸这点财产，有一半是我妈妈的，本身就该留给我；我爸爸剩下的一半，只有我一个女儿，早晚也要给我继承，他要是跟野女人结婚，对不起，一分铜钿也不准带走，必须留给女儿，留给外孙，不好留给外人。我说，你算过吧？这点资产价值多少？征越说，我请会计师算过了，公司价值一千万，两套房子三千万，银行存款三百万，还有股票市值两百万，车子就不计算了。我说，总共四千五百万，一分也不给你爸爸？征越说，是一分也不给那个女人。我说，要是你爸爸不同意呢？征越说，那我就打官司，我能请到最好的律师，他也可以请律师，官司打一年两年，无所谓，奉陪到底。我说，你爸爸性子暴躁，不会被你吓退。征越说，你不要忘记，我是学啥的专业？我又是开啥的公司？我说，难道讲，你要打舆论战？征越说，你难得聪明一记，我爸爸要是头皮犟，我就写公众号文章，揭露那只女人黑历史，从她跟前夫狼狈为奸，搞得春申厂破产开始，利用色相，引诱老工人，图谋通过再婚，骗取我家资产，甚至于，我妈妈在世期间，她就跟我爸爸发生婚外恋，道德品质恶劣。我说，你是血口喷人，涉嫌诽谤，侵犯名誉权。征越说，我不管，我就要拿这只女人搞臭，搞到人肉搜索，让她生不如死。我看了窗外夜雨说，你缺钞票？征越说，我离过一趟婚，吃过亏，不想再吃亏了，儿子读国际学校，每年学费几十万，他的爸爸不必指望，带了小老公周游世界，我想将来送他去英国名校读书，必须准备一笔积蓄，有了钞票，心里就有了底，公司也能过冬。征越又说，请转告我爸爸，我也是为他好，万一将来，他跟那只女人分手，也不会光屁股，所有金银财宝，皆由他女儿保管，随时欢迎他回来。至此，我也无啥好讲，冉阿让所托非人，我没能力谈判，只配传话，就看冉阿让自己选择了。

走出静安公园，隔了南京西路，对面静安寺，亭台楼阁上，高耸东密坛城，金刚宝座塔，也是曼陀罗，盘坐光明欲海，饮食男女之中，一百万种色，只围绕一种空，空得金光灿灿，泛起惊涛骇浪。征越撑了伞，抽出一支烟，细长韩国爱喜，问我有火吧。我说，我不抽烟。征越问路过的老外借了火，慢慢吐烟说，每月初一，我来静安寺烧香，我就不信，斗不过那只女人，我去久光百货地库取车了，不要忘记给我爸爸传话，再会。

七

过了夏至，冉阿让净身出户，女儿提出条件，全盘接受，公司，房产，现金，股票，车子，转到征越名下。冉阿让跟"山口百惠"领了结婚证，当夜订了沪西状元楼，权作婚宴喜酒。张海跟小荷，抱了莲子来祝贺这对老新人，我，我爸爸，神探亨特，保尔·柯察金统统来了。冉阿让大手大脚惯了，如今囊中羞涩，只好收敛，点了糟货拼盘，血糯米，响油鳝丝，松鼠鳜鱼，古越龙山黄酒。神探亨特以多年捉贼骨头经验，偷带一瓶剑南春进来。张海频频给冉阿让敬酒，"山口百惠"是张海丈母娘，冉阿让就成了张海的丈人老头。"山口百惠"尚未到退休年龄，年轻时光，艳若桃李，日本女明星腔调。这十多年，债主骚扰，日子紧张，但她保养不错，身材竟没走样，稍稍打扮，勾走老头子魂魄，稀松平常。小荷向我敬酒，叫我吃茶，她吃黄酒。我不好意思，她已先干为敬，双颊绯红。小荷抱了女儿，塞到我的怀里，莲子已有四岁，犟头倔脑，打翻台上酒杯，洒了我一身，果然女儿像爹，眉眼五官，都有张海味道。包房里三代女人，单从漂亮程度而言，一蟹不如一蟹。顶级美人是"山口百惠"，小荷不如其母，莲子又不及小荷。基因也是命运，如同滔滔流水，啥人想得到，厂长"三浦友和"基因，竟跟张海以及老毛师傅基因混合，生出莲子这样小囡。酒酣耳热，话也稠了，神探亨特跟保尔·柯察金，开起冉阿让玩笑，不过都长心眼，没人提起厂长。冉阿让立起来，不晓得是得意忘形，还是悲从中来，唱一首张学友《祝福》。众人噤声，齐刷刷仰头，听他放歌，可惜普通话不标准，最后高音唱破，走调了。散席后，张海叫一辆专车，他跟娘子、丈母娘坐后排，抱了女儿，冉阿让老酒吃醉，靠在副驾驶座，打起鼾来。

既是净身出户，冉阿让只好搬到甘泉新村。两室一厅，张海跟小荷小夫妻住一间，冉阿让跟"山口百惠"老夫妻住一间，莲子要跟外婆，夜里就困他们当中。小荷对妈妈甚为焐心，对落魄后爹冉阿让，态度蛮好。冉阿让转让了公司，万事不管，只信耶稣，胸口大金链子，调成十字架，常常口出天话。礼拜天，他上教堂，拉了本堂神甫，听唱诗班小朋友唱歌。礼拜一到礼拜六，他捏了电视机遥控器，中华一根接一根，夜里对手机唱歌。为了莲子，冉阿让竟戒掉香烟，反而大病一场，苦不堪言。要是想念自己亲外孙，他就给征越打电话，低三下四恳求。征越要看心情，不开心就挂电话，开心就准许爸爸回来陪小囡半天。但有一条，征越的混血儿子，绝对不许带去甘泉新村，否则一生一世不准再碰。

冉阿让拜了耶稣，"山口百惠"却念《金刚经》，早上做功课，初一十五，还要吃素。她做了几十年护士，在医院看惯生老病死，何况巨债缠身，孤独半生。尽管一个拜佛，一个拜耶稣，"山口百惠"颇为照顾冉阿让，帮他控制高血压，糖尿病，熬中药膏方。她有时三班倒，回来买汰烧，开火仓，老公冉阿让，女儿小荷，女婿张海，都要吃她烧的菜。外孙女还小，嘴巴不刁，最好应付，就是半夜哭闹，叫人不得安眠。冉阿让常常起夜，抱了莲子，房间里兜圈子，唱《红梅赞》，唱《梦驼铃》，哄她困觉。

春申汽车改装店，老板从冉阿让变成征越。本来以为，张海会被新老板开除，毕竟他是"山口百惠"女婿。征越寻他谈了半天，反而升他做店长，工资翻倍。征越对汽车改装，修理，保养，一窍不通，要是没信得过的人看场子，早晚要出事体，不是亏得一塌糊涂，就是祸起萧墙，人心离散。征越看中张海手艺超群，精通各种车型，做工精细，挺刮，妥帖，常常得到车主夸奖，店里师傅小工们，张海都能弹压得牢，他又是春申厂子弟，上有老，下有小，不敢乱来。张海跟娘子商量，要不要留在店里。小荷说，还不知足啊，凭本事吃饭，好好上班吧。

冉阿让，"山口百惠"，张海，小荷，莲子，奇怪的五口之家。我问过张海，平常如何叫人。张海跟了小荷，管"山口百惠"叫妈妈，尽管有点尴尬。冉阿让呢，张海还是叫他爷叔。小荷也这样叫。我爸爸，神探亨特，保尔·柯察金，经常接到冉阿让电话，邀请老兄弟们上门。二十年前，此地是厂长家里，旧地重游，男主人已换作冉阿让，还有张海，造化弄人。六层楼上，拥挤闹忙，常有小囡啼哭，烟火气盛。保尔·柯察金私底下讲，冉阿让抱得"山口百惠"，倒插门做新郎官，也是一种报复，不管"山口百惠"跟"三浦友和"，究竟真离婚还是假离婚，反正冉阿让老而弥坚，给厂长戴了一顶绿帽子，替老兄弟们出了一口恶气。

除了五个老小活人，还有两个灵魂，日夜飘荡在墙壁地板天花板间。第一个，老毛师傅。张海拿外公遗像，供了客厅五斗橱上，每夜上床前，皆会上三炷香，讲两句话，有时扬州话，外公在地下觉得亲切。小荷却不然，每趟看到老毛师傅遗像，两只眼乌珠，好像恶狠狠盯她，盯了家里每个角落，仿佛摄像头，二十四小时，三百六十度，无死角，监控这一家门，寻觅某一人蛛丝马迹。小荷问过张海，是不是拿外公遗像，搬回莫干山路老房子。张海讲，老房子随时可能拆迁，到时光还要搬回来，外公经不起折腾。幸好女儿莲子不怕，经常被张海抱起来，朝太外公照片拱手。遗像里，"钩子船长"看到第四代，眉开眼笑，喜气洋洋。

第二个灵魂，就是"三浦友和"。自从张海跟小荷结婚，做了上门女婿，冉阿让又做了上门后爹，厂长就成了这家里禁忌，禁语，禁区，绝口不提一字。张海跟冉阿让，自然也要识相，不问厂长在天涯何处。四岁的莲子，对于自己亲外公，一无所知。新上门的冉阿让，倒是变成莲子外公。至于厂长照片，已被妻女收起来了，老早夜深人静，"山口百惠"还会取出相册，看看前夫容貌，以免遗忘青春。如今呢，旧相册如同墓中遗骸，埋葬抽屉最底下，再不复见。万一厂长已死，必然魂归故里，寻到甘泉新村，寻到六层楼上，曾经的娘子身边，自家女儿身边，嫡亲外孙女身边。但他还会看到两个男人，一个抱了他的老婆，一个抱了他的女儿，个中滋味，难以尽述。若是没死，他还活于地球某个角落，恐怕有所耳闻，寝食难安，心如油锅翻腾。

深秋一夜，我打电话给张海。我先问，你在啥地方？张海说，在家里。我说，能出来听电话？旁边响起小荷声音，去吧，不要挤了一道，占地方。张海走到阳台，我听到六层楼上，秋风声声，落叶席卷。张海压低声音，到底啥事体？你寻着厂长了？还是我外公又来托梦，要你带给我哪句话？我说，红与黑，第三任车主，我已托兰州朋友寻着了。张海声音更轻说，阿哥，你讲寻着此人，就能寻着香港王总？我说，对的，但要跟此人打交道，必要亲自飞过去，当面讲清，以免误会。张海说，我明日就请假，去甘肃。

八

三万英尺上俯瞰，诸葛孔明，六出祁山，失街亭，空城计，斩马谡。再往西北，黄河远上白云间，童山濯濯，千沟万壑，老妇人刀刻般皱纹，另有肃杀之气。飞机客舱后排，我跟张海两个，一道扒了舷窗，俯瞰黄土高原。这趟飞甘肃，原是张海独行，我不放心，买了两张飞机票。一来是兰州朋友帮忙，我要是不去，礼数不周；二来我是担心，我们要寻的矿山主人，坐拥一山宝藏，地方上呼风唤雨，万一张海冲动，讲了不该讲的话，得罪地头蛇，非但问不出结果，可能有去无回，埋骨黄沙；第三点，几日前凌晨，老毛师傅，老厂长，再次同时来寻我，双料托梦，横关照，竖关照，必要我亲自出马，方能化险为夷，拨得云雾见日出。

飞机开始降落，我的耳朵塞牢，张海额角头皆是汗，面色吓人。张海说，阿哥，我不适合乘飞机。我问他，啥情况？张海说，我头一趟乘飞机，是跟小荷结婚，没办喜酒，直接蜜月旅行，飞到泰国普吉岛，但一上天，我就受罪了。我说，你晕机？张海说，吃了晕机药，但没用。我说，你开车子倒没事体嘛。张海说，开车子，乘火车，甚至乘轮船，统统没得事体，唯独不能上天，从泰国飞回上海，还是要死要活，医生讲我耳水不平衡，最好不乘飞机。我说，就是眩晕症，早点讲嘛。张海说，阿哥，我们从兰州回上海，要么你乘飞机，我坐火车。我说，你烦吧，我们一道走，退机票，订火车票。

一下飞机，张海攒头攒脑，冲进卫生间呕吐。兰州朋友老胡，开一部路虎来接我们。这位老兄是网文大神，日更八千，日进斗金，威风凛凛。过黄河，两岸荒山耸峙，当中一线河谷，便是兰州城。老胡带路去看黄河铁桥，白塔山下，金城关前，一夫当关，万夫莫开。铁桥是德国设计，钢架网格，飞渡南北，上海外白渡桥放大版。唯独流水湍急，泥沙深重，不便行舟。夕阳下，黄河水，金光灿灿。我想吃兰州拉面，老胡说，牛肉面，适合早上吃，中午吃，晚上面汤浑浊，不如吃烤肉。老胡带了白酒，西北酒桌规矩大，我不吃酒，张海替我挡下来。他有酒胆，却无酒量，吃了半斤泸州老窖，昏头六冲，脚底无根。

老胡安排好酒店，订了两只标间。我背张海进门，他抱了马桶吐。看他醉成这番腔势，我便陪他同住一间，服侍他上床，给他吃热茶。张海如同落水狗，靠了枕头，眯了眼说，阿哥，上趟我们住一间房，是啥时光？我想想说，十七年前，我去北京领奖，我们还小呢。张海点一支烟说，不对，我们一道去苏州。我拍脑袋说，对的，天没亮，我们一道去沧浪亭，却碰着小荷，她还是初中生，现在竟是你的娘子。说罢，我从他嘴巴里拔出香烟，掼进马桶，酒店房间，不好吃香烟，警报要响的。张海倒下说，对不起，昏头了。我打哈欠说，明早要赶远路。我关灯，一房间酒气，呼噜声，一夜无眠。

天明，老胡开车来接。路虎过黄河，出兰州，北上狂奔。下半天，过乌鞘岭，进入河西走廊，碧血黄沙，兵家必争地，一边是群山，一边是大漠，自古只有一条路，老早走马，现在走车。三千年走马灯变换，三千年白骨埋荒原，三亿年金银藏深山。张海带了本书，靠在车窗旁，看得起劲。我一看《西游记》，噗嗤笑了。张海说，阿哥，小时光看电视剧，后来看周星驰《大话西游》，但一直没看过原著，这趟到甘肃，我在机场买了本书，我们现在走的路，就是唐僧走过的路。我说，没错，笔直往西，便是西域，便是世界。路过数片绿洲，金张掖，银武威，此番目的地，便是金张掖，旧称甘州，甘肃的"甘"，由此而来。井上靖《敦煌》，西夏以铁鹞子，连环马攻灭甘州回鹘，宋人赵行德至此，爱恋回鹘公主，甘州小娘子，殉情投城，二世孽缘，唯愿不溺幽冥，终成敦煌藏经洞。但我要寻之人，并不在甘州城，而是下头县城。吃过夜饭，连轴赶路，穿过寂阒的公路，远光灯开足，铜钱铺路，荒冢连绵，鬼气森森。地虽不毛，却是丝路要道，游牧人，布道师，征服者，东来西往，像走马灯，像万花筒，从欧亚大陆两端，流水瀑布般涌来，混合，融化，鼎沸为一镬胡辣浓汤，近几百年，才慢吞吞冷却，凝固，干涸，只剩暗淡汤渍，碎骨头，焦黑灰烬。我问，可是像敦煌莫高窟？老胡说，洞窟壁画也有，但更多是古墓阴宅。我点头说，背靠祁连山，前流黑水河，自古风水宝地。老胡说，二十年前，这里是流放地，我还是个狱警，劳改犯打口井，造个房子，便能挖出南北朝古墓，隋唐更多，还有西夏党项墓。我放下车窗，月黑风高，一无所获。老胡说，不要看啦，地上能看到的，早被盗墓贼挖光了，地上看不到的，也剩不下几个。说话间，路虎闯过最后一道山口，直达群山环绕的河谷。县城黑魆魆，唯独一座夜总会，灯火通明，歌舞升平，装修成古罗马风格。老胡说，两千年前，一支迷路的罗马军团，归化汉朝，在此落脚，繁衍生息。张海说，老胡，你也是古罗马后代？老胡说，有可能，所以老子姓胡。

夜总会对面，本县最好宾馆，三星级，订了两间房，老胡一间，我跟张海一间。舟车劳顿，我匆匆汰浴，上床。张海手机响了，小荷从上海打来。张海手指竖了嘴唇皮上，叫我不要发声音。他在电话里讲，现在兰州的酒店，刚跟加盟商谈好，准备在本地开一家春申汽车改装店，吃了老酒，正要困。小荷说，莲子困不着，想爸爸了。张海跟女儿讲了几句，唱了儿歌，哄女儿困熟。张海挂了电话，我笑说，你真有本事，会得骗娘子，还会得哄小囡，我是没这技能。张海说，我跟小荷结婚三年，住在厂长住过的家里，困在他困过的房间，就为亲手捉到他，阿哥，这只秘密，不好叫小荷晓得，否则早晚离婚。我说，我帮你保密。关灯后，沉默良久，海拔两千多米，秋夜甚凉，最难将息。西北风沙大，空气干燥，我的面孔紧绷，嘴唇开裂，皮肤过敏，想必面目可憎。张海在黑暗中说，阿哥，我困不着。我说，又哪能了？张海说，明日就要碰到那个人，心里紧张。我说，你怕碰到坏人？根据老胡安排，明日一早上山，我们要寻之人，名号狄先生，已在矿山恭候，此人绝非善类，只好捋顺毛，绝不可捋倒毛，一旦惹怒，恐要闯下大祸，老胡必要亲自陪同，以保万全。张海说，碰到坏人，我是不吓，就怕阿哥身子金贵，不要吃亏。我说，老胡当过狱警，也做过律师，西北五省，公检法系统，黑道白道吃得开，没人敢动他。张海起床，打开窗户，看了对面夜总会，吃一支红双喜。这只宾馆老旧，没烟雾报警器，我便由他去了。我困了眠床，裹了被头说，小王先生讲过，他的祖父，老老王先生，科举得功名，到西北做过县官，就在河西走廊，祁连山下，十年九荒，路有冻死骨，油水全无，但他毕竟是读书人，出身江南名门，酷爱金石考古，师承乾嘉学派，虽处苦寒风沙之地，却是丝绸之路要道，山上有千年佛国洞窟，地下有南北朝隋唐西夏古墓，更有盗墓贼猖獗。张海惊道，不就是此地吧？我说，不错，上海春申机械厂创始人，老王先生父亲，老老王先生曾在此为官，今夜，我们飞行几千里，又驱车千里而来，寻觅末代厂长踪迹，绝非巧合。老老王先生虽是一介文人，但入宦海，身不由己，当了县太爷，也变得辣手，先招安山上土匪，再用土匪去捉盗墓贼，连杀几十颗人头，盗墓贼掘得宝物，全被老老王先生中饱私囊，秘密运回宁波老家，四明山中。光绪三十三年，县里来了一个美国人，卫斯理宗传教士，拆了关帝庙，盖起洋教堂，结果闹起教案，洋教堂被烧，美国人被老百姓碎尸万段。老老王先生镇压教案，杀了老多人头，洋大人却怪罪他保护传教不力。庆亲王奕劻，总理各国事务大臣，勃然大怒，下令将老老王先生捉拿到北京，刑部衙门伺候，要么杀头问罪，要么斩监候。张海问，啥叫斩监候？我说，就是死缓，或者还是杀，要等皇帝批准，幸好老老王先生在宁波老家，藏了西北古墓宝贝，拿出几样变卖，凑得三万块银元，托人送到庆亲王府上，才得保命脱身，弃官从商，第一笔本金，也是变卖宝藏得来。

张海关窗关灯，仿佛隔墙有耳，用气声说，阿哥，我突然想，会不会这样一种可能，厂长就藏身于此地？我翻了个身说，极有可能，山高皇帝远，正是窝藏通缉犯的去处，甚至于，所谓"狄先生"，就是厂长本人化名？十六年前，他带走了一百万工人集资款，跑到祁连山下，挖到了第一桶金？张海说，我们岂不是羊入虎口，自投罗网，万里送人头？我缩入被头筒，熄角，只待鸡鸣。

有人敲门。我当是老毛师傅，又来托梦。张海却推我说，阿哥，会是啥人？我说，必是老胡，难道讲，还是千年女鬼。我披上衣裳开门，一阵阴风袭来，几条彪形大汉闯入。我心中叫苦，此地荒僻，想必盗匪横行，杀人越货，如家常便饭。张海也翻身跳起，实在没防身之物，只能挥拳相向。对方挨了一拳头，摇而不倒，犹如韦陀金刚，将我跟张海团团围牢，逼入墙角。张海要叫喊求救，领头的汉子说，我们不是强盗，狄先生想要见二位。此番甘肃远行，我们要寻之人，正是狄先生，我让张海少安毋躁，只问一句，老胡何在？对方说，老胡还在休息，狄先生交代，只想见你们二位，就让老胡睡吧。张海摇头说，我们原本说好，明早上山，到矿上拜访狄先生，现在半夜上门，吓人一跳，说要见面，还存心撇开老胡，谁知你们底细？我跟张海搭腔说，此时上山，岂不危险？我看一眼窗外，夜色沉沉，唯独夜总会还亮着。对方说，两位误会了，狄先生不在山上，就在对面，恭候二位。张海眉头一皱，夜总会？

九

已逾子夜，四条大汉保护下，我跟张海步出宾馆。祁连雪山，繁星点点，银河迢迢，宇宙清澈如洗，上海绝不得见。我暗戳戳打老胡电话，关机，这家伙，已在梦中。夜总会金碧辉煌，两排裸女雕像陈列，在此荒芜边城，如入罗马皇帝尼禄宫廷，维苏威火山毁灭之庞贝古城，酒池肉林，荒淫世界，难以尽述。此间陪侍姑娘，并无本地人，一半来自四川云贵，一半来自国境线外。其中四分之一，皆是一带一路国家，哈萨克斯坦，乌兹别克斯坦，阿塞拜疆女郎；还有四分之一，俄罗斯毛妹，冰雪美人。此地是丝路重镇，想必千年以前，必有胡旋舞女，波斯小昭，纷至沓来，葡萄美酒夜光杯，飞天魔女，反弹琵琶。我跟张海两个，哪敢消受，待到环肥燕瘦散尽，到一幽深包房。

包房名唤"安东尼与克娄巴特拉"，莎士比亚的埃及艳后。装修极尽奢华，如到迪拜酋长国，大理石地面，印了狗头神阿努比斯，意大利品牌沙发，茶几，衣柜，铺了水牛皮，墙壁亚历山大图书馆，天花板是狮身人面像。大屏幕上，霹雳虎吴奇隆，乖乖虎苏有朋，小帅虎陈志朋，正当年少，十指灵巧，摆出聋哑人手语，载歌载舞。这腔调熟悉，犹在嘴边，我却讲不上来。包房里有个男人，剃了光头，身形魁伟，看来比我大几岁，主动跟我握手。他的手劲老大，我被捏痛。他递来一只金话筒说，唱歌。我说，狄先生？他点头说，蔡先生，幸会，请唱歌。我说，我不会唱。狄先生颇失望，自己捏了金话筒放歌："把你的心我的心串一串，串一株幸运草，串一个同心圆，让所有期待未来的呼唤，趁青春做个伴。"原来是小虎队的《爱》。狄先生声情并茂，手舞足蹈，学了大屏幕上MV，比画聋哑人手语，可惜一只手要捏话筒，颇不尽兴。唱了几句，他又拿话筒递来，我一面孔通红，不是不会唱，是不好意思。不承料，张海一把接过话筒，随了音乐伴奏，全身摆动，该抖脚抖脚，该扭腰扭腰，台风潇洒，纵声欢歌："别让年轻越长大越孤单，把我的幸运草，种在你的梦田，让地球随我们的同心圆，永远地不停转。"狄先生笑逐颜开，鼓掌助兴，意犹未尽，拿起第二只话筒合唱："向天空大声地呼唤，说声我爱你，向那流浪的白云，说声我想你，让那天空听得见，让那白云看得见，谁也擦不掉我们许下的诺言。"狄先生点一支烟，张海接了一支，竟是上海烟草的熊猫牌，甘之如饴，吞云吐雾。台子上，摆了三瓶威士忌，一瓶山崎，一瓶白州，一瓶宫城峡。狄先生开一瓶山崎，倒出三杯。张海一饮而尽，但我不吃酒，谢绝了熊猫烟。狄先生板下面孔，拿起第三只话筒，霸气命令道，我是霹雳虎，他是小帅虎，你就是乖乖虎，唱起来！事已至此，想起老胡关照，狄先生只可捋顺毛，绝不可捋倒毛，我若再无动于衷，不给他面子，怕要闯大祸。我只得硬了头皮，抱起麦克风，三人大合唱："想带你一起看大海，说声我爱你，给你最亮的星星，说声我想你，听听大海的誓言，看看执着的蓝天，让我们自由自在地恋爱。"唱到此地，我也开心了，一扫阴霾，疲惫顿消。张海吃了威士忌，跟我勾肩搭背。狄先生爬上台子，看了大屏幕，模仿吴奇隆跳舞。三个男人，简直花痴，还不尽兴，张海又唱一首《蝴蝶飞呀》，狄先生再唱《青苹果乐园》，今夜是小虎队世界。三首歌唱好，狄先生叫来果盘，烤串，零食，跟张海一道吃烟吃酒，称兄道弟，乌烟瘴气。

我落寞安坐，觑定一只空当，单刀直入问，狄先生，我想问一台车。狄先生说，不急。我说，我们飞了几千里，又坐一昼夜车而来，只想问几个问题，无须劳烦招待。狄先生黑脸说，就算坐航空母舰，坐宇宙飞船，坐太空堡垒，到了我的地盘，必得照我规矩，两位请跟我来。我跟张海面面相觑。狄先生推开一扇橱柜，原来有暗门。台阶往下，有间密室，十几只玻璃橱柜，像博物馆库房，恒温恒湿，又像古墓地宫，鬼影绰绰。

第一只橱柜，陈列佛经残片，纸张泛黄焦黑，纤维如渔网粗糙，楷书潦草歪扭，看似随心所欲，却是力透纸背，锋芒毕露。张海说，阿哥，像草纸。我摇头说，不要乱讲。我已依稀辨出四句"一切有为法，如梦幻泡影，如露亦如电，应作如是观"，分明是《金刚经》偈子。狄先生笑说，不要小看这几张破纸片，鸠摩罗什大师真迹。

我被惊到，鸠摩罗什真迹，既为国宝，亦为佛宝，无价之宝，不会是赝品吧？狄先生说，本地祁连山上，南北朝洞窟所出。我说，前秦大将吕光，攻破西域龟兹国，俘获天竺高僧鸠摩罗什，带至凉州，十七年后，鸠摩罗什又被掳至长安，译出佛经三百卷，鸠摩罗什是天竺人，人到中年，始学汉语，只能口译梵文佛经，旁人协助写成汉文，因而这卷佛经，字迹并不规整，好像初学汉字的外国人所写。狄先生说，凉州就是武威，距离甘州不远。我说，本人何德何能，今夜得见鸠摩罗什真迹，三生有幸。狄先生说，碰到识货兄弟，是我有幸，请看第二样宝贝。

　　下一只玻璃柜，散落数百枚金币，并非天圆地方，而是金灿灿的圆形实心。金币正面，铸有一老人头像，头戴皇冠，深目高鼻，络腮长髯，旁边环绕字母，殊难辨认。金币反面，却是火焰祭坛宝座。张海说，什么金币？价值多少？狄先生说，价值连城，二十年前，本地盗墓贼，从北魏古墓掘出。我细想片刻说，西北一带古墓，常有出土西域金银钱币，北魏隋唐为多，有的墓主人，原本就是昭武九姓，粟特商人，波斯贵族，北魏同时代最强大帝国，又曾大规模铸造金银钱币，莫过于萨珊波斯，你看金币正面老人头，我猜就是波斯皇帝，万王之王，英文译作 Shah，至于金币反面，火焰祭坛，莫不是波斯拜火教？狄先生拍案叫绝说，好眼力，这些北魏出土金币，确实来自萨珊波斯帝国。张海乘了酒兴，添油加醋说，对啊，我阿哥博览群书，小说写得漂亮，知识也是渊博。我说，惭愧，惭愧。我心想，眼前金币之多，恐已将古墓洗劫一空。狄先生不说明来源，难道讲，他就是盗墓贼？

　　第三只玻璃柜，又是一本经卷，只摊开小一部分，自上而下书写，我是一个字都看不懂了。我说，乍看像蒙古文或满文，但思忖河西走廊历史，恐怕不会是这两种文字，难道是回鹘文？或者粟特文？狄先生再拍大腿说，就是回鹘文，摩尼教徒忏悔词，本地古寺遗址出土。我说，摩尼是一大圣人，比耶稣晚生两百年，摩尼悟道，宇宙万物，皆是二元，有明必有暗，有善必有恶，物质虚无，宇宙虚无，律法亦虚无，肉身为黑暗所造，灵魂为光明所造。张海说，如此讲来，每个人，只要有灵魂，既是圣人，又是罪人，一半行善，一半作恶，最好一劈两，才能拆清爽。我说，就像卡尔维诺《分成两半的子爵》。狄先生赞曰，两位都不是凡人，这段摩尼教徒忏悔词，专家已经翻译，意为所有罪孽，皆可宽恕。张海说，真有罪孽，岂能宽恕？我问张海，你想怎样？张海说，杀人偿命，欠债还钱。

第四只玻璃柜，数十页经卷，乍看像明清线装本，实为蝴蝶装本。有字一面，向内折叠，背面中缝对齐，粘于一张裹背纸，裁为书册。我还是一字不识，貌似汉字，个个方块，但笔画更繁复，密密麻麻，叠床架屋，看了揉眼睛，以为重影。我说，西夏文。狄先生说，今宵有缘，遇到知音了。我说，这卷佛经是印刷品。张海提醒我，阿哥，你看这个字，是不是印错了？张海指了一个西夏文，其他每个字，皆是竖条长方形结构，唯独这个字，却是横躺下来，每个笔画，都跟周围格格不入。我惊叹说，难道是活字印刷？手抄本，雕版印刷，绝无可能出这种错误，唯独活字印刷，常见倒字与卧字，必是排字工疏忽，活字未能摆正。这本西夏文经卷，还混入几只汉字，有只"四"，却是倒过来写，也是活字印刷铁证。狄先生鼓掌说，1997年，祁连山大地震，一座古塔坍塌，暴露地宫，牧民掘出这卷佛经，西夏学专家鉴定，确为木活字印刷。我说，北宋毕昇发明泥活字、木活字印刷，最古老实物却在西夏，西洋人直到十五世纪，才由古登堡发明铅活字印刷。狄先生笑说，你我一见如故，相见恨晚，且看最后一件宝物。

第五只玻璃柜，蹲了一只怪兽。此兽有人头，须髯男儿，波斯长相，顶盔贯甲，头上一对鹿角，分出无数枝丫，峥嵘向天，犹如北国枯木参天。身体却是雄狮，四只兽腿，身被鳞片，背上两对翅膀，羽翼重叠，展翅欲飞，屁股背后，一根狮子尾巴。我说，莫不是镇墓兽？狄先生说，我的天呀，这你也认识？我说，今年在写小说《镇墓兽》，已写了一百多万字。狄先生说，这个镇墓兽，发掘自一座西夏古墓，墓主人是西夏贵族，跟随开国皇帝李元昊，征战四方，战功赫赫。我说，镇墓兽，潜伏幽冥，赤胆忠心，守护墓主人，千万年不朽，每一镇墓兽，对应不同墓主人，有泥塑，有木雕，有石头，有唐三彩，也有青铜，乃至金银，形状则从猛兽，妖魔，武士甚至仕女，等等，形形色色，蔚为大观。狄先生说，此尊镇墓兽，乃是青铜铸造。我点头说，狮身，鹰翼，须髯男子之头，酷似古巴比伦，亚述宫殿雕像。狄先生说，怕是这丝绸之路，早有西风东渐。我说，唯一不同，多了一对鹿角。狄先生说，据说，挖出这件宝贝的盗墓贼，死于镇墓兽鹿角之下。张海说，难道真会动？我说，此地环境，模拟地宫，怕是镇墓兽的魂还在，碰到合适机会，便能死灰复燃。话音未落，张海又拽我衣角，吐出气声，阿哥，你看。密室闷热起来，大理石地板震动，天花板坠落碎屑，犹如初雪纷飞。地壳之下，某种轰鸣，好似饥肠辘辘的巨兽，吞没我等于五脏庙。张海站立不稳，摔倒在地。狄先生也吓煞，面如灰土，后退说，镇墓兽的眼睛……

十

镇墓兽没动，大地却动了。狼狈逃出密室，"安东尼与克娄巴特拉"包房大屏幕上，吴奇隆正唱《祝你一路顺风》。三瓶日本威士忌，统统敲碎，一台子酒香流溢。狄先生摔倒，张海将他拉起。三人出了包房，转过迷宫般走廊，古罗马雕像倾倒，裸女们粉身碎骨，吊灯纷纷坠落，光影交错。姑娘没来得及卸妆，或艳若桃李，或春光乍泄，操着欧亚大陆各色语言，叫唤神祇或妈妈来救，作鸟兽散。冲出夜总会，几条大汉，不知踪影，狄先生顿成孤家寡人，独上煤山的崇祯皇帝。后半夜，县城房子皆摇晃，地下咕隆隆声响，仿佛地宫中王子公主复活，地狱里妖魔鬼怪造反，地壳深处吃得太饱，消化不良，排泄不畅。狄先生说，地震了。河西走廊与祁连山，位于青藏高原断裂带上，地震并不罕见。背后是夜总会，面前是县城宾馆，两栋楼摇摇欲坠，只要倒一座，断无生路。

狄先生彻底酒醒，路边停一辆丰田霸道，他掏出钥匙，上车，点火。我拦下他说，你吃了酒，我来开车。我踏下油门，发动机咆哮，四个轮盘飞转，冲出小小县城。狄先生副驾驶座，张海后排，路在发抖，地面如波浪，颠得我七荤八素。地平线尽头，亮起红光，仿佛核弹爆炸，据说是地震光。冲进戈壁滩，黑夜茫茫，无边无际，不要讲房子，就连一棵树，一根草都没得。停车，熄火，大光灯还亮了。狄先生说，躲在这地方，就算十级地震，也不会有事，除非地面开裂，把我们吞下去。张海在后排躺倒说，哎呀妈呀，今夜真奇妙。我想起一人，掏出手机，打给老胡，还是关机。狄先生说，生死有命，不要为老胡担心了。我又说，我们虽然没事，可是鸠摩罗什真迹，若是毁于地震，不单是可惜，简直是人类文明的巨大损失。狄先生冷笑说，那是赝品。我敲了方向盘说，赝品？你伪造的？狄先生说，非但鸠摩罗什真迹，萨珊波斯帝国金币，摩尼教徒忏悔词，西夏文木活字印刷佛经，包括西夏镇墓兽，统统是赝品。我笑了，怪不得，这只镇墓兽，竟有古巴比伦，古亚述，古波斯风格，早于西夏两千年，原来是二十一世纪新品。再一细想，我真是单纯，容易被骗，这五样古董，若是真品，必是国宝级文物，应当藏在国家历史博物馆，怎能屈居于夜总会地下？狄先生说，不过嘛，蔡先生，我还是佩服你，这五件赝品特征，能一次性讲清楚，你是破天荒第一个。狄先生是夸是贬，还是嘲讽？我不晓得，面孔倒是红了。

狄先生下车，开后备厢，取出一只炉子，点上气体燃料，便在野地生火，必是常在户外活动。他讲要省汽油，万一地震破坏县城，进出道路封锁，这部车子便可救命。幕天席地，西风烈，冻得我刮刮抖，再抬头，繁星熠熠，似有千颗万颗，每一颗星，便是人间一颗灵魂，看得惊心动魄，眼泪水弹出，几乎窒息。三人吃了热水，撒了尿，一片青铜色月光，配上炉火踊跃，犹如三个拜火教徒，流放荒野，安静，冥想。我已两夜无眠，强打精神，问起正事。狄先生说，为什么找这辆车？张海代我回答，我们找香港王总。狄先生摸摸口袋，熊猫牌香烟，留了夜总会包房。张海带了红双喜，掏出两支，跟狄先生分享。张海打火点烟，几度被风刮灭，伸手挡风，千辛万苦点上。狄先生吸一口说，这烟不错，你们要找香港王总，为何来找我？我说，有鬼魂向我托梦，说在河西走廊，祁连山下，一座县城之中，有位高人，乃是当世英雄，神通广大，能帮我找到香港王总。狄先生大笑说，当世英雄？你们找错人了，我是无名之辈，蝇营狗苟，虚度年华，讲实话吧，我老家在广东。我觉得离谱，狄先生一张刀脸，典型西北汉人，哪有半点广东人样子。狄先生又说，我家祖先是长毛，天京城破，做了俘虏，侥幸保住性命，流放到祁连山，永世不得回家，我的爷爷的爷爷的爷爷，就地娶妻生子，为了吃口饭，只能以盗墓为生，晚清最后一任县官，招安祁连山上悍匪，绥靖地方，以匪制匪，捕获一批盗墓贼，就有我爷爷的爷爷，咔嚓一刀杀头。我心中思忖，狄先生所说县官，必是老老王先生。狄先生说，我的曾祖父，又是风云人物，到我爷爷一代，西北一解放，就被人民政府枪毙，我的爸爸，子承父业，结果我刚七岁，他被判无期徒刑，跟天南海北的犯人们关于一处，我年轻时，常去探监，认识了狱警老胡，我又跟了我叔，做古董赝品生意，做假佛头，假字画，假钱币，倒卖去北京，上海，还有广州。

月光消逝。几粒白点子，飞上眼镜片，慢慢交融化，冰凉的。天上落雪了，远光灯下，雪籽如飞蛾扑火。祁连山由秋入冬，降到零度，西风劲吹，炉火狂舞不熄。我们吃不消了，跳回越野车，关紧门窗。我搓了手掌心说，请问狄先生，如何认得香港王总？狄先生打只哈欠，又抽一支张海的红双喜，悠悠然说，2001年，县里开发旅游，县委书记爱好历史，挖掘出晚清最后一任知县，是一位祖籍宁波的文人，研究过本地古迹，编过地方志，因为镇压教案，掉了乌纱帽，差点被杀头，后来投身商海，成为上海一大富商，通过省委宣传部，七拐八弯，找到末代知县曾孙，早已移民香港，还有祖上余荫，在大陆开发房地产，就是香港王总。张海跳起来，头顶撞上车顶。我说，果然如此，香港王总的曾祖父，就是老老王先生；他的祖父，是春申厂创始人，老王先生；他的父亲，就是大王先生，公私合营后，举家移民去香港；论辈分，他还是小王先生的侄子。狄先生说，香港王总到本县，成为县委书记座上宾，期望他投资房地产，开发旅游业，香港王总不像香港人，个子高，讲话有上海口音，天天戴墨镜，像个香港导演。我说，王家卫，我跟他吃过饭，就是这样子，也会上海话。狄先生说，香港王总爱古玩，收了许多宝贝，有人介绍我们认识，我原本只喝白酒，但他带来威士忌，我就喝上瘾了，我带王总探访他祖先遗迹，上到祁连山，下到戈壁滩，我没告诉他，我的爷爷的爷爷，就是盗墓贼，死在他的曾祖父手中，这样论起来，我跟他还是世仇呢，我做了五件赝品，说是销赃，便宜给他，每件标价一百万，如果五件国宝都要，打包价八折，四百万拿走。我说，你是报复吧。狄先生说，香港王总也是奸商，他竟砍到半价，二百五十万成交。张海笑说，这数字真吉利。狄先生说，我做了几年赝品，都是小打小闹，第一次赚到这么多钱，王总却露了富，惹来杀身大祸，去兰州路上，他被一伙悍匪绑票，县委书记的客人，万一被撕票，影响本县投资环境，公安局必定严查，我岂能躲过？而我制造贩卖赝品，骗了二百五十万之事，早晚会穿帮，我只得把脑袋别在裤腰带上，麻袋背了一百万现金，爬上祁连山。张海说，一百万人民币有多重？狄先生说，不到三十斤吧，幸好我正年轻力壮，翻山越岭，中间人介绍，我找到绑匪窝，交了赎金，把人安全带回，一根毛都没少，我对香港王总有救命之恩，他要重金酬谢，我说不必了，我卖给你那些古董，全是赝品，王总非但不在意，又送我一百万。张海看我一眼说，阿哥，这一百万，大概就是春申厂职工集资款。狄先生说，一个月后，公安局逮住绑匪，之前有撕票案底，判了一个死刑，两个死缓，两个无期，追回全部赎金，此事老胡也知道。张海掐指一算，那你有了三百五十万。狄先生说，我用这笔钱，买下山上铜矿，铜金伴生，挖十斤铜，可得一两金。

　　狄先生说毕，远眺戈壁尽头，雪夜祁连山，剪影轮廓，恍若金山银山。忽地，脚下车轮晃动，炉火倾倒熄灭，余震复又袭来。我跟狄先生绑上安全带，张海在后排颠簸，幸好在荒野平地。狄先生说，我做了矿山主人，不再做赝品生意，香港王总是我命中贵人，我常去上海找他，他住在松江的别墅，还有好几辆车，其中一辆特别，桑塔纳普通型。张海脱口而出，红与黑。狄先生说，车顶，引擎盖，车柱都是红的，车身却是黑的，还有尾翼，挂沪 C 牌照，不能进上海市区，王总把这台车借给我，去苏州杭州自驾游玩，我越开越喜欢，想要买下来，但王总说房子，女人，公司，都可以给我，唯独这台车，是非卖品。狄先生烟灰纷纷坠落，他打开车内灯，面孔照得清爽。张海瞪了眼乌珠说，等一等，我们见过。狄先生说，有吗？张海冷笑说，2005 年，松江佘山，王总别墅门口，你用高尔夫球杆打我肚子。狄先生皱眉头说，原来是你，我还以为你是来绑票的。听到此地，我是心惊胆战，车内空间狭窄，两个人要是动起手来，不知谁生谁死。张海却笑说，你下手太狠了，疼得我站不起来。狄先生大笑说，不打不相识，还有个年纪大的男人，你们一起被警察带走。我说，那个是我爸爸。狄先生说，有缘分，当天晚上，误会就消除了，你们是要找另外一个人。张海说，嗯，我们这次来找你，也是为了找这个人。狄先生说，那几年，香港王总生意大，在美国投资房地产，2008 年，美国次贷危机，几个亿打了水漂，他落难时，我去上海，给了他三百五十万，算是投桃报李，雪中送炭，相比他的窟窿，却不过百分之一，王总要逃回香港，他知道我喜欢这辆桑塔纳，就转让给我，当年的五件赝品，王总原封不动还给我，我把这台车开回甘肃，装着摩尼教徒忏悔词，鸠摩罗什真迹，西夏木活字印刷佛经，后座撒满萨珊波斯帝国金币，后备厢还藏一尊镇墓兽。我笑说，路上被警察拦下，必把你当作文物贩子，要判重刑。

凌晨，雪花发乎情，纷纷从云端跳伞，撞上风挡玻璃，要么粉身碎骨，要么凝结成霜，止乎礼。引擎盖已冷却，积一层薄雪。狄先生重新点火，开了空调，生怕三人冻死。狄先生说，沪C牌照不值钱，出了上海，却是畅通无阻，到了西北，别人不知其中门道，我有一辆宝马，一辆奔驰，一辆福特皮卡，每次去谈生意，尤其见官员，我都开这辆上海牌照的车，让人觉得我有背景，有后台，有势力，比京牌更有面子，这辆桑塔纳，跟了我两年，保养花了不少钱，我开它去过新疆，最远到喀什，还去过青海，到唐古拉山口，海拔五千二百米，路过长江源头，沱沱河。我说，红与黑产于长江尾，竟也到过长江头，作为汽车的一辈子，足够风光。狄先生说，去新疆路上，有几晚横渡沙漠，前不着村，后不着店，我在车上过夜，连续做恐怖的噩梦。我说，梦见什么？狄先生看着后排的张海说，梦见后排坐一个男人，上半身是木头做的，毛笔画的眼睛眉毛，下半身却是真人，没有活气，冰冷冰冷的，像从冰柜里出来。我说，老厂长，第一任车主。狄先生说，怪了，梦里的木头人，还能跟我说话，但我听不懂。张海说，老厂长的灵魂无疑了。狄先生说，七年前，我不知深浅，跟人争夺一座矿山，兹事体大，牵涉方方面面，得罪不少人物，我才发觉，坐拥金山银山，也不过蝼蚁一般，只好举家去澳大利亚避祸，移民墨尔本，隔了一年，我跟对头谈判，割让沙漠矿山，才渡过难关，等我回来，手下人全散了，桑塔纳也被转卖。我说，你还想那辆车吗？狄先生说，经常梦到，不提啦，我的风光日子早过了，老婆孩子留在澳大利亚，我守着一座矿山，闲钱开了夜总会，地下室收藏五件赝品，别看这县城又小又穷，开矿老板不少，最爱到我的夜总会，一掷千金，夜夜笙歌。我说，狄先生，你的故事很精彩，我有兴趣写成小说，甚至拍成电影。狄先生摇头说，千万别，我只想闷声发财，不怕贼偷，就怕贼惦记。

一夜惊魂，雪越落越大，荒野白茫茫清爽。黎明时，地平线外，晨光熹微。狄先生说，那辆车还好吗？张海说，很好呢。他打开手机，寻出红与黑照片。狄先生仔细端详，笑说，物归原主，真好，那为何要找香港王总？张海说，为了找到一个人。狄先生说，谁？张海说，我老婆拜托我，要找到她爸爸，只要找到香港王总，就能找到我的岳父。狄先生说，找了多久？张海说，十六年。狄先生说，如果找不到呢？张海说，如果我找不到，就让我女儿去找，终归会找到的，哪怕只是坟墓。天，终归亮了，连绵不绝的雪峰出来，青海长云暗雪山，便是这条祁连山。我倒了座位上，眼乌珠一闭，入梦了。

梦醒，狄先生开车，我已身在县城。宾馆没塌，夜总会也没倒，无人伤亡，列国姑娘们都安好。我接到老胡电话，昨夜他在床上困熟，地震竟没拿他晃醒，安眠到天明，才发觉我跟张海失踪。他吓煞，去过县公安局，又打电话找省公安厅。狄先生抢过手机说，老胡，来吃羊肉。县城外，野地上，飘了鹅毛大雪。狄先生摆开烧烤架子，亲手烤肉串，狠狠奚落老胡一番。吃饱喝足，震区不宜久留，老胡带我们回兰州。上车前，一粒雪籽飘入张海眼中，他蓦地吼一声，哎呀，大事忘了。我也惊说，对，香港王总何在？狄先生仰天喷一口烟说，半年前，我去墨尔本看老婆孩子，香港转机，顺道见过王总一面。狄先生打开手机，微信推送位置：香港九龙深水埗。

十一

张海没去过香港，要办港澳通行证，最快十个工作日。我等不及他了，越南有个笔会，我先飞香港转机，去了岘港，再到古都顺化，兜了越南故宫，寥落古皇陵，最后飞芽庄，阳光大好，碧海蓝天。等我回来，上海已入寒冬，张海才拿着通行证，个人游签注。我买了两张机票，恰逢冬至。我问张海，这趟香港之行，如何跟小荷解释？总不见得，春申汽车改装店，香港也有人加盟。张海说，我讲店里生意好，提前完成业绩，征越奖励我去香港旅游，但只有一个名额。

冬至这日，北半球白昼最短，黑夜最长。我的第一本书《病毒》，开篇便是冬至夜。北方人讲，冬至大如年，要吃饺子。南方习俗不同，上海只吃汤圆，冬至是亡灵节，一家老小出动，上坟祭祖，犹如清明，七月半。大人关照小囡，天黑前必要回家，夜里不好出门，免得碰上鬼魂。少年时光，每到这夜，我的爷爷奶奶，外公外婆，纷至沓来，寻我托梦，一夜之间，我是忙得不亦乐乎。午后航班飞香港，我迟迟不见张海，电话打了不接。张海已提前值机，座位跟我并排，我怕他要误机，还是小荷发觉秘密，拦下他不准走？最后一分钟，张海姗姗来迟，冲上飞机，浑身烟火气。张海坐我旁边说，阿哥，对不起，早上我去扫墓了。我说，给老毛师傅上坟？张海说，外公今年入葬，头一个冬至，我包了一部商务车，带了小荷跟莲子，早上开到苏州凤凰山，回来一路堵车。讲话间，飞机腾空而去。张海紧握把手，嘴唇皮发紫，座位跟了发抖。我说，香港只好乘飞机，克服一下好吧。张海说，阿哥，回程好乘火车吧？我说，帮帮忙，高铁明年九月才开通，从上海到九龙，只有慢车，十九个钟头，火车上困一夜。张海说，不是蛮好嘛，阿哥，老早我们一道去北京，火车上困了一夜，回来困了两夜呢。我再看他，表情如同受刑，东西方刽子手齐上阵，纣王炮烙，挫骨扬灰，罗马尼亚尖桩穿刺，纳粹盖世太保电刑。舷窗外，冬至肃杀，田野萧瑟，浦江两岸高楼，乐高积木一般，没入云端。

客途秋恨，张海面孔惨白，吐了两趟，有一趟对了垃圾袋，溅了我身上。我带了笔记本，飞机上打了两千字，便在大屿山落地。青山碧海间，耸立一栋栋高楼，崎岖蜿蜒，犹如天空之城，此中风景，又与上海大江大河不同。相比西北高原，祁连雪山，更是另一世界。张海双脚落地，如同僵尸还阳，终归有了血色。出了机场，我们坐地铁，过迪士尼，上新界，入九龙。我原本订好酒店，尖沙咀，五星级，两间大床房。张海讲他想住重庆大厦，一来因为王家卫电影，二来也是便宜，不想叫我破费。出了地铁，如行于密林峡谷，处处圣诞气氛，商家打折广告，但来血拼代购的内地人，明显比老早少了。寻到弥敦道 36 号，重庆大厦，不起眼门面，进去皆是南亚人店铺，卖义乌小商品，印度非洲特产，宝莱坞电影 DVD。非洲人，欧美人，背包客，摩肩接踵，天下大同，四海之内皆兄弟。坐电梯上十五楼，寻着一间家庭旅馆，888 块一夜标房。有小窗一扇，对面无数高楼，只剩一线天，已经擦黑。

　　冬至夜，我们违背祖训，出洞下楼。路过一间莎莎连锁店，张海拉我进去。十多年前，他还在淮海路上卖假货，对于柜台上货色，自然头头是道。他买了瑞士葆丽美眼部精华，法国纪梵希唇膏，韩国 SNP 面膜，送小荷的礼物。张海又买一瓶儿童洗发露，德国施巴牌子，带给女儿莲子。圣诞礼物，娘子小囡，各有交差。意犹未尽，张海再买一支日本 SK-II 洁面乳，带给丈母娘"山口百惠"。冉阿让都有礼物，意大利宝格丽须后爽肤乳，老头胡须茂盛，三日不剃胡子，便成虬髯客。张海要给我娘子带一样，我讲不必，我会在机场免税店买的。张海说，机场免税店，我老早瞄好了，两条外销中华，必要带给师傅。我说，我来买单吧。张海说，征越帮我涨了工资，最近又发奖金，小意思。走到门口，张海转回来，买两盒法国娇兰粉球，带给他的双胞胎妹妹。我问张海，不给你妈妈带礼物？张海说，不带。回到重庆大厦，放好礼物，肚皮皆饿了，楼上楼下，不少印度餐馆，我跟张海吃了咖喱饭，咖喱鸡，咖喱鱼，咖喱汤，一身咖喱味道。

对面有家洋酒行，张海买一瓶威士忌，尊尼获加蓝牌。我们再乘地铁，从尖沙咀到深水埗，穿过摩肩接踵人群，寻到一栋大厦。此楼破烂不堪，陈旧发霉，深入门洞，仿佛地宫。出入住客，多是佝偻的老头老太。乘了电梯，捏了鼻头，来到顶楼，却是个大观园。一层楼面内，三合板分了无数隔间，每一间，再一劈两，又分三层楼，一分为六。就像一节绿皮火车。不过硬卧车厢，是从床边爬上爬落，还能看车窗外风景。眼门前的小隔间呢，是从床头开门进出，人犹如钻狗洞，钻棺材，因而得了诨名"棺材房"。我们打听香港王总，六十岁左右，个头高，喜戴墨镜，有上海口音。少顷，我寻到一间棺材房的中铺，探出一个男人，一对水泡眼，恶狠狠问，你揾边个？我没反应，男人又讲英文，Who are you？我说，请问是王总吧？听我讲国语，他的面色一变，一脚向我踢来。还好我有防备，侧身躲过。他爬出棺材房，只穿短裤背心，就要夺路而逃。可惜走道狭窄，刚跑出去两步路，他被绊倒在地。张海扶起他说，王总，我们不是来讨债的。棺材房前，香港王总惊魂未定，立起来比张海高一只头，春申厂王家人基因。我举起尊尼获加蓝牌说，甘肃狄先生，是我朋友。王总看到威士忌，双眼放光，馋吐水嗒嗒滴，当即拧开瓶盖，倒进玻璃瓶，咣当一杯下肚。王总心满意足，呼出口气，改说国语，原来是小狄啊，提前打个电话嘛，两位稍等。我思量，若是提前打电话，他多半是跑了。王总爬进棺材房，收好威士忌。四周响起婴儿啼哭，老人哼哼唧唧，还有赌马的电视转播。等他爬出来，已换一身西装，有点点皱，系上领带，戴上墨镜，遮盖水泡眼，有了王家卫腔势，不过脚底还是拖鞋。我瞄一眼棺材房，不是家徒四壁，而是家徒六壁，算上头顶和床板，密不透风，只好平躺困了，以王总的身高，两只脚都伸不直。王总立了镜子前，一把牛角梳，窸里窣落梳头，千辛万苦，稀疏发白头顶，梳出三七开，再抹发蜡。还没好，王总又拿男士香水，胳肢窝喷两记，遮掩棺材房馊气。整个过程，我看了手表，用去七分钟。

三人下楼，王总领我们到后街。霓虹之间，寻到酒楼，点了烧味拼盘，脆皮乳鸽，鲜虾肠粉，鲍汁凤爪，流沙包，两瓶百威，一杯奶茶是我的。张海先敬王总一支万宝路，十六年前，王总给我爸爸也敬过万宝路。酒楼沿街，窗门大开，王总猛吸两口烟，手指头发抖，不时摇头张望，戴了墨镜，看不清眼乌珠。他举了筷子疯狂夹菜，仿佛前世里没吃过饭，狼吞虎咽，风卷残云，须臾光盘。我跟张海都没啥吃，再点一份干炒牛河。王总吃到弹进弹出，张海拍他后背，再敬他茶，但他推开茶杯，只吃啤酒，又连吃三支万宝路，悠悠然吐出烟说，甘肃狄先生，何事找我？张海说，我们不是为他而来。我说，不瞒王总，我们为小王先生而来。我生怕直接讲出厂长"三浦友和"，王总便会翻面孔，或者拔脚就跑，还是迂回为好，祭出小王先生名号。王总摇头说，不认得。我改操沪语说，这位小王先生，便是王总嫡亲叔父，令祖父二公子，令尊同胞兄弟。王总又吃一杯闷酒，转成老派上海话说，原来是家乡来的，我确实有个爷叔，1960 年，我家从上海移民香港，我才三岁，但是那位爷叔，一定要留在上海，之后断了往来，原来爷叔还在世，蛮好。我说，小王先生是一位作家，笔名春木，曾经风靡全中国。王总说，我爸爸倒是讲起过，他的阿弟不想做生意，但是欢喜读书，文章写得好，读了法律系，还加入了共产党，但我们王家门是资本家，他们兄弟之间，道不同，不相为谋，请问我爷叔有啥吩咐，劳烦两位，千里迢迢来寻我？我跟张海使了眼色，他从包里掏出信封。王总摘下墨镜，两眼放光，拆开信封，一万港币。王总说，想不到啊，我爷叔还牵记我，哎呀，香港回归前一个礼拜，我爸爸去世，我已到上海做生意了，却没通知爷叔，是我不懂礼数，惭愧啊。王总正要拿走信封，却被我一把抢回来。我笑说，王总，这只信封里的钞票，跟小王先生没关系。王总重新戴上墨镜说，两位到底有何公干？国家安全部同志吧，本人一向爱国爱港，拥护一国两制。我说，王总，你是高看我们了。王总扬扬眉毛说，难道是道上兄弟？后生可畏。

夜已深，酒楼里食客稀少，只剩我们这桌，颇像香港江湖片画面，黑社会老大谈判。我晃了晃信封说，我只想打听一个人。王总笑说，尽管问，我是有求必应。轮到张海说，十六年前，上海春申机械厂，失踪的厂长"三浦友和"。王总闷掉，靠在椅背上，又点一支万宝路，张海已陪他吃掉一包香烟。王总轻声说，你们是债主？张海说，债主嘛，可以这样讲，也是他的亲人。王总说，懂了，你是浦厂长家里人，他离婚的老婆叫你来的吧。张海说，我是浦厂长女婿，他的女儿小荷，拜托我来寻他。王总说，原来如此，你要从头听起吧？我说，好啊。一万块港币信封，被我摆上台面，王总能不能拿走，就看能讲多少真话。

张海又叫一瓶啤酒，再给王总满上。一饮而尽，王总揩去嘴上泡沫说，我爸爸移民到香港时光，带了不少金条，要是老老实实，买房子，买商铺，足够一家门过好日子，可惜我爸爸在上海开过春申厂，想在香港再开一爿春申厂，我读小学那年，工厂开起来了，就在西九龙，货柜码头隔壁，一度生意兴旺，八十年代，香港房价地价狂涨，工厂连租金都付不起，只好关门大吉，我爸爸欠了银行贷款，卖房还债，就此退休。这么我呢，就出去闯荡天下，这记走了远，飞到南美洲，地球另外一头，我的舅舅在巴西圣保罗，开发房地产，我跟他学生意，赚了一票，我买的第一部车子，就是桑塔纳。张海说，巴西也有桑塔纳？王总说，德国大众在巴西生产桑塔纳，比中国还要早，九十年代，香港房价疯了，我回来炒楼花，赚了不少铜钿，亚洲金融危机以后，内地福利分房结束，上海的商品房，一平方只有几千块，比起香港，一个天，一个地，我便带一笔资金，到上海做房地产，我先寻到春申厂，我们王家当年产业，认得了老厂长，当时春申厂呢，欠了一屁股债，就要破产，老厂长到处寻资金，我跟他签了合同，拿下春申厂地皮，我帮厂里还一部分债务。张海惊说，你讲啥？老厂长拿地皮卖掉了？王总说，房地产局有合同备案。我说，也有可能，春申厂已走投无路，老厂长是没办法，为了让工厂生存下去。王总说，但我瞒了身份，没讲自己是王家后人，独怕惹来麻烦，让人讲资本家后代又回来了。我心想，要是保尔·柯察金晓得，肯定会得这样讲。但我嘴巴上说，可以理解，历史遗留问题。王总说，转让合同刚签好，不到一个礼拜，老厂长就出车祸死了，我还去了追悼会呢。我跟张海异口同声，我也去了。王总说，我跟两位真有缘，老厂长死了，新厂长上任，这位浦厂长呢，年轻有为，想做一番事业，老厂长所签合同，他却拒不执行，一直跟我打太极拳，不肯拿地皮让出来，反正我也不急，已经付了款，合同早已生效，地皮迟早是我的，拖了三年，刚过好年，浦厂长来寻我，他讲有了新计划，工厂要重整旗鼓，整体搬迁到汽车城，可以让出春申厂地皮，我问他，工厂整体搬迁，需要一大笔费用，啥地方来的资金？浦厂长却讲，想问我借钞票，开口就要三百万，我稍作考虑，只要春申厂地皮到手，楼盘开出来，再过三年，老早赚得翻过来，隔了一礼拜，我凑满三百万，借给春申厂。张海窜出一句扬州话，乖乖隆地咚，借了三百万，加上工人集资的一百万，厂长吞掉了四百万。王总掸去烟灰说，浦厂长有没有贪污，挪用公款，我是不晓得。我说，借钞票之事，春申厂还有啥人晓得？王总说，除了浦厂长，还有个工会主席。张海说，瓦西里，果真心里有鬼。王总大笑说，当时光，我跟浦厂长经常一道吃饭，每趟我请厂长去夜总会，他都一本正经不肯去，但是工会主席，你们讲的瓦西里，每趟一叫就应，夜总会上到妈咪，下到小姐，没人不认得他，全部由我买单。张海说，不讲瓦西里了，厂长要跑路，王总你晓得吧？王总说，当时光，我要是晓得，肯定拦他下来，不让他走这一步，我蛮欣赏浦厂长的，有气魄，有胆量，也有能力，值得一交，他要是不困在春申厂，早几年下海创业，必定是上海滩的风云人物。王总又吃一口啤酒说，那年春天，我飞了一趟甘肃，当地县委书记邀请，我的曾祖父在那边当过官，这趟西北之行，真是狼狈，我被人绑票，差点送命，幸亏狄先生救了我。我说，这点故事，狄先生都讲了。王总说，我从甘肃飞回上海，浦厂长来机场接我，开了一辆桑塔纳，上半身红，下半身黑，还有尾翼，相当漂亮。张海说，开车的司机，就是我。王总笑说，阿弟，不好意思，我没认出你来，开这部车子，风光哦。张海嘴角翘起说，当然了。王总说，看到春申厂，我想改造成上海的 SOHO 区，一刹那念头，不是存心骗人，没过多少日子，浦厂长失踪，春申厂破产清算，我借出去的三百万，听说被厂里还了旧债，不过法院判决下来，春申厂地皮，终归交割给我。张海大怒说，七十年的春申厂，就这样被你拆掉了。张海猛拍台面，双目直盯王总。我担心下一秒钟，张海就要拿人扯碎。

冬至夜，香港深水埗酒楼，王总被他吓到，酒楼伙计也走过来，我只好连声 sorry。王总不敢再看张海，颓然说，这位小哥，你不是浦厂长的女婿吧，好像你更关心春申厂，甚于你的丈人老头。我说，王总有所不知，我这位兄弟，也是春申厂子弟。王总说，原来如此，楼盘也不是我盖的，我拿到地皮几个月，就转手给人家，净赚两倍差价，春申厂是我祖父创办，我爸爸移民香港以后，也对这爿厂念念不忘，直到他翘辫子，要是死在我的手里，我祖父，我爸爸的魂灵头，都不会放过我的，但在钞票面前，这点感情，我祖父跟我爸爸的魂灵头，不值一提。张海说，春申厂，到底死在啥人手里？王总吃一口酒，再点一支烟，摘了墨镜，露出水泡眼，仰望夜空。我说，我懂了。我也抬头看天，只见霓虹招牌，赤橙黄蓝青绿紫，调色盘打翻，耀眼夺目，光影交错，爱上层楼，密密匝匝窗门，如鸽笼，如蜂巢，如蚁穴，棺材房监牢，锁了千万个魂灵头，琼楼玉宇，悬浮灯海银河，高处不胜寒，不夜城，天空城，潮潮翻翻的欲，熙熙攘攘的望，唯独望不见天，望不见月。张海也懂了，原来立在香港街面，是看不到天的。

三人不语半晌，我又问起正事，王总，好再讲讲红与黑吧？王总说，春申厂破产前头，这部车子，虽然到了我的手里，单位车辆转到私人名下，要重新拍牌，我嫌麻烦，转成了沪C牌照，我有两样收藏爱好，一是古董，祖上有此喜好；二是汽车，天下男人本性，彼时我在上海，已有两台车，我要这部桑塔纳，除了她的颜色特别，全中国独一无二，还因为呢，我买的第一部车子，就是巴西的桑塔纳，看到她就像看到初恋，平常关在车库，偶尔在松江开了兜风，基本就是玩具。王总讲了吃力，又吃一口啤酒说，当时光，美国房价大涨，我也是心痒，用杠杆弄来一笔资金，跑到加州湾区，旧金山，圣何塞，买了一批物业，本想过两年，等到房价上去，便能大赚特赚，结果呢，碰着次贷危机，雷曼兄弟破产打烊，美国房价暴跌，拦腰一刀斩断，奈么我就爆仓了，美国房子被银行收掉，竹篮打水一场空，还不如老老实实，蹲了大陆做房地产，挨到现在，就算没得金山银山，铜山铁山终归有吧，我差点跳了黄浦江。张海冷笑说，我建议你跳苏州河，就从江宁路桥跳下去，离春申厂近，也算叶落归根。王总非但不怒，反而大笑说，我真有此意呢，还好甘肃狄先生来了，当年他救过我命，我投桃报李，买过他五件古董赝品，让他掘着金山银山，此人是英雄好汉，念我旧情，第二次救了我命，经此大难，我逃回香港，栖身新界元朗，此地民风彪悍，老百姓淳朴，我租了一间丁屋，窗门外，就是深圳，日夜北望，却不得归乡，我在元朗住了七年，边界线对面的福田，南山，蛇口货柜码头，摩天楼越高，灯火越亮，轮船越多，汽车越密，香港这一边呢，还是乡下头。

　　王总掐灭烟头，又摘掉墨镜，两只眼乌珠，盯了台面上的信封，笑笑说，讲到大半夜了，你们到底是要寻宝？寻车子？还是寻浦厂长？张海说，寻厂长。王总说，终归讲正事了，两年前，我还有二十万港币，香港房子，一生一世买不起了，只好买股票，碰到牛市，二十万变成一百万，我提出五万块，就去欧洲旅游，先到英国，再到荷兰，比利时，最后法国，到了巴黎，我在上海做房地产时光，认得一个温州老板，他是炒房子高手，利用贷款杠杆，逢低吸纳了几十套，我还帮过他一点小忙，十年后，他拿上海房子脱手，带了一个亿，一家门移民法国，我跟温州朋友吃了顿饭，他告诉我，浦厂长就在巴黎。张海跳起来，巴黎？王总戴回墨镜，叼上一支烟，张海拿起打火机，帮他点上。王总尾巴又翘起来说，当年呢，我经常组织饭局，一张圆台面上，既有浦厂长，也有这位温州朋友，后来我才晓得，浦厂长出事体前，也问他借过钞票，但是私人名义，等到浦厂长东窗事发，不晓得用了啥手段，最后落脚巴黎，后来呢，温州朋友也到巴黎定居，有一日，两个人在地铁上偶遇，重新连上线，温州朋友跟我讲啊，浦厂长日子不好过，住了巴黎二十区，拉雪兹神甫公墓门口，不但无力还债，还要求人救济。王总老酒吃饱，面孔通红，头皮屑飘落，说，温州朋友牵线搭桥，我跟浦厂长约了见面，就在拉雪兹神甫公墓。张海说，你们在公墓碰头？王总说，欧洲公墓，等于大公园，相当阳气，并无中国人忌讳，正是深秋，墓地落英缤纷，同是天涯沦落人，相逢何必曾相识，想当年，我是房地产开发商，浦厂长呢，上海春申机械厂的厂长，都是风风光光人物，如今在巴黎墓地相会，好像在寻阴宅，自掘坟墓而来。张海问，他还好吧？王总说，浦厂长小我三岁，现在头发全白，显得比我老了十岁不止，寒酸相啊，不谈了。张海问，他讲了点啥？提到家里人了吧？王总说，我们没讲几句，浦厂长也是要面子的人，我又何尝不是？只好在墓地散步，寻寻名人墓碑，谈谈天气，讲讲养生，聊聊英超西甲，哈哈哈，就这样了。我说，然后呢，你回了香港？王总说，是啊，我又能做啥？拯救浦厂长于水火？帮他还债？对不起，我是没这能力。

王总说，离开拉雪兹神甫公墓，我前脚刚上飞机，后脚巴黎恐怖袭击，死了一百多人，我是逃过一劫，回到香港，股票又跌了，我再度一贫如洗，内裤都输光了，付不起元朗房租，只好搬来深水埗，寻了一间劏房。我问，劏房啥意思？王总说，劏，广东话，宰杀畜生，开膛剖肚，掏心挖肺，劏房呢，等于是屠宰场，但比棺材房好，起码人可以立直。我说，收入来源呢？王总说，卖报纸，发广告，拉皮条，啥都做过，混口饭吃，不到一年，我连劏房也住不起了，只好搬进棺材房，提前等死，半年前，甘肃狄先生来香港，望过我一趟，他是可怜我，劝我跟他去甘肃，包我衣食无忧，住几百平方米房子，还有列国佳丽，任我挑选，但我拒绝了，狄先生临走前，给我十万港币，叫我寻个公寓，不要再困棺材房，第二天，我就乘船去澳门，住进威尼斯人，只一夜，吃喝嫖赌，统统用光，一分铜钿不剩。我说，何必呢？王总笑笑说，我是见过世面的人，尝过纸醉金迷，所谓财富，来得快，去得快，根本不是你的，你不过是个中转站，就像两手车中介，就像你的红与黑，车子终归是人家的，你不配做玩家，只好今朝有酒今朝醉。我心想，王总还有最后一筐尊严，宁愿独自饿死香港街头，也不肯做狄先生门下走狗，了却残生。我正分神间，王总伸出手来，拿过台面上信封，一万港币，迅速清点，塞进西装内插袋。王总又翻出手机，从万宝路香烟盒子里，抽出一张白纸头，借了酒楼伙计圆珠笔，写一串电话号头。王总说，我的温州朋友，常住巴黎，寻到此人，就能寻到浦厂长。张海接过香烟纸，收入裤子袋袋。我说，王总，多谢了。王总拱拱手，摸了西装里的信封说，你们这份心意，雪中送炭啊，棺材房里，我还能多蹲一段日子，要不然，过了耶诞日，我就要被扫地出门，搬到笼屋去等死。我说，笼屋又是啥？王总摘下墨镜，指了酒楼对面那栋楼，苦笑说，看到吧，这栋楼上，皆是笼屋，人住了铁笼子里，四面透风，就像菜市场的鸡笼鸭笼，到了那时光，所谓人呢，等于畜生，资本主义的畜生。

　　出了酒楼，毕竟冬至夜，阴气正盛，亡魂齐聚，如同上海深秋。王总收好信封，带走一包万宝路，戴了墨镜，有盲诗人荷马腔调，可惜拖鞋煞风景。我说，王总啊，我有一事不明，你为啥总是戴墨镜？半夜三更不摘。王总笑说，你不晓得，王家卫《春光乍泄》，张国荣，梁朝伟，张震，还有我。我惊说，王总演了哪一角色？王总说，南美洲，巴西，阿根廷，我最熟了，到布宜诺斯艾利斯，陪了剧组一个月，我做了男四号，康城得奖之后，我进电影院一看，我的面孔已被剪掉，只有背影一晃，从此戴上墨镜。我跟张海笑笑。到了棺材房楼下，王总说，请问两位，我的爷叔小王先生，他还好吧？小辈在何方高就？含饴弄孙了吧。我说，小王先生没结过婚，孑然一身，无有子女。王总悲从中来说，我的爷爷，只有两个儿子，我爸爸只生我一个，我也无有子女，春申厂王家门，我竟是最后一个男丁，断子绝孙，天道循环，电影落幕，THE END。张海闷声说，报应。江南古谚，富不过三代，从老老王先生起，到老王先生，大王先生，小王先生，再到王总，至理名言。王总摆手告别，戴了墨镜，踟蹰上楼，如同行尸走肉，钻进棺材去了。

末班地铁没了，我跟张海拦了计程车。万里追凶，终有收获，得到厂长"三浦友和"下落。张海一路闷声，眼乌珠直勾勾，看了车窗外香港。街边有老婆婆，在烧冬至纸钱，烟火腾腾。又有鬼佬男女，拎了酒瓶，放肆浪荡。回到尖沙咀，弥敦道到底，再转天星码头，隔了维多利亚港，眺望对岸港岛，中环，湾仔，铜锣湾，凤阁龙楼连霄汉，灯火粲然，遮挡天际线。张海吃一支红双喜，烟雾慢慢飘散，子夜里，仿佛飘到太平山顶，云里雾里。海边风冷，我拖了鼻涕，走回重庆大厦，商铺早已关门，几个非洲夜游神，不晓得在交易啥。电梯口，有一南亚少年，印度或巴基斯坦或孟加拉，蹲了打电话，印地语或乌尔都语或泰米尔语或孟加拉语，大差不差。电梯门开，少年跟我们一道进去，手指头骨节瘦长，捏了OPPO手机，棕色面孔，垂下两行清泪。少年这通电话，大概是打回故乡，要么寻爷娘，要么寻恋人，哎呀，《拉兹之歌》，到处流浪，哈，流浪，如我今夜，如人昨日。电梯到十二楼，南亚少年出去，我跟张海相对无言。电梯到十五楼，家庭旅馆，刚要进房困觉，只见对面房门敞开，有个姑娘，皮肤白净，精致妆容，坐于地板，哭哭啼啼，门口还有呕吐物。重庆大厦，楼上楼下，几十家旅馆，多住世界各地背包客，这位姑娘却不是洋人。我用国语问她，需要帮忙吧？但她茫然抬头，讲一串韩国话，末尾思密达。原来是韩国小姑娘，千里走单骑，深夜买醉。清洁工已下班，张海寻来拖把，帮她清理呕吐污秽物。张海又抱她上床，盖好被头，小姑娘无力反抗，用英语道谢。张海帮她关好房门，免得坏人进去。

回到房间，我收作行李，准备天亮退房。张海已是微醺，上床说，阿哥，生日快乐。我说，我是明日生日，不是冬至。张海说，过了半夜十二点，现在就是明日。我说，对的，我是昏头了。这时光，张海已打呼噜，又开始磨牙，犹如交响音乐会。他又讲了几句梦话，大体都是关于厂长，还有两句，关于师傅，后来关于阿哥，就是我了。张海这只梦，真是绵长，人物众多，情节曲折，怕是还要画关系图。我也吃力，困到眠床，重庆森林之夜，悄然发梦。

第五章　死别

一

人这样东西，退休以后，要么旅游，要么吃喜酒，要么追悼会，要么广场舞，或者唱歌。冉阿让欢喜唱歌，原本风光之时，每个月一趟，订下 KTV 包房，召集我爸爸，神探亨特，保尔·柯察金，偶尔还有瓦西里，几个退休女同事，下半天，一点钟开始，四点钟结束，老年人专场，价钿实惠。十年前，钱柜车水马龙，如今人去楼空。年轻人用手机 APP 唱歌，更难相聚 KTV，只好惨淡经营。冉阿让再婚，净身出户，不大出来唱歌，春申厂老兄弟们，只在朋友圈相见，点赞。我从香港乘飞机回上海，张海退掉飞机票，真买火车票，从九龙乘上 T100 次。张海困了十九个钟头，穿过南中国山山水水。回到上海，张海打一圈电话，预订江宁路好乐迪，元旦下午场。

1月1日，我带我爸爸过来。进了卡拉 OK 包房，张海，冉阿让，神探亨特，保尔·柯察金到齐，不能多一个，也不能少一个。神探亨特带了十罐青岛啤酒，保尔·柯察金带了水果跟零食，冉阿让带了保温杯，泡了枸杞茶。张海准备好几份礼物，香港机场免税店买的。还没讲正事，保尔·柯察金拖了张海，要听他唱《金陵塔》。张海摇头推辞，不是谦虚，多少年过去，老早唱不来了。保尔·柯察金不客气了，捷足先登，《莫斯科郊外的晚上》，可惜年纪大了，唱得差点断气，坐下来咳嗽，我叫服务生，点一桶胖大海给他。神探亨特上场，一首《故乡的云》，唱得像模像样，又接一首《好人一生平安》，我爸爸跟张海送上掌声，再行敬酒，不亦乐乎。轮到我爸爸唱歌，《纤夫的爱》，张海配合唱女声，我忍不牢狂笑。保尔·柯察金给冉阿让点好《北国之春》，还是日语版。冉阿让却不唱，调一首《一剪梅》。包房变成舞台，大屏幕是电视剧 MV，冉阿让一亮嗓子，技惊四座，不是费玉清，也是费玉清阿哥，唱到动情处，一剪寒梅，傲立雪中，只为伊人飘香，保尔·柯察金呆了，神探亨特闭上眼，我爸爸默然，若有所思。气氛终被调起，保尔·柯察金唱了三首王洛宾，《在那遥远的地方》《青春舞曲》《永隔一江水》。张海又起劲了，连唱三首粤语歌，张国荣《沉默是金》《风再起时》《风继续吹》。他的心还在香港，在尖沙咀重庆大厦，在深水埗棺材房。

神探亨特吃饱老酒，戴了老花镜，拉上我爸爸，打开手机说，老蔡，你看啊，这是我女婿公司，互联网金融平台，这两年老行的，年化 20% 起板，买进十万，一年净赚两万多，比银行理财高得多，比买股票也牢靠。我爸爸笑说，恭喜啊，亨特，你女婿真有本事，你享福了，怪不得，一日到夜，周游世界。神探亨特说，儿孙自有儿孙福，我看骏骏也老有出息，我女婿啊，就是头脑活络，除掉赚钞票，其他统统不会，还有一条，就是孝顺老人。保尔·柯察金抖擞精神说，对的，这只金融平台好啊，我买了五万，不到半年，净赚五千多，香烟老酒铜钿，全部赚回来。我爸爸问，你儿子快结婚了吧？保尔·柯察金说，新房子都买好了，共康新村，稍微远了点，但是地铁方便，三十分钟到人民广场，今年春节，就要办喜酒，我想办得风光，多赚点钞票，不要让小辈太辛苦。神探亨特跟保尔·柯察金一唱一和，我不禁泼冷水说，两位爷叔，投资要谨慎。神探亨特急忙说，骏骏，话不好这样讲，我女婿的平台啊，有啥信不过？保尔·柯察金说，你看看，我投资的项目，不得了，委内瑞拉石油，几千亿的项目，美元啊，等于美国背书，现在油老虎世道，美国总统特朗普，也要看了沙特王子眼色行事，没了石油美元，美国人就要下岗，跑到中国来再就业。我摇头说，保尔·柯察金爷叔，你不是最讨厌美帝国主义，金融寡头，石油资本吧。保尔·柯察金面不改色说，我的切口，改不掉了，但赚钞票是好事体，马克思主义认为，经济基础决定上层建筑，社会主义只有让自己强大起来，才能打破资本主义绞杀，生产力决定一切，生产力是啥东西？就是钞票。冉阿让唱一曲《我爱你，中国》，百灵鸟从蓝天飞过，终结了保尔·柯察金。

张海关掉音乐，拿起话筒说，各位爷叔，新年第一天，我有一桩大事要宣布。神探亨特说，张海啊，你要自己当老板，还是小荷怀了二胎？众人哄笑，张海保持严肃，朗声说，厂长"三浦友和"寻着了。所有人闷掉，一分钟，我瞄一眼我爸爸，他在摸香烟跟打火机，可惜包房禁烟。冉阿让刚唱好歌，木头般立了原地，手里捏了保温杯。神探亨特举起啤酒罐，一饮而尽。保尔·柯察金窝在沙发里，清了清喉咙说，哪能寻着厂长的？张海坐下来，打开包房里的灯，先从甘肃狄先生讲起，再讲到冬至香港行，深水埗棺材房，我们寻到香港王总，才晓得厂长远在巴黎。我爸爸说，你要去巴黎？张海点头说，我想去捉厂长回来。包房内，四个老头，又静一歇。服务员进来送茶水，看到这番腔势，急忙退出。

我爸爸说，小海，我跟你一道去。张海还没反应，我先问，爸爸，你要去啥地方？我爸爸说，巴黎，捉厂长回来，这是老毛师傅遗愿，要是我死了，便是我的遗愿，也会给你托梦。神探亨特喷了酒气说，我也一道去，女儿女婿带我去过巴黎，蛮好的，埃菲尔铁塔，卢浮宫，凡尔赛宫，凯旋门，老佛爷，赞啊，我再想去一趟。保尔·柯察金跟进说，亨特，能带我一道去吧？我也想拿厂长捉回来，恨煞他了。神探亨特问，你出过国吧？保尔·柯察金说，两年前，一家门去过泰国。我爸爸说，我没出国，连护照都没。张海说，阿哥，帮师傅办一张护照吧。我蛮尴尬。保尔·柯察金说，现在护照好办的，法国签证麻烦点。神探亨特说，法国是申根国家，签证也不难办，中介一条龙服务，提供存款证明就好。张海说，师傅办护照，一个礼拜就好了，我们六个人，再一道办法国签证，过好年，我们就去法国。保尔·柯察金说，对的，我儿子过年结婚，大事体办好，我就轻松了，不但法国兜一圈，还要去德国，意大利，西班牙，英国。我提醒一句，爷叔，英国不是申根国，要另外办签证。我爸爸说，我们不是去旅游的，也不是去拍照片，我们是去捉人的，革命不是请客吃饭。保尔·柯察金笑说，对对对，不是请客吃饭。我说，你们去巴黎，到底是捉人，还是搞革命？保尔·柯察金说，世界革命形势是密不可分的，就像我们买互联网金融产品，投资对象是全世界，我们的革命对象，也是全世界。我爸爸说，不要吹牛皮了，想想到了巴黎，哪能才好捉人？我们又不是警察，厂长不在红色通缉令上，凭啥拿人捉回来？保尔·柯察金说，可以向法院起诉吧？他诈骗了集资款一百万。我说，民事诉讼有效期，最高三年，当年不起诉，现在过去十七八年了，还有啥好讲？保尔·柯察金闷掉。张海说，先要寻到厂长，确认是本人。我爸爸说，这不要担心，尽管我们都是老花眼，但是厂长，烧成灰也认得。张海又说，寻到人以后，再看他会不会反抗。神探亨特说，你放心，只要我在，他动都不敢动。神探亨特立起来，头顶几乎碰着天花板，只不过腰围粗了两圈，体重翻了一倍，老早是北极熊，现在是非洲象。保尔·柯察金说，然后呢，他就举手投降，跟了我们走？我爸爸说，要是他不肯走，就拿他做掉，塞进麻袋，再绑十公斤铁家什，半夜掼进苏州河。我说，爸爸，巴黎没苏州河，只有塞纳河，再讲呢，你也没这胆量。我爸爸大怒，就要请我吃生活，还好张海拦着。我爸爸坐下说，瞎话三千，我没这胆量？1969年，珍宝岛战役，我就在黑龙江，准备打第三次世界大战，血书都写过，不是死在苏修坦克下，就是杀十个苏修士兵。我说，苏联老早没了。保尔·柯察金叹口气说，是啊，但保尔·柯察金同志还活着。大家皆没了主意，也没了志气，KTV 包房气氛，如同遗体告别大厅。张海说，我能叫他回来。神探亨特问，你凭啥？张海说，凭我是他的女婿。我瞟一眼冉阿让，他一直坐在包房角落，没出过一句。张海是厂长"三浦友和"女婿，冉阿让又是啥人呢？

冉阿让起身说，我走了，你们慢慢唱歌。神探亨特拉牢他说，为啥走啊？冉阿让抓起话筒说，我不想让厂长回来。声音是真响，就像人家唱《青藏高原》，或者《死了都要爱》，喇叭刺耳，震得保尔·柯察金要发心脏病。待到余音散尽，我爸爸问，因为"山口百惠"？冉阿让说，嗯，我跟她结婚前，就想过这只问题，万一"三浦友和"回来了，我会自己离开的。张海说，爷叔，我都不晓得。冉阿让苦笑说，小荷也不晓得，你们小辈，最好不晓得。我爸爸说，所以讲，冉阿让，你不想让厂长回来，最好他死在国外，永远没消息，是吧？冉阿让在胸口画十字说，嗯，老蔡，亨特，保尔·柯察金，要是我的兄弟，你们就不要去巴黎，不要去寻厂长，再不要讲起这桩事体，忘记春申厂吧。张海说，外公的遗言呢？老厂长的托梦呢？冉阿让拍了胸口的十字架说，等到末日审判，我会向你外公，向老厂长交代的。我爸爸说，坐下来。冉阿让摇头，抱了保温杯，走了。张海追出去，过几分钟，他回到包房说，冉阿让爷叔，不肯再回来了。

歌神提前退场，剩下虾兵蟹将，陡然安静，多了落落寡合之气。保尔·柯察金说，唱歌，继续唱歌。音响又噪起来，神探亨特手捏话筒，看了大屏幕唱"几度风雨，几度春秋，风霜雪雨搏激流"。电视剧《便衣警察》主题曲，神探亨特想要做警察，毕生未能得偿所愿，唱来别有深意。听到"金色盾牌，热血铸就"，我觉得他的气息连不上了，声音从保卫科跑调到劳改农场，直到话筒落地，音响砰地刺耳。张海搀了他的手，神探亨特面孔发紫，翻嘴唇皮说，没事体，我去卫生间。张海扶他出去，但他太高太重，两个人摇摇晃晃，眼看就要掼倒。爸爸推我一把，我上去帮忙，顶了神探亨特后背，张海抱他腰身，刚出包房，神探亨特双脚一软，两百多斤，犹如泰山倾倒，我跟张海也被带倒。我的面孔贴了冰冷地板，头顶KTV灯光，一闪一闪，隔壁房间，有一中年妇女唱"爱上一个不回家的人，等待一扇不开启的门……"。神探亨特裤子底下，流出一摊清水，汩汩漫延，像一幅慢慢扩大的地图，从上海流溢到巴黎，又从巴黎流溢到天边。

二

　　三日后，所有人来到医院。神探亨特老婆女儿，带了十岁的外孙女，楼下哭哭啼啼。诊断结果出来，神探亨特是胰腺癌，已到三期，化疗不管用，手术切除率相当低，华佗扁鹊再世，不过徒劳，料理后事吧。雯雯老早对我客气，现在拎了爱马仕包，不准上去探望，老头子要是有三长两短，不会放我们过门。张海讲元旦KTV唱歌，是他召集，包房也是他订，不关其他人事体，由他承担责任。神探亨特老婆冷笑说，怕你承担不起。保尔·柯察金问一句，你女婿呢？神探亨特老婆翻白眼说，我女婿是大忙人，飞了国外出差，迪拜晓得吧，油老虎晓得吧，明早就回来，望老头子。
　　我爸爸坐卧难安，夜里困不好，总是讲梦话，搞得我妈妈也没精神。他梦见了神探亨特，有时一夜之间，反复梦到好几趟，前半夜还后生，后半夜已到中年，早上将醒之时，神探亨特已病入膏肓，一命呜呼，开追悼会，所有人到齐。我爸爸又讲，亨特翘辫子后，依然体形庞大，直角挺硬，卡了焚尸炉口子进不去，火化工只好拿出老虎钳，剪掉一只手，剪掉一只脚，才拿遗体塞进去，大火焚烧，居然烧不掉，神探亨特还是硬如钢铁，只好再加两升汽油，问家属多收一百块汽油费，终于烧成灰烬，却烧出一团完整的肿瘤，大概有汉堡包这样大，外头一层癌细胞烧焦，掀掉一层黑皮，里头还是红颜色，鲜艳欲滴。火化工讲没办法，再烧还要加汽油费，家属讲随缘吧，就拿这只肿瘤塞进骨灰盒，终归也是神探亨特自己身上长的，入土为安。我爸爸讲好，面不改色，吃一根香烟，又吃一口茶。我听了，觉得是个好故事，但神探亨特还活了，因此不好算托梦，只是噩梦。但我经常被人托梦，也是从我爸爸身上，遗传到的寥寥几项基因之一。

听讲神探亨特精神好了点，我爸爸拉了我去医院。我爸爸拎了水果，我捧了鲜花，到了癌症楼，生老病死，各种死灵魂，飘在眼门前，反而爽气。神探亨特像一摊肉，被厨师切碎平铺在病床上，肉眼可见地瘦了，癌细胞蚕食了他，否则元旦昏迷这日，就算我跟张海两个拼命，也没力道扛得动他。神探亨特吊了盐水瓶，叫我吃水果，跟我爸爸聊股票，明明判了死刑，却装出明日刑满释放样子。退休以后，他还想重操旧业，比方看守金库，协助派出所捉坏人，却没人请他。神探亨特闲不下来，就到公交车上捉扒手。他的眼乌珠，等于照妖镜，人群当中扫一眼，便晓得啥人有问题，不疾不徐，捉个现行。小偷家族就算反抗，但看到他的巨型体魄，自然也被震慑，举手投降，扭送派出所。但有一趟，也是过年前，公交车上碰到三个悍匪，团伙扒手，掏出弹簧刀来威胁，六十岁的神探亨特，大吼一声，一巴掌扇下去，打晕一人，飞起一脚，踢翻一个，幸存那一个，掼下弹簧刀，直接跪倒，哭爹喊爷求饶。电视新闻来采访，夸他是反扒老英雄。但神探亨特老婆不放心，再不准他乘公交车了，生怕有一日，被他捉过的小偷报复，在他背后开几只洞眼。这两年，神探亨特抱怨贼骨头少了，大家不带现金出门，皮夹子干瘪，除掉手机，几无可偷之物，少了他的用武之地。

病房里，雯雯在落眼泪。神探亨特说，我还没死了，哭啥哭。雯雯哼一声说，我又不是为你哭。神探亨特说，你下去走走吧，我要跟老兄弟吹吹牛皮。女儿走后，神探亨特拉了我爸爸说，快跟保尔·柯察金讲，我女婿好像出了事体，到现在都没来过。我爸爸指指手机，又指指皮夹子，神探亨特点头。我爸爸说，我懂了。他们做同事三十年，做兄弟四十年，翘一翘屁股，就晓得会出啥样的大便。神探亨特叹气说，我女婿做的生意，是我推荐给保尔·柯察金的，他不要因为我吃亏，十七年前，我们买春申厂原始股，我出了三万块，从银行提出来，手都是抖豁的。我爸爸说，我出了五万块，大家都不容易。神探亨特说，厂长还是要捉回来。我爸爸说，你放心吧，这桩事体，包了我身上。神探亨特，老蔡，我为啥这样讲，因为1990年，春申厂的凶杀案，昨天，我给公安局老杨打过电话，记得吧，刑侦支队的老杨，当年经常来我们厂里，你还帮他修过警车。我爸爸说，老杨啊，有一点印象，老早退休了吧。神探亨特说，老杨又被返聘了，他讲这桩案子还没消息。我爸爸说，一生一世都破不掉了。神探亨特笑笑说，对我来讲，是一生一世都破不掉，但对你不是啊，你还有机会看到凶手落网。我爸爸不响了，我安慰说，亨特爷叔，现在公安局在重翻旧案，有了DNA鉴定，只要当年案子，保存凶手血迹，唾液之类证据，就能有机会再破案，甘肃有一桩案子，好几条人性命，凶手二十几年没捉到，最近查DNA被寻到了。神探亨特说，甘肃白银案，刚有新闻，我就注意到了，还有浙江湖州，一桩灭门案，也是通过DNA，在上海浦东捉到真凶，此人隐姓埋名二十年，都加入了作家协会，你认得吧？我忙摇头说，此人我不认得，看来这方面消息，亨特爷叔比我灵通。神探亨特说，春申厂凶杀案，我牵记了二十八年，每年10月份，案发这一夜，建军的忌日，我都想回去，回到仓库围墙下，看看还漏掉啥的细节。我爸爸说，后来工厂拆掉，再也寻不着了。神探亨特说，但我回去过，我们春申厂啊，变成小区楼盘，我凭了脑子记忆，寻着仓库围墙的方位，现在是小区健身房，每夜有几个小姑娘，露了肚皮眼跳舞。我说，肚皮舞上课。神探亨特说，我想嗅嗅杀人现场味道，被小姑娘们当作老流氓，打了110，带去派出所了，还是托了老杨，才拿我领出来。我爸爸笑说，亨特，你嗅到凶手味道了吧？神探亨特快快然说，只嗅到小姑娘汗臭味道，香水味道。我爸爸说，讲了半天，这桩案子，跟厂长有啥关系？神探亨特讲了吃力，喘喘气，我跟我爸爸一道扶他起来，服侍他吃水吃药，他舔舔嘴唇皮，我跟我爸爸凑近他听。神探亨特说，这样多年数，凶手一直没捉到，但是嫌疑对象，还是有的，首先是费文莉，她是被害人建军的未婚妻，最有情杀可能，但这个嫌疑呢，当时就被公安局排除了；其次，是工会主席瓦西里，你晓得的，这只瘪三下作，经常跟费文莉开黄腔，还有保尔·柯察金，冉阿让，都有嫌疑。我爸爸说，你要是怀疑他们，干脆怀疑我好了。神探亨特闭上眼说，我暗暗观察了二十八年，我像个密探，像个盖世太保，但有个好消息，所有人的嫌疑，统统排除了，只剩下一个人。我爸爸拍了心口说，亨特啊，你也是有本事，怀疑了我二十八年？神探亨特说，对不起。我说，剩下来这一个人，就是厂长"三浦友和"。神探亨特说，从他还是副厂长时光，我就在想这只问题，后来保卫科撤销，我只好下岗，去妇女用品商店做保安。我爸爸说，听讲保卫科撤销，是"三浦友和"向老厂长提的，调虎离山之计？神探亨特点头说，老蔡啊，你终归聪明了一记。我说，杀人动机呢？神探亨特说，骏骏啊，你写了这样多小说，一半的故事，都是杀人案吧？我点头说，悬疑，推理，惊悚，都有的。神探亨特说，你想想这桩案子，被害人建军，大学毕业生，工程师，状元郎到了厂里，老厂长器重他，亲自介绍他入党，送他去党校培训，当成未来厂长培养，局里领导也有这意思，"三浦友和"当时是销售科长，他帮春申厂收入翻倍，老厂长也蛮欢喜他，同样有提拔可能，还有啊，"三浦友和"像日本明星，建军卖相也不差，足球踢了好，厂里女职工，经常议论这两个人。我爸爸说，每趟吃食堂，只要他们两个出来，女人们就吃得香。我说，"三浦友和"跟被害人有直接竞争关系，只要建军死了，"三浦友和"就没了竞争对手，平步青云，变成老厂长的接班人。我爸爸说，后来嘛，春申厂就死在他手里。神探亨特说，你只讲对一半，"三浦友和"跟建军，竞争的是前程，还有女人。我说，费文莉？神探亨特摇头，放低声音说，要是有的话，当年刚刚案发，就该查出来了，毕竟费文莉是第一嫌疑人。我说，也可能是厂里其他女的。神探亨特说，甚至是"山口百惠"。我爸爸惊说，你讲啥人，瞎讲了，"山口百惠"又不认得建军。神探亨特说，我是保卫科的，每个人出入工厂，门房间都有登记，当时"山口百惠"经常来厂里，给她老公送盒饭，送洋伞，送药之类。我皱眉头说，不可能，小荷就是1990年出生的。神探亨特说，我查过了，小荷生日1月份，案发10月份，"山口百惠"5月份就回医院上班了。我说，嗯，小荷跟我还有张海一样，都是摩羯座。神探亨特说，案发前，"山口百惠"有充分时间接触被害人。我爸爸心惊肉跳说，亨特啊，你不要再分析了，我吃不消了，吃不消。

神探亨特的面孔发黑，眼白浑浊，呼出每一口气，带了癌细胞味道。他所泄露的秘密，仿佛一只铁钩，撬开阴沟盖头，让下水道沼气，成年累月淤泥，终归挥发出来，驱之不散。春申厂的凶杀案，是他一块心病，在他身上潜伏，发酵，分裂，吞入天底下的污浊，发生化学反应，最后变成癌细胞，变成恶性肿瘤，变成刽子手。这不是他的错。唯一治病良药，就是案子破掉，真凶落网。可惜，来不及了。神探亨特咳嗽两记说，老蔡，这桩事体，我不能跟冉阿让讲，现在他跟"山口百惠"是盖了一条被头，穿了一条裤脚管的，他要是晓得，告诉枕头边的人，岂不是打草惊蛇？我爸爸苦笑说，保尔·柯察金呢？神探亨特说，他就是个大嘴巴，告诉他，等于告诉全世界，我只好跟你讲，因为你不声不响，嘴巴最牢。我爸爸无啥好讲，人之将死，其言也善。我说，亨特爷叔，这只秘密，为啥我好晓得。神探亨特抓了我的手说，骏骏啊，我只有女儿，没养出儿子，所以欢喜你，老早每趟到你家里，我就让你抓牢我的手臂膊，带你荡秋千。我还记得，神探亨特总是讲，他要拿女儿嫁给我，考虑到雯雯继承了她爸爸的体形，这段美好姻缘，时常让我脊梁骨发冷。神探亨特说，等我烧成灰，这只案子，就靠你来破了。我说，爷叔，我有何德何能？我写的悬疑小说，皆是纸上谈兵，跟真正的杀人案，根本不搭边的。神探亨特还是拉了我说，骏骏啊，爷叔也没几日了，求求你了，答应我。我爸爸看不下去，代替我答应，好了，好了，保证帮你完成心愿。

雯雯回到病房，下了逐客令，怕老头子吃不消。神探亨特闷掉。我爸爸跟我出了病房，我在电梯间说，爸爸，你没权代替我答应他。我爸爸说，亨特都快死了，叫他走得安心点吧。我说，等他真的走了，我又没帮他完成，凶手一直没捉到，接下来几十年，神探亨特的魂灵头，就要每夜来寻我托梦，到时光就不是传话，而是骂我凶我，噩梦做到天亮，惨不惨。电梯门打开，迎面碰到一人，六十几岁老头，一千度眼镜片，正是保尔·柯察金。

三

保尔·柯察金的礼盒看起来大，里头不过两盒坚果，价值不超过三十块。我爸爸骂道，你像样子吧，亨特咬得动这种东西吧。保尔·柯察金说，礼盒里有工具，敲开来便当。我爸爸说，他有力道吧？我说，不要吵了，亨特爷叔有一事要转告，他女婿一直没回来，好像出了事体。话音未落，保尔·柯察金面色大变，打开手机，互联网金融APP，再看账户余额，竟是三只零蛋，三只汤团，一分不剩。保尔·柯察金当场脚软，地上躺尸，仿佛癌症晚期。幸好在医院，马上送去急诊室，医生讲他没毛病。

医院门口台阶，保尔·柯察金失魂落魄，再没心思去望神探亨特。我爸爸递出一支中华，安慰说，你不是只买了五万块吧。保尔·柯察金吃了香烟，吹了西北风，一把眼泪水，一把鼻涕水说，不是五万块，是五十万。我心里一惊，掏出餐巾纸。保尔·柯察金擤了鼻涕，拿自己光头当成坚果猛敲，哀叹说，儿子就要结婚，买房子男女双方各出一半，装修女方花了二十万，婚礼礼金可以赚回来，但车子要男方出手，儿媳妇看中奔驰七人座，德国全进口，连同上海牌照，还有保险费，进口税，总共六十万，只好求我赞助。我爸爸说，小夫妻结婚，买这样好车子为啥？保尔·柯察金说，我也这样讲啊，你看我，一辈子不舍得用钞票，但我儿子不一样，他在日资企业上班，老早工资还算可以，最近几年，日本老板口袋里没铜板了，儿子开销却不小，毕竟三十几岁的人了。我爸爸问，儿媳妇呢？保尔·柯察金说，更加不谈了，广告公司上班，平常接触的人呢，不是开宝马就是奥迪，她自己倒是个脱底棺材。我说，等两年再结婚呢。保尔·柯察金摇头说，肚皮里已经有了。我爸爸说，哦，恭喜你啊，要做爷爷了。保尔·柯察金尴尬笑说，所以呢，小东对她百依百顺，过年必须要结婚，等到天热，孙子就要出世，苦日子就来了。我爸爸说，有了小囡，终归是好事体。保尔·柯察金说，好啥的，儿媳妇又讲，有了小囡，就是一家三口，加上双方老人，就是一家七口，将来还有二胎，普通轿车挤不进。我插嘴说，七人座，国产别克 GL8 也蛮好。保尔·柯察金喷一口烟说，儿媳妇讲，别克商务车，开出去像单位公车，要么滴滴专车。我爸爸说，作死。保尔·柯察金说，我是没办法，小东跟我闹，我老婆也宠儿子，只好拿出所有钞票，我的棺材铜钿，总共四十万，还差二十万。我爸爸的老兄弟里，保尔·柯察金最寒酸，下岗以后，一直没正经工作，想寻一份办公室差事，自然到处碰壁。退休前两年，保尔·柯察金在长寿路摆摊，卖福利彩票，门口好几家夜总会，常有莺莺燕燕问他买彩票。还好当年没买断工龄，保尔·柯察金挨到正式退休，每年都能加退休工资，夫妻俩省吃俭用，不买股票，只买银行理财，慢慢有了积蓄。保尔·柯察金又说，这只互联网金融平台，神探亨特推荐给我，他的女婿是老板，我想是自家人，终归牢靠吧，就像买股票有内部消息，最起码不会亏，等到下个礼拜，四十万变成六十万，就好帮儿子买车子。我爸爸说，你不要去寻亨特了，他离死只差一口气。保尔·柯察金老泪纵横说，这我哪能办呢？我说，报警啊。

过了春节，年初八，保尔·柯察金儿子良辰吉日。我跟我爸爸来吃喜酒，封了厚厚的红包。我爸爸还关照我，我是重要嘉宾，还要给宾客抽奖，出送我最新的签名书。我讲这是吃喜酒，不是吃豆腐羹饭，送《镇墓兽》合适吧？我爸爸说，不搭界的，都是唯物主义者，无神论者，红白喜事，一视同仁。公安局传来消息，神探亨特女婿带了小情人，已从澳门捉回来了，资金追回一半。保尔·柯察金四十万本金，刚好领回二十万。小东的车子还是买了，奔驰不用想了，上海大众斯柯达，挂了江苏牌照，省去拍沪牌费用，就是高峰期不好上高架。保尔·柯察金会挑地方，喜酒办了南京路，国际饭店。二十年前，我爸爸骗我去国际饭店吃喜酒，却到了西宝兴路殡仪馆，自此认得张海。二十年后，真到国际饭店吃上喜酒，张海果然来了，还带上一家门，倾巢而出。小荷特意打扮一番，坐了圆台面对过。她的女儿莲子，已满五岁，爬了妈妈身上。小姑娘一对黑眼乌珠，跟她娘一式似样，教人肚肠角发痒。张海的丈母娘"山口百惠"，挽了冉阿让手臂膊，坐了我爸爸隔壁。工会主席瓦西里都来了，就是红包干瘪。春申厂同事与子弟们，自然都坐一桌，独缺神探亨特，大家存心不提他，免得触心境。小荷给我爸爸敬酒，讲起她小时光，经常一个电话，我爸爸就来帮忙，面对债主，拔刀相助。我爸爸听了羞赧，只好笑笑。"山口百惠"低头，冉阿让牵了她的手，倒是恩爱样子。瓦西里只顾了吃菜，却没人理睬他。我爸爸不吃酒，只吃饮料，饭店里不好吃香烟，难过煞他了，拉了冉阿让，下楼去过瘾头。我问张海，冉阿让不是戒烟了吗？张海说，帮帮忙，戒出一身毛病，只好破戒了。

我是东张西望，看到主桌上的保尔·柯察金。碰着大喜日子，儿子讨媳妇，他却有几分落寞，眼神，讲话，行动，皆如温吞水，只有收红包手势敏捷。等到我爸爸跟冉阿让回来，婚礼要紧时光，新郎新娘上台。保尔·柯察金儿子小东，卖相不错，眼大肤白脚长，就是三十刚过，头顶有衰败倾向，基因果真强大。儿媳妇呢，虽然化了新娘妆，面孔搽了厚粉，但看得出，她的年纪跟新郎差不多，身段稍微有点沉，肚皮微微凸出，必须要办酒了。司仪请上双方父母。保尔·柯察金最后一个上来，吃醉老酒一般，走路颠三倒四，先是到新娘一边，被他老婆拉回来，宾客哄堂大笑，当他是存心搞气氛。司仪一声令下，新郎新娘一鞠躬，感谢双亲养育之恩；二鞠躬，祝四老健康长寿；三鞠躬，向双方父母敬茶改口。新娘子叫保尔·柯察金一声爸爸，声音蛮轻，司仪递了话筒，我也没听清。司仪再请双方父母讲话。先是新娘子妈妈，讲了一长串小姑娘童年往事，从男同学楼下排队唱歌讲起，眼泪水淌淌滴，司仪一看苗头不对，马上拿走话筒。再是新郎这边，保尔·柯察金老婆平常嘴巴碎，到了台上却是嗯呀啊呀，放不出一只屁，只好说，我不会讲话，我老公有文化，欢喜读书看报纸，他来讲最好。话筒递给保尔·柯察金，他的右手发抖，眼神还是定快快，嘴唇皮像给缝起来。司仪随机应变说，各位贵宾，新郎爸爸太激动了，请大家掌声鼓励。宴会厅里，掌声雷动，只有我们这一桌，面面相觑。掌声就像鼓点，笃笃笃，敲了保尔·柯察金秃头上，敲了一千度的眼镜片上。新郎官等不及了，嘴唇皮翻翻说，爸爸，快点讲啊。保尔·柯察金点头说，大疆，今日是你的婚礼，爸爸非常高兴，你跟你妈妈都辛苦了。

新郎官面色大变，新娘子也是摇头，保尔·柯察金老婆翻了白眼，新娘爸爸妈妈，加上司仪，也是当场呆掉。宴会厅里十几张桌头，顷刻安静下来，服务员都不敢发声音，仿佛定时炸弹在婚礼台下。我也奇怪，新郎官明明叫小东，大疆是啥人？我爸爸凑近我说，保尔·柯察金还有一个大儿子，留在新疆，就叫大疆。婚礼台上，新郎冷笑说，爸爸，你认错人了，我是小东。保尔·柯察金笑笑，改操蹩脚的普通话，我没认错啊，你就是大疆，你妈妈呢？你妈妈在哪里啊？话音未落，保尔·柯察金老婆怒不可遏，送出一记耳光，打了老头子头上，啤酒瓶底的眼镜片飞起，整个人跌跌冲冲，掼在红地毯上。这记司仪也要昏倒，新娘子尖叫，现场一团混乱，我爸爸跟冉阿让冲出去，拉起保尔·柯察金，脚骨倒没断掉，额角头伤疤迸裂，鲜血嗒嗒滴淌下来，人已没知觉了。保尔·柯察金老婆也厥倒了，掼了儿子身上，追悼会似干嚎，你啥意思啊，你是存心啊，我跟小东啥地方对不起你啊？大家评评理啊，这只老棺材，该不该死啊。五岁的莲子哭了，小荷抱紧女儿，张海暴吼一声，救命啊。国际饭店，此情此景，好像梦中见过，到底是啥人托梦？

今年刚开头，我已第二趟送人去医院。保尔·柯察金身坯不大，张海拿他扛上车子。小东母子都不管他了，这趟我开车子，张海在副驾驶座，我爸爸在后头照顾伤病员。半路上，保尔·柯察金醒来，抓了张海手臂膊问，刚才是啥情况？我只摇头，这趟婚宴风波，他还是最好忘记。送到医院，处理伤口，额角头是老伤，没啥大问题，也没脑震荡。但我提出建议，最好再挂一只号，老年痴呆症。医生讲，这只毛病要去神经内科，明早才有门诊。出了医院，保尔·柯察金抖抖豁豁，打了老婆电话，却被劈头骂了一顿，小东又接过电话，讲新娘一家门以大局为重，婚礼还是办好，但是老娘情绪激动，生怕出啥问题，已在国际饭店开了房间，暂时不要跟她见面，免得血光之灾。保尔·柯察金说，小东，对不起。儿子电话挂了。我爸爸说，保尔·柯察金，今夜你不要回去，就住到我家里。

到了长寿路，我爸爸妈妈家里，他们并不寂寞，尚有一犬一鸟相伴。咖啡色猛犬布莱尔，已入耄耋之年，遗传撒切尔夫人之忠诚，吠叫两声，被我妈妈用链条圈起来。还有一羽鹦哥，"钩子船长"遗产，年迈却话痨，咋咋呼呼，相得益彰。张海立了玄关，不敢踏进客厅，我妈妈叫他穿了拖鞋，坐了沙发，请他吃杯热茶。我妈妈翻出一只学习机，擦刮拉新，适合幼儿园小朋友，我儿子读了小学，没机会用了，正好送给张海的女儿。三室两厅，我爸爸腾出一间客房，陪保尔·柯察金吃香烟，问他哪根神经搭错，亲生儿子都不认得？保尔·柯察金捶自家头顶心说，我只吃半杯红酒，一点都没醉啊，一只只手机对了我，脑子就煞一记啊，空空荡荡，连自己是啥人都不晓得了，不认得老婆，不认得儿媳妇，亲儿子立了眼门前，只想起一个名字，大疆，真是昏头了。我爸爸问，老早有过这种情况吧？保尔·柯察金说，有一趟，小东刚读中学，我么刚刚下岗，心里不适意，老酒吃醉了，先是叫错老婆名字，接了叫错儿子名字。我爸爸说，你叫了前妻跟大儿子名字？保尔·柯察金苦笑说，我老婆脾气你晓得的，当场翻毛腔，抄起拖把打人，拿我关了房门外头，寒冬腊月，夜里流浪，我跑到厂里值班室，碰到神探亨特，两个男人挤了一张床，惨啊。我爸爸笑了说，你啊，就这点出息。保尔·柯察金说，我以为老早忘记了新疆，忘记了头一个娘子，头一个儿子，原来忘不掉啊。我爸爸说，人老了，就是这样子，今日发生事体，转身就忘记，几十年前老黄历，记得煞煞清。

翌日，我送保尔·柯察金去医院，专家门诊排队一上半天，确诊阿尔茨海默症。医生以为我是家属，跟我讲了半个钟头，老年痴呆症分为三阶段，保尔·柯察金还在第一阶段，就是忘性大，特别是眼门前事体，前讲后忘，不只是黄鱼脑子，简直是金鱼脑子。保尔·柯察金一辈子精明，戆进不戆出，从没吃过亏，除掉买春申厂原始股，也不过损失一万块，这趟晚节不保，为了儿子结婚，轻信老兄弟女婿，鬼迷心窍，就像被人拍花子，下了蒙汗药，一辈子积蓄，统统掼进去，也是老年痴呆症表现。还有是社交困难，无论多少活络的人，生了这种毛病，马上变得木讷，发呆，出门分不清方向，走路头头转，甚至迷路，保尔·柯察金完全符合以上症状。第二阶段，中度痴呆，小时光记忆也落掉了，眼睛看不清，耳朵听不清，讲话都不清爽，穿不来衣裳，吃不来饭，脾气暴躁，说翻面孔就翻面孔，还会小便失禁。到了第三阶段，人不像人，鬼不像鬼，生活不能自理，大小便失禁，等于返老还童，回到小毛头阶段。还不如老毛师傅晚年，就算要人照顾，至少脑子清爽，还晓得立遗嘱，办公证，具有民事行为能力。最后就是昏迷，死于感染之类并发症。下半天，保尔·柯察金儿子才赶到。听到老年痴呆症，小东问医生，可以住医院吧？医生讲，第一阶段，病人还不好住医院。小东说拜托我送老头子回家里。我说，到底啥人是儿子？小东说，阿哥，帮个忙，我没办法，巴厘岛度蜜月，现在要去机场，专车上坐了新娘子，就等在楼下。小东揩揩眼泪水，贴了保尔·柯察金耳朵，只讲两个字，活该。

四

3月，惊蛰，老法里讲，春雷震，桃花开，黄鹂鸣。我家鹩哥却讲"把厂长捉回来"，扬州话，声若洪钟，惟妙惟肖，以假乱真。我爸爸说，老毛师傅给这只鸟托梦了。我跑到阳台上，十七岁老鸟，一动不动，每隔两分钟，憋出一泡屎，堆起三寸高鸟粪，却没讲出一句话来。倒是老狗布莱尔，蹲在我脚旁，仰天长啸，狂吠两三声。犬科动物世界里，十七岁的布莱尔，相当于老毛师傅高寿，这是我最后一趟看到它。

次日早上，我爸爸跟我妈妈，开车送我儿子上学，回到家里，只有鹩哥讲话，老狗布莱尔不见了。这只狗，有撒切尔夫人血统，相当聪明，但聪明过了头，竟会自己开门，趁了家里没人，溜出去了。我爸爸去寻狗，我妈妈去调小区监控，看遍每只摄像头，发觉布莱尔从后门出去了。小区后门靠近苏州河，我爸爸又冲到河边去寻，连根狗毛都没寻着。这一日，我在市委宣传部开会，接到我妈妈电话，没当回事体。到了夜里，轮到我爸爸打电话来，声音里愁眉苦脸。我赶回去，家里灯光暗淡，鹩哥还在吵，我爸爸闷了吃烟，我妈妈也熄角。一看不妙，我一个人到苏州河边。晚风徐来，惊蛰轻寒，河水味道，不同于少年光景。穿过绿化带，我浪荡在河堤上，有人暗戳戳张网捕鱼。我问他，可见一条咖啡色老狗？品种似拉布拉多，又似金毛，更似骨嘴沙皮，简而言之，串串。此人落荒而逃，以为我是城管，落下一箩筐河鲫鱼，翻腾吐泡泡。我放生了一箩筐鱼，惊起几羽白鸟，轻舒双翅，蜻蜓点水而过，像只魂灵头，又去寻啥人托梦。我从苏州河走到长寿路，又走到西宫，碰到一个妙龄女郎，牵了两条小狗，一条博美，一条泰迪。我问她，可见布莱尔踪影。女郎嗤之以鼻，骂我乱搭讪，两条小狗，齐声向我乱吠。我是落荒而逃，回到河浜边上，荒凉所在，路灯熄灭，乌漆墨黑，垃圾堆里，困了一具裸体女尸。我先是一吓，再定睛一看，却是石膏雕像，撩人版维纳斯，长寿路夜总会又装修了。

回到家里，我爸爸问，能不能到网上寻狗？我说，节哀顺变。这一夜，我没困好。我想，布莱尔会来寻我托梦吧？还好，布莱尔没来，它的老娘，撒切尔夫人倒是来了。时光回到二十年前，我爸爸带我去看桑塔纳的春夜。春申厂里，这条凶猛母狗，摇了尾巴，蹭了我的裤脚管，两只狗眼乌珠，竟是眼泪汪汪，鼻头湿润，不停打喷嚏。我问它，撒切尔夫人，你想关照啥事体？撒切尔夫人狂吠两声，混出一句人话：救救布莱尔。

梦醒，冷汗一身，我复又出门，去寻布莱尔。天色浆白，我到苏州河边，忽见每一根电线木头，贴满寻狗启事，上有布莱尔名字，一切特征，走失时间，还有狗的照片，留了电话号头，既非我爸爸，也不是我妈妈。我拨通电话，原来是张海。电话彼端，张海说，阿哥，布莱尔走失了，我连夜寻了快印店，打了一百张寻狗启事，跑到师傅家里门口，贴了方圆一公里内，所有电线木头上。我说，你狠的，忙了通宵吧。张海说，布莱尔是师傅的狗，就等于我的狗，它也是撒切尔夫人的儿子，等于春申厂子弟，我必定要拿它寻回来。

张海等了一个礼拜，一百张寻狗启事，陆陆续续，被雨水冲碎，被保安撕掉。张海请了事假，日夜在苏州河边兜圈子，仿佛人贩子，又像江洋大盗，更像变态色魔，直到被警察请到派出所。张海接过好几趟电话，有人提供线索，惜无照片为证，跑去也是扑空。还有恶人打来电话，讲布莱尔已经寻着，索要酬金一千块，方能告知下落。张海心急，支付宝转账过去，从此石沉大海。

我爸爸茶饭不思，游戏也不打了，骨瘦形销，每日哭一趟，像在老厂长追悼会。张海就来寻我爸爸，陪他走象棋，安慰他说，师傅，布莱尔聪明，讲不定去捉厂长了。我爸爸盯了棋盘说，怕是被人捉去，进了狗肉煲店，可它一把年纪，老骨头老肉，烧不酥，咬不动，不好吃的。我坐在旁边，实在听不下去，我说，古代呢，穷人要是老了，做不动生活，就会寻个无人之地，一个人上山，要么饿死，要么被野兽吃掉，不增加小辈负担，我去湖北等地考察过，此种地方，叫作"寄死窑"，山上挖只洞，自己钻进去，还有一对窑洞，老夫妻双双去死，日本人，也有此等习俗，大导演今村昌平《楢山节考》，得过戛纳金棕榈。我爸爸说，你讲布莱尔，自己去寻死了？我点头说，狗，通灵性的狗，晓得老之将死，便离家出走，寻个荒野角落，等待大限降临。我爸爸说，我要是快死了，也一个人去山上，去海边，去乡下，就像布莱尔，不给你们添麻烦。张海撸掉棋盘，递出一根香烟说，师傅，不要说戏话了。

布莱尔消失一个月后，清明节，春日迟迟，淫雨霏霏。我在家里写小说，夜里八点，接到张海电话，阿哥，师傅在我旁边。我说，叫他听电话。张海说，师傅困着了，不要叫醒他吧。我说，你在啥地方？张海说，苏州。我说，哪能会在苏州？我想起来，这两日，我妈妈去退休党员学习团，到皖南事变烈士陵园上坟，顺便旅游黄山，我爸爸一个人蹲了家里。我问张海，你能送我爸爸回来吧？张海说，我开了红与黑，沪C牌照，回不到市区。我说，你给我发个定位，不要动了，我现在过来。

我开宝马X5出门。雨刷打碎春雨，小长假，高速公路颇堵，刹车红灯，如在阿姆斯特丹。出上海，再到苏州，绕过金鸡湖，北寺塔下入城，直达沧浪亭，相比十几年前光景，几无变化，只是春寒露浓，换了清明时节雨纷纷。按图索骥，沧浪亭对面，我寻到红与黑。医院已经废弃，形同鬼楼，还挂了发热门诊牌子。车窗摇下来，张海眼乌珠发红，法令纹更深，叫我不要发声音。车内后排，我爸爸仰天大眠，鼾声如雷，太太平平。张海下车，陪我立于屋檐下，对面一池春波，雨点淅沥，打碎几尾鲤鱼清梦。张海说，阿哥，不要怪我，今日，师傅来汽车改装店寻我，他背了旅行包，带了单反相机，要我陪他去黑龙江。我说，清明节到，油菜花开，我爸爸热昏了。前几日，我爸爸跟我讲过，他现在没啥志向，只想去黑龙江看看，年轻时当兵地方，趁了还走得动，以后也没机会了。我爸爸少年时光，是行过万里路的，虽不曾读过万卷书，但也见识过万种风景。我没听他细讲过，就算讲了，四十年前风景，早已面目全非，像从韩国整容回来的大姑娘，面孔上裹了纱布，肿得像冤大头。我爸爸恋旧，从黑龙江到春申厂，从死了二十年的老厂长，到纷纷凋零的老兄弟，再到红与黑，像一镬子浓汤，腌笃鲜，砂锅煲，在心里鼎沸，翻滚，发酵，沉淀。

沧浪亭外，烟头火星闪烁。张海说，师傅还关照我，千万不要叫阿哥你晓得，更不好叫师母晓得，我只好哄了师傅讲，等我买火车票，乘高铁去哈尔滨，师傅却要跟我自驾车，坐了红与黑，从上海开到黑龙江，师傅当过兵的地方。张海一边讲，一边摊开中国地图，手指了从上海到黑龙江的一条直线。我说，发痴了。张海说，下半天，我开到苏州，师傅讲要去凤凰山。我说，不是公墓吗？张海说，今朝是啥日子？我说，清明。张海说，我外公葬了凤凰山，师傅顺道去上坟，烧了锡箔，冥钞，黄表纸，师傅抱了我外公墓碑，窸里窣落，讲了老多话。我说，他讲啥？张海说，讲了冉阿让再婚，神探亨特生癌，保尔·柯察金老年痴呆症，布莱尔离家出走，师傅最后讲啊，一定要拿厂长捉回来。我再看红与黑后座，我爸爸还在黄粱一梦中，馋吐水拖了下巴。我闷哼一声，就凭他这样子？张海说，阿哥不要动气，扫好墓，师傅讲肚皮饿了，我们就到苏州城里，观前街吃面，师傅胃口蛮好，排骨，面条，汤汤水水，统统扫光，到了沧浪亭，刚停好车，我一回头，师傅困熟了，我就给你打电话。我说，你也不早点告诉我，悄咪咪发微信也好。张海说，今日，师傅兴致蛮高的，又是上坟，又是拍照片，我不想扫他的兴，只好夜里再跟你讲。我说，他是想到去黑龙江，心里适意了。张海说，阿哥，你可以买两张机票，陪了师傅去黑龙江。我说，你不晓得，今年我特别忙，刚刚写好一本书，一百多万字《镇墓兽》还要收尾，同时忙一只电视连续剧，每个周末跑出去签售，实在没时光陪他。张海说，师母可以陪他去吧？我说，黑龙江太冷，天寒地冻，现在水面还结冰吧，我爸爸要是想去海南岛，到三亚晒太阳，我马上买两张机票，订五星级酒店，我妈妈陪他一道去。张海说，师傅不欢喜海南岛，太热，太湿，太阳旺，吃不消。我说，张海，你比我更加晓得我爸爸嘛。张海说，阿哥，对不起，既然你最近忙，抽不出时光，只要你同意，下个礼拜，我陪师傅去黑龙江，乘火车，我保证一路平安，住得好，吃得好，不会受冷，开开心心回来，了却这桩心事。我说，我不同意。张海闷了一记，久不言语。两个哑子对峙，还是张海先开腔，阿哥，你这人最大的缺点，就是太清醒，从来不醉。我说，我不吃烟，不吃酒，的确太清醒，但我也醉过，在梦里，鬼魂托梦之时，谢谢你，打电话通知我，但是今后，我爸爸要是寻你，请你马上送他回来。张海说，你有啥担心？我说，没啥。张海说，阿哥，我答应你。我说，感谢。我伸手出屋檐，接了几滴清明雨水，透心凉，渗进手掌纹路，漫延，流动，四散溃逃。我心里痒，实在摁不牢，必须要讲了。

我说，有一个问题。张海说，阿哥，尽管问。我说，当年，春申厂职工集资买原始股，厂长来我家里谈过，但我爸爸不同意，一分铜钿也不肯出，但没过几日，我爸爸回心转意，股市里掏出五万块，眼皮不眨，集资入股，他头一个出钞票，冉阿让，神探亨特，甚至保尔·柯察金，都买了原始股，最后被厂长骗光，一分也没回来。张海说，因为这桩事体，厂里还有不少人，埋怨过师傅，讲他没脑子，还讲他跟厂长串通，皆是瞎三话四。我说，我爸爸受了冤枉，心里苦，十几年了，不肯讲原因。张海手摸红与黑车头，悄声说，阿哥，厂庆后，也是一个落雨天，师傅在车间里问我，想不想去新工厂。我想去啊，厂长答应我，只要工厂搬到汽车城，我就变成正式职工，签订劳动合同，跟师傅一样捧铁饭碗，我外公也能安心去翘辫子了。我说，我爸爸是为了你，才买了五万块原始股？张海说，阿哥，师傅叫我不要告诉你，怕你不开心。我说，我爸爸为啥对你这样好？张海说，这只问题，我也问过师傅，但他不讲。相隔车窗，我望了我爸爸，他还困了熟，手脚蜷起来，返老还童姿势，倒像他的孙子。我再看张海，有一句话，顶了喉咙口，像一口浓痰，一根鱼刺，刚要吐出来，我爸爸醒了。

拉开车门，我爸爸困死懵懂问，小海啊，黑龙江到了？我说，苏州到了，不要作了。我慢慢交拖他出来，回到我的车子上。张海开红与黑，我开宝马X5，一前一后，顶了夜雨，离开沧浪亭。霓虹尚明，北寺塔影影绰绰，望了红与黑的车尾灯，我爸爸说，去啥地方？我说，回上海。我爸爸没了志气，点一支烟，短信铃声响了，他看手机，香烟落下来，烟头烫到衣裳，烧出一只洞眼来。我教训他说，当心点啊，叫你坐车不要吃香烟，差点点闯祸。我爸爸定快快说，雯雯发来短信，神探亨特挺不过今夜了。

零点，清明节还没过去，车子开到医院楼下。这一钟点过来，多是来送最后一程，我爸爸脚骨有点发软，想是兔死狐悲。我陪了他上楼，电梯慢得吓煞人，一层层上去，心也一层层荡起来。当中停了一层，推进一副担架床，白布头蒙了死人，送往太平间。我跟我爸爸缩了角落，终归还是怕死。逃出电梯，ICU病房门口，冉阿让已经赶到，坐了走廊发呆。我爸爸问保尔·柯察金呢，冉阿让说，小东拿他送去养老院了。我爸爸说，张海没来吧？我说，他开车带了你一天，太辛苦了，让他回去休息吧。

雯雯让我们进病房，一看到老兄弟，我爸爸直叹气。神探亨特本有一米九，两百斤分量，虎背熊腰，现在只剩一层皮，不到八十斤，犹如僵尸。查出胰腺癌起，他是硬撑了三个月，吃了老多中药，各种偏方，从老太婆汰脚水，到小姑娘漱口水，倒有一点点回光返照。前两日，雯雯跑到玉佛寺门口，请一位盲眼大师算命，还有二十年阳寿，雯雯惊出一身冷汗，讲好的五千块酬金，只付一半，拔脚跑路。医生叫雯雯出去讲两句，神探亨特拉了我说，骏骏啊，我的银行存折，上交老婆女儿了，我还送得出手的，只有几十本邮票簿。一个人的兴趣爱好，往往跟体形相反，我小时光，神探亨特经常跟我爸爸交换邮票，像小学生交换香烟牌子，拿了放大镜，小镊子，把玩花花绿绿小纸片。大限将至，神探亨特本想忍痛割爱，卖掉邮票，换个几十万，补贴女儿亏空，毕竟女婿还蹲了监牢。我请人评估了他的邮票，仅值几万块。原来邮票也有通货膨胀，新世纪以来，市场价频频贬值，新邮跌破面值，三钿不值两钿。神探亨特不舍得贱卖，决定寻个好人家，统统送给我爸爸，免得暴殄天物。

神探亨特又说，四十年前，我在崇明岛，东方红农场，插队落户，围海造田，一边长江，一边东海，一升淡水，一升咸水，呛了一道，还能筛出半升沙子，岛上没机器，三万知青，就数我个头最高，块头最壮，加入青年突击队，用锄头，用铁锹，用扁担，用箩筐，用两只手，两只脚，硬生生填出大堤，排干海水，造出草地，再等几年，地里脱盐，就能播种，水稻，棉花，麦子，良田万顷，碧浪滚滚。我说，崇明岛，本是长江泥沙冲击而来，从一块咪咪小的沙洲，变成中国第三大岛。神探亨特歇了歇，稍微恢复说，第二年呢，有知青生了大毛病，医生开了证明，便能回到上海，我也动了这个脑筋，每日早上，吃一只生鸡蛋，赤膊长跑，风雨无阻，头一个月，啥事体都没，反而气色大好，面孔红润，好到农场里小姑娘都来跟我传纸条，你讲作孽吧。我爸爸笑了，神探亨特说，第二个月，我加大运动量，半夜里赤膊跑步，已是寒冬腊月，终归跑出四十度高烧，医生一检查，肺炎，算我运道好，欢天喜地，戴了口罩，裹了棉被，打了摆子，乘船离开崇明。我爸爸说，亨特，算你狠。神探亨特说，回到上海，也是我身体底子好，肺炎一个月就好了，先到江宁街道生产组，再进春申厂，当上工人，后来去保卫科。我爸爸说，亨特啊，你讲了这样多话，好好歇息，明日再讲。神探亨特吊了最后一口气说，我还有一桩心愿没了。我爸爸心领神会，耳朵凑上去。神探亨特微微一笑，翻翻嘴唇皮。我是一个字都没听到。我爸爸回头去叫医生，神探亨特闭了眼乌珠，心电图变成一根直线，人已经走了。

第六章　生离

一

十七年前，我，张海，小荷，讲起最想去的地方，张海是米兰，小荷是巴黎，我是耶路撒冷。我一直没去过耶路撒冷，今年秋天，倒是去了巴黎。我的《生死河》在欧洲出版，法国XO出版社，帮我安排几场签售。从上海飞十几个钟头，到了巴黎，我住十四区，蒙帕纳斯公墓隔壁。我想蛮好，这记有人来托梦了，不是神探亨特，就是法国鬼魂。但是不巧，我梦到了厂长。不是车祸身亡的老厂长，而是他的下一任"三浦友和"。

梦里厢，厂长面目不清。我住蒙帕纳斯，他住拉雪兹神甫公墓。月明星稀，乌鹊南飞，绕树三匝，何枝可依。倏忽间，墓地开裂，厂长跟我一道坠入幽冥。但我没醒，不是在蒙帕纳斯的床上，而是冰冷的下水道。《悲惨世界》雨果老爹专门留一章，利维坦的肚肠，就是讲巴黎下水道：阴渠，是城市的良心。厂长也在下水道，他伸出手来，冰凉的手，死人的手。厂长问我，小荷还好吧。我说，小荷蛮好，生了女儿莲子，你的外孙女。但我不敢讲，"山口百惠"已嫁给了冉阿让。厂长又说，你是莲子的爸爸？我说，我不是，张海才是。厂长说，张海在啥地方？我说，张海还在上海。厂长说，你是老蔡的儿子。我说，你还认得我？厂长说，你快走。话音未落，一阵污秽之气，仿佛泥石流滚滚而来。成千上万的老鼠，密密麻麻，不是迪士尼的米奇，而是邋遢大王的老鼠，身坯粗壮油腻，尾巴如细长钩子，瞪了红颜色眼乌珠，从下水道尽头汹涌而来。一生二，二生三，三生万物，老鼠家族变成利维坦，发出坦克车般轰隆声，好像德国纳粹。厂长说，你先走，我帮你挡牢这点老鼠。我说，你呢？厂长说，拜托你一桩事体，回到上海，告诉小荷，我想她。我说，一定办到。厂长推了我一把。我被卷入下水道，浩浩汤汤，势不可挡，冲向塞纳河。最后一眼，我看到一团火星子，像自来火点煤气灶，幽蓝火光，烧着厂长白头发，变作冲天火炬。老鼠大军冲到他身上，烧成灰烬，惊天动地惨叫，像薛西斯碰上斯巴达，霸天虎碰上擎天柱。下水道变成焚尸炉，厂长皮肤焦烂剥落，露出森森白骨，烧成滚烫焦炭。是夜，臭味遍布巴黎，拉雪兹神甫公墓，蒙帕纳斯公墓的死人们，纷纷打开棺材，爬出来喘口气，连着卢浮宫的丽莎女士，也捏起鼻头，皱了眉头，流了眼泪水。

醒了。我怀疑还在梦中。爬起来，开窗门，好像有烧焦气味。巴黎的黎明，由蓝泛白，蒙帕纳斯公墓，鸟鸣声声，有人早起来献花。漫长的托梦生涯当中，我碰到过最恐怖的托梦。但厂长要是死了，老毛师傅临终遗言，从此一生一世，再没人能完成了。西上甘肃祁连山，南下香港尖沙咀，我跟张海走了万里路，寻着狄先生，香港王总，千辛万苦，全成无用功？岂不丧气，夺志，荒诞？转念思忖，天道轮回，因果报应，借得一句电影台词"他的脚上满是细菌，嘴上满是魔咒"，厂长害了春申厂灰飞烟灭，终究得了报应，仓皇流窜，不能叶落归根，变作孤魂野鬼，晃荡异国山河，封死在巴黎下水道，鼠辈为伴，魂飞魄散。至于一百万集资款，我从没想过能拿回来。如何才能证实厂长已死？香港九龙深水埗，王总在万宝路香烟纸头上，抄过一个温州朋友电话号码，此人早已移民法国，定居巴黎，只要寻到这位温州朋友，就能寻到厂长"三浦友和"。我现在懊悔，这张香烟纸头，留在张海手里，我未及备份。巴黎是个大千世界，汇聚各色人种，中国移民当中，大半皆是温州人，叫我到啥地方去寻此人？永别了，厂长。

　　巴黎签售完毕，我又去布鲁塞尔，雷恩等地签售，跑了几家大学，当地孔子学院。回国前一夜，有人加我微信。竟是小荷，头像是她本人，冉阿让推给她的。加好微信好友，小荷发来一条：哥哥，有空见面吗？我说，我在巴黎签售，明日回上海。我一看手表，夜里十点钟，巴黎时间，上海还是下半天。小荷寻我做啥？我想到张海，半年没联系过了，神探亨特追悼会上，我都没看到他。我困不着了，立马翻身，给我妈妈发微信，问我爸爸在家里吧，我妈妈告诉我，我爸爸蹲了家里，跟孙子菜包一道打游戏，杀得天昏地暗，刚刚吵过一场。我妈妈问我啥事体，我放心了。小荷回了微信说，哥哥，打扰你了，祝签售成功。我蛮想告诉小荷，你爸爸已经死了，死在法国巴黎，已来寻我托梦。但这一句，横竖吐不出来。就算讲了，小荷会相信？巴黎夜里喧嚣，楼下咖啡馆，人声鼎沸，红男绿女，及时行乐。我决定给张海发条微信，想了半天，横编辑，竖编辑，删了几十个字，好几个标点符号，只得一句，你好吧？刚发出去，便跳出提示"张海开启了朋友验证，你还不是他（她）朋友。请先发送朋友验证请求，对方验证通过后，才能聊天"。我被张海删除好友了，我捏了手机，吹了巴黎夜风，发呆好一歇。关上窗，定好闹钟，困觉。

　　次日，我在巴黎登上飞机，颠簸降落之时，已是上海秋夜。相较出发之日，天又凉了一层，淅淅沥沥落雨。刚下飞机，我已眼皮瞌睡，收到一条微信，小荷发来语音，她说，哥哥，明日有空吧？我回一句语音，非要见面不可？要有事体，可以打电话。小荷回语音，不好打电话，我有一样重要物事，必须当面交给你。我暂不回，手机揣了口袋，转盘上提取行李，出了机场，再上专车。窗外，雨点变成瀑布，一条条劈下来，拿光影打散，颜色打散，模糊风景，就像托梦。我打开微信，问小荷，哪里见面？隔一分钟，小荷回复三个字，忘川楼。

二

这一季节，衣裳一点点加起来，植物还是翠绿，秋裤尚在衣橱，厚袜子在困觉，身在春夜错觉，可惜落英缤纷。顺便老天爷收人，我的爷爷奶奶，外公外婆，无一例外，皆是秋天走的。忘川楼，恰是旺季中的旺季，从蟹脚金黄的秋分，再到寒露，到霜降，直到立冬跟小雪，追悼会一场接了一场，火葬场昼夜不停烧人，豆腐羹饭生意络绎不绝。

今宵，忘川楼办酒水，人声鼎沸，热闹非凡，丧事几乎办成喜事。底楼只有几桌散客，小荷等候多时，不施粉黛，面孔圆了，白光流溢，双颊绯红。她又改了发型，清汤挂面，遮了眉角疤痕，就差一副黑袖章，要跟楼上唱和。我说，见面就见面，为啥要在此地？小荷说，哥哥，你怕不吉利？我说，小看我了，写了三十几部悬疑小说，我会得怕？小荷说，我第一趟认得哥哥，还有张海，就在此地。我说，1998 年，一个春夜，老厂长追悼会后，在忘川楼吃豆腐羹饭。小荷说，我只有八岁。我说，我们一道吃的第一顿饭，我们跟张海的最后一顿饭，大概也会是此地，不是我送他，就是他送我。这一句，我是讲得大不吉利。小荷低低太息，只讲一句，张海走了。我的手一抖豁，打翻茶杯，台布湿一大片，滴滴答答到裤子上，还好不烫，反而冰冷。小荷递给我餐巾纸。但我不揩，盯了她眼乌珠，不像是开玩笑。我说，张海走了？真的走了？上海话语境中，人死就是走了。最近两年，走的人实在是多，老毛师傅走了，神探亨特走了，逃亡十七年的厂长也走了，何况这个秋天，正是适合"走了"的季节。小荷说，真的走了。我心一凉，嘴唇皮发抖说，哪能走的？我是悲从中来，心想张海走了，大概有几种可能——生毛病，必是相当凶险，比如神探亨特的胰腺癌，更加快的，心肌梗死，眼乌珠一眨，没啥苦头，人已走了。但张海年纪不大，平常身体蛮好，老毛师傅中风半身不遂，都能活到九十几岁，张海不可能这样轻松走了。我想起红与黑，汽车城路况复杂，好几条高速公路，外地来的集装箱卡车，特别土方车相当野蛮，出过蛮多事故，难道张海步了老厂长后尘？一样粉身碎骨？毕竟是1993年出厂的老爷车，两度开膛破肚，回炉再造，刹车片，油箱，发动机，任何一样出问题，都会开进鬼门关。原来如此，张海已经办好追悼会，豆腐羹饭就在忘川楼，故而小荷约我在此见面。可是，我爸爸没跟我讲过，还是小荷没通知我爸爸？实在没道理，就算小荷不讲，冉阿让必定会讲。还有一点，要是张海走了，不管走到天堂还是地狱，他一定会给我托梦。思来想去，想到二十年前，想到心里发闷，眼圈发红。小荷拍台子说，哥哥，你想到啥地方去了？我说，你不是讲，张海走了？小荷说，是他走了，不是人走了。我说，你再讲讲清爽，张海还活了？小荷笑出来说，我的老公，当然没死，我也没做寡妇。我拍拍胸口说，吓煞我了，张海走到啥地方去了？小荷说，哥哥，等一歇再跟你讲，今日我寻你，不是为张海。我说，你讲有一样重要物事，必须当面交给我，不要吊胃口了，是啥宝贝？小荷说，不要急。

小荷给我倒饮料，给自己倒啤酒，打开拎包，取出一只大信封，厚得像只棺材，装得尸体胖大，就要撑开棺材板，尸液横流到餐桌上了。我说，这啥意思？她拿信封推到我眼门前说，哥哥，你自己拆了看。我先看四周，确信没人偷拍，便用手挡了别人视线，慢慢交拆开信封。红颜色钞票，一面人民大会堂，一面领袖像。总共七沓，每沓一百张，皆是新钞票，皆有银行封条纸缠绕，再加半沓零碎，七万五千块。人民币油墨气味，混了荤素菜色气味，香烟味，酒精味，油烟味，呕吐胃酸味，厕所间五谷轮回味，门口火盆灰烬味，袅袅扑入鼻孔。

小荷说，十七年前，春申厂职工原始股，当时集资一百万，这是你爸爸的一份。我摇头说，我爸爸只出了五万块，哪能变成七万五？小荷说，两万五是利息，要是觉得不够，还可以加。我说，我不要利息。小荷说，不作兴，本金跟利息都要还，一个人，一分钱，都不能少。我说，钞票哪能来的？难道卖房子？小荷说，房子已经出手。我说，甘泉新村房子卖掉了？你跟女儿住啥地方？所以张海才跑了？小荷说，不是甘泉新村，是莫干山路老房子，去年多亏哥哥帮忙，房子产权才归了张海。我说，不要谢我，是老毛师傅给我托梦，帮忙的是小王先生。小荷说，两个月前，老房子等来拆迁通知，张海跟拆迁办谈判，签了补偿协议，总共五百万。我惊说，莫干山路老房子，我不是没去过，又破又小，一间房加上小阁楼，不超过三十平方，要是五百万，每平方算下来，竟有十七八万？小荷说，不算贵，地段在市中心，周围楼盘单价十万，户口簿里人头多，我跟莲子都迁进去了。我背后一紧，自己吭哧吭哧写一本书，号称畅销，多少不眠夜，却不及一间破烂老房子。小荷又说，老毛师傅过世后，张海跟舅舅阿姨们签过协议，一旦老房子拆迁，只要在户口簿上的亲眷，都能分到拆迁安置款。拆迁办也是爽快，五百万到手，张海主动后退一步，分给舅舅阿姨们一百万，这记没人吵了，还剩下来四百万。我说，不容易，蛮好。小荷说，好啥啊，亲眷是摆平了，但我婆婆又来闹了，她从江西跑到上海，伸手问儿子要钞票，要从四百万里分走一半。我说，这不对的，老毛师傅遗嘱，遗产直接留给外孙，张海娘是没份的，必须要得到张海同意。小荷说，张海这人脾气，哥哥你晓得，他跟啥人都能相处，唯独没办法跟亲娘过日子。我说，这倒是，张海娘脾气吓人的。小荷说，自从我跟张海结婚，我婆婆只回来过两趟，一趟是莲子出生，我坐月子，第二趟是外公办丧事，除此以外，再没来过上海，一直蹲在江西，好像忘记还有个儿子，还有个孙女了，她这趟回到上海，先占了莫干山路房子，不让拆迁队动手，又堵了甘泉新村，不准我跟莲子出门，我是拿她当作婆婆，一直叫她妈妈，没讲过一句重话，还劝张海不要跟亲娘翻面孔，我婆婆倒好，讲我挑拨母子关系，要拿张家房子钞票卷走。我说，这个张海娘啊，真想不到。小荷苦笑说，还有更加想不到的，婆婆回来要钞票，张海不理不睬，她也是不声不响，自己寻了律师，拿我跟张海告上法庭，要求分割拆迁款。我说，母子对簿公堂？小荷说，娘是原告，儿子媳妇是被告。我说，小王先生介绍的老律师呢？小荷说，脑出血走了。我说，哦，一把年纪了。小荷说，我又寻了律师，官司打了一个月，法院驳回原告全部请求，虽然赢了官司，但是我劝张海，分给老娘一杯羹吧，毕竟婆婆在江西还有老公，还有一对双胞胎女儿，日子难过，缺钞票了。我说，小荷，你是个好媳妇。小荷说，我是横劝竖劝，张海终归松口，分给他妈妈一百万，婆婆拿着钞票，想在上海买房子。我说，一百万，买个卫生间差不多。小荷说，我陪她看了好几套房子，要么嫌贵，要么嫌小，要么嫌远，买小菜不方便，将来两个女儿来上海住，更加不方便，挑来拣去，索性乘火车回江西，买了一套房子，只用八十万，又用二十万买了商铺，给她老公做点小生意。我说，总比买 P2P 强。小荷说，我跟张海手里，还剩三百万，我们夫妻商量，又跟我妈妈商量，决定拿出一百五十万，还给春申厂职工。我说，明白了，五十万，便是利息。小荷说，其实呢，这点利息远远不够，当时光一百万，要是买套房子，现在至少涨十倍。我笑说，要是我爸爸的五万块，一直摆了股市，现在还有得多少？小荷说，张海做了张清单，当年春申厂职工，每人出过多少钞票，连本带利，应该偿还多少，全部写清爽，神探亨特已经不在，我还给他女儿雯雯；保尔·柯察金爷叔，老年痴呆了，还给他儿子小东保管；冉阿让爷叔，现在是我妈妈的男人，等于左手还右手；哥哥，你去法国一个礼拜，清单上每个名字，每笔钞票，都已如数奉还，你是最后一笔。我说，这桩事体，我爸爸牵记了十几年，钞票我先收下，代我爸爸感谢你。小荷说，是我爸爸做了错事，我代他讲一声对不起。我说，老早事体，不用提了。小荷说，除了职工集资款，我爸爸在外头欠债，总共一百万出头，之前这些年，我妈妈陆陆续续还了三十万，好几个债主，已经联系不上，自己人间蒸发，这部分有二十万，能联系上的债主，合计五十万欠条，这帮人还盯牢利息，连本带利一百万，父债女偿，天经地义。我说，帮你算笔账，拆迁款到手五百万，亲眷们分走一百万，张海娘分走一百万，偿还春申厂职工一百五十万，还有一百万给债主，最后只剩五十万。小荷说，甘泉新村房子，一直是使用权房，张海掏出十万块，使用权改成产权，房产证写了我跟我妈妈两个人，张海还给我买了一部上汽荣威，插电混合动力，上了新能源绿牌，用了十万块，方便我平常上班。我说，你在江南造船厂上班，从甘泉新村到长兴岛，确实需要一部车子。小荷点头说，五百万散尽，只剩三十万，张海买了一只教育保险，留给女儿读书用。

　　楼上豆腐羹饭，渐入佳境，有人哭丧，有人拼酒，蛮闹忙。我跟小荷点的菜，却是越吃越多，越吃越冷，越吃越腻了。苍蝇嗡嗡飞来，哭天抢地，唱一支支挽歌。我说，张海功德圆满，他为啥要走？走到啥地方？小荷说，新疆，乌鲁木齐。我说，去新疆做啥？小荷说，保尔·柯察金爷叔，得了老年痴呆症，老婆儿子拿他送到养老院，张海经常去探望，陪他走象棋，吹牛皮，聊国际形势，讲讲普京跟特朗普。我叹说，我不让张海寻我爸爸，他就去寻保尔·柯察金。小荷说，保尔·柯察金前看后忘，等于黄鱼脑子，只有一个地方，记得煞煞清，就是新疆，还有他的大儿子。我说，他的大儿子叫啥？大疆？小荷说，是的，保尔·柯察金天天念了新疆，要去寻大疆，张海当真了，费了好一番功夫，托人寻着保尔·柯察金大儿子。我说，这倒是张海的风格，为了寻厂长，从红与黑寻起，寻了千山万水。小荷皱皱眉头，我心中懊恼，失言提到了她爸爸。我说，对不起，我瞎讲了。小荷说，保尔·柯察金要去新疆见大儿子，又不敢被上海的老婆跟小儿子晓得，只好拜托张海，送他去乌鲁木齐,张海马上答应。我说,老年痴呆症,一个人绝对不好出门,忘记地址跟电话,碰到坏人就惨了,就像我爸爸走失的老狗。我说,你答应吧?小荷说,不好不答应啊,保尔·柯察金爷叔,也是看了我长大的,现在晚景凄凉,我心里也难过,何况他是去寻自己儿子,相隔几十年,父子重逢不易,我想想自己呢,小学五年级,爸爸就消失了,张海这趟去新疆,是做积阴德的好事体,我要是不准他走,就是我的不对。我说,我飞过新疆,路上四到五个钟头,张海有耳水失衡毛病,天上飞是吃不消的,他跟保尔·柯察金坐火车吧?小荷闷一口啤酒说,红与黑。我说,自驾车?小荷说,晓得你不会相信,张海开了沪C牌照的桑塔纳,自驾车去新疆。我说,1993年出厂的老爷车,老厂长就死在它身上,后来重生过两趟,等于八十岁老头子,动过两趟器官移植大手术,要参加马拉松比赛,危险啊。小荷说,我也这样劝过张海,别人家自驾车,两个人轮流开,不会疲劳驾驶,还好帮忙看路,保尔·柯察金老年痴呆症,非但不会帮忙,反而是个累赘。我说,是,张海实在要自驾车,可以再寻一部新车子。小荷说,张海一定要开红与黑,他在汽车改装店上班,这部车子剩下多少寿命,能走多远的路,他的心里有本账。我说,保尔·柯察金的老婆跟小儿子晓得吧?万一发觉老头子失踪,他们去公安局报案,算是诱拐吧。小荷说,前两个月,他的儿媳妇养了个儿子,小东嫌老头子痴呆,保尔·柯察金只抱过一趟孙子,就让他自生自灭了。我说,张海一路顺利吧?小荷说,他开了红与黑,跑了五天五夜,已到乌鲁木齐,寻着保尔·柯察金大儿子,终归父子团聚。

　　楼上豆腐羹饭快散了,宾客纷纷下来,摘掉黑袖章,拔出小白花,有说有笑出门,有人看到小荷落眼泪,当她是参加葬礼亲友,还来安慰几句,有人来给我发香烟,我只好摆摆手。我说,张海啥时光回来?小荷说,张海每日打电话回来,跟女儿视频通话,哄了莲子困觉,保尔·柯察金大儿子太热情了,要带他在新疆走一圈。

我说，新疆地盘太大，随随便便走一圈，一个月都不够呢。小荷说，不会的，莲子在家里等爸爸呢，下个礼拜，张海就回上海，航班号都发给我了。我说，张海不乘飞机的。小荷说，从上海开车到新疆，没出事体是运道，可不是福气，难道他要乘火车回来？我说，张海要是飞回上海，红与黑哪能办？小荷说，这部老爷车，干脆留了新疆，进博物馆吧。我说，张海不会抛下红与黑的。小荷说，哥哥，毕竟我是他的娘子。我不得不识相，拼命吃冷菜。小荷吃光啤酒，立起来说，我回去了。我说，我送你。小荷说，我开了车子。我说，你吃了酒，不好再开。小荷说，已经叫好代驾，明早还要上班。

走出忘川楼，苏州河上，徐徐吹来秋风，拂动小荷头发丝，像一团黑色乱麻，或者乱码。此间风光，相比二十年前，初相识的一夜，已是两个世界。我的怀里揣了七万五千块，人民币发热，仿佛抱了炸药包。代驾已到，我送小荷上车。她放下车窗，挥手作别，笑靥粲然，秋风竟胜春风。车窗慢慢升起，变成半透明镜子，拿她打包合上。小荷的上汽荣威，挂了绿颜色车牌，像一条白颜色鲇鱼，滑入黑夜深海。

三

张海回来的日子，延安高架路蛮堵，车子走走停停，我看一眼后视镜，小荷坐了后排，红颜色风衣，头发特别弄过，手举小化妆镜，擦粉底，涂口红，抿嘴唇皮，香水气味，散于车垫，不好叫我娘子闻着。昨日，小荷下班回到甘泉新村，方向盘打错，撞了小区墙壁，车子送到春申汽车改装店。小荷请我帮忙开车，一道去虹桥机场接张海。

五个钟头前，张海从乌鲁木齐起飞，刚刚落地。开到机场，我等了接机口，一拨拨客人出来，看到新疆同胞面孔，上海旅游团帽子，拎了大包小包，纸箱印了库尔勒香梨，吐鲁番葡萄干，昆仑雪菊。小荷等了心焦，我说，你不要急，去一趟新疆不容易，张海必定在等托运行李。我是横等竖等，倒是看到保尔·柯察金出来，旁边有个男人，帮他拉了行李，却不是张海，面孔陌生，看来比我大几岁，头发已败了一半。我上去打招呼。保尔·柯察金推推眼镜，摇摇头，果真老年痴呆。我说，爷叔，我是骏骏。他才想起来，笑笑说，你长得这样大了？至于小荷，保尔·柯察金完全不认得，连名字都忘记，还以为是我娘子。我说，小荷是张海的娘子，也是厂长的女儿。保尔·柯察金目不转睛看她，又摇头说，你诓我了，厂长"三浦友和"千金，还在读小学呢，哪能会是大姑娘？他又说，骏骏啊，春申厂原始股，你爸爸都买了五万块，我是必定要买的，再等我两日，就能问老婆要来一万块，不要缺了我这一份。我只好苦笑，保尔·柯察金的记忆，还留在七十周年厂庆。

旁边拎行李的男人，主动跟我握手，讲一口新疆普通话，此人就是大疆，保尔·柯察金心心念念的大儿子。小荷急了问，张海在哪里？大疆说，昨天一早，张海离开了乌鲁木齐，开着沪C牌照的桑塔纳。我说，他要从新疆开回上海？大疆说，不是回上海，是去霍尔果斯。我是一惊，霍尔果斯在伊犁州，靠近哈萨克斯坦边境，一度有全中国最优惠的税收，我也在那边注册过一家公司，可惜从没去过。大疆看了手表说，不出意外，张海已经到了哈萨克斯坦。小荷说，不要乱讲。她拿起手机，却拨不通张海电话。保尔·柯察金说，真的，张海去了苏联，哈萨克苏维埃社会主义共和国。小荷嘴唇皮发抖说，要是真的，几天才能回来？大疆说，横穿哈萨克斯坦，至少一个星期，如果原路返回，从霍尔果斯入境，又要一个星期，再开回上海，还要十多天，顺利的话，总共一个月。小荷冷笑说，张海疯了。保尔·柯察金笑笑说，骏骏啊，你通知你爸爸，还有春申厂的几位爷叔，今日夜里，我请大家吃饭，大疆买单哦，不好再讲我铁公鸡了，我现在手头宽裕，儿子有本事，开心啊。我说，我开车送你们吧，住哪里？大疆说，锦江饭店，夜饭订好了，南京西路，新疆菜。

是夜，新疆餐厅，我爸爸，冉阿让早已等候。小荷没接到张海，心里怨恨，自然不会赴宴。保尔·柯察金问，神探亨特呢？冉阿让说，亨特啊，已在西宝兴路，铁板新村。保尔·柯察金跳起来说，走了？前几天，春申厂七十周年厂庆，他不是好好的嘛，生了啥毛病？还是他在妇女用品商店做保安，碰着歹徒，英勇搏斗，壮烈殉职？冉阿让说，胰腺癌。保尔·柯察金摘了眼镜，抱着我爸爸跟冉阿让，号啕大哭，大疆掏出餐巾纸，帮了揩眼泪鼻涕。烤羊肉串上来，保尔·柯察金招呼大家吃，就算得了老年痴呆，他还是话痨，给冉阿让敬酒，给我爸爸敬烟，他又讲到春申厂，汽车城的新工厂。我爸爸闷掉，不敢告诉保尔·柯察金，春申厂已经没了。

保尔·柯察金说，张海开了老厂长的桑塔纳，送我到乌鲁木齐，终归寻着大疆，我本身以为，大疆会恨我，毕竟是我当年要回上海，抛下了他和他妈，全是我的错。包房寂静，只有羊肉香味，绕梁而不绝。保尔·柯察金吃了口老酒，放大喉咙说大疆妈妈是北京知青，我是上海知青，到了新疆生产建设兵团，靠近罗布泊的团场，广阔天地，大有作为，其实呢，就是骑马，放羊，开垦荒地，住地窝子，苦啊，我们连队呢，靠近原子弹试验场，我经常一个人坐了胡杨林里，思考第三次世界大战，苏联就要入侵。我爸爸拍了台子说，当时我在黑龙江当兵，也是准备打仗。保尔·柯察金说，我觉得永远回不了上海，到死也是在戈壁滩，埋了黄沙里，我跟大疆妈妈，还是纯洁的革命友谊，有一趟，我们一道骑马放羊，走了老远，彻底迷路，赶了连队羊群，到一片不毛之地，地面龟裂，还有白颜色盐花，两千年前，就是罗布泊大泽底下。保尔·柯察金吃了两块大盘鸡，我们摒牢，不敢打断他的思路，生怕他隔手忘记，他的两只眼乌珠放光说，记忆犹新啊，土黄色房子，城堡，寺庙，还有宫殿，我以为海市蜃楼，要么误入原子弹试验场，脑子受到辐射，精神错乱，但我上手一摸，两千年前的版筑夯土，夹了红柳，芦苇枝，说明当年是水乡泽国，江南风光，我也是爱读书的人，张骞通西域，凿空三十六国，从长安到敦煌，再到大宛国，重要一站，便是楼兰。我说，爷叔，你发现了楼兰遗址？保尔·柯察金说，唐朝王昌龄讲啊，不破楼兰终不还，我看到的楼兰，还没破呢，几乎擦刮拉新，灶头上有风化的面粉，竹简散了一地，弓箭袋里的箭还在，弦是老早烂了，年纪轻就是好，我还爬上城堡，爬上烽燧，想要寻觅狼粪。冉阿让问，狼粪做啥？保尔·柯察金跷起二郎腿，笑笑说，冉阿让，你就不懂了吧，狼烟晓得吧？烽火戏诸侯晓得吧？狼烟烧的是狼粪，味道特别臭，烟雾特别黑，飘出去老远，几百里外都看得到，当夜，我跟大疆妈妈，困了楼兰城堡里，周围皆是壁画，点起篝火，一记头鲜艳起来，女人红，男人黄，树叶子绿，亭台楼阁，各色人等，像从黑白电影，变成彩色宽银幕，画中人的魂灵头，纷纷飘出。我说，这记变成恐怖片了，有意思。保尔·柯察金回到四十年前，新疆餐厅包房，变成楼兰古堡，我跟我爸爸，冉阿让，还有大疆，变成壁画中的古人，餐桌上的菜色美酒，倒还是两千年前原貌。保尔·柯察金像从罗布泊穿越回来说，是啊，大疆妈妈教育我，不要迷信，不要害怕壁画里的鬼魂，要坚定辩证唯物主义，我撑了胆子，靠近壁画，发觉老多人，颇像欧洲人。我说，这不奇怪，楼兰人是高加索人种，楼兰女尸木乃伊，就是白种人，丝绸之路，东来西往，各种人都有。保尔·柯察金说，我又发觉，墙角有老多金币，挖出来看，有英文字母，还有外国人头像。我说，两千年前，还没英文，必是古罗马的拉丁字母。保尔·柯察金说，骏骏讲了没错，我当时也想到，有人能从罗马走到中国，我们也能从中国走到罗马。我说，也许有中国人早就走到了，只是我们不晓得，历史书没记下来。保尔·柯察金说，想想古人走了几万里路，从罗马到楼兰，我们到团场也不过几十里，天亮后，我跟大疆妈妈骑了马，赶了羊，看了太

阳方向，寻到回去的路，走了一日，天又黑了，荒地里，亮起一只
只绿幽幽眼睛。冉阿让说，魂灵头又来了？保尔·柯察金说，不是
魂，是狼。大疆说，这句听懂了，狼，我妈怎么没跟我说过。保
尔·柯察金说，团场里的知青，最怕碰着狼，每年冬天，都有知青
被狼吃掉，何况我还赶了几十只羊，好在我有半自动步枪，我往天
上放了两枪，又往绿眼睛打过去，我的马被惊吓，我从马背上翻下
来，额角头磕了石头上，血流满面。大疆问，没被狼吃了？保尔·柯
察金笑说，傻儿子，要是被狼吃了，还能有你吗？等我醒转来，躺
在团场医务室，头上缠了绷带，多亏你妈救了我，毛主席说得好，
妇女能顶半边天，你妈顶了大半边天，开枪扫了一圈，打光全部子
弹，狼群逃得没影了，你妈给我包扎伤口，把我拖上马鞍，拼命回
到团场，一只羊都没少。大疆问，爸爸，后来呢？保尔·柯察金说，
你妈就嫁给了我，孤男寡女，处了三天两夜，谁都说不清了，指导
员给我们做媒，就在团场办了婚礼，再然后，有了你。保尔·柯察
金切回上海话说，等到改革开放，知青回城政策出台，单身的已经
回去，像我这种结了婚，有小囡的，回去就难了，但我不想留了
沙漠吃苦，狠狠心，跟大疆妈妈离婚。包房里，又静下来，菜都冷
了。我爸爸说，保尔·柯察金，不讲了。保尔·柯察金说，我晓得，
我有老年痴呆症，这几年事体忘记光了，要是不让我回忆，等于判
死刑。

　　走出餐厅，南京路上，迎面是国际饭店，保尔·柯察金小儿子
婚宴之地。想起那一场风波，心有余悸，不过保尔·柯察金已经忘
光。五个男人荡马路，大疆叼了香烟，悄悄跟我讲起，他才三岁，
爸爸就消失了，妈妈一个人拿他养大，先在库尔勒，然后到乌鲁木
齐。大疆小学一年级，保尔·柯察金回过一趟新疆，陪了儿子一个
礼拜，父子俩上天池，去达坂城，看了火焰山，告别时光，大疆拉
了爸爸裤脚管，哭得昏天黑地，保尔·柯察金狠狠心，上了火车才
落眼泪，哭了七日七夜，方才回到上海。后来只好写信，大疆再大

几岁，连信也没了，偶尔打电话，必要掐了一分钟以内，免得超时，上海到新疆，长途话费蛮贵的。保尔·柯察金老婆管得严，又养了小儿子，新疆两个字都不能提，只好闷了心里。大疆读书蛮好，大学读了俄语，自己做国际贸易，从中亚五国跟俄罗斯进口商品。大疆结婚时光，给保尔·柯察金打过电话，问他能不能来一趟乌鲁木齐，婚礼不好少了爸爸。保尔·柯察金思来想去，怕被老婆晓得，放了大疆鸽子。现在，大疆儿子已经十岁，跟我儿子菜包一样大。前两年，大疆又养了二胎，儿女双全。大疆妈妈一直没再婚，十年前退休，终归回了北京，现住西城车公庄，颐养天年。这两年，一带一路政策灵光，大疆生意兴隆，在乌鲁木齐租了一层楼，喀什，霍尔果斯，阿拉木图，塔什干，皆有分公司。这一趟，张海帮保尔·柯察金父子团聚，大疆投桃报李，帮张海联系了哈萨克斯坦内务部，还有阿斯塔纳的大人物，包他在中亚畅通无阻。

我开车子，送保尔·柯察金父子回锦江饭店。我爸爸，再阿让，也坐车子上。到饭店，大疆收到一条微信。他说，嘿，张海到了阿拉木图。我接过手机一看，却不见张海面孔，背景是一座现代城市，蓝天白云，煞是好看，颇似乌鲁木齐，街头招牌却是俄文字母。我爸爸说，大疆，你叫张海注意安全。大疆点头说，还有啥要我带话？我想想，又摇头。保尔·柯察金上楼前，抓牢我说，小东，我跟大疆回来这桩事体，千万不好叫你娘晓得，否则我又要跪搓衣裳板，搞不好一整夜，残酷啊。我晕了，保尔·柯察金竟拿我当成他的小儿子。我说，爷叔，我不是小东，我是骏骏。保尔·柯察金说，瞎三话四，儿子哪能不认阿爹了？你跟大疆，皆是我的儿子，大疆是阿哥，你是阿弟，今日总算认了兄弟，一定要好好相待，兄弟同心，其利断金，道理懂吧？我将错就错，苦笑说，好，我懂。离开锦江饭店，我爸爸悄声问我，张海会从哈萨克斯坦回来吧？我抬头望天说，不晓得。回到家里，困了眠床，又有人来寻我托梦，不是殒命巴黎的厂长，而是小王先生。

四

小王先生满头青丝，稍带自然鬈，面孔雪白，双目清澈，还留浓黑鬓角，像《乱世佳人》白瑞德，整条思南路上的小姑娘，暗戳戳欢喜他。小王先生穿皮夹克，胯下一部哈雷摩托，人中吕布，马中赤兔。他邀我上摩托后座，拧油门，加速度，1200 cc 引擎轰鸣。我们变成风，风变成荷尔蒙，荷尔蒙变成翅膀，飞过一根根晾衣裳杆，床单，裙子，裤子，内衣，随风飘扬，跳探戈，跳恰恰，拿阳光剪碎成细流，溅落到头顶，味道像牛奶，将要变质，尚未变质。我看到十字路口，壮阔的圆环，高耸一座塔楼，四面皆有大钟，君临天下，俯瞰整条长寿路。天上是无轨电车的电线，影子像绞索落了头颈。摩托车在路口转一圈，又转一圈。我问，这是啥地方？小王先生说，大自鸣钟。摩托车转弯，开上造币厂桥，太阳下，苏州河金光闪闪，甘草加牙膏加茶叶蛋，混合气味扑鼻。造币厂，面粉厂，啤酒厂，印刷厂，药水厂，灯泡厂，申新九厂，上钢八厂，国棉六厂，还有春申机械厂，沿了苏州河排开，喷了烟囱，机器滚滚。大自鸣钟方向，晴天霹雳巨响，如同波涛，一层层穿过天际线，涌到外滩的远洋轮船，涌到吴淞口。回到十字路口，大自鸣钟已不存在，历史车轮将它推倒，只剩这只地名。钟楼对面，没人注意一间小学，有个女人出来，绿颜色旗袍，烫过的鬈头发，面孔略施粉黛，颇不合时宜。她是个女先生，夹了小学课本，被送上一部卡车，回首凝眸，好像要哭，又没眼泪水。她向我招手，向小王先生招手。她在笑，像吃了酒，似醉非醉，朦胧姿态。钟楼废墟前，女人笑靥，像天上落下的云。卡车带走了她，没收云的色彩，变成黑白电影。小王先生瞪大眼乌珠，拧了油门把手，疯狂追赶卡车。尾气迎面扑来，我们面孔熏黑，眼泪水也熏黑，太阳消逝无踪，跳过夕阳无限好，直接月上柳梢头。哈雷摩托车，爬上长寿路桥，穿过老北站，从闸北追到虹口，直到提篮桥。卡车带了女先生，钻入一座黑颜色城堡，铜墙铁壁，金城汤池。路灯忽明忽灭，13路无轨电车横出来，迎面碰着摩托车。我飞起来，小王先生也飞起来。天上旋转两只轮胎，像一对鸽子，黑颜色翅膀，飞过重峦叠嶂屋顶，小阁楼上，瓦棱青草摇摆，野猫扭了小腰走过。上海千万霓虹亮了，南京路亮了，静安寺亮了，春申厂一车间也亮了。沿了黑夜的苏州河，飞啊飞，飞到大光明电影院，巴黎圣母院，卡西莫多敲钟，丧钟为谁而鸣？

梦醒。我弹起来叫，小王先生，小王先生。娘子惊醒，问我寻啥人？我说，小王先生寻我托梦。娘子说，又是魂灵头？我的脑子方才清醒，来不及吃早饭，开车出门。我的心里烦乱，期望这趟托梦失灵。

开到思南路101弄，还是法式老房子，走上三楼，敲门不应。我敲开邻居房门，大家皆讲，已经一个礼拜，没看到过小王先生，也没见他出远门，毕竟八十几岁年纪，只好深居简出。不过有邻居从窗口，闻到隔壁有股怪味道。我是更加惊慌，趴了小王先生门缝外，用力吸了鼻头。一股味道，像放久了的牛奶，洋山芋，空心菜，咸带鱼，沿了地板飘散，魂灵头足迹，无声无形，只有颗粒，称分量，二十一克，不足半两。我打了110，警察赶到，不敢撬门，又寻居委会，最后几方作证，房管所强行开门。警察进入房间，发觉小王先生困在卧室，盖了棉被子，轻度腐烂，味道熏人。我蹲了楼梯口，不是呕吐，也不是胆怯，而是伤心，内疚，挖心，没早点来望小王先生，等到现在，万事皆休，千古憾恨，只好托梦相逢。

小王先生走了。我在思南路上走一圈，树叶子黄了，枯了，挂于枝头，将落未落。马路左手边，瑞金医院太平间，右手边，二医大解剖室。倘若打通秘道一条，生老病死，滚滚红尘，太平间直送解剖室，免去殡仪馆亲朋送别之尬，不受火葬场烈火烹油之苦，只待审判清算，丁零咣啷，一个不少。走到皋兰路，半世纪前，高乃依路，法国大剧作家命名，一座东正教堂，流亡的白俄人造的，大小洋葱头，苍翠向天穹，带走小王先生魂灵头。

几日后，公安局通知，小王先生死于心肌梗死，自然死亡，不是谋杀。现场没挣扎痕迹，小王先生安眠于床，想必是梦中猝死，没痛苦，堪称幸运。法医推测死亡时光，发现尸体七日前。小王先生寻我托梦之日，恰是头七，回魂夜，拜托我为他料理后事，以免他被全世界遗忘。小王先生没结过婚，更无子女，世上唯一亲眷，便是嫡亲侄子，蜗居棺材房的香港王总，我打了电话通知他。我为小王先生订了龙华殡仪馆，又请了白事服务一条龙，操办寿衣，花圈，骨灰盒，墓地。小王先生也是作家协会会员，老多年没参加活动，但会籍终身有效。我给作协领导打报告，邀请沪上评论家，新老作家开一场追思会，给媒体发通稿，在微信公众号写文章，总结作家春木的文学成就。记得他的人，已寥寥无几，三本代表作《金陵春》《钱塘春》《春申与魔窟》，从未再版。小王先生书架上，寻不到几本，只好从孔夫子旧书网上，高价买来十套，以供评论家们一阅。追思会上，大家人云亦云，七里传了八里，一歇歇中国传统小说，从《红楼梦》讲到张恨水，一歇歇类型文学，从柯南道尔讲到东野圭吾，我怀疑这点人，还是没看过小王先生的书。

追悼会，终归风风光光。作家协会，电影家协会，世界华语悬疑协会，送来一排排花圈。经过我在媒体宣传，来了不少文学爱好者，还有几个老影迷，看过春木小说改编的电影，大厅总算没冷清。春申厂老兄弟们，我爸爸，冉阿让，还有工会主席瓦西里皆来了。保尔·柯察金姗姗来迟，儿子大疆一道陪过来。小王先生家属，只来了一个，就是香港王总。他负责捧遗像，戴墨镜，西装，领带，皮鞋，长脚鹭鸶，鹤立鸡群，貌似腰缠万贯。啥人晓得，他是欠了一屁股债，香港飞到上海的机票铜钿，还是问我要来的。小王先生悼词，亦是我写。总结好他的一生，便送去火化炉。一副好皮囊，化为灰烬，去得清清爽爽。

最近二十年，小王先生孑然一人，蜗居思南路，跟人断绝往来，同一年代老友，比方老毛师傅，纷纷驾鹤凋零，黄泉路上，遍插茱萸少一人，如今补齐。小王先生没留遗嘱，全部遗产，自然由嫡亲侄子继承。只可惜，思南路房子是使用权公房，并无房产证。现金存款，不过几万块。还有无形资产，作家春木的著作权遗产，香港王总写了一纸委托书，请我全权代理。我寻了几家出版社，想要重版《金陵春》《钱塘春》《春申与魔窟》，或出一套文集。但这几本书年月太早，实在无人问津，何况书号收紧，出书颇不容易，只有一家愿意出版，还要我提供书号费，倒贴几万大洋，印数仅仅五千，聊胜于无。

葬礼之后晚宴，还在忘川楼。老板娘已回家乡去了，有个后生接盘，开发微信小程序，利用移动互联网，进行丧事餐饮服务，全国加盟经营，竟已搞到 A 轮融资，基金投了一千万，估值一个亿，碰着大头鬼。小王先生的豆腐羹饭，勉强凑成一桌。香港王总代表家属，给我爸爸敬酒，发万宝路香烟，一笑泯恩仇。我爸爸不吃酒，现在禁烟管得紧，只好别了耳朵上。大疆要拼白酒，王总甘拜下风，只灌啤酒，不易醉。前几日，大疆跟小东谈判，同父异母两兄弟，这辈子头一趟见面，商量爸爸养老问题，话不投机，兄弟反目，当场吵起来。大疆买了机票，要带爸爸回乌鲁木齐，放在自己身边照顾，明日就飞。这一结果，我已有预料。香港王总将醉未醉，拉了我问，张海小兄弟哪能不在？我不晓得如何作答，冉阿让说，出国去了。王总说，出国打工，蛮辛苦的。冉阿让说，张海是出国旅游，当年春申厂的职工集资款，他代替厂长还了。王总又吃一口啤酒说，到底是浦厂长女婿。我爸爸听了不适意，翻面孔说，王总啊，啥的女婿不女婿的，张海是我的关门徒弟，这才最要紧。看到我爸爸都要争功劳了，我劝他不谈了。

我又问王总一只问题，小王先生一辈子没结婚，但他年轻时光，可曾谈过恋爱，有过欢喜的女子？王总舌头变大，慢吞吞说，让我想想看，公私合营之后，我这位爷叔啊，一个人留在上海，当了语文老师，学堂就在春申厂不远，大自鸣钟晓得吧。我说，晓得，长寿路西康路口。王总说，我爸爸经常跟我讲起大自鸣钟，解放前日本人造的钟楼，沪西制高点，立了春申厂门口，隔好几条路都能望到，后来拆掉了。王总打开二楼窗门，又点一支万宝路，吞云吐雾说，我爷叔呢，也是情种，像贾宝玉，我爷爷留给他的财产，只有一部哈雷摩托车，学堂里有个女老师，比他大几岁，是个寡妇，漂亮，会得打扮，欢喜穿旗袍，两个人都是语文老师，经常一道开教研会，一来二去，你懂的。我说，这场恋情，不是蛮好。王总说，这个女老师啊，因为漂亮，引人嫉妒，煽风点火，讲她作风不正，勾引有妇之夫，恰好"反右"，有人写匿名信，告发了女老师，讲她有台收音机，可以收到台湾的短波。我爸爸插嘴说，这记要死了。我爸爸做过矿石收音机，当兵又是发电报，晓得兹事体大。王总说，大自鸣钟拆掉当日，女老师被押走，我爷叔骑哈雷摩托车，一直追到提篮桥。我说，监牢啊。王总说，摩托车开得太急，撞上无轨电车。我说，13路，终点站，提篮桥。王总说，哎，哈雷摩托车撞烂了，我爷叔送到医院抢救，差点没命。我说，女老师呢？王总说，打成右派，收听敌台，苦头吃足，发配青海，生死不明。我说，小王先生，一辈子没结婚，就为这个女人？王总说，啥人晓得？人都烧成灰了。想起来，小王先生对我托梦，皆是真事，就连女先生面目，也从六十年前传来，历历在目，叫人冷汗凛凛。

　　酒足饭饱，香港王总交给我一本厚簿子。他说，昨夜整理爷叔遗物，翻出他的日记本，对我是一文不值，对你大概有用。我打开日记，多少年尘埃，几十万钢笔字，不止一只魂灵头，犹如飞虫，密密麻麻，扑面而来。小王先生字迹隽永，笔锋藏拙，颇有功架，可做硬笔书法字帖。我说，多谢王总，这本日记，弥足珍贵，无论文学价值，史料价值，我好捐给上海文学博物馆吧。王总说，捐出去，可有补偿款？几千块也好。我说，这倒不晓得，我帮你问问。这两日，王总暂住思南路老房子里，虽然破烂酸臭，还闹老鼠，甚至闹鬼，但比起棺材房，等于千尺豪宅。王总乐不思蜀，与鬼同眠，他是不吓的，决定搬回上海，免得再被赶进笼屋等死。

我翻到日记最后，今年10月，有一页，如是说："今日本无事，夜，有客来访，老毛阿哥外孙，送来半斤碧螺春，聊英超意甲，又聊春申厂，讲及末代厂长，告辞。夜静，胸甚痛。"我手抖豁，再看日期，恰是张海从上海出发去新疆前一日。我问大疆，可有张海消息？从哈萨克斯坦返回了吧？大疆摇头说，还没联系上呢。我说，张海这趟远走高飞，不单是为你爸爸，恐怕还有其他计划。我爸爸说，他计划啥？我说，他怕已计划了十七年。我爸爸点一支烟说，我也计划了十七年，却一步都没踏过。吃好豆腐羹饭，走出忘川楼，我收到一条微信。小荷发给我说，张海有了消息。我说，刚刚还在提他，张海好吗？小荷说，明晚，见面说。我说，在哪里见？小荷说，乍浦路。

五

小王先生追悼会后，秋风更劲，路边法国梧桐，实际上是悬铃木，落得像保尔·柯察金光头。我从虹桥机场出来，刚拿保尔·柯察金跟大疆送走，他们父子今日回乌鲁木齐。晚高峰堵车，开到苏州河边，华灯初上，多年未来，风光大异，外白渡桥方向，隔了滔滔黄浦江，光芒万丈，最高的上海中心，犹如插蜡烛，藏了云里雾里，只好看到腰眼角落。唯一不变风景，是我老单位邮政总局大厦。我停好车，走到乍浦路，一度满城浮华，琼楼玉宇，霓虹喧嚣，熠熠光芒，于今拆光，变作灯下黑，藏了幽冥中，摇尾乞怜。酸的，甜的，辣的，浓油赤酱气味，男人的、女人的荷尔蒙，亦被秋风扫荡清爽，先是一片片，再是一蓬蓬，像油炸过的龙虾片，扯碎掉的作文卷子，繁花落尽，窸里窣落，零落成泥碾作尘。我从苏州河荡到海宁路，皆是残垣断壁，好像被轰炸机空袭过一遍，又被考古学家挖过一遍。直到乍浦路尽头，只剩一间小饭店，小荷便在此等我。

靠窗角落坐下，食客寥落，灯光幽暗。我说，为啥订了此地？小荷说，哥哥，你忘记了吧，十多年前，我经常来寻你蹭饭，从苏州河走到黄浦江，就在这条乍浦路上。我说，不会忘的，不过呢，路已不是老早的路了，饭店不是老早的饭店，味道更加不是了。小荷仰头说，人还是老早的人。我定快快说，人也不是了。小荷不响，这一趟，轮到她来点菜：四喜烤麸，马兰头香干，红烧划水，毛蟹年糕，还有一碗老鸭汤，加上盖浇饭。小荷点了可口可乐，我要调成菊花茶。但她不肯，一定要吃可乐。我便随她，帮她拉开罐头。

我直接问，张海在啥地方？小荷说，俄罗斯。我说，不是哈萨克斯坦？小荷说，他已经横穿了中亚，非但没原路返回，反而开到俄罗斯，打了视频电话回来。小荷给我看手机，张海发来的照片，天地落雪，一江秋水宽阔，已经结冰，凝固一排轮船，风光旖旎。第二张照片，近景是一部桑塔纳，分明是红与黑，挂沪C牌照，全世界绝无其二，远景是一尊雕像，巍峨高耸的女人，手执宝剑，杀气腾腾。我点头说，张海到了伏尔加格勒，老早的斯大林格勒。小荷说，哥哥好眼力。我说，没去过俄罗斯，倒是晓得这尊雕像，名叫《祖国母亲》，当年苏联全盛时期，纪念斯大林格勒战役，第二次世界大战转折点，铸造在伏尔加格勒。小荷吃一口可乐说，两个月前，五百万拆迁款到手，张海帮我还清欠债，他还计划去一趟法国。我不动声色说，无债一身轻，终归要庆祝的，带你到法国旅游，蛮好。小荷揩去嘴边泡沫说，哥哥，不要装了，你晓得，张海是想去巴黎，拿我爸爸捉回来，他这桩心思呢，就像一头老牛的胃，不停反刍，吞进去，吐出来，嚼嚼烂，再吞进去，被胃酸腐蚀，周而复始，老黄历了。我说，你不是做梦都想让你爸爸回来？小荷说，现在不想了。我说，为啥？小荷说，一来是觉得，就算到了巴黎，千辛万苦，寻着我爸爸，但他在外头十几年，恐怕早已重组家庭，新的老婆，新的小囡，其乐融融，乐不思蜀，回来做啥，我的童年已被拆散，还要拆散人家童年吧；二来呢，你也要考虑冉阿让爷叔，他跟我妈妈过日子蛮好，万一我爸爸回来，住了啥地方？算啥关系？三个人困一张床？就算他们不嫌，我也嫌家里太挤。我说，张海还是不死心。小荷说，上个月，张海要去新疆，我也怀疑过他，不想跟我过日子了？外头有了女人？万万没想着，他是要自驾车去欧洲，还是红与黑，异想天开，这两日，我从家里抽屉底下，翻出一沓签证资料复印件，有哈萨克斯坦旅游签证，俄罗斯商务签证，半年内多次有效，我还寻着张海的驾照翻译公证，一份俄语，一份英语，相当于国际驾照，从中亚到欧洲，畅通无阻。我说，原来如此，他送保尔·柯察金去新疆，顺便帮人家父子团圆，是为了走这条线路。小荷说，我还寻着张海的申根签证资料。我说，申根签证我办过，只要一个国家签证，二十六个申根国都能进去。小荷说，张海办了芬兰签证。我说，芬兰在俄罗斯边上，他可以开了红与黑，直接从公路进去，看极光，看圣诞老人。小荷说，从上海到巴黎，这样远的路，这样老爷的车子，张海不大出国，英文又臭，哪能跟人家交流，关键是不安全，女儿莲子还小。我说，当爹的哪能会丢下女儿。小荷冷笑说，哥哥，你又在嘲笑我爸爸？我觉着无辜，摇头说，你太敏感了吧。

小荷嘴角微翘，拿起筷子，菜又冷了。她吃了半杯可乐说，哥哥，你还记得吧，十年前，长寿公园。我存心说，记不清了。小荷说，哥哥，你是贵人多忘事，那趟我爸爸回来见我，差点点被债主捉到，我跟你浑身湿透，一道去了澳门路的酒店。我是背脊骨一紧，只嗯一声。小荷说，我求你抱抱我，但你真是戳气，只抱了我五分钟，就松开手，一声不吭，走了。我低头不响，好像零比三，输得一败涂地。小荷笑说，没关系，哥哥，你能抱我，我就老开心了。

我说，不讲了，好吧。小荷说，好，再讲张海，你为啥不问，我哪能嫁给他的？我说，张海不讲，我就不问。小荷说，这么我来讲吧，在你结婚这年，我上了大学，机械工程专业，全班五十个同学，只有四个女生，关键是我觉着呢，春申厂也属于机械工程，将来到这一行业工作，就能认得当年春申厂的客户，供应商，有机会打听到我爸爸消息。我说，你想得蛮长远的。小荷说，我在大学里，谈过几个男朋友，不过没一个长远的。我说，你不必告诉我。小荷自顾自讲下去，那时光，我要做机械设计作品，我一个小姑娘，实在吃力，张海就来帮忙，跟我一道画图纸，但他画的第一张图纸，居然是永动机。我听了一笑。小荷说，你笑啥，永动机违反了能量守恒定律，违反了第一热力学定律，第二热力学定律，根本是瞎七八搭，张海画的永动机图纸，就像一只摩天轮。我想起建军哥哥的图纸说，是的，摩天轮。小荷说，张海没做出永动机，但他手巧，拿汽车上的零部件，加上电动马达，做了一台平衡车，我天天骑它荡来荡去，相当拉风。我说，张海得了我爸爸真传，青出于蓝而胜于蓝。小荷说，大学毕业，要么去上汽集团，要么去汽车零部件外企，结果阴差阳错，我进了江南造船厂，分配到设计部，日日夜夜画图纸，有好望角级油轮，10000 TEU 集装箱船，也有国产导弹驱逐舰。我说，江南厂是一百五十年老厂，造过中国头一台车床，头一艘蒸汽兵舰，头一艘铁甲舰，头一门钢炮，头一台万吨水压机，我爸爸跟我讲过，江南厂的工人师傅，就是工人当中的战斗机。小荷噗嗤笑了，哥哥你也会讲笑话了，江南造船厂，本在黄浦江边，因为世博会，搬迁到长兴岛。我说，作协组织我参观过，几只船坞超级大，在造航空母舰吧。小荷说，对不起，哥哥，这是国家机密。我只好说，抱歉，是我多嘴了。小荷慢悠悠说，长兴岛太远，我每日要乘班车，几十公里路，下班回来，夜里八点多钟，走到甘泉新村门口，经常看到张海，开一部富康小轿车，贼头狗脑，远远瞄我，我蛮气的，直接打 110 报警，警察赶到，连人带车，送进派出所审问，张海不承认跟踪，只承认开黑车。我说，张海没事体吧。小荷说，隔天，张海就放出来了，派出所通知交通执法大队，没收了他的车子，暂扣驾驶证半年，还要罚款，罪名是非法运营，有他签字笔录为证。我拍大腿说，张海赔了夫人又折兵，饭碗都被你敲碎了。小荷说，是啊，张海老早贩卖 A 货，襄阳路市场关掉，后来做黄牛，被人家吃了生活，再卖 DVD 碟片，大自鸣钟市场又被冲掉，现在因为我报警，他借钞票买的车子被充公，断了开黑车的生路，这种结果，我哪能想得到，实在过意不去，我给张海打电话，约他出来吃饭，赔礼道歉，就在忘川楼。我说，万箭穿心，触人心境，地方选得蛮好。小荷说，哥哥，你还嘲我，张海跟我讲了交交关关，都是你跟他的事体，从1998 年春天讲起，讲到你跟他断绝往来。我说，这记我是没秘密了，张海还记恨我吧。小荷说，他一点也不怨你，我从他的嘴巴里，才拿你看得真真切切，从 2D 变成 3D，再变成 IMAX，甚至三百六十度没死角，远在天边，又近在眼门前，就像托梦。我说，赶紧刹车，讲了吓人。小荷说，那一夜，张海跟我讲到忘川楼打烊，他又陪我到江宁路桥上吹风，走到莫干山路老房子，半夜十二点钟，我妈妈打了好几只电话，叫我回去，但我吃了老酒，身体发热，想要走路散酒，张海陪我从苏州河走到甘泉新村，走了半个钟头，一身臭汗，楼下灯坏了，乌漆墨黑，我问了张海一只问题。到此，小荷却不讲了，我心急问，啥的问题？小荷粲然说，哥哥，我问你，海里能开荷花吧？我挠头说，荷花开在河浜里，湖泊里，水缸里，反正是淡水，哪能开在海水里呢。小荷说，张海回答，小荷是荷花，张海就是海，荷花可以开在海里。我说，我是愚钝，没情商。小荷说，听到张海的回答，我直接抱紧他，亲了嘴巴。我尴尬说，你今夜没吃老酒，只吃可乐，哪能也醉了。小荷说，啥人规定，一定要吃酒，才能醉？我苦笑说，也对，我从不吃酒，但有时光，也会得醉。

小荷面露绯红说，这一夜后，我跟张海谈了朋友，开始只是吃吃饭，荡荡马路，看看电影，顶多亲嘴巴。我说，你妈妈晓得吧？

小荷说，当然瞒了我妈妈，不过女人到底敏感，眼乌珠一眨，鼻头一嗅，不但看出我在谈恋爱，还发觉对方就是张海。我说，因为张海盯了你们母女十年，盯出心灵感应了。小荷说，我妈妈跟我讲，张海居心叵测，醉翁之意不在酒，欢喜我是假，要捉我爸爸是真，又讲张海是无业游民，一没房子，二没票子，三没学历，就是个三无产品，社会渣滓，而我呢，终归不算难看吧，211本科毕业，江南造船厂是皇粮单位，趁了年纪还轻，有的是好小伙子排队。我说，你妈妈的担心也有道理。小荷冷笑说，妈妈发觉了我的秘密，但是她的秘密，正好也被我发觉了，我们母女彼此彼此。我说，难道是关于厂长？小荷说，我妈妈经常夜里不回来，她讲在医院值夜班，但是每趟出门，她都会擦口红，穿高跟鞋，跟老早大不相同，有一夜，我装模作样去医院挂急诊，问我妈妈在值班吧，结果护士长讲，我妈妈最近没上过夜班，这记穿帮，我心里第一反应，也是我爸爸回来了，我妈妈不敢告诉我，生怕秘密泄露，债主上门捉人，我悄悄跟踪她，看到她上了一部轿车，开车子的男人，不是我爸爸，而是冉阿让。我说，原来如此。小荷说，我妈妈竟然跟冉阿让爷叔搭上了，摊开这只秘密，我妈妈立刻泄气，只好低三下四，求我不要声张，我便得寸进尺，问她看上冉阿让啥地方，图他有钞票有房子？我妈妈回答，他人好，我就拿这三个字，重新丢还给妈妈，变成我跟张海谈朋友的理由。我说，这倒是，他人好，无从反驳，冉阿让爷叔是，张海也是。小荷说，我还托了我妈妈，叫她去跟冉阿让商量，留给张海一个工作机会，毕竟张海因为我敲碎饭碗，不好再开黑车，张海到了春申汽车改装店，签了劳动合同，他是无业游民十几年，终归正经上班了。我点头说，兜兜转转，回到老本行，他肯定开心。小荷说，有时光，我妈妈不在家里，不晓得是医院值夜班还是跟冉阿让幽会，我就拿张海约到家里来，他还有点紧张，好像深入敌巢，十面埋伏。我说，张海没寻着厂长，倒是得到了你，塞翁失马，焉知非福。小荷说，单位男同事，好几个追过我，天天无事献殷勤，一个要请我看电影，一个要请我看演唱会，还有一个请我去马尔代夫旅游，但我统统回绝，明当明讲，已经谈了男朋友，不要再做无用功，同事们传我搭上了金龟婿，要么是富家小开，要么是海归精英，上海起码两套房。我点头说，小荷，以你的条件，嫁到这种人家不难。小荷说，要是我家里没债，倒是有可能，但我独独欢喜张海，此人啥都不是，只是一个修车技工，但没人相信，以为我开玩笑。我说，现在世道如此，随便人家想去吧。小荷说，直到我发觉怀孕，肚皮三个月，就拖了张海去领结婚证。我说，奉子成婚，你妈妈同意了？小荷说，我跟我妈妈讲，我嫁的男人，就算再蹩脚，也好过你嫁的男人吧？我妈妈哑口无言，我跟张海没办喜酒，怕被债主盯上，只拍了婚纱照，去泰国普吉岛度蜜月，肚皮里的莲子也等不及了。我说，没办婚礼，不遗憾吗？小荷笑说，一点也不遗憾，反而逃过一劫。我说，是啊，结婚就是热昏，也是劫婚，劫难的劫。小荷说，哥哥讲了对，还有你想想看，自从我爸爸欠债失踪，我家里亲眷，看到我们母女，就像看到瘟神，我要是请他们来吃喜酒，想到还要分红包，恐怕一个都不会来，婚宴台子空空，非但要蚀本，还要蚀面子，触心境，吃喜酒不开心，不如去忘川楼，吃豆腐羹饭。我说，够了，小荷，你跟张海新婚，就住甘泉新村房子？小荷说，不住了我家里，难道住莫干山路老房子？我妈妈腾出一间卧室，改成新房。我说，老早张海在外头监视你家，现在直接住到你家里，困在你床上监视你了。小荷淡淡一笑说，张海从来不承认，但我心里清清爽爽，我也不怕他，我为啥要怕自家老公，我妈妈倒是提心吊胆，好像家里进了贼骨头，不过我肚皮一天天鼓起来，她也只好关心外孙女了。我说，张海住到你家里，老毛师傅哪能办？小荷说，我也会去莫干山路老房子，帮忙照顾他啊。我说，老头子晓得你是厂长女儿吧？小荷说，张海没敢告诉他，只讲外孙媳妇来了，老毛师傅困了床上不能动，但是还会讲话，我听到他骂人，扬州话，我听不大懂，我问了张海，才晓得他外公在骂我爸爸，最龌龊的骂人话，还骂我妈妈。我说，我给他起过外号，钩子船长，老头就是这样的人，你不要动气。小荷说，有一趟，我告诉张海外公，我就是厂长女儿，他是听懂了，马上翻面孔，抬手要打我，还好他没力道，差点自己翻到床底下，我挺了大肚皮，老头子讲小荷啊，拿你爸爸叫回来，我有话对他说。小荷模仿"钩子船长"腔调，不伦不类的扬州话，我噗嗤笑了。小荷说，等到莲子出生，脐带绕颈，只好剖宫产，肚皮挨了一刀，坐月子时光，我婆婆从江西回来，我到莫干山路，让张海外公抱一抱小毛头，已是第四代了，张海是个好爸爸，照顾莲子蛮好，女儿越来越黏爸爸，他这趟出去，肯定会得回来。我还想讲话，小荷拎起包说，哥哥，我吃饱了，走吧。我低头翻皮夹子。小荷说，我用支付宝买好了。

乍浦路上，路灯清亮，秋风卷来落叶，围了脚下打转。小荷说，哥哥，你再陪我走走好吧。我没办法拒绝，走到苏州河，立了上海大厦下，小荷头发蓬松散开，像黑颜色丝绸扬起，蒙牢双眼。她掏出一把木梳，篦头发。走到浦江饭店楼下，对面俄罗斯领事馆，让人发冷，蓦然想起张海，他在俄罗斯，伏尔加河畔，坐了红与黑，敞开车窗，吹了野风，跟我们有时差，上海的深夜，那边是黄昏，欧洲最长河流，落日熔金，沉入东欧平原。外白渡桥下，潮水拍打堤岸，一条小船开来，扑入烟雾蒙蒙的黄浦江。我陪小荷荡到外滩，和平饭店一楼，老年爵士乐团，钢琴奏出黑颜色，萨克斯风吹出白颜色，班卓琴弹出绿颜色，烟雾扑扑满你的眼乌珠，*Smoke Gets In Your Eyes*。人心刚要软下去，海关大钟走到整点，东方红敲响，重新让人变硬，铁石心肠。小荷说，哥哥，时光不早了，我要回去哄女儿困觉。我说，我送你。小荷说，不必，我叫了专车。我深呼吸说，小荷，我有一桩事体，必须告诉你了。小荷说，尽管讲。我说，你爸爸走了。小荷说，你是讲他死了？我说，是。小荷说，你哪能晓得？我说，上个月，我在巴黎，厂长寻我托梦，托我向你转达，他想你。小荷说，你第一趟梦到我爸爸？我说，第一趟，大概也是最后一趟。小荷笑说，我爸爸消失十几年，我梦到过他几百趟，几千趟了，要是每一趟，皆是托梦，他岂不是死了几百趟，几千趟，又重生了几百趟，几千趟？我说，最近一趟呢？小荷不回答，滴滴专车开到，她径自上车。我是失魂落魄，从外滩走回乍浦路，寻到停车位，打道回府。

六

入冬一夜，我爸爸打来电话说，冉阿让来做客，带给你一本书。我说，啥的书？我爸爸说，来就晓得了，我蛮多天没看到你了。走到小区门口，我听到有人吹笛子，冬夜里传出老远，树上枯叶纷纷坠落，苏州河水鸟纷纷惊起，天上星星也没了颜色。张海消失后，我爸爸不打游戏，重新捡起笛子，湿布头揩揩清爽，贴上笛膜，每夜呜呜地吹，从《鹧鸪天》到《喜相逢》再到《帕米尔的春天》，每日吹两个钟头，吹到邻居投诉，打 110 报警。我妈妈蛮担心，生怕他步了保尔·柯察金后尘。到了家里，我看到冉阿让坐了沙发上，变成邋遢胡子老头，抽中华，吃铁观音，赛过活神仙。还有一条拉布拉多胖狗，布莱尔失踪以后，我送给我爸爸做道伴，又养一只兔子，一只乌龟，加上老毛师傅的老鹩哥，动物世界不寂寞。我爸爸笛子瘾头上来，拦也拦不牢，客厅立定，气沉丹田，打通任督二脉，大小周天，先奏一曲《上海滩》，再奏《北京的金山上》，三奏《梁祝》，皆是他教过我的曲目。

终归吹不动了，我爸爸咳嗽两声，再吃一口浓茶，递给冉阿让一支中华。我说，冉阿让爷叔，少吃两根香烟，张海现在啥地方？冉阿让说，芬兰。我说，穿过俄罗斯，申根签证派用场了。冉阿让说，张海打了电话回来，开了视频，看了小荷跟莲子，他坐了车子里，气色不错，穿了羽绒服，外头落大雪，就要乘船。我说，乘船？红与黑哪能办？冉阿让说，车子开上滚装船，从芬兰首都出发，叫啥的黑尔心肌梗死？我说，赫尔辛基。冉阿让说，对，从这心肌梗死地方，乘船到另一个国家，叫啥艾滋病尼亚？我说，爱沙尼亚。冉阿让笑说，骏骏聪明，一讲就晓得，我是老了，脑子一摊糯糊。我跑到书房，从旧书架上，寻出一本世界地图集，翻到波罗的海这一页，芬兰首都赫尔辛基，跟爱沙尼亚首都塔林，相隔芬兰湾。俄罗斯圣彼得堡，苏联列宁格勒，十月革命，一声炮响，就在芬兰湾顶端，从圣彼得堡到赫尔辛基，近在咫尺。

茶几上，摊了一本书，《1907，北京—巴黎汽车拉力赛》，封面是黑白老照片，西洋人开了老爷车，还坐个顶戴花翎的清朝人。原来1907年，五组欧洲人，驾驶五部汽车，从北京开到巴黎，横穿欧亚大陆，走了两个月，一万六千公里。意大利亲王西庇奥尼·博盖塞，开了伊塔拉牌汽车夺魁。书里每一页，都被画了线，还写了圆珠笔字，一看是张海笔迹，最后印了汽车拉力赛路线图，张海用红颜色记号笔，画了另外两条线路。第一条，自上海出发，绕过蒙古跟西伯利亚，横穿中国大陆到新疆，经过中亚，直接到俄罗斯，再借道芬兰跟波罗的海，最后到巴黎。第二条，从巴黎回程，经过意大利，中欧诸国，乌克兰，回到俄罗斯，却不走中亚，而是走西伯利亚，绕过贝加尔湖，直到远东，再渡过黑龙江，纵贯东三省，不走山海关，从大连过渤海，到山东半岛，沿海岸线南下，回上海。

冉阿让说，前两天，我去汽车改装店，在张海的工作台下头，看到这本书，看到张海的字，再看这张地图，我就懂了。我说，冉阿让爷叔，这本书，我可以留下来吧？冉阿让说，就是带给你的。我说，谢谢。冉阿让立起来说，老蔡，注意身体，再会。我爸爸说，今夜回啥地方？冉阿让说，我能回啥地方，只好回甘泉新村，"山口百惠"，小荷跟莲子，都在家里等我呢。我说，我开车送你。冉阿让说，你们父子长远没聊过了，你再坐一歇，我走了。

我送到电梯口，冉阿让问我，骏骏啊，你帮我分析分析，张海真会到巴黎，寻着厂长吧？我摇头说，冉阿让爷叔，你放心吧，张海就算到了巴黎，也没用场，因为厂长已经死了。冉阿让一惊，表情也是千变万化，先是极度震惊，嘴唇皮发抖，再是双眉展颜，嘴角略微翘起，老眼乌珠都放光了，皱纹一根根弹出来，像一团团玫瑰花瓣，然后又是悲戚之色，惊惧仓皇之色，仿佛今夜厂长就要寻他托梦。我又低声说，我爸爸还不晓得。冉阿让不敢声张，贴了我耳朵问，厂长死了，你是哪能晓得的？我不敢讲托梦，怕冉阿让不相信，只好说，爷叔，你就不要多问了，我自有渠道。冉阿让又问，小荷晓得吧？她妈妈晓得吧？我说，我跟小荷讲过，但她不相信，估计小荷也不会告诉她妈妈。冉阿让点头说，好，就当这桩事体没发生过。冉阿让又拍我肩胛说，骏骏，谢谢你。我说，谢我做啥。冉阿让说，这样我的下半辈子，夜里也能困得太平，实不相瞒，自从我跟"山口百惠"结婚，住到她家里，我经常做噩梦，梦到"三浦友和"回来，一把掀开被头筒，捉奸在床，一刀戳穿"山口百惠"心脏，一刀斩断我的头颈。我笑说，爷叔啊，你的梦真有意思，你跟小荷妈妈，是在民政局领证登记的，受到法律保护，哪能是捉奸在床？冉阿让说，我是心里怕，毕竟我给厂长戴了绿帽子，但讲转回来，我跟"山口百惠"是正经谈恋爱，不是乱搞男女关系。冉阿让从胸口掏出十字架，对了受难耶稣，念念有词："全能仁慈的天主，你的圣子耶稣基督的死亡和复活，为人类带来了永生的希望。求你广施慈恩，接纳我们刚去世的亲友……"冉阿让卡牢了，拍拍脑袋说，厂长大名叫啥的？冉阿让无奈，只好念了外号："接纳我们刚去世的亲友三浦友和，赦免他在世时，无论思、言、行为上所犯的过失，求你派遣天使保护引导他，不为魔鬼所害，把他引领到你的台前，让他安息在你的怀中，也求你使我们仍然生活在世间的人，珍惜生命的恩赐，勉力行善，来日在天堂与他相聚。阿门。"冉阿让全程念上海话，蛮有滑稽腔调。他揩揩眼泪水，坐电梯下楼，门缝里响起另一段祈祷文，跟了电梯运行的轰隆声，扩散到整栋楼里，算是给厂长送葬。

送走冉阿让，回到客厅，我也坐不牢了，立起来要走，我爸爸说，等一等。他给我削一只苹果，拉开抽屉，翻出一本红颜色小簿子，印了八一军徽。退伍军人证明书，打开是我爸爸照片，二十岁年纪，穿了绿军装。我再抬头看他，终归是老了，好像按了快进键，一百分钟电影，进度条六十秒就放光，越长越像我爷爷。翻到后头，敲了中华人民共和国国防部图章，印了"履行了光荣的兵役义务，现准予退出现役"，日子是1972年，尼克松访华的一年，我爸爸领了这张证，离开中苏对抗前线，复员回到上海，进了春申机械厂。我读小学时光，看到过这张退伍证，我爸爸吹牛皮，讲自己虽然退伍，却是预备役军人，要是第三次世界大战开打，不管打苏联，还是打美国，立即回到部队，上前线打仗。现在嘛，我都没资格去当兵了，但是国家出了政策，凭这张证，便能领取退伍军人补贴。虽然不过几包香烟铜钿，但我爸爸寻了一个月，翻箱倒柜，床底板都翻穿。今日早上，山重水复，终归寻着了。

隔几日，我爸爸办好手续，领到退伍军人补贴。政府发了一张"光荣之家"牌子，我爸爸兴冲冲，拎了冲击钻，亲手打四只眼子，装好光荣牌。我妈妈立了门口，苦笑说，这记好哉，就像五好家庭，最好再挂一块：优秀共产党员。我爸爸一本正经说，挂了这块光荣牌，人家会不会觉得，这是我自己做的盗版？我妈妈说，凭啥不相信？我爸爸说，现在市面上，假货太多，何况我一个老头子，你一个老太婆，实在不像军人样子。我妈妈说，你讲讲清爽，到底心里想啥？我妈妈晓得，每逢我爸爸绕弯子讲话，终归是动了某种心思。我爸爸搔搔头说，我觉得啊，既然寻着退伍军人证明书，写了我的81365部队编号，只有回到黑龙江看一眼，寻一寻当年驻地，还有老战友，才对得起这块光荣牌。我妈妈说，你又想去黑龙江？我爸爸闷掉，先吃一根香烟，然后点头。我妈妈说，零下三十度，去黑龙江滑冰啊？我爸爸翻翻白眼，掸掸烟灰说，哦，这就算了，夏天再讲吧。我摸了摸门口牌子说，爸爸，我陪你去黑龙江。

七

12月，上海最冷的一日。我开了宝马X5，带我爸爸去黑龙江。早上，苏州河畔，树叶子基本落光，水面飘一层轻雾，像水蒸气，慢慢交散逸，又像水粉画，慢慢交浸润，涂在马路上，屋顶上，上海的天上。我爸爸难得早起，穿好冬衣秋裤，背了大包小包。我妈妈，我娘子，我儿子，一道来送行，竟有风萧萧兮易水寒，壮士一去兮那个叫啥的感觉。这趟北行，我妈妈反对。但我说，冰天雪地，正是人家旅游旺季。我妈妈说，为啥不乘飞机？我爸爸说，飞机票贵嘛，自驾车蛮好，自由自在，车子上还好拍照片。但他没计算汽油费，还有高速公路买路钿，开车反而更贵，我妈妈讲他脑子一摊糨糊。但我说，我也想自驾游。我妈妈没声音了，她是冬天怕冷，我儿子菜包要期末考试，眼看要开红灯，必须有人辅导功课。家里还有一条狗，一只兔子，一只乌龟，一只鹩哥，需要我妈妈照顾。这趟我来开车，我爸爸坐副驾驶，绑好安全带，点了火，发动机暖起来。我再检查仪表盘，油箱是满的，机油新加过，一切指标正常。后备厢摆好防冻剂，燃油添加剂，千斤顶，矿泉水，方便面，便携炉子，各种药品，两套羽绒服，两套被头，两双雪地靴，还有露营帐篷。我爸爸带了笛子，三条红双喜，一条软壳中华，保温杯里放枸杞子。

起步，出发。我不走京沪高速，转到G15沈海高速，一头沈阳，一头海口。出了上海地界，到江苏太仓，前方是苏通长江大桥。我提醒我爸爸准备相机，却听到打呼噜声，上了高速，等于催眠。我打起精神，烟波江上，巨轮呜咽，悠悠穿桥而过，汽笛声声慢，江边大吊车一字排开，远看红红绿绿如积木，原来是集装箱，赛过托梦风景。江北，雾气越发深重，田野萧瑟，芦花飞扬。中晌到盐城，我才叫醒我爸爸吃饭。下半天，过连云港，导航要走 G25 高速，由山海关进东北。但我另有路线，继续 G15 沈海高速，往青岛方向，跟海岸线平行。夕阳从亚洲内陆而来，洒上灰蒙蒙的黄海。开到青岛，人困马乏，寻一家酒店住下。天亮，自然醒，来不及看青岛风光，油箱加满，我从 G204 高速开回 G15。穿过山东半岛，到了烟台，开进芝罘，直到海边，无路可走。我爸爸跳下车，裹了羽绒服，望了北方的海，举了单反拍照片，秦始皇看到的蓬莱仙山，已经不远。我爸爸说，再哪能走？我说，订好船票了，去东北，从烟台到大连，直线距离最近，汽车可以上滚装船。我爸爸说，我二十岁时光，也是坐船到大连，再去黑龙江当兵。

夜里，同三轮渡码头，第一趟开车上滚装船，还好车道宽阔，下三路平稳，像进地库，毫无压力。排队停好，再做固定，人必须下车。我只买到二等舱，就是四人舱位，两张高低床，我困上铺，我爸爸困下铺。对面一对小情侣，卿卿我我，亲嘴巴像鸡啄米，一个杰克，一个露丝。我爸爸不好意思，早早困觉。滚装渡轮离开码头，像条滚烫的鲸鱼，滑入寒夜。风口浪尖颠簸，我爸爸晕船，叫苦连天，吃一片晕船药。我后悔了，蛮好再住烟台一夜，等到明早登船，免去船上夜宿之苦。我困不着，半夜摸出船舱，穿过迷宫般通道，终归上了甲板。我看到黑颜色海，黑颜色宇宙，北极星高悬，漂亮得吓煞人，同样冷煞人。北风夹了浪花劲吹，甲板起一层霜花。我不敢走远，更不敢靠近栏杆，生怕一只浪头打来，天翻地覆，卷入黑色虚空，葬身鱼腹。有人胆大，蹲了甲板上吃香烟，烟头星火明灭，像发光的水母，又像魂灵头。我想起老厂长，老毛师傅，神探亨特，还有张海，他也在北方的海上，跟我今夜一式似样。芬兰湾，比渤海更冷，钢铁船头压碎冰层，激流带走浮冰，像十万只电冰箱漂浮。张海立于船头，穿了毛茸茸衣裳，眉毛结了冰碴子，像一头冻僵的熊，要去捉冰层下的海豹。过了这片海，就到爱沙尼亚，拉脱维亚，立陶宛，白雪皑皑，巴黎路迢迢。我呢，黑龙江还在千里之外，渤海冰冷浪头，扑上甲板，完全立不牢人了。所有人被赶回船舱。有人讲起1999年，有艘渡轮从烟台出发，碰着大浪，底舱汽车脱离固定，油箱碰撞起火，挣扎七个钟头，子夜沉没，船上三百人，绝大多数葬身海底，当时海上天气，就似今夜恶劣。讲到此地，没人再发声了。回到船舱，我吃了晕船药，沉入深深海底。

还是夜航船，一艘大木船，张起白帆，装了几十号人，横渡东海。我奶奶搂了我，念念有词，阿弥陀佛云云。我变成小囡，正是菜包年纪，蓝颜色运动服，戴红领巾。我问奶奶，此去何地。我奶奶说，普陀山，烧香还愿。一夜间，东海狂风大作，木帆船上下颠簸，犹如一片孤叶，随时倾覆。船上众人，纷纷惊骇，要么口念佛经，要么彼此道别。我奶奶虔信观世音菩萨，叫我不要吓，一道祈求观音娘娘显灵。但我一点也不吓，因为晓得是发梦，又不敢跟我奶奶讲破，免得一语惊醒梦中人，樯橹灰飞烟灭。我看到海底有了亮光，一团团莲花般涌浪中，万丈光芒升腾，弥散檀香气味。我奶奶惊说，大慈大悲观世音菩萨显灵啦。众香客急忙磕头，海上金光一道道刺来，让人睁不开眼。观音有男女之相，无相之相，还有三十三相，不晓得此刻是哪一种面貌。待到金光退散，我再睁开眼乌珠，不但风平浪静，并且云开见月，顺风顺水，直挂云帆济沧海。明月之下，露出一座小岛，便是普陀山，观音道场。我奶奶说，骏骏啊，看到月亮了吧。我说，奶奶，我懂了，我也不怕了。

梦醒。我蜷在船舱上铺。我爸爸在下铺困熟。对面小情侣，挤一张床铺，相拥而眠。船不再摇，我悄悄下床，爬上甲板。六点钟，天蒙蒙亮，头顶还是漆黑，海平线已发红。上半夜，风高浪急，犹如纵马疾驰。后半夜，海不扬波，轻舟已过万重山。有人聚在甲板，看日出。太阳一点点跳出来，温良而不腻，红的，黑的，蓝的，紫的，纷纷跃上海面，像莫奈的油彩。船头前方，望见一连串山峦，古老灯塔，辽东半岛最南端，东三省最南端，旅顺口，老铁山，东方直布罗陀，俄罗斯帝国，日本帝国，在此搏命厮杀，肉弹积尸如山，海底舰队坟场。天色浆白，船头左边发黄，右边发蓝，一边渤海，一边黄海，泾渭分明。

天彻底亮，滚装船开进大连港，就算进了东北。开车上岸，穿城而过，我看到大连造船厂，一艘航空母舰，已经下水舾装。寻着G15沈海高速，一路向北，穿越辽东。零下八度，车窗开条缝，我爸爸镜头伸出去，横拍竖拍。开一日，终到沈阳。我爸爸年轻时光，也在此住过。我订了酒店，就在铁西区，万象汇对面。当夜，沈阳朋友请我吃饭，可惜我不吃酒，不能尽兴。次日，G15沈海高速到头，换到G1京哈高速。中国高速公路以G字打头，G1想必是天字第一号高速公路，也是最冷的高速公路。只消半日，长春到了。我开到人民大街，吃一顿中饭。我爸爸竟还认得这条路，老早的斯大林大街。下半天，马不停蹄，车头迎东北风而上，两边旷野连天，枯黄萧瑟一片，只待来年开春。

哈尔滨开到，天寒地冻，路面结冰，放慢车速，到中央大街。我订了欧罗巴宾馆，前两年我来此签售，哈工大讲座，住过这间酒店，俄罗斯建筑，古老气派。夜里出门，戴好帽子，缠好围巾，棉毛裤，绒线裤，全副武装。我请爸爸吃俄罗斯菜，酸黄瓜，鱼子酱，罗宋汤伺候，他还记得隔壁的马迭尔冰棍。走到圣·索菲亚教堂，我爸爸在广场上拍照片，拜占庭式东正教堂，红颜色砖墙，洋葱头圆顶，十字架金光闪闪，有睥睨天下气势，凌驾四周围高楼。上海新乐路，皋兰路，也有东正教堂，同为白俄人所造，相比这座圣·索菲亚，小巫见大巫。我爸爸兴致蛮高，叼了香烟，哈了白气，脚下踏了残雪，走到松花江。

冰面上，几个后生，踏了冰刀，幽灵一般，滑来滑去，一直滑到对岸。爸爸说，我想到对面去。我说，不要吓人，万一冰面破开，神仙难救。我爸爸说，现在零下十五度，我当兵时光，走过松花江冰面几百趟，解放牌军车开进开出。我说，都多少年了？你晓得全球气候变暖吧。我爸爸说，你要是吓，就蹲了岸上，我自己走过去。他已走上冰面，踏了踏试探。我爸爸平常胆子小，到了哈尔滨，却是胆大包天，变成革命闯将。我哪能好让他一个人走，硬了头皮，陪他一道过江。父子一前一后，开了手电筒，照亮冰面，像工兵探地雷，正宗如履薄冰。刚走几步，我便脚底打滑，掼了四脚朝天。我穿得厚重，像防弹衣护体，也没磕到面孔，只是眼镜震下来了，还好玻璃没碎。我爸爸捡起眼镜，脱了手套，向我伸出手来。我也脱了手套，两只右手握紧。我爸爸力道不小，一把拉我起来，帮我戴好眼镜。我搭了他的肩膀，嘴巴里热气哒哒滚，被风卷走，消逝夜空。我们勾肩搭背，并排往江心而去。两个人，四只脚，像一张台子，总比一个人，两只脚，仿佛一把梯子，来得稳当。我爸爸吃一支烟，软壳中华，刚打上火，就被狂风吹灭。我用两只手掌，用自己身体，用羽绒服帽子挡风，星星之火，可以燎原，香烟终归点上。我爸爸吐出烟雾，烟头明灭，刚走几步，就快烧到过滤嘴，只好在鞋底板掐灭。我提醒烟头不好乱丢。我一回头，松花江南岸，还是万家灯火，北岸是太阳岛，夜里黑魆魆。我盯了冰面，白颜色夹一点点杂质，越到松花江心，便越清爽，无瑕，但不透明，像磨砂玻璃，大理石地板。我听到冰面下声音，流水湍急，冲刷沉船钢铁，淹死鬼骨骸，长白山顺流而下的雪水，四面八方碰撞，交锋，交媾，尖叫，鼎沸，冰面开裂，插翅难逃，刹那冻僵，羽绒服吸水，根本划不动手脚，马上沉入冰海。我已吓得脚软，我爸爸说，走啊，怕啥？一道红影子划过，我看到一个姑娘，十八九岁，扎了马尾，穿了红颜色羽绒服，两只脚蛮长，吭哧吭哧，走到江心。她看了我们一眼，面孔蛮白，眼睛蛮大，皱皱眉头。我说，爸爸，我们走。红衣小姑娘，一个人走得快。我们父子跌跌冲冲，跟了她屁股后头。北风从对岸卷来，夹了她头发丝里气味，让鼻头高潮。三个人像比赛，越走越快，后背心一层薄汗。冰面尽头，终归上岸，小姑娘却不见了。我说，公园里没一个人影，莫不是女鬼？胆量用尽，我们不敢停留，开导航寻路，方才逃出太阳岛。

再乘出租车，从松花江北岸回来，到了欧罗巴旅馆，我爸爸先困了。我打开手机，搜索萧红的文章《欧罗巴旅馆》。今夜这间套房，萧红住过吧？我倒不吓，反而希望她来托梦。我打开电脑，继续写小说。一想到萧红，可能飘在背后看我，仿佛语文老师督促，下笔如飞，写到凌晨，不知不觉困着。天亮醒转，我伏了台子上，裹一条棉被，我爸爸帮我披的。中晌，退房出发，开上大桥，松花江如一条白色巨蟒，不似昨夜萧瑟，银装素裹，不少人在滑冰，倒是闹忙。

这趟黑龙江之行，目的地并非松花江，而是真正的黑龙江，中苏界河，中国最北端。过呼兰河，我想起《呼兰河传》，兜到萧红故居，匆匆一瞥。路上开始落雪，先是一粒粒雪籽，然后鹅毛般雪片，纷纷扬扬，遮天蔽日，这辈子第一趟碰着。我不是没在雪中开过车，但是江南雪软，一落地就化开，变成泥泞。我已做好功课，戴上墨镜，防止雪盲，风挡玻璃加热融雪，不开雨刷，一路小油门，沿了前头车辙走，车距越远越好。开到中途，车子有点发抖，我心里虚，靠了紧急停车带，准备叫车辆援助。我爸爸说，浪费钞票做啥？他打开引擎盖检查，发动机积碳，可能是这两日，加油站质量问题。我爸爸取下发动机饰盖，拆卸节气门，再用化油器清洗剂，最后抹布揩清，立竿见影，恢复正常。过了绥化，海伦，北安，我爸爸说，四十年前，一路上都是兵团农场，开发北大荒，上海知青不少，比我们当兵的苦。无暇去五大连池，我们一鼓作气，顶风北上，熬到天黑，风雪大作，方才到终点，已是北纬50度，黑河市。上海在北纬31度，我已跨越近二十个纬度，从北极到南极，总共一百八十度，等于地球的九分之一。但我想，张海走得比我更远。

我爸爸当兵三年，一半时光，驻扎黑河，中苏对抗最前线。黑龙江蜿蜒而过，俄罗斯叫阿穆尔河，对岸布拉戈维申斯克，古称海兰泡，无啥灯光，夜幕盖了白雪，从远东连到西伯利亚，死气沉沉一片。一夜风雪。天亮，我穿了雪地靴，到室外，零下三十度，北风吹得酸爽。我的胡子长了，结满冰霜，鼻涕都要结冰。集市人稠，白气蒸腾，一只只冻梨、冻柿子，像手榴弹。我爸爸讨价还价，一律除以二，谈到老板娘不开心。我一看不妙，全价买下冻梨，冷水泡过就能吃，但我爸爸牙齿不好，咬不动，只好流了馋吐水看。出了集市，踏在雪地，像走在棉花糖中，声音咔哧咔哧，一脚没到靴帮，一脚没到膝盖，让我兴致越高。冰封黑龙江，大河上下，顿失滔滔，两岸草木含悲，踏雪寻梅是妄想了，倒是寻着一只雪人，堆得相当完整，胡萝卜鼻头，煤渣眼乌珠，树杈双臂。江边有蛮多船，冻僵在冰里，好像按了定格键。我爸爸打开旅行包，掏出宝贝笛子，黏点馋吐水，贴好笛膜，摆开功架，吹起《鹧鸪飞》，循环运气法，一口气要从天明吹到天黑，江南江北，黑河两岸，没看到鹧鸪飞，倒是有四十年前，两岸陈兵百万，飞机坦克导弹森严的杀气。我拿起尼康单反，镜头拉到最远，瞄准对面俄罗斯，看得清清爽爽，一排排苏联房子，东正教堂，白雪枯树。镜头扫到一个姑娘，红颜色大衣，俄罗斯人，黄头发，白皮肤。北方有佳人，倾城又倾国，她叫柳芭，或者卡佳，立了不动，望向江南岸，倾听笛声悠悠，鹧鸪飞到芳心，筑巢，产卵，孵蛋。一片雪，落到镜头上，慢慢交融开，俄罗斯变成水墨画。笛声，终归平息。风雪更大，我爸爸点一支中华，任烟火飞逝。

　　夜里，我寻了馆子，点一锅东北乱炖，适合我爸爸没牙齿。我又点一条大马哈鱼，豆瓣原汁红烧。每年秋天，大马哈鱼从太平洋游到黑龙江，洄游产卵，现在多是俄罗斯运来。我爸爸胃口蛮好，盘子吃得干净，他说，我在此地当兵时光，有一趟吃到大马哈鱼，还有鱼子，鲜煞人，不过呢，部队不准我们捉鱼，一是怕有人溺死，二是怕人被冲到对岸，落到苏联人手里讲不清，三是怕人叛逃。我说，赵忠祥在《动物世界》讲，大马哈鱼产好卵，生好小囡，就是鱼子，耗尽体力而死。我爸爸笑说，嗯，我运道蛮好，小囡养出来以后，我又能活到老，还能回到黑龙江，吃大马哈鱼。

雪刚停时，冷煞人。我开到江边，打开全景天窗，仰望星空，像挂了一大盏水晶吊灯，这一串金牛座，那一串猎户座。我爸爸问我，好走到对岸看看吧？我说，没办过俄罗斯签证，也没边境通行证，这样过去，等于偷越边境，你是去走私中华香烟，还是刺探苏修情报？我爸爸笑笑，遥望对岸说，听说张海自驾车到了俄罗斯，就在对面吧？我说，此地到莫斯科一万公里，除非张海掉头向东，从西伯利亚开到远东，冬天落雪，道路结冰，也不会这样快。我爸爸说，张海到底在啥地方？一粒雪，飘到我的眼乌珠里，车子没熄火，我抬起右脚，又慢慢放下去，想象踏了油门，轮胎碾过黑龙江冰面，开上对岸，大转弯去西伯利亚，绕过贝加尔湖，一路向西，白雪皑皑的针叶林，一条公路蜿蜒，我加油门，按喇叭，打远光灯，追上前头一部桑塔纳，红与黑。我爸爸看了天窗，自说自话，1969年，珍宝岛战役时期，我在高炮62师，日夜拍发军事密电，敲莫尔斯电码，一短一长，"嘀"跟"嗒"，从林彪到师长到连长到我，人人觉得，世界大战，近在眼前，苏联原子弹就要夯过来了，我们也要夯原子弹过去，中子弹晓得吧，房子碉堡都没事体，人跟畜生还有大马哈鱼统统死光，美帝啊，苏修啊，第二世界，第三世界，啥都没了，只有蘑菇云，只有骨灰，落得清爽。

雪又落了。零下四十度，我爸爸讲述核战争，世界末日，就像讲茶叶跟香烟。我的手机响了，来电显示，香港王总。他寻我啥事体？为了小王先生遗产？我接起电话，香港王总说，阿弟啊，今夜聚聚吧。我说，我在黑龙江，你在啥地方？王总说，黑龙江啊，It's too cold，我在上海，淮海路，红房子西餐，你猜猜，我跟啥人吃饭啊。我说，啥人？王总说，温州朋友啊。我说，哪个温州朋友？王总说，阿弟，你忘记啦？我跟你讲过的，移民巴黎的温州朋友，只有他晓得浦厂长下落。我说，厂长"三浦友和"下落？我的耳朵旁，皆是风雪呼啸之声，我给我爸爸做了个手势。他马上明白，关紧所有窗门，盯了我的手机。王总说，温州朋友刚回上海，处理一桩房产纠纷，我请他吃饭，打听浦厂长消息。我急说，哪能讲？王总说，上个月，温州朋友在巴黎，参加一场葬礼，就在拉雪兹神甫公墓。我心里一沉，想起巴黎一夜，厂长寻我托梦，脱口而出，厂长葬了拉雪兹神甫公墓？王总说，不是浦厂长葬礼，温州朋友爷叔死了，老先生偷渡来法国几十年，客死他乡，葬礼后，温州朋友碰巧看到浦厂长。我说，是人是鬼？王总说，不要乱传，浦厂长还活了咳，但离死人还差口气，坐了轮椅上，非洲阿姨照顾，温州朋友良心好，送他回去，就在公墓隔壁的公寓。我说，此事当真？王总说，哪能会错，我让人家亲口跟你讲。手机里响起温州腔国语，听来颇为吃力。温州朋友姓邹，信誓旦旦，厂长还在巴黎。王总抢过电话说，阿弟啊，你不是心心念念要寻浦厂长吗，喏，我帮你寻着了，我拿巴黎的地址发给你哦。我说，多谢。王总说，哈哈，你要是诚心感谢我，就发只微信红包，讨个吉利好不啦，钞票多少无所谓，但是呢，我招待温州朋友的铜钿要报销给我，这顿饭是为你吃的。我爸爸在旁边骂香港王总不要面孔，我叫他不要响，我用微信转账了两千块。香港王总说，多谢阿弟，温州朋友欢喜夜生活，我还要请客桑拿，礼尚往来，你懂的。我又转给他五千块，两个人吃饭加桑拿，还有来回车钿，差不多够了。香港王总心满意足，发来一串英文地址，算是成交。我退出微信，上网搜索，确认这一地址，就在巴黎二十区，拉雪兹神甫公墓隔壁。我爸爸手在发抖，点了第二支烟，开一道窗门缝。风夹了雪籽，直往人身上钻。我爸爸说，厂长寻着了？我说，大约莫是。我爸爸说，我想去巴黎，捉厂长回来。我说，爸爸，我陪你一道去。

第七章 归来

一

　　1907 年，清朝光绪皇帝还没死，末代皇帝溥仪尚在吃奶。经过庚子事变，义和团围攻东交民巷，八国联军打进北京，城墙弹孔累累，到处坍塌，草木深重，衰败，斑驳。阳历 6 月，成群结队苍蝇，密如云罗伞盖，东交民巷开出五部汽车，像五只钢铁骆驼，各有四只轮盘，吃了几十斤重石脑油，肚皮咆哮轰鸣，肛门放出黑烟滚滚臭屁，丁零哐啷，东摇西倒。出德胜门，官道两旁，立满拖辫子男人，裹小脚女人，个个干瘦，羸弱，汗流浃背，面有菜色，或者黄疸。"北京—巴黎"汽车拉力赛，五部车子喷了黑烟，过居庸关。此地风景独好，长城凶猛地抬起来，又颓丧地落下去，像史前恐龙的白颜色骨架，垂死在翠绿群山之中。第一辆，意大利伊塔洛牌汽车，我跟张海并排坐。他握方向盘，我看地图，两个人同样后生。后排坐了两人，一个是老厂长，还是木头假人，毛笔画的面孔；一个是老毛师傅，袖子管里是真的铁钩子。老厂长对我殷切期望，行万里路，读万卷书。再看汽车，已从一百年前伊塔洛牌，变成上海大众桑塔纳，上半身红，下半身黑，屁股翘了尾翼。两个少年，两个老鬼，一部红与黑，从长城到蒙古草原，从盛夏到隆冬，穿过贝加尔湖，西伯利亚，渡过伏尔加河，第聂伯河，维斯瓦河，奥得河，易北河，莱茵河，直达塞纳河，穿过亚历山大大桥，仰望埃菲尔铁塔。

梦醒了。巴黎还没到。空姐来送饮料，我只要一杯茶。我爸爸坐我旁边，绑了安全带，鼾声如雷。我帮他要了一杯咖啡。舷窗外，三万英尺下，万里无云，白雪覆盖森林，蜿蜒冰封河流，大概是西伯利亚、鄂毕河。上个月，我自驾车带了我爸爸，从零下四十度的黑龙江，回到五度的上海。我跟娘子说，我要去巴黎。娘子说，我们不是刚从巴黎回来吗？我说，我爸爸没去过，我还有巴黎的朋友要会，谈谈欧洲其他国家出版事体。我也没瞎讲，我的小说德语版、捷克语版正翻译，西班牙语跟意大利语在谈。娘子说，听说法国动乱，不要作死，当心安全。我妈妈生怕我爸爸到国外走失，要么被人拐卖。我爸爸说，瞎讲了，有拐小囡的，有拐女人的，没听到有拐老头子的。我的申根签证是一年多次，但我爸爸没出过国，我陪他办了护照，去了签证中心，备好资产证明，签证下来，已是阳历新年。我关照好我爸爸，不要让冉阿让或者小荷晓得，生怕节外生枝。出发这日，我关照儿子菜包，魂灵头生生紧，不要打游戏了，考试不要再开红灯，否则收骨头。我爸爸不让我订专车，太贵，没意思，行李也不多，地铁 7 号线，换乘磁浮列车，八分钟到机场。飞机升空，我爸爸抱了单反狂拍，长江口，九段沙，还有东海，黄颜色一摊，灰颜色一摊，朦朦胧胧巨轮，排队进出上海港，直到被云层淹没。我爸爸收好相机困觉。我开始看书，发梦。

1907 年，从北京开车到巴黎，要走六十二天。如今，从上海到巴黎，只飞十二个钟头。戴高乐机场，欧洲天空刚黑下来，我叫了出租车，去巴黎十四区。刚落过雪，地面湿滑，路上开了慢，我是要困了。经过香榭丽舍大街，卢克索方尖碑，要过塞纳河，堵了亚历山大三世桥上。我爸爸惊说，这不是我家门口的武宁路桥吧。我说，武宁路桥是翻版，这座桥才是正版。桥对面是国民议会，还有巴黎荣军院，拿破仑长眠于此。我爸爸说，车子为啥不动了？司机是个黑人小伙了，只会得讲法语。我放下车窗，头伸出去看，原来是游行，迎头一记杀威棒。巴黎人民夜生活丰富，穿了黄颜色马甲，雄赳赳，气昂昂，举了标语，五颜六色旗子，喊了口号，像演唱会散场。老多防暴警察，戴头盔，举盾牌，还有带枪的，如临大敌，不像巴黎，更像黎巴嫩，前因后果，有点复杂，我是讲不清。我爸爸说，蛮像红卫兵大串联，我也冲到北京，天安门广场，看到城楼上的毛主席，激动得来啊，人山人海。我说，爸爸，人家不一样的。我爸爸说，一样的，他们是穿黄马甲，我们是穿绿军装，手里还举红宝书。黄马甲慢慢散去，车子终归好走，防暴警察摘了头盔喘气，救命车呜呜叫了开来。天上飘了雪籽，路灯穿过车窗，照了我爸爸白头发，他举起长镜头，今夜巴黎，所有魂灵头，统统被他捕捉。

车子走走停停，到了蒙帕纳斯，一条放射状路口，分出五条岔路，中国风水讲法，也是"万箭穿心"，大凶之地，此种布局，欧洲比比皆是。酒店门口有块日文铜牌，我看懂其中汉字，一百年前，日本画家藤田嗣治曾在此居住。门厅极小，一个黑人阿姨值班，办好入住手续，挤进一部迷你电梯，两个人加上行李刚好填满。我爸爸讲，蛮像三十多年前，我们住过的外滩江西大楼。到了房间，只见两张单人床。窗外比较闹忙，运动管运动，照旧歌舞升平。好几只咖啡馆，坐满人头，众声喧哗。今夜要倒时差，我爸爸彻底精神了，开了窗门吃香烟。跟家里通好电话，我已困得吃不消，倒了床上，积攒体力，明日要去寻厂长。隔壁头呢，就是蒙帕纳斯公墓。

天亮时，我爸爸刚刚入眠。我先出门，太阳蛮好，天气干冷，树叶子落光，不过集市开了，卖鱼卖肉卖小商品，像小菜场。我一抬头，看到蒙帕纳斯大厦玻璃幕墙，我的法国出版商在楼上办公。上趟来巴黎，立于高楼之上，远看是埃菲尔铁塔，中看是塞纳河风光，往下看就是蒙帕纳斯公墓，闹市与居民楼环绕，当中一只大公园，绿树不多，皆是密密麻麻石头，死人墓碑，斜阳草树。我在集市买了两束花，荡到蒙帕纳斯公墓，天上乌鸦飞过，嘎嘎乱叫。右转第一排，循了编号，我寻着让·保罗·萨特跟西蒙娜·德·波伏娃，两人谈了一辈子恋爱，到死合葬一穴。隔壁邻居墓碑，皆是大理石，还要刻十字架。萨特不信上帝，墓碑清爽，普通石材，不求末日审判，来生轮回，除了姓名跟生卒年月，不见装饰，连照片也没，不好讲是寒酸相，只好讲是朴素，赤条条来，赤条条去。萨特死亡之年，恰是我跟张海出生之年。我在墓石上摆了一束花，给萨特，也给波伏娃。沿了这一排墓碑，相距不过百米，我寻着玛格丽特·杜拉斯。也是合葬墓，她跟小情人埋了一道，墓石上有 M 跟 D 两字母。后人凭吊不少，摆了几只花盆，冬天皆已凋零，插了几十支笔，代表作家还在写。枯枝上挂了不少发圈皮筋，好像这只女人，坐于坟上，梳头发。我先献花，又随大流，拿出一支钢笔，插入墓上花盆，送给杜拉斯。

　　回到酒店，我爸爸刚醒。我从集市上买了法棍，吃好早饭，叫出租车出门，从十四区的蒙帕纳斯公墓，奔向二十区的拉雪兹神甫公墓。我爸爸备好单反相机，不大像是万里追凶，倒像游山玩水。我爸爸说，真会寻到厂长吧？我说，要是寻不到他，我们飞了一万公里来做啥？我爸爸说，香港王总消息可靠吧？我爸爸的担心，不无道理，香港王总破产多年，等于是个骗子，到处骗吃骗喝骗女人，香港混不下去，就到上海继续骗，所谓温州朋友吃饭，我也没亲眼看到此人，厂长在巴黎的地址，是真是假，啥人可以证实？全靠王总翻嘴唇皮，骗了我七千块。我说，要是碰着厂长，你哪能办？我爸爸说，寻根绳子，拿他捆起来，像捆大闸蟹，扭送派出所，追回非法所得，还要向春申厂老兄弟们赔礼道歉。我说，法国没派出所。我爸爸说，公安局有吧。我说，也没有，要是像你这样办，进监牢的不是厂长，而是我们两个。我爸爸说，还有啥办法？我说，没办法，只好晓之以理，动之以情，劝他回来自首。我爸爸说，劝他跟我们飞回上海？飞机票啥人出？我说，我们出。我爸爸不响了。出租车开过西堤岛，经过共和国广场，没看到黄马甲，倒是有一部烧焦的汽车。拉雪兹神甫公墓到了，隔壁一排黄颜色公寓楼，巴黎到处是这种房子，五六层高，狭长窗门，黑颜色屋顶，开一排阁楼窗，可能一百年，也可能五十年，蛮适合闹鬼。我爸爸举起相机，先拍两张照片。

果真是栋老楼，木头楼梯，盘旋而上，有只小电梯。我爸爸说，蛮像我们老早住过的外滩江西大楼。我说，爸爸，昨日夜里，你已经讲过一遍。到了顶楼，走廊逼仄，黑魆魆，终归寻到房门，我爸爸收起相机，从地上捡起一只拖把。我说，你做啥？我爸爸说，万一碰着厂长，他要是反抗，可以防身。我哭笑不得，按响门铃。我爸爸等在背后，呼吸越来越重，香烟气味喷到我后脖颈。时光在此变慢，像一团灰尘扬起，沉降落地，凝固。我等候门里声音，咳嗽声，脚步声，贴了门后看猫眼。我也盯了这只猫眼，厂长认不出我，因为我已长大。但没声音，房门纹丝不动。第二趟按门铃，我看手表，三分钟，还没动静。我爸爸说，死蟹一只，扑空了吧，香港王总这只骗子，厂长根本没住在此地，讲不定都不在法国，要么在日本，要么在美国，要么在非洲开矿。但我没死心，再按门铃，隔壁房门打开，走出一个黑人胖阿姨，还跟了四个小囡，头一个小姑娘，顶了爆炸头，穿了黄衣裳绿裙子，已经要发育。第二个男小囡，几十根小辫子，蓝颜色法国足球服，个头快赶上我了。第三个男小囡，光榔头，红颜色运动衫，胸口两个简体汉字：中国。第四个小姑娘，肤色最淡，四五岁年龄，穿了连体衣，捉牢我大腿，叫我爸爸。小姑娘叽叽喳喳，男小囡丁零哐啷，从炭黑到浅棕不等，这一家门跑出来，死气沉沉的顶楼，一记头明亮起来，人间烟火，饱满鲜艳，不像是寒冬巴黎，倒像是达喀尔，或者阿比让。胖阿姨跟我讲话，我听不懂法语，英文她也是一个字都不懂，只晓得 yes or no。我爸爸干脆讲上海话，又按刚刚的门铃。胖阿姨摇头，回到自家房间，她的小囡们不肯走，继续围了我们。最小的小姑娘，抱紧我不肯放了，我正要从包里翻钞票，每人五欧元打发掉，胖阿姨又回来，拿了一把钥匙，打开刚刚紧闭的房门。我懂了，她是房东。

房间里没人，窗外是拉雪兹神甫公墓，可以看到冬天枯树，愁云惨雾，乌鸦云集。客厅间，蓝颜色墙纸剥落，但没多少灰尘，有一张餐桌，揩得清清爽爽，沙发上两条厚毛毯。里厢一间卧室，床还铺得蛮好，墙上挂一幅小相框，竟是"三浦友和"跟"山口百惠"合影，立了春申厂门口，抱了女儿小荷，她只有五六岁。我爸爸说，这张照片是我拍的。我说，爸爸，我们没跑错地方。我拉开床头柜抽屉，寻到一本相册，先是"山口百惠"照片，年轻时光是个美人。还有小荷照片，从毛毛头开始，一点点变大，从幼儿园到读小学，越长越像她爸爸，到了豆蔻年华，将熟未熟，照片里透出香味道，扎了马尾，穿了白衣裳，背景是一池春水，粉墙黛瓦，曲径回廊，还有假山堆砌。我爸爸说，这照片还是我拍的。我说，苏州沧浪亭。我爸爸说，当时光，厂长已经失踪，哪能会有这张照片？我说，必定有人寄给他的。相册翻下去，"山口百惠"看不到了，小荷身影渐稠，大学毕业典礼，穿了学士服。小姑娘终归长大，又去江南造船厂，穿工作服，戴安全帽，立在十万吨船坞中，龙门吊，脚手架，艨艟巨舰。还有小荷跟张海婚纱照，背后是巴黎圣母院，我也拍过这种照片，背景皆是假的，可从巴黎到巴厘岛，从奥地利到澳大利亚，后来背景都不要了，直接 PS。最后一张照片，襁褓中的毛头，最多一百天，她是莲子，厂长的外孙女。厨房间，有一箱方便面，豆油，酱油，味精，米醋，皆是中国货。我爸爸寻着几包外烟，印了恶形恶状照片，不是阳痿就是肺癌。但有一包软壳中华，盒头空了，我爸爸鼻头嗅了嗅说，味道还没散，就这几天的，必定是国内带来的。胖阿姨跟四个小囡进来，又讲一长串，手舞足蹈比画，我不懂啥意思，只好放弃交流。我爸爸闷声不响，所有东西放归原位，拉了我走，不要打草惊蛇，明早再来寻厂长。我跟黑人胖阿姨讲 au revoir。最小的妹妹抱我大腿，两只大眼乌珠，眼泪汪汪盯牢我。我也是做爸爸的人，不得不心软。还是姐姐拿小妹妹拉开，我跟我爸爸落荒而逃。

出了公寓，我们去隔壁，拉雪兹神甫公墓。我爸爸拉了我说，刚到巴黎，一个景点都没兜，先跑公墓，不大吉利吧。我说，这只公墓就是景点，三十年前，中国人到法国出差，只要是党员，必要来瞻仰。我爸爸说，革命烈士陵园？我说，巴黎公社晓得吧？我爸爸说，晓得，老早灭亡了。我说，这只公墓里，就有一道巴黎公社社员墙。我爸爸说，赞的，我不是党员，也想去看看。我说，讲不定，"三浦友和"正在其中，不是凭吊故人，就是虚度光阴。不同于闹市中的蒙帕纳斯公墓，拉雪兹神甫公墓占地广大，树林密布，古木参天，地形起伏，又有欧洲宫殿园林错觉。门口有指示牌，告诉前来凭吊的游客，哪一位名人，葬在哪一只墓穴，按图索骥，对号入座。埋葬在此的人物，并不比凡尔赛宫里住过的逊色，论到风流文采，有过之而无不及。走过一条静谧小道，我爸爸百无禁忌，举了单反，拍下老多墓碑雕塑，光是第二次世界大战，纳粹大屠杀纪念碑，就有好几块，有的雕了死人骷髅头，刻了密密麻麻名字，基督教十字架，犹太人大卫六芒星，共产主义者镰刀榔头。西洋古老墓室，造得相当高大，石刻装饰精致，仿佛露天博物馆。寻到第一个名人，便是奥斯卡·王尔德。大理石墓碑上雕像，像个古埃及天使，背上插了翅膀，又像古亚述石像，狮身人面双翼，远看是个女人，近看却有男人器官，符合墓主人风格。王尔德是此地招牌，墓前摆满鲜花，贴满烈焰红唇，某某到此一游，再画一只鸡心，写上两人名字，以示永结同心，原来古今中外无不同，管理处只好再做一只玻璃罩子，免得再被破坏。一辈子不得自由的王尔德，死后也被困在玻璃罩中，让我难过。离开王尔德，路过欧仁·鲍狄埃，石棺上打开一本书，画的是五线谱，原版《国际歌》。没走多远，巴黎公社社员墙，刻了文字 AUX MORTS DE LA COMMUNE，下头日期：21-28 Mai 1871，至今石头缝里，好像还有白骨，还有魂灵头，几欲挣脱而出，按照中国讲法，死亦为鬼雄。我爸爸忙了拍照片，又点一支香烟祭奠。我爸爸说，我当兵时光，打过入党报告，只可惜，我跟一个战友不开心，年轻气盛，动了手，结果党票落掉。我说，你后悔吧。我爸爸说，老早呢，后悔得不得了，要是当年入了党，讲不定啊，厂长就不是"三浦友和"，而是我呢，春申厂就保下来了。附近几座坟墓，主人都是马克思主义者，有几届法共总书记，相当于中国八宝山，苏联克里姆林宫。我还想拜访肖邦，听听《降E大调夜曲》，再想寻到巴尔扎克，翻翻《人间喜剧》，最后去望望普鲁斯特，追忆似水年华，可惜皆没寻着。我爸爸不认得这点人，他只关心捉到厂长。我说，死心吧，兜了公墓两个钟头，除了我们自己，一张中国面孔也没看到。中国坟墓倒有好几只。墓碑中西合璧，籍贯刻在姓名前，多是温州青田一带。我爸爸说，要是我死了，可以葬在此地吧，靠了巴黎公社墙壁，沾沾革命烈士浩然正气，到了阴曹地府，保佑儿子跟孙子。我笑说，你没资格进去，拉雪兹神甫公墓，老早葬的是棺材，现在地皮紧张，公墓房价涨价，基本不是永久产权，只有五十年，甚至二十年，只好烧成骨灰，缩小占地面积，要是超过年限，子孙后代没续费，这么对不起，挖开墓室，取出棺材或者骨灰，墓穴重新出售。我爸爸哼一声说，万恶的资本主义。

走出拉雪兹神甫公墓，天快黑了，枯枝上立一排乌鸦，喳喳乱叫。刚刚几只中国墓碑，让我想起一个人，便是温州朋友。上了出租车，我拨了电话寻他，对方客气，欢迎我来巴黎，约了十三区的唐人街，请我吃夜宵。回到蒙帕纳斯，我请我爸爸吃了越南粉，他的牙齿落了不少，咬不动比萨之类，吃粉倒是正好。到了客房，我关照他在房间困好，啥地方都不要去，万一有啥事体，马上打我电话，千万不要乱跑，被偷被抢都是小事体，人不要落掉。

我坐了地铁，摇摇晃晃，到十三区，巴黎唐人街。遍地中国超市跟餐厅，还有高层公寓，巴黎不大看到。我寻着一家中餐馆，夜里食客寥寥，有个秃顶男人，坐定了吃啤酒。他立起来，身量不高，挺了啤酒肚说，蔡先生吧？我说普通话，邹先生好。温州朋友姓邹，自称明朝开国大将之后，他点了几样小菜，我尝一口，味道不正宗，原来厨师是越南人。邹先生普通话不灵，温州口音浓烈说，我这个人，文化不高，但爱看书，特别爱看武侠小说，金庸，古龙，梁羽生，最喜欢《萍踪侠影录》，我查过你的资料，去年得过梁羽生文学奖。我尴尬说，惭愧，全靠朋友帮衬。邹先生言归正传，找到浦厂长了吗？我说，承蒙你给我的地址，拉雪兹神甫公墓隔壁公寓，但他不在家。邹先生说，张海是你朋友吧？我惊说，你怎么认得张海？邹先生说，十天前，我从国内回来，有人打我电话，说是香港王总朋友，我还以为是蔡先生，他请我吃饭，到了香榭丽舍大街的法餐厅，我才知道他是张海。我长吁一口气说，他终于到巴黎了。邹先生说，张海向我打听浦厂长，我不想告诉他，毕竟不熟，但他请我吃了一顿大餐，买单五百欧元，晚上我带他去蒙马特高地，红磨坊逍遥一夜，还是张海买单，我只能说出浦厂长地址。我心想，原来厂长的命，只值五百欧元，外加两张红磨坊门票。我说，张海现在何地？邹先生说，我不知道。我说，邹先生，麻烦你给张海打个电话好吗？邹先生爽快，手机拨号，帮我开了免提，一串语音提示，我听不懂。邹先生说，不在服务区，暂时无法接通，怕是关机了，要么是国际漫游停止服务。我说，有浦厂长电话吗？邹先生说，留过手机号码，我帮你打一下。邹先生拨了电话，还是刚才一样提示音。我想了想说，邹先生，听说当年厂长在上海，你们就认识了，还跟香港王总一起玩过。邹先生吃一口啤酒说，蔡先生，你是问上海春申厂的事吧。我的手心出汗，心里叫苦，当年春申厂出事体，厂长跟香港王总，还有这个温州朋友，可能是连档模子，内外勾结，沆瀣一气，如今我身在异国，又在人家地盘，他是地头蛇，我是作死，问出这种问题，岂非自投罗网。午夜巴黎，唐人街，中餐馆，街道空旷，只有北风在吹，雪籽慢慢飘，积了路旁汽车顶上，天花板上水蒸气，一滴滴落下来，落进桌上酒杯，扩散成波纹，一圈又一圈，打碎杯中倒影。邹先生笑说，没事的，我告诉你，浦厂长太可惜了，他原本不用把自己搭进去，更不用落到这种地步。我说，怎么说？邹先生说，他是清白的，你们恨错了人。我说，厂长是替别人担了责任？邹先生摇头说，好了，不能再多说一句了，今晚到此为止。东道主下了逐客令，但我撑了胆子，低声问，邹先生，最后一个问题，浦厂长要是回国，还会有危险吗？邹先生说，放心吧，该出事的人，早就出了事，秘密也埋到土里了，要不然，今晚我也不敢见你。

唐人街出来，返回蒙帕纳斯，我爸爸还在困。隔壁公墓，眠鸥宿鹭，阒然无声。有人按门铃。我披了衣裳开门，楼道里没人，只有怪叫的风。隔壁房门敞开，光汩汩流一地板。我看到一张台子，坐了四个人，两男两女，台面上两副扑克牌，大怪路子，或者斗地主。房间里有台唱片机，放一首蓝调 *Some of These Days*。一个矮子老头，右眼乌珠歪的，气势汹汹瞪了你，不好讲丑陋，只好讲古怪，分明是让·保罗·萨特。还有一个老太，坐了他对面的牌搭子，自然是西蒙娜·德·波伏娃；另一个老太，满头华发，长相有中国人特点，笑起来别有风情，玛格丽特·杜拉斯。以上三人，皆是蒙帕纳斯公墓居民，分别葬于两穴。还有一个男人，体形庞大，身高八尺，体重两百斤，不逊于神探亨特，大波浪长发中分，两只眼乌珠能勾魂，此种压轴身坯，无人能出其右，奥斯卡·王尔德，从拉雪兹神甫公墓，跑到蒙帕纳斯来寻道伴。萨特立起来，叫我一道打牌。此人真是矮，只及我的下巴。我说，我不会打牌。杜拉斯笑说，小阿弟，不会打牌，太可惜。王尔德说，开心就好。波伏娃一门心思摸牌，还用身体挡牢，不让我看她牌面。波伏娃回头说，你从哪里来？我说，中国。波伏娃说，我去过中国。我说，真的？波伏娃翻白眼说，瞎讲有啥讲头。萨特说，我们两个一道去的，1955 年，上了天安门城楼，看了国庆典礼。杜拉斯说，不讲了，快出牌。波伏娃翻翻白眼说，戳气。王尔德掼出一张黑桃皇后说，皮蛋。我问王尔德，你在拉雪兹神甫公墓，有蛮多邻居，肖邦，巴尔扎克，普鲁斯特，为啥远道跑来蒙帕纳斯？王尔德说，因为你来看我，所以我来看你。我说，你晓得今日我来拉雪兹神甫公墓看你？王尔德笑笑，不语。杜拉斯说，小阿弟，早上，你也来蒙帕纳斯公墓看我了，比起你送的花，我更欢喜你送的钢笔。我手心出汗说，原来你们都晓得啊，献花赠美人，钢笔赠文豪。杜拉斯冷笑说，男人这种话，我听得多了，不值铜钿。王尔德说，今夜，我逃出玻璃罩子坟墓，翻出拉雪兹神甫公墓围墙，藏在北风里走啊走，一直走到地铁站。我说，魂灵头也乘地铁？王尔德说，难道让我走过来不成，还是坐我的时代的四轮马车，但我的时代对我并不友善。我说，我懂的。王尔德说，我欢喜穿看地铁上的人，可怜之人，卑鄙之人，不知死之将至之人，不知否极泰来之人，还有成群结队的窃贼，有的手指头活络，有的靠了身坯明抢，只有我不怕窃贼，因为身无分文，我只是发呆，沉思，在老多人的梦里，看他们走向死亡。波伏娃说，人都是要死的。我说，我看过你这本书。波伏娃说，死了不可怕，怕的是身体死了，魂灵头还没散，白天困在公墓，夜里跑到隔壁来打牌，回忆老早事体，人家是活受罪，我们是死受罪呢。萨特说，我们活着时光，像一粒种子生在泥土里，要是一棵树，它会生根发芽，春天开花，热天葱郁，秋天落叶，冬天光秃秃，周而复始，无从选择。我说，但人可以逃开这片泥土，自己寻着水源，搬到花园里，野地里，风餐露宿，九死一生。萨特说，这就是存在，人人都要为自己负责。我说，你们被困了这只房间里，只好按照大小出牌，四比三大，五比四大，皮蛋比钩大，没本事打乱秩序，打乱规则，打乱自己。萨特说，这就是虚无，人的本质是啥？我说，自相矛盾。萨特说，小阿弟，对啦。我叹气说，我不单是自相矛盾，还是莫知莫觉，荒谬得一塌糊涂。萨特说，觉着恶心吧？我说，邪气恶心，想要呕吐。萨特说，你随便翻一张牌看看。我有点紧张，慢慢交摸牌，翻开是红心皇后。萨特说，你再仔细看看，这张牌的本质。我盯了红心皇后，她的左眼乌珠流出浓稠的蜂蜜，右眼乌珠流出一只八爪鱼，每只触角上都有吸盘，蜂蜜，八爪鱼，皆有黏液，贴了皇后面孔落下来，正好滑到嘴唇边，她伸出一条鲜红舌头，先吞蜂蜜，再吞八爪鱼，拖出馋吐水。我恶心了，想要呕吐。杜拉斯啧啧说，可怜的小阿弟，不要再弄怂他了。于是乎，我手里的红心皇后，变成一团火焰，冰冷的幽蓝之火，牌面上的皇后，登时花容失色，面孔扭曲尖叫，直到烧成灰烬，窸里窣落，摊了台子上，一阵幽风吹来，不留一丝痕迹。萨特说，不是你的手捏了牌，而是牌被你捏在手里，也不是你烧了这张牌，是这张牌的存在是个偶然，落到你手里也是偶然，烧掉反而落得清爽，我们死掉以后，也落得清爽，能留下来的，都是人家的，财产是人家的，思想是人家的，娘子是人家的，子女是人家的，还有我们的一生，都是人家所认为的我们的一生，不必定真实。波伏娃插嘴说，你死以后，五万人来给你送葬，蒙帕纳斯公墓，挤得乒乓满，有个人被挤到刚挖好的墓穴里，差点代替你被埋葬。萨特说，这绝非我的本意，所以呢，后来我又被挖出来，烧成骨灰，再埋下去，但我们不是埋葬在墓穴里，而是埋葬在人家的记忆里，埋葬在人家的评价当中，你根本无法辩驳，无法澄清，无法抽人家耳光。我说，但我来了，我来看你，你寻我托梦，跟我谈天说地，我就可以告诉人家，啥的是真，啥的是假，啥的是以讹传讹，甚至代替你去抽人家耳光。萨特说，这倒蛮好，你让我不再虚无，不再荒谬。萨特嘴唇皮开始发抖，更像一条鲇鱼。我却想起一事，便问王尔德，你在拉雪兹神甫公墓住了多少年？王尔德说，一百多年。我说，最近几年，有没有一个中国男人，五十多岁，经常跑到墓地。王尔德说，有一个中国人，每个周末来散步，路过我的墓前，吃香烟，发呆，自说自话，这几年呢，他又改坐轮椅，黑人胖阿姨推了他。我说，最近一趟看到他，是啥时光？王尔德说，三五天前，此人还来过公墓，帮他推轮椅的，调成一个中国男人，好像比你大几岁。我惊说，此人是我朋友，名叫张海，万里迢迢来巴黎，他才显得老了，我是来寻这两个人。杜拉斯瞥我一眼，幽幽吐气说，你不是来寻我的吗？我又一惊，献花就够了，魂灵头给勾走就不好了。尴尬关头，波伏娃陡然掼出四张牌，喜笑颜开，`王炸，册那。

我从眠床弹起，我爸爸在打呼噜，蓝调 *Some of These Days* 渐渐轻柔。窗外，早班汽车喇叭声，隔壁蒙帕纳斯公墓，乌鸦声声哀鸣，想必魂灵头归巢。一场存在主义的梦，终归醒转。萨特，波伏娃，杜拉斯，王尔德，我虽未见过这四位生前容颜，却到过坟前凭吊，献花，也算相识一场，故来寻我托梦，暗通款曲。至于托梦全程，四位皆说中国话，是为行我方便，免得通天塔倒掉。

冬天，巴黎醒得晚，天亮得熬人。等我爸爸醒转，我问他，你能给张海打电话吧？我爸爸说，是你不准我跟张海联系。我说，现在我准了。我爸爸翻出电话，开了免提拨出去，却不在服务区，暂时无法接通。我爸爸两手一摊说，张海到底在啥地方？我说，巴黎。我爸爸说，厂长跟张海在一道？我说，百分之一百。我爸爸打开窗门，吃一支烟说，我担心我的徒弟，万一杀了厂长，再用菜刀，锯子，甚至电钻分尸，就像斩鳝段，一段一段，半夜掼进苏州河，不对，塞纳河，要是被法国警察捉牢，会不会得枪毙？我说，法国没枪毙了。我爸爸说，挂路灯上吊死？就像阿兰·德隆《黑郁金香》？要么斩头？老早瓦西里讲过，法国有一种斩头机器，一秒钟内，人头落地，杀人就像杀鸡。我说，国王路易十六设计的断头台，最后呢，他自己的头也被斩下来了。我爸爸说，对的，断头台。我说，现在法国既没枪毙，也没绞刑，断头台在博物馆里。我爸爸说，杀人不偿命？这还得了？和尚打伞，无法无天了，对了，今日去啥地方拍照片？我说，白天先去卢浮宫，夜里再去拉雪兹神甫公墓。我爸爸说，说戏话了，夜里去墓地，你是坟墩墩上打拳，吓鬼啊。老早我爸爸不响，总是词穷，现在老了，词汇丰富起来。我说，爸爸，我们不是去墓地，是去厂长的公寓，白天没寻着，夜里讲不定会碰着。我爸爸说，有道理，今日夜里，我要准备搏命了。我说，先礼后兵，君子动口不动手。

到了卢浮宫，天上开始落雪，贝聿铭的玻璃金字塔，像一块敲碎的玻璃，刘石故宫，亡国莺花。这两日，巴黎闹黄马甲，游人不多，中国人面孔却不少。我爸爸拿出单反，装好镜头，对准古埃及法老木乃伊，亚述狮身人面像，米洛斯的维纳斯，还有没头没手的胜利女神，各自狂拍一番。我从古希腊罗马，信马由缰，兜到中世纪，再到文艺复兴，难得丽莎女士门口，不再挤了一作堆人。我晃到十九世纪，盯了安格尔的《里维耶小姐》，呆立半个钟头。昨日，拉雪兹神甫公墓，我路过安格尔的坟墓，现在又路过他的画。我看了画中小姑娘，看她两只眼乌珠，好像十四岁的小荷，立了沧浪亭的黎明。我爸爸寻着我，伸手在我眼门前晃晃，怕我走火入魔。我爸爸说，画画害人不浅，你读中学时光，发了热昏，想考美术学院，我为你买了石膏像，从美术用品商店抱回来，重得吓煞人，现在还困了家里呢。我说，我还记得，石膏像叫《马赛曲战士》，我拿了十几支铅笔，画板上夹了纸头，日日夜夜画素描，功课也不复习了，竹篮打水一场空，美院也没考上。我爸爸说，当时光，你娘担心你的前程，你也不肯跟我学手艺，怕你将来到社会上饿死，现在呢，我又担心起我的孙子来了。我说，谢谢，不需要你操心。

下半天，兜兜转转，过了新桥，沿着塞纳河南岸，一路踏雪，风光大好。河边上，皆是旧书摊，有古董书，还有老早明信片。莎士比亚书店门口，斜对面是巴黎圣母院。我爸爸又拿单反，瞄准两只塔楼，十字架尖顶，纤毫毕露，斜坡屋顶上有雪，飞扶壁如死人肋骨，一根根戳出皮肤，格局像个坟墓，前头是碑，当中是棺材，里厢困了骨骸。我说，你在镜头里寻啥人？我爸爸说，卡西莫多。雪落无声，空气中有烧焦气味。我拍了巴黎圣母院照片，微信传给小荷，加四个字，我在巴黎。算算时差，现在上海，已经天黑。一分钟后，小荷回一条微信：我爸爸回家了。

二

一个礼拜后，上海滴水成冰，冷过巴黎。我爸爸时差没倒好，生物钟尚在欧洲，一上车就困着。我停好车，关照他不好激动，不好打人。静安公园，悬铃木一根根光秃秃，对面延安路高架，左面芮欧百货。公园里有一间茶室，洞庭碧螺春，香味道四溢，冬天变成春天。小荷带了妆，头上发卡闪亮，立了一张轮椅背后。轮椅上坐一个男人，花白头发，面容清癯，一根根肋旁骨，好像要顶出棉袄。看到我爸爸进来，此人眼乌珠浑浊，眼角细纹绽开，一对嘴唇皮，两只膝盖，轮椅把手发抖。但我爸爸不认得此人，我也不认得。我爸爸掏出一包软壳中华。小荷说，此地不好吃香烟。轮椅上的男人说，我想陪蔡师傅吃香烟。小荷说，外头冷，当心感冒。我爸爸说，你真是厂长？男人说，真的是我。我爸爸叹说，哪能变成这样子？小荷翻出羊毛围巾，缠了厂长头颈上，先绕一圈，再绕一圈，打只活络结头，又翻出一顶绒线帽，套了她爸爸头上，盖牢白头发。小荷推了轮椅，出了茶室，露天虽冷，好在高楼挡风，又有太阳，穿过悬铃木枯枝落下。解放前，静安公园是外国坟山，厂长在巴黎这点年数，大半住公墓隔壁，我爸爸还去公墓寻他，于此重逢，是宿命。我爸爸点一支烟，已不觉得困，又给厂长一支烟。"三浦友和"叼了中华，双手发抖，火点不着。我便帮他点烟。厂长说，骏骏大了，有出息。我不回答。我爸爸吐出一口烟，厂长也吐出一口烟，两团蓝颜色烟，升到头顶，就像魂灵头，被风卷走，变成烟的粒子，飘到我跟小荷肺里。我爸爸说，我来推吧。小荷看我一眼，我点点头，她便放手。

我爸爸接过轮椅把手，边推边问厂长，你还好吧。厂长说，蛮好。我爸爸说，当初为啥要走。厂长说，对不起，师傅。我爸爸说，你讲吧，我听。厂长停了蛮久，看了烟头的火星说，七十周年厂庆，我讲汽车城的新工厂就要开工，否则没人会信我，大家也不会掏出钞票，集资一百万原始股，汽车城那块地皮，我是真心想拿下来，就能从银行得到贷款，借新债，还旧债，虽然是拆东墙，补西墙，但是有的亏损企业，就这样活下来了。我爸爸说，你要是早点讲实话，我们照样会凑出一百万，哪怕不指望你还，只要春申厂能活下去。厂长手里烟灰在飘，点头说，真心对不起，但大家集资的一百万，我是一分铜钿都没带走，我还用私人名义，问外头借了一百多万，又问香港王总借了三百万，统统用来还债，拖延春申厂的破产程序，就有可能拿下汽车城地皮，就差最后一口气，一口气，气。厂长上气不接下气，开始咳嗽。小荷递出餐巾纸，帮他揩了两口浓痰，又拔出他手里的烟。我爸爸说，你歇一歇。厂长说，让我讲光好吧，就差一口气啊，汽车城这块地皮，给人家买走了，老厂长留下来的债呢，还剩一半没还光，春申厂账户已经空了，等于我的死刑判决书。小荷拦到轮椅前问，你为啥要逃？厂长说，小荷，出事体一年前，我就跟你妈妈离婚，已经想着最坏结果，我要是不走，非但死无葬身之地，你跟你妈妈，也要一辈子吃尽苦头，我不想害了你们。我爸爸说，你要是留下来，所有事体讲清，我们会帮你的。我插一句，现在讲有啥用，马后炮。厂长压低声音说，还有一点不好讲的原因，牵涉到大人物，为了你们安全，我只好逃了。我想起巴黎一夜，十三区唐人街，温州朋友最后几句，果然没错。厂长说，我不是没想过死，跳进苏州河，去寻老厂长报到，但我没这胆量，又怕到了阴间，还被老厂长牵头皮。

我爸爸问，这些年，你是哪能过来的？厂长说，先是离开上海，去苏州，再去南京，武汉，长沙，南下广州，到深圳，我帮人家打工，想去电子加工厂，但人家只招小伙子小姑娘，嫌我年纪大，流水线上做不动，我去了一家小厂做后勤，帮经理算账，记工分考勤。我爸爸说，你毕竟是个厂长，坍台吧。厂长说，老早没面孔了。小荷说，但你跟我妈妈还有联系，是吧？厂长抬头说，你妈妈值夜班时光，我会偷偷打电话到医院，我想看你的照片，我的女儿长大了吧，变漂亮了吧，一开始寄信，后来发邮件，再往后QQ传照片。小荷说，我妈妈都不告诉我。我爸爸说，不对啊，2007年，小荷妈妈讲在杭州龙井，有个人长得老像你的，还叫了我跟张海，陪她们母女一道去寻你。小荷说，这桩事体，我也怀疑过，昨夜她才跟我讲，杭州龙井寺，有这个人是真的，但我妈妈心里透亮，此人必定不是我爸爸，但她还是拖了蔡伯伯，拖了张海，带我一道去杭州，她是存心伪装自己，要让大家觉着，她跟我爸爸并无联系。我爸爸惊说，你妈妈真有本事，骗了我们所有人，杭州之行回来，我是吃了不少苦头。我说，还连累我跟张海断交。我爸爸说，算了，老早事体，不谈了。

厂长说，混了外头的日子，实在是惨，小荷爷爷走了，我都不敢回来送终。小荷说，我爷爷追悼会这天，张海就藏在我家楼下，等了你回来，还好你没出现。厂长说，等到小荷高考，我实在摒不牢，偷偷回了上海，想要见女儿一面。我说，长寿公园，音乐喷泉，我也在。厂长看看我说，没想着，债主又来捉我，我是逃之夭夭，变成惊弓之鸟，连夜买了汽车票，离开上海，回到深圳，债主又寻过来了，我想奈何死哉，无论到啥地方，都逃不出他们手心了。小荷说，所以，你就逃到国外去？厂长说，我想起我的叔伯爷爷，老早移民去欧洲，定居巴黎，几十年前，家里收到过他的来信。厂长说，我认得一个蛇头，福建人，答应帮我偷渡去法国，我交了打工赚的钞票，办了假护照，先到越南，转机马来西亚，再到迪拜转一道，最后才到巴黎，已是北京奥运会期间。我爸爸说，路上平安就好。厂长说，刚到巴黎，我没身份，只好在中餐馆打黑工，每天夜里刷盘子，手指头泡得没知觉，后来帮厨师做小工，切菜，切肉，好几趟切到手，血淋嗒滴，染红了料理台，又不敢去医院，怕被移民局晓得，我自己包了纱布，继续做生活，直到伤口发炎发臭，肿得像个肉馒头，发高烧四十度，再寻地下诊所上药，吃抗生素。小荷说，爸爸，不要讲了。她摘下发卡，长头发披下来，又被风吹起来，像一蓬黑颜色的火。厂长说，我在巴黎打了半年黑工，赚了一点小钞票，就去老佛爷商场，给女儿买了这只发卡，悄咪咪邮寄给你妈妈。小荷眼泪水落下来，重新别上发卡说，爸爸，我欢喜的。我问一句，厂长，你没寻着亲眷吗？厂长说，千辛万苦寻着，却在拉雪兹神甫公墓，两块墓碑，我的叔伯爷爷死了三十年，他的儿子，也是我的堂伯父，也死了十年，再往下孙子辈，中文都讲不来，老早不认亲眷了。小荷说，你真正的亲眷，一直在上海等你回来。我妈妈天天念经做功课，保佑你在他乡平安，要是我晓得你在巴黎，我就烧香求菩萨，让你快点被警察捉牢，再被遣返回国。厂长说，我不是没想过，但我觉着，我一个人受苦，终归比我们三个人受苦要好。小荷说，你以为你不在，我跟我妈妈就不受苦吗？厂长说，我想女儿大了，要谈男朋友，早晚要结婚的，要是有我这样爸爸，债主天天上门，啥人敢娶你做新妇。小荷说，你要是晓得，娶我的男人是张海，老毛师傅的外孙，就不会这样想了。厂长摇摇头，没声音了。

我爸爸推了轮椅，走到静安公园深处，别有一座八景园，浓缩古时候"静安八景"。我爸爸说，厂长，你在巴黎十年，哪能搬去公墓边上了。厂长说，巴黎市中心房租贵，我一直住地下室，住出风湿性关节炎，我就搬到二十区，拉雪兹神甫公墓，寻一间顶层阁楼，暂时栖身。我爸爸说，上个礼拜，我在巴黎，去过你的房间。厂长苦笑说，我从上海逃到巴黎，人不像人，鬼不像鬼，等到我死在法国，恐怕连埋进公墓资格都没，人家待遇可比我好多了，墓碑上刻了名字，还有人去献花，子孙后代来望望。我爸爸说，你没想过再回上海？厂长说，我不敢想，总觉着欠下的债，几辈子都还不清，比还债更要紧的是，我没面孔回来，蔡师傅，我没面孔再看到你，还有神探亨特，保尔·柯察金，冉阿让。我爸爸说，神探亨特已经死了。厂长说，小荷跟我讲了。我爸爸说，我们几个人，都比你老，终归要走了你前头的。厂长说，未必，你看看我现在。我问一句，厂长，你隔壁的黑人胖阿姨，跟你是啥关系？厂长闷掉，回头看小荷，她叹气说，爸爸，你老实讲吧。厂长说，她叫芳汀，是我在法律上的老婆。我爸爸惊说，你在法国讨了老婆，黑人胖阿姨，还带了四个小囡？厂长说，我在巴黎，最怕被移民局捉到，遣返回国，唯一安全办法，就是弄到合法居留权。我说，假结婚，懂了。厂长说，黑人阿姨叫芳汀，拉雪兹神甫公墓有个火葬场，她是火化工，操作焚尸炉，芳汀也是命苦，生在塞内加尔，五岁跟爷娘到法国，她的头一个男人，刚果人，等她肚皮大起来，男人消失了，养出她的大女儿，起名珂赛特。我说，倒是蛮像书里写的。厂长点头说，第二个男人呢，科特迪瓦人，讲好要结婚，去市政厅登记前一天，突然被警察捉了，原来是个毒贩，只好作罢，但是儿子已经养好，起名马吕斯。我说，想起来了，穿了法国队球衣，足球少年。厂长说，第三个男人，喀麦隆人，倒是老实人，在金店做保安，碰着抢劫，还想报警，被劫匪一枪打死，他跟芳汀养了个儿子，起名沙威。我忍不牢说，她是多少欢喜《悲惨世界》啊。厂长说，第四个男人，就是我，起初我只是隔壁邻居，看到芳汀带三个小囡，还要到公墓上班，每天烧十几个死人，特别辛苦，有时光，我会帮她照看小囡，顺带便想起我的女儿，她从小就有法国国籍，跟她结婚，就能拿到居留权，再也不怕被遣返，我拿出一万欧元酬劳，跟她约定，等我拿着合法身份，就跟她离婚，还要中介帮忙，办理各种手续跟公证，终归成了假夫妻，这是五年前事体。我说，芳汀第四个小囡，四五岁的小姑娘，她的爸爸又是啥人？厂长说，她叫玛蒂尔达，我就是她的爸爸。这句讲好，小荷一呆，我爸爸停下轮椅说，你再讲一遍？只有我点头，当初看到这个小姑娘，就觉着肤色比较浅，特别是眼睛跟嘴巴，倒是有点像中国人，她还抱牢我的大腿，管我叫爸爸，这个小囡眼睛里，大概觉着每个中国男人，都是爸爸的样子。厂长说，芳汀是个好人，我跟她，起先是假结婚，因为住了贴隔壁，她经常帮我做饭，汰衣裳，我呢，经常帮她带小囡，修电器，三个小囡都欢喜黏了我，日久天长，弄假成真，假夫妻做了真夫妻。我爸爸说，这位芳汀胖阿姨，还是公墓火化工，你跟她困了一道，不吓吧？厂长说，自从我逃亡到巴黎，已经变成行尸走肉，啥人怕啥人啊，但我也是热昏，像我这种情况，不好再拖累人家，结果呢，芳汀肚皮大出来了，吓煞我了，这辈子从没想过，除了小荷，还会有第二个小囡。我看小荷一眼，她低头不语。厂长继续说，芳汀有三个小囡，再加一个，就算法国养小囡有补贴，但是太辛苦，将来要后悔的，芳汀不听我的，她信天主教，不好打胎，还是养了出来，医院里看到第一眼，我就确认，这是我的女儿，一半中国，一半非洲，眼睛还像我，绝对没错。我爸爸不无艳羡说，你是老来得女，有福气啊。厂长苦笑说，我身体有毛病，不容易养小囡，当年结婚以后，求医问药，弄了老偏方，吃了几百斤乌龟，甲鱼，蛇虫，八脚，赛过爬行类天敌，最后人工授精，九死一生，才有了小荷，掌上明珠，得来不易，不管跑到啥地方，都要带了女儿，就连追悼会，吃豆腐羹饭也要带，我是从来没想过，这辈子还会有第二个小囡。厂长看看小荷，不敢再讲下去。我说，小姑娘叫啥名字？厂长说，玛蒂尔达。我说，《悲惨世界》名字终归用光了，现在用到《红与黑》了，中文名字呢？厂长说，浦小白，比她的哥哥姐姐都白一点。我爸爸说，怪不得，在巴黎有了老婆，有了小囡，还有了身份，更加不想回来了。厂长说，拿到法国居留卡，我就好留在巴黎，正大光明寻工作，趁了身体还没坏，我考了驾照，开出租车，多赚点钞票，帮芳汀一道养四个小囡，我只开了半年，有一趟，搭了三个乘客，都是法国白人，小青年，从二十区到布洛涅森林，那面夜里都是妓女，自然是去寻欢作乐，到了森林里，他们就要赖账，这趟油费蛮贵的，相当于从浦东开到虹桥，我捉牢他们不放，这三个小青年，对我拳打脚踢，我一把老骨头，哪能有力道反抗，等我在医院醒转，才晓得脚骨断了，再也不好走路，只好坐轮椅。小荷听了发抖，她蹲了她爸爸跟前说，哪能好这样子？哪能好这样子？警察捉牢这三个畜生了吧？厂长苦笑说，在巴黎，这种事体，家常便饭，警察根本管不了，也可能是碰着新纳粹，专门欺负亚洲人，算我倒霉。我爸爸说，你的非洲老婆哪能办呢？厂长说，芳汀还是要照顾我，但我不想拖累她，照顾我一个半死的人，我不忍心，提出离婚，她还好再跟人家假结婚，赚笔钞票留给小囡，但是芳汀不肯，我只好跟她分居，住回原来房间。我说，但你的小女儿，浦小白，她离不开你。厂长望天说，所以呢，我还是斩不断跟芳汀关系，我给女儿小白买图画书，她最欢喜和王尔德通话，近水楼台，拉雪兹神甫公墓就在隔壁，我经常带小白去王尔德墓前。我爸爸说，你想过回国吧？厂长摆头说，你看我现在样子，坐了轮椅回来，还要女儿照顾我，让人家笑话，好意思吧？我爸爸说，不是我讲你，你这辈子呢，有个大毛病，就是太要面子。厂长抬头说，蔡师傅，你讲得一点没错，我是太要面子，当了春申厂的厂长，更加想要面子，想要拿厂子搞起来，又怕职工们觉得我没本事，我就出去借钞票，掼浪头，充洋人头，一步错，步步错，直到身败名裂，厂子也没了，家庭也没了，统统都没了。小荷说，这两年，我妈妈跟你还有联系吧？厂长说，最近一趟，莲子刚养出来，你妈妈给我传了照片，有了外孙女，我可以太太平平去死，不再给小辈添麻烦。我爸爸说，我还活了，轮不到你死。厂长说，三个月前，我突然昏迷，芳汀送我去医院，差点点死掉，医生讲是脑梗。我问他，哪一天？厂长心里算算，讲出一个日子。我说，这是这夜，我在巴黎，你来寻我托梦。厂长不明就里说，啥的托梦？我说，你在鬼门关走了一道，灵魂出窍，提前给我托了梦，却是死里逃生，又转回到阳间，怪不得，才有活人托梦的特例。厂长说，想起来了，那一夜，昏迷时光，我做了个奇怪的梦，我梦到在巴黎下水道，老鼠到处乱窜，却碰着一个中国人，大概就是你，我拜托你回到上海，告诉我的女儿，我想她。小荷只讲一声，爸爸。我的嘴唇皮发抖，托梦界的新发现，便是濒死体验，也能托梦到万里之外，等于鬼门关上转一圈。

我爸爸推了轮椅，走到南京西路边上，对面是静安寺山门，一尊石头梵幢挺立，顶上立四只狮子，金光闪闪，面向四方，俯瞰芸芸众生。轮椅上的厂长，定快快看了对面，风景颇为陌生，好像巴黎协和广场，古埃及卢克索方尖碑。厂长说，我五岁时光，静安寺门口，就有这样一根石柱子，顶上也是四只狮子，但是石头做的，1966年，这根柱子被敲掉，现在又竖起来了，后头这座塔，我是从来没看到过。我说，上海好像一条蛇，一直在蜕皮，一直都是新的。我爸爸问到要紧问题，你哪能回上海的？厂长说，因为张海，当日飘了雪籽，我在拉雪兹神甫公墓，芳汀推了我散步，王尔德墓碑前，有人叫我厂长，我看到一个中国男人，穿了羽绒服，头发胡子蛮长，身上还有味道，我完全没认出他，出了公墓，我看到一部桑塔纳，春申厂的红与黑，这记我是完结了，终归暴露，张海万里迢迢来寻我，代表春申厂职工，代表蔡师傅，来要一百万集资款，讲不定，其他债主，也会纷至沓来。我爸爸说，你怕张海会害你？厂长说，当天夜里，张海赖了我家里，困沙发上不走，我困了轮椅上，离死人只差一口气，要是有人用枕头闷我，连一声救命都叫不出，反而解脱，我怕的不是死，我担心芳汀，还有我的小女儿，不好再没爸爸了。小荷冷笑说，是的，就像我。厂长低头说，对不起，小荷，你听我讲，平常我坐轮椅，大小便都成问题，夜里芳汀会来帮忙，白天她要上班，火葬场烧尸体，我只好自己动手，不是人过的日子啊，弄得身上一塌糊涂，没想到，张海像保姆一样照顾我，服侍我上厕所，帮我放水汰浴，搓背，按摩，揩药水，涂药膏。小荷说，老毛师傅风瘫十几年，张海一直这样照顾外公，手势熟练。厂长说，我问张海，为啥非但没骂我，没打我，没讨债，还对我这样好，就算亲生女儿，也不会这样照顾爸爸吧。小荷说，这倒是，我也没这本事。厂长说，我在巴黎十年，前半段，东躲西藏，后半段，窝在公墓隔壁，像一只老鼠，看到太阳光就怕，老多地方都没去过，张海拿我抱进红与黑，轮椅折叠起来，塞进后备厢，开车去凡尔赛，去蒙马特高地，帮我推了轮椅，伍斤吼陆斤，爬上圣心教堂。我说，我去过蒙马特高地，全是坡路，轮椅不好走。厂长说，那天巴黎落雪，爬几百级台阶路，张海干脆背我上去，他也是一头热汗，后来又推轮椅，带我进卢浮宫，看了蒙娜丽莎，出来陪我吃两根香烟，他带来的软壳中华，我十几年没再尝过，味道真好，但我心里怀疑，张海到底有啥目的？我对每个人都不放心，都怀疑要来害我。我爸爸说，你想多了。厂长说，是啊，张海陪了我七天，我翻出抽屉里相册，前几年小荷的婚纱照，旁边新郎官，觉得蛮眼熟的，再一看张海，吓煞人，同一张面孔，就是头发胡子变长了，我这才晓得，张海是我的女婿，小荷的老公，莲子的爸爸。小荷说，都怪我妈妈不好，不敢告诉你，我嫁给老毛师傅的外孙，怕你提心吊胆。厂长说，张海打开手机，给我看老多照片，小荷，莲子，你们三口合影，再开微信，我听了小荷的语音，多少年过去，再听到女儿声音，不再是小姑娘，已经是个女人，我的眼泪水，嗒嗒滴啊。小荷长出一口气说，爸爸，你以为呢？我还是小学五年级？你刚走没多久，我开始发育，声音就变了。厂长说，张海不肯叫我爸爸，还是叫我厂长，我晓得，因为我不配。

　　静安公园，太阳暗淡，消逝。天上又落雪了。冷风像刀子掼来。厂长缩头勾脑，我打一个激灵，我爸爸香烟烧得飞快，掐灭烟头，推了轮椅，送厂长回到茶室。调了一泡茶叶，热气腾腾起来，我的眼镜片，水雾一层又一层，只见小荷的面孔，也变成一摊水。厂长说，张海跟我讲，小荷给我买了回国机票。小荷说，我没买过机票，是张海自己买的。厂长说，我翻出老早的中国护照，张海陪我去中国大使馆，调了一本新护照，终归可以回来，看我女儿了。小荷说，你还有一个女儿。厂长说，是的，我告诉芳汀，告诉浦小白，我是回中国看看，不会离开太长远，很快再回巴黎。小荷苦笑说，十八年前，你要是这样跟我讲就好了，哪怕是演戏骗我。厂长闷掉。我问他，哪一天从巴黎飞的？厂长讲出一个日子。我说，这一天，我跟我爸爸飞到巴黎，法国时间，夜里七点钟到戴高乐机场。厂长说，太巧了，我是夜里九点钟起飞，七八点钟时光，你们出机场，我是进机场，一进一出，正好错过。我爸爸拍大腿说，你倒好，赶了这天飞回来，这么张海呢？厂长说，他买了两张飞机票，要一道跟我回上海。我说，张海不好乘飞机的。厂长说，张海跟我讲了，他有耳水不平衡毛病，但我身体不大好，这一路奔波，加上俄罗斯冬天，肯定会要了我的老命，张海只好乘飞机，护送我回到小荷身边。小荷说，这日下半天，我接到张海电话，他通知我回来的航班，张海还问我，要带啥礼物，他还有时光去老佛爷，或者机场免税店买，我说啥礼物都不要，只要你太太平平回来，回到女儿身边，我已经烧高香了，但他一定要给我礼物，我生怕他乱用钞票，我就跟他讲，听说塞纳河旁边，有老多旧书摊，我想要一张明信片，最好是巴黎圣母院，张海答应我了，但他没告诉我，已经寻着我爸爸了。厂长说，张海是想给你一只惊喜。小荷说，这样惊喜，真要我发心脏病了。我说，怪了，张海倒没回来？厂长说，离开巴黎这日，早上八点，张海开车出去，讲好中晌回来，讲好下半天，我们一道去机场，但到了点，张海没回来，微信不回，电话不通，我也犹豫，要不要一个人走。我爸爸说，这倒是的，你坐了轮椅，必要有人陪。厂长说，我都不想走了，芳汀却要送我去机场，她叫我放心回去，看看女儿，她会照顾好四个小囡，特别是老幺浦小白。我爸爸啧啧点头说，你有福气，在法国讨了一个好老婆。厂长说，芳汀带了所有小囡，一道送我到机场，天已经黑了，我还在等张海，但他没一点点声音，我只好跟芳汀告别，小白还不放我走，眼泪水嗒嗒滴，叫我爸爸爸爸，我心里也难过。小荷说，你想哭就哭吧。厂长眼圈一红说，寻到登机口，我再等张海，已经夜里八点钟。我说，这时光，我跟我爸爸刚到巴黎。厂长说，等到广播登机，大家都上去了，航空公司催我好几趟，不然要关闭登机口，我没办法，最后一个上飞

第七章　归来　　295

机，万一错过这趟机会，不晓得还要等到啥时光。

厂长又没声音了。我爸爸给他倒茶，他也不吃。小荷说，第二天，莲子听说爸爸回来，吵了要去机场接他，我向单位请假，带了女儿，开车两个钟头，赶到浦东机场，结果呢，莲子没等到爸爸，我却等到了爸爸。厂长说，我坐了轮椅上，接机的人潮潮翻翻，但我认出了小荷。小荷冷笑说，我没认出来你，只觉着这个老头子，看来戳气，莲子也怕他，要不是看他坐轮椅，可怜分分，马上别转屁股跑了。厂长尴尬说，还好我缠了你，横讲竖讲，还给你看我的护照。小荷眼眶发红说，隔了十八年，看到爸爸回来，我先是一吓，眼泪水下来，莲子跟我一道哭，哭得警察都来了。厂长说，我在机场跟女儿团圆，抱了外孙女，只提一项要求，吃一两生煎馒头。我爸爸笑说，还好你没提阳澄湖大闸蟹。厂长说，惭愧啊，想起老早，我每顿早饭要吃二两生煎，在外头飘了这样多年，经常夜里梦到，枕头上是馋吐水。我说，所谓故乡，大概一半是在舌头上。小荷说，从机场出来，回到市区，我寻了一家小杨生煎。厂长说，本来我只想吃一两，一入口就停不下来，一口气吃了四两，十六只生煎馒头。小荷说，我是一只都没吃，莲子倒是吃了四只，吃得弹进弹出。

我爸爸却问，张海还有消息吧？小荷说，彻底没声音了，微信不回，手机关机。我说，他大概还是没办法克服乘飞机障碍，不是身体障碍，根本是精神障碍，这种人我也认得几个，哪怕乘几天几夜火车，乘一个礼拜邮轮，也不肯乘飞机。小荷说，就算这样，他应该跟我讲一声，这两日，莲子经常半夜哭醒，问爸爸去啥地方了，为啥不打电话，不哄她困觉了。我说，会不会手机落掉，或者被偷，巴黎贼骨头多。小荷说，我就不相信，他连只手机都买不起。我说，必定有缘故的，小荷，你不要动气。厂长也说，是的，不要动气。我爸爸说，你回来就好，现在住啥地方？厂长说，甘泉新村隔壁，汉庭酒店。我悄声问小荷，冉阿让爷叔呢？小荷说，听说我爸爸回来，冉阿让爷叔就搬出去了，住了如家酒店，现在家里只有我，我妈妈，还有莲子，没男人了，阴气实在重。我心想，冉阿让最担心事体，到底还是发生了，要是厂长回来，看到"山口百惠"已经嫁给冉阿让，不晓得要出啥事体。我一抬头，茶室外，大雪纷纷，静安公园变得安静，纤尘不染，四下高楼广厦，车水马龙，模糊散逸，像蒙在奶白色蒸汽里，只剩下对面静安寺，金刚五座塔，梵幢顶上四只狮子，瞪了八只眼乌珠，看我。我爸爸叹一声，张海到底在啥地方。

三

自从张海走后，老毛师傅，老厂长，我的爷爷奶奶，外公外婆，纷纷回来寻我。唯二遗憾，神探亨特爷叔，建军哥哥，一直未曾现身。梦中有我小时光，也有此刻阶段，有黑白片，也有彩色大银幕，甚至IMAX一般逼真，儿童片，恐怖片，情色片，烧脑片，战争片，科幻片，还有纪录片，甚至科教片，纷至沓来。我的失眠毛病，彻底治好，头颈一沾枕头，自然有人来托梦。当夜，冉阿让老婆又来了，不是现在的"山口百惠"，而是死了十多年的原配夫人，征越的妈妈。托梦里，她变成少妇光景，戴了纺织女工帽子，英姿飒爽，纺织厂花，三八红旗手。春申厂对面，申新九厂还没拆，纺织女工进出，莺莺燕燕，珠翠环绕，顶上半边天，纺织机器轰鸣，天空飘散棉花，一只只小白鸽飞腾。这位阿姨，看我从小长大的，我自然要敬她几分。她早已晓得，自家男人在阳间重新娶了娘子，但她不生气，只是担心，冉阿让年纪大了，高血压，糖尿病，住了女方家里，终归不大方便，现在倒好，厂长回来，"山口百惠"一女不能侍二夫，到底是厂长搬进去，还是冉阿让鸠占鹊巢，厚了面皮，霸了房子不走呢？冉阿让老婆说，骏骏，拜托你想想办法，让冉阿让跟女儿和好吧，征越三十多岁的人，儿子都读小学了，不要再生气了，毕竟是亲生爸爸，有啥不好坐下来谈？必定要让老头子有地方住。我说，阿姨寻我托梦，即是看得起我，此事交给我了，不过，"山口百惠"有意见哪能办？冉阿让老婆说，我已给她托了梦，恳求她照顾好冉阿让，让他太太平平，开开心心。我说，阿姨，既然你能给"山口百惠"托梦，为啥不寻冉阿让托梦，寻你女儿征越托梦呢？冉阿让老婆说，寻人托梦，不是一桩容易事体，先要此人做梦，我才能乘虚而入，每人梦中，都有一道铁将军把门，冉阿让关了门，我女儿也关了门，不是我不想寻他们托梦，是我根本进不去啊。我是哭笑不得，我的梦中世界，倒是我家大门常打开，欢迎各位魂灵头来坐坐。冉阿让老婆说，"山口百惠"答应我了，绝不破坏冉阿让跟女儿关系。我说，梦里答应的事体，作数吧？冉阿让老婆说，你刚刚答应我，还作数吧？我说，绝对作数，但有一只问题，征越会相信我吧？冉阿让老婆说，我有一个办法，你听我讲。

这场托梦，又是绵绵无绝期，冉阿让老婆跟我讲到天亮。梦醒，我给征越发微信，约她见面。她问我，啥事体？我说，有个基金朋友，想问你公司 A + 轮还做吧？征越说，我已做到 B 轮了，不过你能帮我介绍，还是感谢你，有空来我公司坐坐，看你时光。我说，今朝好吧。中午前，我到了征越的办公室，龙之梦楼上，风光大好，一面落地玻璃下，轻轨列车隆隆碾过，苏州河在此急转弯，对面是盘湾里。从天上看中山公园，冬天树木萧瑟，昨夜积雪，颜色氤氲。目力所及，我寻着东亚最大悬铃木，中国所有法国梧桐的老祖宗，枝丫参天，犹如一尊白骨巨人，光秃秃立在当中。征越穿了羊毛裙子，露了手臂膊，气色不错。我刚要讲起正事，她就拉我吃饭，龙之梦六楼，潮州牛肉火锅。

点好菜，上了锅，征越讲起生意经，讲到汤水沸腾，涮牛肉，十秒钟就要捞出来，忙得不亦乐乎，她都没提她爸爸一句。我先问起张海，征越眉头一皱说，这两个月，张海请了长假，店里生意冷清了不少。我说，他讲过啥时光回来？征越打开微信，给我听了一条语音，张海的声音：对不起，老板，我这趟请假时光太长，可以扣我工资，再过两天，我就回来上班。征越回语音：张海啊，回来就好，不扣工资了，好几个老客户，都等你回来修车子呢。再看微信时间，恰是厂长从巴黎回来前一天。我说，这样讲，张海是准备要回来的。征越说，我等了七八天，他还是没声音，微信不回，电话不通。我说，张海毕竟是你的员工，现在等于失踪，你没联系过他的家属？没联系过你爸爸？征越眼乌珠一白，筷子摆下来说，不联系。我说，讲讲公司事体吧。征越吃一口啤酒，面色如常说，你看看，现在这个时代，降维打击晓得吧，《三体》看过吧？我说，看过。征越说，传统产业，统统要被消灭的，你写纸书也没啥前途，必须要抱牢互联网。我的面孔一红，好像已是日薄西山，只好点头涮肉。征越又说，尽管微信公众号有风险，但我经营的几只号，基本没影响，去年广告收入，就有好几千万，公司估值两个亿，科创板晓得吧？我说，晓得。征越说，现在呢，我还在做知识付费，教育培训，微信群里发展会员，你是大作家，来帮我们学院讲课好吧。我说，我能讲啥？征越说，写作技巧啊。我说，写作教不会的。征越说，阅读呢？我说，全凭各人兴趣。征越冷笑说，还是你架子大，请不动了哦。我说，我们都是春申厂的子弟，讲讲汽车改装店吧。征越说，我对修车子没一点点兴趣，只是不想被外人偷走，燃油车早晚要被电动车淘汰，就像春申厂一样命运，要是张海还不回来，我就要拿汽车改装店关掉。我说，最好不要。征越说，讲得漂亮，你来接盘。我一记头闷掉，没志向了，眼镜片上皆是蒸汽。征越吃光一盆牛肚，牛胃进了人胃，她的话也稠起来了。征越说，我蛮盼了张海回来，去年呢，我卖掉我爸爸房子，在南翔买了别墅，我儿子也在嘉定读书，我三日两头在公司加班，张海还帮我接送小囡，但是不好进市区。我说，张海这趟出国，给你带了礼物，他人还没回来，礼物已经回来了，就在冉阿让爷叔手里。征越说，我不要了。我说，你不给你爸爸打电话？征越说，不打。我说，你相信托梦吧。征越说,你要讲啥?我说,昨日夜里,你妈妈来寻我托梦,她要你跟你爸爸和好。征越板下面孔说,shit,你真是精神病,还有托梦,我妈妈做啥不寻我托梦?我说,你没向你妈妈开放你的梦境。征越笑说,这么你教教我,哪能才能开放梦境?我说,你晓得吧,现在你爸爸住在如家酒店。征越说,他出去旅游了?我说,就在甘泉新村。征越说,他被那个女人赶出来了?我说,是他自己出来的。征越说,只要我爸爸跟那个女人离婚,我就接他回来。我说,你爸爸不想离婚,只是没房子住。征越说,对不起,这我没办法了,是他自己选的。

我只好掼出炸弹了。我说,征越,你小学五年级,你妈妈逼你学钢琴,暑假里,每天要去老师家里,老师是个五十几岁男人,有一日,你回来跟你爸爸讲,老师对你动手动脚,结果呢,你爸爸冲到老师家里,敲烂一台钢琴,打了老师两记耳光,你爸爸进了派出所,治安拘留十五天,因为这桩事体,你爸爸下岗了,隔手,钢琴老师脑出血死了,家属寻上门来,赔了老多钞票,但你爸爸没后悔过,觉着钢琴老师活该,死有余辜。再看征越面孔,已经煞白,我说,十年前,你妈妈生了癌症,在她临终前头,你才讲了真话,钢琴老师是被冤枉的,你只是不欢喜学钢琴,却闯了大祸。征越两只手发抖,牛肚落到地上,油锅沸腾氤氲,好像心脏煮熟了。她终归说出口,五年级,人家放暑假出去玩耍,只有我蹲了老师家里,十只手指头,日日夜夜不停,弹李斯特练习曲,我最讨厌弹钢琴,到现在也听不得钢琴声音。我说,所以,你就吹了这个牛皮,想要早点逃出来。征越说,但我想不到,会有这样一种结果,因为我的一句话,我爸爸下岗了,钢琴老师死了,我连续做噩梦,却又不敢讲出来,等到我妈妈快要死了,我拿爸爸赶出病房,我才敢讲出这只秘密,等我爸爸再回来,妈妈已经走了。我说,到现在,你爸爸也一无所知,只有你妈妈的魂灵晓得,她跑到我的梦里,讲了这只秘密,只为让你相信,她的托梦是真的,我保证不告诉第三个人,不告诉你爸爸。征越抬头看天花板，水蒸气忽热忽冷，仿佛印出一张上海地图，三角形陆地，加上崇明三岛，又像魂灵头形状。征越用毛巾揩面孔，笑笑说，热气太冲眼睛，谢谢你，这顿火锅我请。

四

小年夜，小荷安排聚餐。还是忘川楼，唯一包厢，坐了扑扑满。我带了我爸爸，小荷带了她爸爸，"山口百惠"带了外孙女莲子。冉阿让气色好，胡子刮得清爽，就是头发花白。昨日夜里，他刚从北海道飞回来，终归是跟女儿和解，从甘泉新村搬到南翔，住了征越的别墅，三层楼，三百平方米，前后花园，陪外孙过寒假。征越带了爸爸还有儿子，祖孙三人，一道去日本旅游，先飞东京，再到北海道滑雪，看鄂霍次克海流冰，冉阿让放开喉咙，唱了日语版《北国之春》，一直唱到走调。保尔·柯察金刚从新疆飞回来，大儿子陪了他一道。工会主席瓦西里都来了，一面孔衰败之相，看到厂长坐了轮椅，瓦西里脱口而出"面包会有的，牛奶会有的，一切都会有的"。最后一个客人，姗姗来迟，竟是香港王总，还是西装领带，身板长大，进包房，摘墨镜，露出水泡眼。王总盯了厂长，摇摇头，叹叹气，相对无言，前尘往事，两人一笔勾销，同是天涯沦落人，先干两杯酒。

以上众人，保尔·柯察金统统不认得，他只认得两个，一个是儿子大疆，另外一个，便是我。保尔·柯察金抓了我的手，一本正经说，骏骏啊，我跟你分析国际形势，老早我们讲，两个超级大国争霸，美苏冷战，现在变天了，苏联病入膏肓，立陶宛宣布独立，叶利钦步步紧逼，戈尔巴乔夫同志手条子太软，列宁同志的红旗就要倒了，千万不要忘记阶级斗争，接下来呢，美国一超独大，下一步，就要来搞我们中国，未来的世界局势，究竟是一极化还是多极化，我们拭目以待。我说，保尔·柯察金爷叔，苏联老早没了。保尔·柯察金摇头说，百足之虫，死而不僵，苏联家底子厚，死不掉的。大疆说普通话，顺着他说就是了。我笑说，好吧，保尔·柯察金同志，我是跟你开玩笑，现在苏联还蛮好，牢不可破的联盟，俄罗斯跟乌克兰，好得蜜里调油，总书记叫普京。保尔·柯察金说，列宁同志还好吧，困了红场棺材里，太太平平吧？我说，天下太平，四海晏然。瓦西里冷笑一声，好只屁，乌克兰还在打仗呢，现在总统是个演员。保尔·柯察金惊说，你讲啥，保尔的故乡在打仗？德国鬼子又进来了？邓尼金又复辟了？波兰地主打回来了？

酒酣耳热，厂长跟香港王总窃窃私语，多是王总诉苦，厂长跟了唏嘘。包厢外头，豆腐羹饭晚宴，有人哭，有人笑，平添悲欢离合、阴晴圆缺之感。"山口百惠"陪了莲子，从头到尾，默然无声。莲子不怕生，看到每个爷爷叔叔，都问一声，我爸爸在哪里？可惜无人能答。我爸爸说，今日聚餐，独缺一人。众人无声之际，小荷拖出一只行李箱。我帮她打开，看到一台照相机，竟是莱卡微单，我爸爸眼乌珠一亮。包装盒贴了购物单子，手写了张海的笔迹：给师傅。小荷说，蔡伯伯，张海送你的礼物，他在柏林买的。我爸爸说，这只照相机蛮贵的，徒弟想得着我就好，我不好意思收。我说，爸爸，张海一番心意，你收下来。厂长说，这只行李箱，原本放了红与黑后备厢，巴黎治安不大好，经常有人敲碎车窗盗窃，张海拿箱子搬到我楼上，交给芳汀保管。"山口百惠"拉了莲子去上厕所，存心回避，不想听到芳汀事体。厂长说，上个礼拜，我给巴黎打电话，张海还没消息，我就拜托芳汀帮忙，拿这只箱子托运回上海。

小荷再翻箱子，拿出一瓶 LA MER 面霜，再看购物单，巴黎专柜买的，价钿不会便宜，贴了小纸条：送师母。小荷说，哥哥，这是张海送给你妈妈的。我代替我妈妈接下礼物，想起一桩老早事体，摇摇头，不讲了。箱子里还有一只小盒头，贴了三个字：送菜包。打开包装，竟是一块金颜色石头，半透明，当中一丝丝纹理，像棉絮，又像蚕丝，缠了一只蜜蜂，翅膀，六只脚，触须，纤毫可见。我说，这是琥珀，波罗的海特产，张海必定路过。我看购物单，果然是立陶宛琥珀。小荷说，哥哥，还有给你的礼物。她掏出一只铁皮壳子，打开是本外文书，硬壳精装本，铜版画封面，一个虬髯男人抱了个小姑娘，标题是法文 Les Misérables（《悲惨世界》），封面是冉阿让抱了珂赛特。小荷说，张海在巴黎淘来的，1901 年出版的古董书。我捧了书说，绝对是宝贝，谢谢张海。小荷说，还有给阿嫂的礼物，她翻出一瓶香奈儿香水给我。这只行李箱，好像聚宝箱，飞出一件件礼物，永远不会枯竭。小荷又拎出一只红酒，泡沫塑料包装，张海送给冉阿让爷叔的。冉阿让开过修车行，做生意，酒桌应酬不少，多少懂一点红酒，拆开来说，赞的，这只酒庄不错，就在波尔多，关键是年份，1998 年。我说，这也是我跟张海、小荷认得的年份。冉阿让说，有开瓶器吧。小荷说，爷叔，吃豆腐羹饭地方，不适合吃红酒，回去慢慢品吧。保尔·柯察金说，小荷，我有礼物吧？小荷翻出一只盒头，打开是一枚奖章，当中是镰刀榔头，周围一圈俄文，还有红颜色五角星。保尔·柯察金说，苏联英雄奖章？小荷说，不是地摊货，张海在莫斯科的古董店买的，还有英文证书，奖章原本主人，是抢救过切尔诺贝利核电站的科学家，戈尔巴乔夫亲自发的奖章，后来苏联解体，科学家穷得没饭吃，也不肯卖掉奖章，直到死于核辐射生癌，不孝子女才卖出这只奖章。保尔·柯察金说，哎呀，我哪能好意思拿呢，我真是，何德何能？麻烦你，给戈尔巴乔夫同志打电话好吧。我笑说，爷叔，你要感谢张海。小荷又掏出一瓶酒，俄罗斯皇冠伏特加，四十度白酒。小荷说，张海送给大疆的礼物，他在圣彼得堡买的。大疆诧异说，连我都有礼物？小荷说，张海在小纸条上写，感谢你陪他游新疆，还帮他解决了去哈萨克斯坦的问题。大疆笑说，张海帮助我父子团聚，我对他是报恩，我们在乌鲁木齐喝过伏特加，他记住了我的爱好，谢谢啦。大疆打开伏特加，自己先干一杯。香港王总看了，甚为艳羡。厂长说，王总，张海给你也带了礼物。小荷掏出一瓶威士忌，苏格兰芝华士，张海在巴黎免税店买的。香港王总说，无功不受禄，张海小阿弟，太客气了。话虽如此，王总接过威士忌，收到背后藏好，生怕有人要抢。我说，要不是香港一夜，王总指点迷津，我们一生一世都寻不着厂长。香港王总说，这倒是的，我是有功之臣。小荷说，还有一位甘肃狄先生，张海也带了礼物。小荷又说，张海给女儿带了三件礼物，一只俄罗斯套娃，一本德国立体书，一包比利时巧克力。莲子坐到妈妈身上说，妈妈，爸爸还没回来，我不要礼物。"山口百惠"倒是说，我这女婿蛮好的，还带了给我的礼物。小荷接口说，张海妈妈也有礼物，还有他两个阿妹，加上他的老板跟同事，行李箱装得扑扑满。瓦西里一样都没得着，长吁短叹，颇为尴尬，我爸爸塞给他一支香烟。我问小荷，张海给你带了啥礼物？小荷说，他只带给我一样礼物。说罢，小荷看了看她爸爸。

这时光，包房门推开，进来一阵风，带了豆腐羹饭及香水味道。众人嗅了鼻头，只见一个女人，穿了米色风衣，皮裤子，长筒靴，烫大波浪头发，嘴唇皮擦了鲜红，面孔涂了厚粉，挡不牢眼角细纹，头颈如鸡皮松下来。她手里牵了个男人，年纪跟小荷差不多，个头颇高，卖相挺刮。我爸爸跟冉阿让一呆，厂长双眼无神，保尔·柯察金老年痴呆，自然是不认得了。只有瓦西里笑说，费文莉，你终归寻着啦。记忆这种东西，像小时光，我爸爸自己冲洗照片，发红的暗室内，通宵达旦，底片从水里显影，挂绳子上晾干，一团混沌之中，一点点生出轮廓，棱角，深浅，明暗，光彩，直到窗帘布拉开，光天化日，纤毫毕露，无处遁形。她是费文莉，已是年华老去。而她身边的男人，竟是建军哥哥，还是风华正茂，白衣胜雪，跟我在静安工人体育场的记忆，还有老早托梦中的所见，别无二致。我是头晕，此刻是在梦中，还是精神错乱？

瓦西里格外殷勤，帮了费文莉脱下风衣。她的腰身粗了两圈，上半身还好，下半身已经溢出。费文莉咯咯咯笑，拉了旁边的小伙子说，儿子开车送我来的，浦东过来路远，车子碰着一记。他不是建军哥哥，而是费文莉的儿子，他叫小军，年纪算起来，也有二十七八岁了。瓦西里说，没事体吧？费文莉说，没事体，就是车头撞了瘪塘，对方是个阿乌卵，内环线上吵了半天，还叫了警察，我必须陪了儿子，免得老实人被欺负，所以迟到。费文莉声音没啥变化，还是糯，还是嗲，像块水果软糖，叫人慢慢融化，化成一摊水，消逝无踪，就像她本人，消逝了十八年。费文莉说，儿子啊，快叫各位爷叔。小伙子有点羞报，看了一台子人打招呼。瓦西里拉来一张凳子，费文莉欠身坐下，跷起二郎腿，甩一甩头发，先跟我爸爸打招呼。我爸爸干咳两声说，你真是费文莉？费文莉笑笑说，不认得我啦？不欢迎我？我爸爸说，欢迎，欢迎。冉阿让说，你不是去日本了？啥时光回来的？费文莉说，六年前。瓦西里说，费文莉啊，你回来六年，刚刚跟我联系上，你要罚酒三杯。费文莉说，我老早不吃酒了。费文莉再看保尔·柯察金说，你也在啊。保尔·柯察金说，这位女同志，请问你是？瓦西里凑了她耳朵边说，老年痴呆症。费文莉说，今朝夜里，我是来看厂长的。

费文莉寻着厂长面孔，"三浦友和"坐了轮椅上，右手抬起来，挡面孔。"山口百惠"拖了莲子讲，囡囡要去小便吧。小姑娘说，外婆，囡囡刚刚小便好。"山口百惠"说，不搭界，再去。说罢，她拿外孙女拖出去了。费文莉看看小荷说，真哦，越长越漂亮。小荷说，费阿姨，你保养得蛮好。小荷这一句，声音也蛮糯，却像女人缝衣裳，针线可以绣花，也可以见血。费文莉被戳到，笑了说，小荷啊，上趟看到你，还是小学生，你来寻爸爸，现在都当妈妈了，赞的。小荷面色越发难看说，我也不小了，等到费阿姨年龄，恐怕没你这样噱头。小荷想讲花头，临到舌头尖，方才改成噱头。费文莉说，听人讲，你做了张海的娘子，他还没回来啊。小荷翻了只白眼，瓦西里捣糨糊说，厂长回来了，是好事体，费文莉回来了，也是好事体，我们春申厂死的死，病的病，看看神探亨特，老早身体多好，现在困了骨灰盒里，我是工会主席，有义务组织大家聚聚，这种机会难得，聚一趟，少一趟。神游太虚的保尔·柯察金，拍台子说，不错，春申厂的同志们，要日日聚，夜夜聚，我为大家念一首诗。大疆拉了他说，爸爸，不要闹了。保尔·柯察金说，让我念，今朝是个好日子。冉阿让问，啥日子？保尔·柯察金说，上海春申机械厂，七十周年厂庆典礼。我懂了，当年厂庆的男女主持人，皆在这只包房里聚齐，使得保尔·柯察金脑筋搭错，以为今日是2001年4月1日。保尔·柯察金立起来，解开领子纽扣，理了理后脑，已没几根毛了，无须念稿，统统种了脑子里，高声朗诵——

啊！今天是你的生日，我的上海春申机械厂！

啊！伟大的工人之子！

啊！苏州河畔的明珠！

啊！勇于探索！继往开来！

啊！星星之火的中国机械工业！

啊！愿你有一个灿烂的前程！

五

出了忘川楼，豆腐羹饭火盆外，分外闹忙，大喇叭歌声嘹亮，犹如招魂，几十个老阿姨，统一穿花衣裳，扭腰摆胯，跳了广场舞。瓦西里眉开眼笑，如鱼得水，加入老阿姨队伍，一道翩然起舞，认得了跳舞搭子。小荷开了上汽荣威，带上爸爸妈妈、女儿莲子回甘泉新村。小荷跟我讲，她的爸爸妈妈并没住一道，她陪妈妈住一间，厂长陪莲子住一间，毕竟"山口百惠"还是冉阿让的老婆。冉阿让望一眼法定妻子，唉声叹气，拦了出租车，回南翔，去住女儿别墅。保尔·柯察金老酒吃饱，意犹未尽，还在朗诵厂庆诗篇。大疆送他上车。这趟过年，大疆媳妇带了一对儿女，一道从新疆来上海，住了静安洲际酒店。香港王总最是落魄，上了一部公交车。我给我爸爸拦了出租车，关照他自己回去。小军要跟女朋友约会，南京西路订了包房，先开车子走了。

忘川楼下，两代人各奔东西。我对费文莉说，阿姐，我送你回去吧。费文莉说，我住浦东世纪公园，太远了，不麻烦你。我说，我们再聊聊好吧。费文莉说，好啊，上趟我们聊天，还在南汇的海边，现在变成滴水湖了。我开出车子，费文莉坐上来，我问了一只问题，阿姐，小军到底是啥人的儿子？费文莉说，我的儿子啊。我说，我是问小军的爸爸，到底是啥人？费文莉笑笑说，你看出来啦。我说，是啊，我只见过建军哥哥一趟，但是印象蛮深，就是现在小军的面孔。费文莉说，我就讲实话吧，1990年，建军横死的一夜，我到春申厂的值班室，给他送了最后一顿夜饭，他就在我肚皮里，种下一个小囡。费文莉摸了肚皮，我不敢看她，好像杀人案的一夜，没随时光飘散，隔了快三十年，回到忘川楼，带来死灵魂，播种，秋收，结果子。费文莉说，娘家人劝我，这是一段孽缘，也是一个孽种，趁了还是螺蛳大小，偷偷去医院打掉，神不知，鬼不觉，更不好让建军爷娘知晓。我说，建军哥哥，必定想留一个种子。费文莉说，我也是这样想，但我被老娘拖走，送到普陀区妇婴保健院，两只脚翘了妇检台上，但我听到小囡在哭，不是楼上楼下的小囡，是我肚皮里的小螺蛳，还有建军在哭，从春申厂飘过来，咬我的耳朵，咬我的胸口，咬我的肚皮眼，我是惨叫一声，抬腿踢翻护士，捧了肚皮，逃出医院，我是横竖横了，要是家里人用强，我就寻死，一尸两命，魂归建军，一家三口，阴曹地府团聚，我娘拗不过我，只好答应，但必须给小囡寻个爹，给我寻个老公，我又不想诓骗人家，明明是建军的种，摊开来讲，我娘叫苦，天大地大，哪里寻这样的洋葱头接盘？你肯吧？我听了一惊，连连摇头。费文莉说，除非男人天残，养不出小囡，我娘发动一家门，上穷碧落下黄泉，上海滩几百万男人中，真的觅到这样一个宝贝，我表舅小学同学隔壁邻居大侄子，年纪长我十岁，离过婚，医院诊断，死精症，断子绝孙，所以呢，他是无牵无挂，乘船去了日本，先在语言学堂拼命，阿伊屋矮凹撒西苏赛骚，学会日本鬼子讲话，打工赚了不少铜钿，我的照片寄到东京，信里讲清爽，已有遗腹子，寻觅良人佳偶，早日完婚，无婚房要求，只要一纸结婚证，给小囡落户口，他飞回上海见我，煞是欢喜，正月初一，两家在花园饭店办酒，我是披上婚纱，强颜欢笑，入了洞房。我忙说，阿姐，入洞房就不讲了吧。费文莉说，我偏偏要讲，洞房花烛夜，小军已从小螺蛳长成小黄鱼，新郎官虽有死精症，但不是太监，也能折腾我一夜，窗外鞭炮声声，我是眼泪水打湿枕头，暗暗打定主意，哪怕身子给了别人，自家一颗红心啊，一生一世，属于建军，来年热天，小军出生，手长脚长，眉毛鼻头，跟建军一式似样，我老公白捡一个儿子，并不见外，报户口跟了他的姓，我们母子留了上海，他回日本去了，同时打三份工，高田马场的居酒屋一份，新宿的中华料理一份，最后跑到风俗区，就是红灯区，打扫房间，收拾污秽之物，日元好赚，每月往上海汇钱，我的化妆品，儿子的尿布奶粉，样样比人家赞。我说，蛮好。费文莉说，好啥，我一个女人带了小囡，独守空房，工会主席瓦西里，缠了我不放，老公从日本飞回来，兴师问罪，一刀两断，劳燕分飞，我每趟过苏州河，过黄浦江，甚至过铁道口，就想狠狠心，告别这个薄情寡义世界。我说，所以七十周年厂庆，阿姐唱了《杜十娘怒沉百宝箱》。费文莉说，对了，等到厂长失踪，春申厂拆掉，我买断工龄，拿了十几万补偿，我老公虽然跟我离婚，但不是铁石心肠，他在日本打三份工，弄坏了身体，也拿着了身份，又念起我的好，便原谅了我的错，决定复婚，带我回日本，连同小军一道。我说，为啥要走？费文莉反问一句，为啥要留？我是绞尽脑汁，无法回答。费文莉说，最要紧是陪儿子，看他日长夜大，我们到了日本，从东京搬到仙台，开一家居酒屋。我说，仙台好啊，鲁迅先生读书的地方。费文莉说，是吧，但我没丢掉中国国籍，小军从小个头高，卖相好，读书也聪明，成绩顶呱呱，刚到日本两个月，我连五十音图都没学会，他就能听懂老师讲课，奥数拿了几只冠军，小学，中学，没一个老师不欢喜他，日本小姑娘给他写情书，真是吃香，我这当娘的有面子，小军考上京都大学，读了机械专业。我说，京都大学不错，出了不少科学家，拿过好几只诺贝尔奖。费文莉说，2011年，碰着东日本大地震，仙台离震中最近，海啸铺天盖地上来，人家提前逃了，我老公不舍得居酒屋，想带走收银台里现金，房子就被冲得粉粉碎，等到我寻回来呢，人在水里泡了三天，已经不成样子，马上拖走火化，日本和尚来念经超度。我说，天有不测风云。费文莉说，福岛核泄漏，仙台的居酒屋，再也开不下去，我便去了京都，陪儿子到大学毕业，三菱重工录取了小军，叫他到东京上班，但我们娘俩商量，决定回上海。我说，有眼光。费文莉说，我捧了老公的骨灰盒，在上海买了墓地，落叶归根，小军争气，进了中国商飞公司，现在造大飞机呢。我说，赞啊。费文莉喜不自禁，眉开眼笑说，是的，已经有几架飞机上天了，小军到底是建军的骨肉，爸爸是造汽车机械的工程师，儿子做了造飞机的工程师，儿子终归要比爸爸有出息，就像你也比你爸爸有出息。我不出声了。费文莉又说，我回到上海几年，不想跟春申厂老同事联系，最近才晓得，神探亨特走了，建军的案子，到底还是没破。我的后背直起来，放下车窗，冷风吹进来，我问，阿姐，建军死在啥人手里？风撩起费文莉的大波浪头发，几根银白发丝，穿过她的眼门前，眼角绽开千百条细纹，像密密匝匝针线。她的眼乌珠沉下来说，不晓得。我说，不是怀疑你。费文莉说，我可以吃烟吧？我说，可以。费文莉掏出烟，自己点火，慢慢吐出烟雾，旋即被风卷走，薄荷味道，蛮淡的。费文莉说，建军到底死在啥人手里？我要是晓得，哪能会等到今朝。我撑了胆子，终归问出来了，阿姐，你跟张海有过联系吧？费文莉说，你啥意思？我说，没啥意思。费文莉说，我去日本十几年，加上回来的六年，没跟张海联系过，也不想再见到他。我说，为啥？费文莉说，这种事体啊，过去就过去了，就像这支烟，最赞的部分都烧光了，吸到肺里，吹到风里，烧到过滤嘴，留了香烟屁股，还有啥用场？费文莉开门下车，右手中指跟食指，夹了香烟屁股，走到苏州河边，对面是春申厂旧址，现在立了高楼，万家灯火，好像悬浮银河上。她拦下一部出租车，走了。

　　当夜，我早早困着。天还没亮，手机闹钟先响，不晓得啥人调的，我的火气蛮大，无处发泄。我乘公交车出门，早高峰，人挤人，坐了五站路，下来有点陌生。我走进一栋楼，电梯乘到顶楼，再要往上走，却是一道扶梯，笔直竖了墙上。我有点怕，风直接吹来，衣裳啪啪作响。百米下的地面，汽车像甲壳虫开过，发动机在烧，打桩机在戳，一道掼进油锅翻滚，又像一场交响音乐会，柴可夫斯基，肖斯塔科维奇，甚嚣尘上。我的脚骨发软，不敢往下看，一步步往上爬，到了楼顶。迎面一家邮政所，有大厅，有柜台，还有绿颜色邮筒。我坐到窗口，调了工作服，准备上班，莫名其妙。又有人爬上来，地板跟窗门都在晃，一条身长八尺大汉，虎背熊腰，头顶微秃，身穿妇女用品商店保安制服。神探亨特，终归来了。他走到窗口前，笑笑说，骏骏，长远不见。我说，亨特爷叔，你来得太晚了，我等了你大半年。神探亨特说，厂长回来了，费文莉也回来了，大家聚齐，唯独缺了我，还缺了张海，真是伤心。我说，忘川楼聚餐，你的魂灵头，也飘在我们中间？神探亨特说，是啊，就是包房太挤。我说，亨特爷叔，有桩事体告诉你，春申厂的凶杀案，现在还没破。神探亨特说，算了，终有一天，案子会得破的，建军也会原谅我。我说，原谅你啥？神探亨特说，原谅我没捉到凶手，不谈了，今日爬了这样高上来，差点掼得魂飞魄散，我是来买邮票的，进博会小版票有吧？我说，不晓得。神探亨特说，业务不精嘛，你看啊，柜台里就有。我一低头，果真看到小版票。神探亨特付了九块六角，小镊子夹起邮票，收入邮票簿。我说，爷叔，晓得张海在啥地方吧？神探亨特说，张海不在阴间。我说，谢谢你。神探亨特说，走了，代我问你爸爸好。说罢，神探亨特消失，只剩一套保安制服，平摊在地板上，简直庞然大物。能穿得进这一身的，不是哈登，就是詹姆斯。我想去寻他，刚冲出邮局，却是一脚踏空，乾坤颠倒，从高处不胜寒，坠入万丈深渊。

自由落体的尽头，竟是苏州河边。涨潮，水面几乎高于堤岸。我闻着一百样味道，工厂锅炉房的蒸汽，水底淤泥的重金属，两岸滚滚倾泻的垃圾，夹竹桃花盛开的香气。春申厂尚在鼎盛时期，一车间，两车间，机器轰鸣不停。我走到仓库围墙背后，凶案现场，地下散落黄的黑的灰烬，渐渐湿润，鲜红，散发血腥气。我伸出手，却没摸到墙皮，犹如崂山道士，魔术师大卫·科波菲尔。我闭了双眼，往前一步，人已穿墙而过。眼乌珠睁开，我到了神秘小房间，落满灰尘的电唱机，正放柴可夫斯基《胡桃夹子》。绿玻璃罩子灯亮了，照出活生生的建军，扑在写字台上，画图纸。我凑过去一看，果然是永动机。建军放下绘图笔说，弟弟，你终归来了。我说，建军哥哥，你还在此地？建军说，我从没离开过，一直在此地等你。我心里一吓，等我下来陪他吗？我说，建军哥哥，昨夜里，你猜我看到啥人了？建军说，我的未婚妻费文莉，还有我的亲生儿子，他叫小军。我说，请你安心投胎去吧。建军说，我还不能走。我说，因为神探亨特死了，凶手还没捉到？建军愁眉苦脸说，不是因为凶手，是我的永动机，还差最后一步。再看图纸，已经不是摩天轮，而是汽车，图纸上了颜色，上半身红，下半身黑。建军说，这台车子，只要水跟空气，就能一直开下去，燃油车，电动车，插电混合车，统统淘汰。建军立起来，调了一张黑胶木唱片，响起几个意大利人唱歌。1990年，世界杯主题曲《意大利之夏》。马拉多纳在传球，马特乌斯在拦截，斯基拉奇在射门，哥伦比亚狂人伊基塔，弃门出击，出师未捷身先死。电唱机里，意大利语歌词，拆分成蝇头小字，重新排列组合，一点点印到图纸上，绘图笔勾勾画画，空白几块，填得扑扑满。建军说，赞。永动机转起来了，却没发动机声音，转得安静，速度却是飞快，好像吃了枪药，赶了要去投胎。图纸上的汽车，从二维升到三维，真的变成一部车子，跟红与黑一式似样，进气格栅上车标，变成春申厂的厂标。建军坐上去，点火发动，挥手说，再会。我说，建军哥哥，你去啥地方？建军说，来世。永动机的红与黑，撞破小房间墙壁，冲出春申厂大门，渡过忘川水，踏上奈何桥，去吃孟婆汤了。

六

元宵节后，冬天一点点坍塌。张海遥遥无期，我蛮想给他发一份电报。至于中文电码，我已几乎忘得精光。我在家里翻箱倒柜，终归寻出二十年前，绿颜色封面《标准电码本》，翻到最后的索引，自己写了一组电报码：6643 2981 2053 0226 4583 0132。写好电报纸，我捏了手里，不晓得去啥地方发电报，也不晓得收电报人地址，只得塞入抽屉。

征越给她爸爸买了新房子，真如 11 号线地铁口，两室一厅，一百个平方。"山口百惠"从甘泉新村搬出来，跟冉阿让一道住了真如，这两个才是合法夫妻。她从医院退休，天天去真如寺，烧香拜佛做功课。甘泉新村家里，住了祖孙三代，厂长，小荷还有莲子，还是少一个男人，莲子吵了要爸爸，却不要新来的外公。小荷决定去一趟巴黎，必要寻到张海，活要见人，死要见尸。厂长也要回巴黎去，想念芳汀一家门，还有小女儿浦小白，当初从巴黎回上海，厂长答应过芳汀母女，肯定会得回来，不好言而无信。小荷向单位请假，莲子交给外婆"山口百惠"照顾，小姑娘还是欢喜冉阿让外公。

春寒料峭之日，小荷陪厂长飞到巴黎。拉雪兹神甫公墓隔壁，芳汀一家门，虚席以待。混血小女儿，冲到爸爸身上，亲了又亲。当了一辈子独养女儿，小荷头一趟看到亲妹妹，跟莲子一般大，巧克力肤色，法文名字玛蒂尔达，中文名字浦小白。小荷去了中国大使馆，登记张海的失踪，他的全部特征里，除掉一部红与黑车子，还有两颗假牙齿，当年被老毛师傅打脱的，万一遭遇不幸，又无从辨认尸体，便能根据牙齿判断。小荷又去巴黎警察局报案，登记排队一个钟头，方才拿着一纸收据。小荷没心思看景点，连夜去了十三区唐人街，寻到温州邹先生，拜托人家帮忙。邹先生劝她一句，不必抱太大希望，每年巴黎要失踪好几千人，有的远遁天涯海角，存心不跟家人来往，有的是非法移民，干脆拿身份黑了，还有遭遇不测，或者自杀，一生一世没寻着事体，最后一种可能，便是人口贩卖，到暗网标价出售，不过多是女人跟小图，张海这样的男人，大概只好去做奴隶工人，送到西印度群岛，砍甘蔗，种咖啡，东南亚渔船上，捉鱼捞虾，加工水产品，一直做到死，掼进海里，喂鱼。

巴黎的太阳尚未坠落，巴黎圣母院，落日熔金，塞纳河波光涟涟。上海已是夜深，月亮照了苏州河上，幽蓝颜色，一点点涨潮。河边立一排水鸟，独立不动，已经入梦。鸟的梦，人的梦，没啥本质不同，也会有被捕食死亡的恐惧，比方碰着野猫，碰着恶人，也会有溅出荷尔蒙的春梦，碰着漂亮异性，还会梦到蛋壳里的童年，或者故人托梦。春风吹到我身上，吹得心里潮唧唧，黏嗒嗒，翻腾，像苏州河里的鱼，一歌歌钻入淤泥，一歌歌到水面透气，还生怕被水鸟捉去吃掉。有人敲门，我到门后说，有门铃。隔了猫眼，门外并没人影。我心里狐疑，怀疑神经衰弱，产生幻听。还是打开房门，却看到一个老头子，紫红色脸膛，根根头发竖直，右手缺两根半手指，像一只铁钩子，原来是老毛师傅，我的"钩子船长"，童年噩梦。他伸出右手铁钩，拍我肩胛，瞬间皮焦肉烂，嗞嗞声响，飘出烧烤气味。小时光，我爸爸常用电烙铁，加上焊锡丝，松香，飘散同样气味，焊接电子元器件。痛煞我了，开始惨叫，叫到喉咙哑掉，但无处可逃。"钩子船长"贴了我耳朵边，扬州话震耳欲聋，与其讲是拜托，不如讲是命令，拿张海寻回来。

睁开眼乌珠，噩梦一场。我从沙发上爬起，揩去嘴边馋吐水，左边肩胛，几乎没了知觉，仿佛烧成焦炭。想起一年半前，我跟张海去甘肃，拜访狄先生路上，张海在看《西游记》。他问我，唐僧师徒四人，总共走了多少路？我说，十万八千里。张海说，不对，是二十一万六千里，不好漏了回程，陈家庄，流沙河，还有一难呢。我说，这倒是，西天取经路上，九九八十一难，大家只记大唐到天竺的八十难，却记不牢天竺回大唐的一难。张海说，回来的十万八千里，要比去的十万八千里，难上加难，这一难，难过了前头八十难。

娘子跟儿子，都在房间里困熟。我钻进书房，打开抽屉，翻到最底下，有一只行星齿轮，汽车变速箱配件。十八年前，张海送我的礼物，他亲手做出来的，春申厂最后一件产品。我关了灯，阳台上还有光，月亮有光，苏州河反光，对面楼房灯光，无孔不入，水银泻地，像深海里的荧光，像水鸟看到的世界，一点点清晰、灿烂起来。张海做的行星齿轮，在我手掌心里转动，太阳贴贴当中，俨然是哥白尼的上帝，水星，金星，地球，火星，木星，土星，天王星，海王星，由近及远，各司其职。2006 年，国际天文学界开会，冥王星被开除出九大行星，但在这只小宇宙里，冥王星不肯掉队，死不悔改，顽强旋转。

我抱了行星齿轮，像抱一颗定时炸弹，夺门而出。我上了车，绑安全带，放手刹，点火，起步。四面车窗放下来，难得春风袭人，无数种色香味，绽开，又凋谢。各种各样的光，撞入瞳孔，再被黑颜色夜火吞没。半个钟头，开到安亭，国际汽车城。汽车坟场，层层叠叠的汽车，新鲜出炉的尸体，四分五裂的肢体，曝尸荒野的五脏六肺，风中洋溢了金属朽烂、蓄电池变质的恶臭。十八年前，张海开了红与黑，带了我跟小荷出车祸的深沟，尚未填平。我倒希望这道伤疤，一生一世，留在地球的这个角落。汽车坟场隔壁，又多了一只坟场，共享单车坟场，几十万部脚踏车，橘红颜色，黄颜色，蓝颜色，要是从天上看下来，像一只只烧好的小龙虾，蜷缩起来，还要去头去尾，有的麻辣，有的十三香，有的蒜蓉，送入食客嘴巴，肉嚼碎了，壳剥出来，永恒不腐，只好回炉再造。放下座位，人躺下去，仰面朝天。全景天窗敞开，像一方电影银幕。坟场开阔，再无灯光，唯有天上银河。粉粉碎的车壳铁皮，报废的发动机，生锈的变速箱，干瘪的轮胎，一律身轻如燕，如同魂灵头过磅称重，违抗地心引力，乘风而上，高升，直冲夜空，变成熠熠星辰，放光，旋转，起舞弄清影。凡·高爬出棺材，包了受伤耳朵，重新画出一幅幅《星空》。张海的行星齿轮，发出咯咯咯声音，齿轮与齿轮摩擦，每一颗行星都掉转方向，围绕太阳转动，也围绕月亮转动，围绕地球转动，围绕上海转动，围绕巴黎转动，围绕苏州河转动，围绕塞纳河转动，围绕春申厂转动，围绕我爸爸转动，围绕厂长转动，围绕小荷转动，所有这一切的星辰，统统围绕张海转动，围绕红与黑转动，变成一颗陨石，穿破大气层，跌跌冲冲，打了地球一拳头，冒了火星，哧啦哧啦，呼呼烫。张海从未消失，他一直在我眼前，一直在转动，如星辰，如浓雾。

第八章 重逢

一

春夜，张海从浓雾里走出，叼一根中华，火星一点点跳，蓝颜色烟雾，如同蓝颜色魂灵头，袅袅飘到汽车坟场半空，伴了所有星星一道旋转。面孔红里发紫，像只苹果配上茄子；头发根根竖了，又像顶了一头毛刷子，黑颜色里夹几根白；背挺得笔笔直，好像电线木头，越来越像他的外公，不单长相，还有味道，从每一只毛细孔里，每一根头发丝里，两只眼乌珠里，慢慢交扑散出来，浓得像一碗高汤，像我爸爸手指甲缝里机油，像"钩子船长"的右手，一道钻进我的童年噩梦。还有一部汽车，红与黑，三个单音节，头一个红，嘴巴收圆；第二个与，开口缩小；第三个黑，入声。张海上车，绑安全带，放手刹，转钥匙点火，发动机响起来，像早点摊的油锅开滚，油墩子，粢饭糕，油条，统统掼进去，金黄酥脆，香味道扑鼻，于今早已不见。车子亮起大光灯，从一堆堆汽车尸骸当中，开出弯弯曲曲小路。

天亮时，开出上海地界。张海摇下车窗，翁郁蓬勃绿叶，一点点枯黄凋落，被风卷到漫天金黄，从春华开到秋实。车子零部件调了新的，发动机保养蛮好，做了四轮定位，加装发动机护板，后备厢存两桶机油，千斤顶，打气筒，备用轮胎，三条红双喜，一条软壳中华。后排坐一只老头，保尔·柯察金。穿过苏州，先绕北寺塔一圈，再绕沧浪亭一圈，到姑苏城外寒山寺。眼乌珠一眨，江南已在烟雨中，四百八十寺飘摇，到了六朝金粉地，直上南京长江大桥。江北风光大变，碧云天，黄叶地，从灰蒙蒙到黄哈哈，空气又湿起来，像湿抹布慢慢交摊开，冷凝成水滴，化作秋雨连绵，层林渐染，霜叶红于二月花，天地变成油画颜色。过淮河，从南国到北国，张海横穿河南，老子西出函谷，入潼关，过秦始皇陵，千乘战车，各着铁甲皮盔，引弓操戈，狼奔豕突。西安起风沙，满城尽带黄金甲。过法门寺，到甘肃地界，从兰州渡黄河，入河西走廊。祁连山下，寻着甘肃狄先生，有朋自远方来，主人欢宴招待，再送补给辎重，饮马长城窟，水寒伤马骨，长河落日，过敦煌，错过莫高窟，直入星星峡，大疆等候多时。保尔·柯察金父子团圆，乌鲁木齐分别，张海从此独行，沿了天山北麓，准噶尔盆地南缘，翻越果子沟。天山白雪皑皑，哈萨克牧民转场，风吹草低见牛羊，可爱的一朵玫瑰花，赛蒂玛丽亚，强壮的青年哈萨克，俱要留人醉，但红与黑必要马不停蹄。

　　出了霍尔果斯，离开中国，入了中亚。天际线辽阔，荒芜，像月球表面。路过残垣颓壁，钢铁废墟，壁画一面是犍陀罗天使，摩尼教神像，佛本生故事，另一面却是镰刀榔头麦穗，红领巾小朋友，列宁同志大招手，好像上半夜在唐朝，碎叶城上，李白呱呱坠地，怛罗斯大战；下半夜在苏联，德意志人，犹太人，朝鲜人，车臣人扶老携幼，流放而来。一夜，前不见村，后不见店，月明星稀，乌鹊南飞，张海困了车里，卡式炉烧方便面。车窗笃笃笃响，张海惊醒，抓起铁扳手。玻璃外，戈壁月光明媚，慢慢交，显出一只马头，两只大眼乌珠，隐隐反光，好像一对铁锥子，刺破玻璃窗，刺到心里厢。张海觉着是发梦，或者已经死了，阴间牛头马面，索他去向阎王老爷报到。隔手，马眼里溢出两团眼泪水，升起白乎乎热气。不是梦，张海摇下车窗，马头一惊，背后鬃毛抖擞，鼻头喷出两团白气，扬起蹄子，嘶鸣，拨转屁股，晃了马尾巴而去。张海点火起步，奈何戈壁崎岖，远光灯照亮一刹那，马已撒开四蹄，奔上一道高岗，红鬃烈马，转瞬即逝，仅余马蹄声声。世界上最后的野马，普热瓦尔斯基野马，野生基本绝种，一匹有故事的马，就像一个有故事的人，一部有故事的车。张海踏了油门，夜渡戈壁，野马掉头又来，跟了红与黑狂奔，好像追一匹雌马，想要谈朋友，轧姘头，交配，播撒种子。一夜，草原石头人，古塞种人的高帽子，匈奴单于夜遁逃，成吉思汗西征骑兵，跷脚帖木儿手臂膊上猎鹰，十万骑士的魂灵头，配了十万匹战马的魂灵头，跟了红与黑，跟了张海，向了月亮飞，向了落日飞，向了流淌奶与蜜的草原飞。从秋天开到冬天，几百公里，不见人烟，也寻不着手机信号，直到跳出一片海，张海心想不妙，往内陆走了几千公里，竟又回到海边？海岸荒凉，遍地盐滩，不长一毛，张海撩起一口水，吃到嘴巴里，又苦又涩，真是海水，打开地图一看，世界上最大的内陆海，名曰里海。张海往西北走，渡乌拉尔河，从亚洲到欧洲。再走一日，验过护照签证，便到了俄罗斯，伏尔加格勒。

俄罗斯寒冬，去莫斯科路上，一颗颗雪片像子弹，打了风挡玻璃上。路边坐了个男人，冻得硬邦邦，唯有面孔如生。张海吃一根香烟，不知此人为何冻毙荒野。等了半天，不见车子经过，张海便在死人身边，堆起一个雪人，再点一支香烟，插入雪人嘴巴，待到来年春天，一道融化，一个变成清水，一个变成腐尸，引来苍蝇产卵，化蛆，分解成无数原子，重归大地胸怀。张海继续上路，开出去不远，看到一部车子，打了双跳灯，敞开四只车门，俄罗斯国产UAZ越野车，苏联时光车型，年份比桑塔纳还老。这一路，每趟看到别人车子出问题，尽管语言不通，张海都会上去帮忙，有时要用千斤顶，爬进人家底盘，弄得浑身油污，有人要给钞票酬谢，但他一律不收。这一趟，张海停车下来，却碰着两条大汉，一身伏特加气味，举枪对准他。原来是车匪路霸，剪径强盗，刚才路边死人，怕是受害者。张海掏出所有现金，不过五千卢布，相当于五百人民币。强盗不甚满意，抢走张海手机，拿他绳子捆绑，掼进 UAZ 越野车后备厢。后备厢里还有个女人，金头发俄罗斯人，最多三十岁，长得漂亮，像《钢铁是怎样炼成的》冬妮娅，双手双脚捆牢，讲不定被强奸了，真是作孽。两个强盗，不系安全带，一边开车，一边吃伏特加，还听摇滚，音响开得砰砰响，要人耳朵震聋，结果方向盘打偏，雪地轮胎太滑，失控翻进深沟，风挡玻璃碎光，两个酒鬼，一个头颈扭断，当场报销，还有一个，手脚骨折，痛得昏过去了。张海跟冬妮娅，绑在后备厢里，没啥大问题，撞出几只乌青块，流了一点血。张海命硬，弄断绳子，帮了冬妮娅爬出来。他从强盗身上，寻到自己手机，本想打电话报警，但是荒野一片，前后不见人影，手机信号没得，张海决定带了女人，回去寻红与黑，刚走几步，听到越野车里，一声声惨叫，断手断脚的强盗醒了，要是丢在此地，不是冻死，就是失血而死，绝无生路。冬妮娅拖了张海就跑，她是恨煞强盗了。张海不走，他拿强盗拖出来，放到自己后背上。强盗分量死沉，像一头狗熊，零下三十度，张海背他在雪地里走，浑身冒了热汗，终归寻到红与黑。张海拿强盗放在后排，寻出纱布，还有几块硬纸板，帮他固定骨头，勉强止血。张海带了女人，带了强盗，一路开过雪夜。天明寻着医院，强盗保牢性命，交给警察。冬妮娅邀请张海去家里休息，开了一夜的车，张海眼皮瞌眬，困了俄罗斯女人家里。她是单亲妈妈，还有个四岁小姑娘，跟莲子一样大。她的老公是酒鬼，前两年吃饱伏特加，雪地里困着，天明被人发现，变成僵尸哉。张海还没困醒，冬妮娅脱光衣裳，爬上床来，肤白似雪，胸是胸，屁股是屁股，抱了他亲嘴巴。张海差点喷出鼻头血，想起小荷跟莲子，狠狠心，推开冬妮娅，披起衣裳，逃出房子，跳上红与黑，一骑绝尘。

　　莫斯科，红与黑兜了红场，列宁墓，克里姆林宫，圣瓦西里大教堂。开到卢日尼基体育场，俄罗斯世界杯，开幕式，冠亚军决赛，俱在此地。张海绕行球场一圈，开往圣彼得堡。两日后，到老早的列宁格勒，北方威尼斯，经过涅瓦河上一座座桥，张海记起电影《意大利人在俄罗斯的奇遇》，神经病般，咯咯咯笑起来。涅瓦河早已冰封，看过冬宫，看过阿芙乐尔号巡洋舰，张海出圣彼得堡，便到芬兰。申根签证派着用场，还买了欧盟交强险。俄罗斯卢布汇率低，物价便宜，张海住得起旅馆，但到欧盟地界，物价贵了老多，油费也贵，张海每夜困车里，不开暖气，放下座位，裹了鸭绒被头，抱了汤婆子，热水袋，熬过冬夜。到了赫尔辛基，红与黑开上渡轮，破冰穿过波罗的海，到爱沙尼亚，拉脱维亚，立陶宛，苏联波罗的海三国。到了波兰，有部卡车逆向行驶，红与黑躲避不及，车头已经撞上，五脏六肺受伤了，除了心脏发动机。张海在医院困了七天，不敢告诉小荷，生怕老婆跟女儿担心，只好关了视频，只通声音，装作一路平安。出医院，张海自己修车子，还好桑塔纳不金贵，配件到处都能寻着，德国大众旧零部件还能用。红与黑伤筋动骨，廉颇老矣，当年焊接过的红颜色车顶，还有前后三对车柱，风雨飘摇，随时断裂。张海只能用上胶带，关键部位，反复缠绕几圈，起死回生。华沙一夜，波兹南又一夜。过奥德河，便到柏林。红与黑招摇过市，蛮多人围观拍照片，德国人也不曾见过这种车子。柏林墙倒了三十年，只留下勃列日涅夫跟昂纳克亲嘴巴合影，红与黑停在墙下拍照片，张海传给小荷看了。穿过老早东德，到了沃尔夫斯堡，德国大众总部所在，红与黑桑塔纳，荣归故里，不再锦衣夜行。住在青旅，有个德国老头来寻张海，中国留学生帮忙翻译，原来德国老头欢喜老爷车，专门收集大众牌子车型，愿出一万欧元，收购红与黑，张海眼皮不眨便摇头，对方涨到两万欧，张海拔脚就走，老头拖了他不放，开到五万欧元。张海还是不卖，连夜开了红与黑，逃出沃尔夫斯堡，免得再有人打他主意。经过北德平原，连绵雨雪不断，德国高速公路修得好，平安到了鲁尔区，多特蒙德，盖尔森基兴，埃森，杜伊斯堡，老早遍地煤矿钢厂，烟囱林立，如同焚尸年代，现在皆是绿水青山。张海沿了莱茵河，逆流而上，先到杜塞尔多夫，再到科隆，红与黑绕了大教堂一圈，便向西行。过亚琛，查理曼大帝首都，穿过阿登森林，便到比利时地界。过法语区列日，到了欧盟首都布鲁塞尔。开到大广场，张海去天鹅咖啡馆，进门左手，有一张椅子，啥人都不准坐，却坐了一个幽灵，三十岁的德国人，头发茂盛，络腮胡子；旁边还立了个幽灵，也是德国人，相貌堂堂，胡子还要长，年龄却也不大。这两个小青年，十九世纪衣冠，鲜衣怒马，好像从《悲惨世界》跟《雾都孤儿》铜版插图里钻出来。稍年长的小青年说，一个魂灵头，共产主义的魂灵头，在欧洲大陆游来荡去。稍年少的小青年说，为了对这魂灵头进行神圣的围剿，旧欧洲的黑道白道，神仙，皇帝，宰相，法国热昏派，德国老娘舅，统统立了一道。张海竟然听懂，想要跟他们讲话，两个魂灵头，慢慢淡去，退回墙壁，消逝无踪。张海吃一顿简餐，欢喜薯条，原来是比利时人发明。吃好买单，张海一抬头，才看到天鹅咖啡馆墙上，挂了两个小青年相片，一个叫马克思，一个叫恩格斯。第二日，张海开到法国，红与黑到底老了，相当于百岁老人，越开越慢，不时要停下来，修修补补，只好走乡间小路。开了三日，才到巴黎，已是一月。

若说上海是东方巴黎，巴黎自是西方上海。但论帝王将相，上海便失了颜色；论到风流人物，上海又稍逊风骚；论到文明珍宝，上海更是一败涂地。只不过，上海尚是淡妆浓抹总相宜的大姑娘，巴黎已是历经风霜的杜拉斯了。从上海到巴黎，要飞九千多公里。但是开车子，单看行驶里程，便要一万六千公里，整整两个月，两箱方便面，刚好吃光。拉雪兹神甫公墓，王尔德墓碑前头，终归故人相逢，张海寻到了厂长。

盘桓七日，张海却没一道回国，行李箱留了芳汀家里，装满礼物。他开了红与黑，塞纳河边转一圈，便去巴黎郊外，奥维尔小镇外的麦田。张海在网上一查，晓得这片麦田，凡·高自杀殒命之处。可惜冬天，麦田不是金黄，而是白茫茫，乌鸦倒是活络，天上盘旋几十只。张海吃了两支香烟，一支给自己，一支给凡·高。他舍不得红与黑，甚至舍不得沪 C 牌照，要拿这部车子开回上海。

红与黑，先到第戎，再到里昂，往阿尔卑斯山走。冬天雪大，走走停停，这头是法国，旁边是瑞士，对面意大利。到了小镇霞慕尼，抬头便是勃朗峰，海拔四千八百米，还好不用像汉尼拔翻山，勃朗峰下有隧道，开了一刻钟，穿山到了意大利地界。张海先到都灵，尤文图斯地盘。再往东，伦巴第平原，欧洲膏腴之地，他这辈子最想去的地方，米兰。他开到圣西罗球场，上一场米兰德比，10 月份已经踢过，下一场呢，要等到 3 月份，今日比赛对手，是马拉多纳蹲过的那不勒斯，这两年东山再起。张海买了黄牛票，价钿不菲，头一趟坐在圣西罗球场，浑身发抖，整个人木掉，旁边人都以为他发了毛病。比赛结果不重要，张海出了圣西罗球场，开了红与黑上路。经过布雷西亚、维罗纳、维琴察、帕多瓦，到了威尼斯。张海没空进老城乘船，从潟湖外匆匆路过，沿了亚得里亚海，到了的里雅斯特，再到斯洛文尼亚，老早南斯拉夫地界。萨拉热窝不顺路，并且出了欧盟，不方便去。张海直接到匈牙利，布达佩斯，开过多瑙河上链子桥。除夕夜，张海到了申根区尽头，开进乌克兰。张海停在公路旁边，从超市买了一斤肉，困了车子里，卡式炉烧了火锅，招呼几个乌克兰卡车司机，一道吃了年夜饭。翻过喀尔巴阡山，便到乌克兰平原，白雪皑皑下，埋了黑土地，万里沃野。终到一片森林包围的废墟，外头一圈铁丝网，还有核辐射警告，便是切尔诺贝利，停留苏联年代，张海看到一架摩天轮，锈迹斑斑，几乎要坐上去。他又看到一只瞭望塔，下头是核反应堆石棺，世界上最大的棺材，任何火葬场，焚尸炉，都没办法烧化，只好让它困着，慢慢交释放，轻轻交衰变，直到世界末日。此地离基辅不远，乌克兰混乱，张海不去城里，过第聂伯河，顶风冒雪，开到哈尔科夫。再往东走，便是顿巴斯，乌克兰打内战，同室操戈，兄弟阋墙，血流成河。

张海打弯，向北到俄罗斯。签证还有效，红与黑沿了顿河，直到伏尔加格勒。若是照了来时路，他应往东南走，去哈萨克斯坦，从新疆回国。但他不走回头路，决定逆了伏尔加河而上。红与黑从雪中开过，三种颜色调配得漂亮。没几日，冰雪泥泞，车子已龌龊得不能看了。过了萨拉托夫，萨马拉，汽车城陶里亚蒂，列宁故乡乌里扬诺夫斯克，到了鞑靼斯坦共和国。张海在喀山休整，又调一批零部件，加了各种补给，踏上西伯利亚之路。穿过乌拉尔山，欧亚分界纪念碑，算是回到亚洲。经过叶卡捷琳堡，末代沙皇一家门喋血之地，开到石油城秋明，立了一只只磕头机，白雪下藏了黑色黄金。张海渡过源于中国的额尔齐斯河，便到了鄂木斯克；渡过鄂毕河，便是新西伯利亚；渡过叶尼塞河，便是克拉斯诺亚尔斯克。从上海到巴黎，一万六千公里，从巴黎到西伯利亚，又是一万公里，等于从北极走到南极，再从南极走到赤道。张海不肯住旅店，人已瘦了十斤，额角头凹陷，法令纹如刀刻，三个月没剪头发，拖到肩胛，开始打结，身上搓出一条条老垢，又搓成一团团泥球，生了一窟窟跳蚤，胡子围了嘴唇皮几圈，倒是像冉阿让爷叔，每趟走去，都要冻一层霜雪，又像圣诞老人。这一漫长冬天，张海皮肤越发苍白，还是亚洲面孔，像当地鞑靼人。气温低到零下五十度，亘古黑暗的针叶林，红与黑的远光灯，开出金光大道，围猎雄鹿的野狼，闻风而逃，好像碰着史前怪兽。张海停不下来，再也不困了，二十四小时开车，不是他的手在捏方向盘，不是脚在踏油门刹车，发动机里烧的不是汽油，而是数不清的魂灵头，驱使车子奔跑，像哥萨克征服西伯利亚，红军追击高尔察克。穿过伊尔库茨克，看到一大片冰面，贝加尔湖到了。不管公路还是西伯利亚大铁路，必须绕湖而行，但是不巧，前头道路滑坡，修路不易，要等一个礼拜。

半夜里，张海跟红与黑，俱是归心似箭，想要快点回国，直接开上贝加尔湖。夜是白的，树枝是白的，雪有声音，落下的，融化的。雪停了，月亮蛮大，照亮红与黑，照亮对面布里亚特共和国。发动机终归熄火，动弹不得，停了银颜色冰面。张海背后头，长出一张木头假人面孔，毛笔画了眉毛鼻头，原来是老厂长。副驾驶座，多了一个老头子，紫红色面孔，根根白头发竖起，右手缺了指头，像一只铁钩子，是他的外公。后排座位，还蜷了一条八尺大汉，竟是神探亨特。冰面下，好像一支交响乐队，又像在跳芭蕾舞，白天鹅，黑天鹅，《匈牙利舞曲》《西班牙舞曲》《拿波里舞曲》《马祖卡舞曲》，魔王被杀死，血流千里，万物复苏，名叫奥杰塔，光芒万丈，天崩地裂。恶龙与天鹅共舞，冰面裂开缝隙，贝加尔湖水翻腾，烟雾氤氲。张海终归是怕死的，心里想起娘子跟女儿，还在上海等了他回来，便抱了方向盘叫，爸爸，爸爸，爸爸救我啊。水，地球上最浩大的水，最冰冷的水，最博爱的水，吞没红与黑，吞没张海，吞没一车子魂灵头，下沉到地球最深之处，幽幽传来一个男人沉吟：夜已深沉人寂静，听窗外阵阵雨声与雷鸣，想起今日发生事，思绪纷纷难安寝……

二

春夜，沪剧《雷雨》声声，周朴园唱词冰冰凉，从我脑子里飞出来，飞上俄罗斯联盟号宇宙飞船，地球上再也听不到了，今夕何夕？梦醒了。我还在汽车坟场，困于宝马 X5 座位，手捧张海送我的行星齿轮，血管几乎冻僵，好像还在贝加尔湖底。天窗外，清宵孤寂，深蓝颜色宇宙，群星转得像凡·高的画。这一场大梦，我跟了张海，跟了红与黑，走过两万多公里路，三个多月，从上海走到巴黎，从巴黎走到西伯利亚，这辈子走过最长的路，最长的梦。梦的最后，冰面开裂，灭顶之灾，我跟张海一道叫，爸爸，爸爸，爸爸救我啊。我的喉咙有火在烧，一点声音都发不出，面孔有一点点湿，衣裳领头都是湿的，手指头揩揩，再放嘴巴里，舌头尖有点苦。张海已是孤魂野鬼，从贝加尔湖升起，乘了西北风，慢慢交荡回来，荡到上海汽车城，降到汽车坟场，头一趟寻我托梦。天要亮了，星星就要褪色。掐指一算，巴黎时间，应是夜里十点。我给小荷发一条微信，斟酌再三，话留余地：张海可能死了。

一个礼拜后，小荷从巴黎回来。又隔几天，她才约我见面，选在长寿公园隔壁，一家川湘菜馆。点好小菜，小荷说，我已寻到中国驻俄罗斯大使馆，只查到张海第一趟路过俄罗斯，11月份入境，12月份出境，并没第二趟的入境记录。我说，张海是从乌克兰到俄罗斯的，那边打仗，烽火连三月，边境管理混乱。小荷说，我还问到中国驻伊尔库茨克总领事馆，人家讲俄罗斯冬天，冰面开裂，车子沉没，这种事故多得不得了，现在贝加尔湖还是冰封，5月才能融化。我惊说，要等两个月才能打捞？小荷说，未必，水太深了，几乎无法打捞，何况张海沉入冰下，我们也没任何证据，如何判断沉没地点，又要啥人买单，要晓得，贝加尔湖面积，相当于十几个太湖，深度相当于南海。我说，张海要长眠水底了吧。小荷说，哥哥，我相信张海没死。我说，小荷，你要相信，我的托梦不会错的，最近几夜，我都会梦到张海，然后冷醒，明明盖了厚被头，却好像困了冰窟里，冻得一把鼻涕水，一把眼泪水。我掏出餐巾纸，揩揩鼻头。小荷摇头说，上一趟，你也讲梦到我爸爸，讲他死在巴黎，他不是还活了吗。我说，但厂长讲了，他在巴黎发了脑梗，送到医院抢救，的的确确梦到我了，梦到他向我托梦。小荷说，不管是死是活，我必定会寻到张海的。

小荷说，这趟去巴黎，我爸爸一家门都来上海了，我的后娘芳汀，小囡珂赛特，马吕斯，沙威，最小的玛蒂尔达，中文名浦小白，我的同父异母阿妹，我蛮欢喜她的。我说，这倒是，我到巴黎看到这一家门，你妹妹还抱了我大腿，管我叫爸爸。小荷说，我买了七张飞机票，订票时光狠狠心，等于几个月工资。我说，到了上海，他们住啥地方？小荷说，我订了酒店，三只房间，方才容下这一家门，前几日，芳汀带了四个小囡，兜了外滩，陆家嘴，世博园，迪士尼，我跟莲子也去了。我说，巴黎也有迪士尼。小荷说，但芳汀一家门从没去过，到了上海迪士尼，我的女儿莲子，妹妹小白，一个雪白，一个浅黑，两个小姑娘一样大，关系相当要好，就像小姊妹，辈分完全乱了，我给她们一人买一条公主裙。我笑说，老早我们一道去浦东，你做过梦的大香樟树，现在就是上海迪士尼乐园。小荷说，阿哥，不讲老早了好吧。我吃了一记酸，闷掉了。小荷又说，迪士尼出来，我带了芳汀一家门，去隔壁川沙老城厢，寻到浦家老宅，现在的营造第啊，开发成了旅游景点，网红来拍抖音，莲花奶奶回不来了，我又包了部车子，去临港新城，绕滴水湖一圈，又上东海大桥，看了洋山深水港，浦小白问我，能不能住了上海，她不想回巴黎了，我讲你是法国人，不是中国人，要办签证，过期必须要回法国。我想了想说，浦小白爸爸是中国人，我们的国籍法是血统原则，小白就算生在巴黎，也有机会加入中国国籍，你爸爸的户口也恢复了吧。小荷说，刚去公安局办好。我说，世界上最难入籍的国家是哪一个？小荷说，中国。我说，对了，现在中国国籍，反而金贵，浦小白回到巴黎，可以去中国驻法国大使馆，提供出生证明，亲子鉴定报告，就能办理中国公民旅行证，回来可以办户口。小荷低头思量说，我的妹妹，到底是要做中国人，还是法国人，要我爸爸跟芳汀一道来决定。我说，中国人也好，法国人也好，等她到了十八岁，自己决定吧。

　　小荷阒然无声，吃一口可乐，抢先买了单。我多问一句，要是张海一直失踪，你哪能办？小荷笑笑说，我会等他回来，就像等我爸爸回来一样。我说，我也等他回来，等他再来寻我托梦。小荷说，哥哥，我走了，女儿学书法，隔此地两条马路，亚新生活广场，我接她放学。我说，你爷爷是书法家，莲子肯定写得好。小荷打开手机，给我看几张照片，她女儿写的毛笔字：金炉香烬漏声残，翦翦轻风阵阵寒。春色恼人眠不得，月移花影上栏干。小荷说，莲子写得歪歪扭扭，实在难看相，哪里有颜体味道。我眨眼乌珠说，我记得，营造第古宅一夜，你爷爷写的王安石《春夜》。小荷说，《春夜》。我说，我去接我儿子，他也在亚新对面学画画。小荷说，好啊，下趟带两个小囡一道。我走到门口说，一道去迪士尼，寻大香樟树好吧？小荷低头，不响，上车。

当日，春夜，我爸爸打我电话。我寻了空当过去，我爸爸正在喂鸟，老毛师傅的鹩哥还没死，活了比张海还要长远，伶牙俐齿，讲话一套一套。我家里有个储藏室，等于电器博物馆，三台旧电视机，显像管，电冰箱，洗衣机，录音机，电唱机，胶木唱片。今日，我爸爸翻出一张旧光盘，差点被我妈妈丢掉，还好光盘上写了字，春申厂七十周年厂庆。家里DVD长远不用，光盘慢慢交进去，电视液晶屏上，跳出大车间的舞台，翻修一新的红与黑，台下坐满人头，四分之一已经作古，没死的基本也已退休。镜头里扫出我，张海，小荷，她还是五年级小学生。我看到报幕的工会主席瓦西里，尚是春申厂一枝花的费文莉，扬州话诉说厂史的"钩子船长"，打太极拳的神探亨特，唱日语《北国之春》的冉阿让，笛子独奏《帕米尔的春天》的我爸爸，上海说唱《金陵塔》的张海，他是当日的超级明星，诗朗诵的保尔·柯察金又成了笑星。最后登台之人，便是厂长"三浦友和"，热情洋溢，介绍未来的春申厂。我不敢让我爸爸晓得，张海寻我托梦之事，他的徒弟连同红与黑，已死在贝加尔湖底，永不复回。我爸爸关了DVD，翻出一副象棋。我们父子长远没走过棋，上一趟，可以追溯到我读中学时光。后来陪他走棋的人，调成了张海，有中国象棋，也有陆战棋。再后来，有了菜包，我爸爸跟孙子走棋，可惜小囡水平不够，难以尽兴。今日，我爸爸摆好车马炮，让我先行。这一盘棋，走了相当久，双方棋子，频频进出楚河汉界，兑子却不容易，走到我妈妈去困觉，我爸爸意犹未尽，难分胜负，只得和棋。我收好棋子说，爸爸，你还想自驾游吧？我爸爸说，好啊，上趟去黑龙江，冰天雪地，你妈妈终归担心，现在春天嘛，是要出去走走了。我说，想去拍油菜花吧。我爸爸掐灭烟头，沙发上立起来，好像马上要出门说，赞的，张海送我的莱卡微单相机，终归要派用场了，啥地方？我说，江西。

三

江西婺源，江岭，篁岭，梯田一片片金黄，桃花粉红，梨花雪白，沿了碧绿山水，烟雨蒙蒙，白雾如小姑娘腰带，系了不肯松开，欲说还休。清明节前，春雨晓寒，空气里能挤出水来，赛过揩面孔。我还是开宝马 X5，带我爸爸翻山越岭。他也是花痴，举了莱卡微单，颇扎台型，拍花，拍山，拍水，拍人，拍狗，拍蜜蜂，拍飞鸟，拍春雨。其他老年游人，纷纷侧目，竖大拇指，跷兰花指。我随他去，不要走失就好。古村兜兜转转，粉墙黛瓦，像煞徽州，进士第，看到好几只，像川沙营造第，像我写过的荒村。婺源住两夜，我爸爸没尽兴，我说还有下一行程。我爸爸说，景德镇？还是去黄山？我说，赣南，张海妈妈家里。我爸爸说，要去寻小英？我说，我拜托小荷问过了，她婆婆欢迎我们去。我爸爸看了油菜花田，吃一支烟说，走。

当日上路，从北到南，纵贯江西省。路过上饶，鹰潭，抚州等地，皆不停留，山川苍翠蓊郁，要么红土大地。天擦黑时，到了一座县城，群山环绕，烟云蔽日，易守难攻。城里倒也闹忙，竟有万达广场，沃尔玛超市，华谊兄弟影院。先到酒店入住，价钿不贵，条件不错，就是枕头被单发霉。天亮，我们父子出门，开到一居民小区。我爸爸说，空手上门不好吧。我去隔壁水果店，买了两斤智利进口车厘子，还算新鲜。小区蛮新，有电梯，张海娘已等候多时。张海后爹也在家里，颇为客气，递出两支芙蓉王。我笑笑谢绝。我爸爸头一趟吃芙蓉王，回敬一支软壳中华。张海的双胞胎妹妹，皆不在家，老大海悠，大学毕业，到上海寻了工作，在一家游戏公司上班，做美术特效，现在五角场租了房子；老二海然，这两年在广东打工，原来在深圳富士康，装配 iPhone 手机，后来又去珠海，伟创力电子工厂，组装华为手机，她在厂里谈了男朋友，安徽人，过年带回家里看过，张海娘基本满意，准备中秋结婚。张海娘的新房子，三室两厅，一百六十平方米，装修倒不便宜，粉红颜色马桶，湖蓝颜色地砖，马赛克天花板，马尔代夫风格墙纸，雅典卫城台灯，窗帘布吊满中国结，让人眼花缭乱，七荤八素。客厅书架上，从明晓溪排到东野圭吾，还有两本我的小说。张海娘说，海悠欢喜读书，念初中就买了你的书，被老师没收过几本。我只是笑笑。讲好女儿，讲好房子，张海娘才讲起儿子，落了眼泪水说，我这儿子啊，样样皆好，就是不孝，没看他为亲娘做过啥事体，他外公留下来的房子，统统给媳妇一家人还债，只留给我一百万，在上海连只卫生间都买不起，我就回江西买了这套房子，他又脑子搭错，跑了几万里路，寻回来断命的丈人，自己活不见人，死不见尸，死蟹一只。我说，张海去寻厂长，是老毛师傅临终遗言。张海娘说，老头子中风十几年，脑子一摊糯糊，还好没讲去捉西哈努克亲王。讲到中响，肚皮皆饿，张海娘也不开火仓，现在人想得穿，出去餐厅吃饭。张海后爹买单，四个人吃了江西菜。我爸爸辣得吃不消，只好大口吃水。张海娘的吃口呢，早已在此地被同化了。

吃好中饭，张海娘带我们去看兵工厂。山路七弯八绕，春天浓雾之中，藏了一片废墟，绿树杂草覆盖，墙上攀满绿藤，屋顶坍塌，徒留残垣断壁。武器仓库造在山洞里，据说一座山都挖空，只为防御美帝空袭。山上路滑，雨滴在青草上，湿嗒嗒，潮唧唧，叫人窒息。我搀了我爸爸走路，张海娘跟她老公健步如飞。张海娘说，大三线，小三线，晓得吧。我说，晓得。张海娘说，江西就是小三线，兵工厂造在山里，毛主席老人家讲，备战，备荒，为人民，我刚来江西时光，二十岁出头，知识青年，兵工厂里有好几千人，上海老师傅就有不少，几十台上海拉来的机器，主要造高射炮，支援越南人民，打败美帝国主义。我爸爸自豪说，我们沈阳军区高炮62师，不但在对抗苏联第一线，还参加过抗美援越，太原保卫战，打下过美国轰炸机，用的就是此地造的高射炮，可惜我在指挥连发电报，没机会去越南。张海娘说，1979年，厂里风向又变了，改造榴弹炮，对越自卫反击战。我说，倒是闹忙的。张海娘说，张海在兵工厂长大，我跟他爸爸都住厂区，我带你们去看看。张海娘爬山是活络，荒烟蔓草中，寻到一栋三层小楼，墙面脱落，俱被绿植覆盖，窗门里阴森森的。我爸爸举了莱卡微单乱拍。我说，我的小说拍恐怖片，倒是可以来此取景。张海娘说，张海的亲生爸爸呢，也是厂里职工，他是福建知青，永远分不清"胡"跟"福"，长得倒是登样，眼乌珠大，张海不及他的一半。张海娘讲起前夫，并不忌讳现在老公在旁边。我爸爸说，张海从没提起过他爸爸。张海娘说，这只断命男人，我跟他结婚没几天，听说恢复了高考，我也想去考试，但要经过厂里政审，规定一对知青夫妻，只好有一个参加高考，我就让出这只名额，让我爱人去试试运道，他的高考分数下来，只差一分，没考上大学，还是留在兵工厂。我爸爸讲一句实话，小英啊，算了，你要是去高考，大概要差几十分吧。我心里一惊，生怕张海娘的暴脾气，天王老子都要让她三分。张海娘却笑说，老蔡啊，你讲了也对，我是没这命，知青回城政策出来，我也有机会回上海，但是张海刚养出来，我舍不得跟爱人两地分居，放弃了这只名额，后来再想争取，已经来不及，我的兄弟姊妹们，统统回到上海，寻着了工作，唯独我留在江西，真是恨煞了。张海娘长吁短叹，现在的老公拍拍她后背，倒是恩爱。张海娘又说，张海小时光，兵工厂日夜加班，机器响了不停，张海跟他爸爸跑到车间，看了机床冲压零部件，看了榴弹炮一只只装配出来，这只小鬼讲长大也要造机器，造大炮，我还骂他没出息，不过中东打仗几年，厂里效益真不错，过年还发缝纫机，脚踏车，黑白电视机。我说，必是两伊战争，萨达姆下的订单。张海后爹说，好景不长呢，等到两伊战争打完，接着打海湾战争，订单不来了，兵工厂慢慢停产了。张海娘说，工厂军转民，张海爸爸打了辞职报告，要回福建老家去做生意，我当然不同意，特会讲清爽[1]，要是敢辞职，我就跟他离婚，想不到呢，这只杀千刀的，真的从厂里辞职了，我就真的跟他离婚了。我爸爸说，小英，你是冲动了。张海娘说，是我脑壳不灵光，终归觉着兵工厂是吃皇粮，就算吃不饱，绝对也饿不死，要是辞职到了社会上，变成个体户，这么等于盲流，社会渣滓。我说，这一年，张海多少大？张海娘说，小学五年级，隔年春节，我带张海去福建寻爸爸，却是扑了空，原来他出国了。我说，福建人流行出国，去日本，去美国，还有去欧洲。张海娘说，我是命苦啊，孤儿寡母，留在此地，厂里又下岗了，兄弟姊妹不让我回上海，怕我回去分房子，这记惨了，我也变成盲流，只好走南闯北，倒卖羽绒服，羊绒衫，马毛，还要带了儿子，去北京，去广州，还好有老李帮我。张海后爹笑笑说，我跑长途，经常带她一起走，就在一起了。张海娘打断老公说，你不要插嘴，我改嫁给老李这年，收到一封国外来信，贴了意大利邮票，张海拆开信封，装了一张明信片，好像是啥的足球队。我说，AC米兰。张海娘说，对的，就是这只米兰，张海讲是他爸爸寄来的，原来真的出国，到了意大利，就在米兰打工。我说，张海是AC米兰的球迷，因为他的爸爸在米兰，九十年代，又是AC米兰全盛时期。张海娘说，按照信封上的地址，张海给他爸爸回信，但一趟也没收到过回音，再后来，我的双胞胎女儿，海悠跟海然就出生了。张海后爹说，香港回归那年，张海一定要去福建，打听他爸爸消息，我就开着卡车，带他去了一趟，那地方在海边，一半人做生意，一半人出去偷渡。张海娘说，我听到各种讲法，有人讲张海爸爸被意大利警察捉到，关了遣返营里，被南斯拉夫难民打死了，有人讲他加入黑手党，变成一个杀手，身上背了十几条人命，在欧洲蛮有名

---

1 特会讲清爽：上海方言。特意说清楚。

气。我说，不可信，意大利黑手党，主要在南方，在西西里岛，在那不勒斯，米兰倒是还好。张海娘说，还有一种讲法，他认得一个意大利女人，两个人不要面孔，勾搭成奸，还办了婚礼，拿到合法身份，生了一对子女，在米兰开了家中餐馆，不肯回来了。

我拍了大腿说，张海这趟去欧洲，不单是去巴黎，寻厂长"三浦友和"，他还是去意大利，去米兰，寻自家爸爸。我爸爸说，张海没跟厂长一道飞回来，奈何就讲得通了。我的后背心发热，春雨滴了身上，马上就被蒸发，这趟跑到江西，不虚此行，按图索骥，就能寻着张海下落。张海娘说，想得多了，我告诉你们吧，张海爸爸根本就没出国。我爸爸说，你讲啥？张海娘说，当时光，福建沿海都在走私，他倒卖日本录像机，没几个月，就被公安局充公，亏得裤子都没了，想要偷渡去国外，还要给蛇头交钞票，他是两手空空，只好去了海南。我说，张海不晓得吧？张海娘，一直不晓得，我本身也不晓得，十多年前，这只男人回了江西，偷偷摸摸寻到我，想要问我借钞票，我才明白啥的意大利，都是骗人的，从米兰寄到江西的信，是他托了偷渡去意大利的亲眷寄的，为了让儿子安心，不要到处寻他。张海娘眼眶发红，老公递给她一团餐巾纸，她揩揩眼睛说，这只男人还告诉我，2000 年，他寻到上海，等了莫干山路老房子门口，想要跟儿子见一面，正好碰着张海外公，你们晓得的，老头子脾气跟我一样暴躁，他还没中风，身板也是硬，当场打了张海爸爸一顿，叫他再也不要来寻儿子。"钩子船长"又从我的噩梦里钻出来，钩子般的右手，啥人要是被打一拳，基本要进医院。张海娘说，这桩事体，我没跟张海讲过，我是生怕儿子晓得，又跑到海南去寻爸爸，有啥意思啊，最好一生一世不晓得。我爸爸说，小英啊，你应该告诉张海，好让父子团聚。张海娘说，好啦好啦，我也后悔了，三年前呢，这只男人又给我打电话，他在海南，重新讨了老婆，日子过了蛮好，但是没养小囡，他还想寻儿子，我干脆告诉他，儿子在上海结婚了，生了个女儿，就是你的孙女。我说，张海还是不晓得吧。张海娘说，我没告诉他。我爸爸说，小英啊，要是这趟张海平安回来，这桩事体，你必定要告诉他。张海娘说，晓得了，我到底是他亲娘，终归盼儿子还活了。我爸爸说，你还会回上海吧？张海娘摇头说，女儿们都大了，我也想穿了，就在此地养老蛮好，物价便宜，空气也好，老早我们厂里，上海知青好几百，现在大多数回去了，像我这种情况没几个，不是我不想回上海，是上海不想我回去啊。我爸爸说，小英啊，你受苦了。张海娘撩起头发，面孔上露出千沟万壑说，瞎话三千，苦啥啊，现在蛮好，知足了。

下山之际，已是黄昏，春雨停了，春夜来了，月亮升起来，清辉皎皎，落到群山之巅。张海后爹还想请客吃饭，我爸爸说不打扰了，就此别过。我们爷俩兜兜转转，到县城小吃一条街，旺盛，灼热，人声鼎沸，饮食男女，吃烧烤，吃米粉，街头唱卡拉OK，长远没看到这样烟火气。坐了夜市小矮凳上，我爸爸看了月亮发呆，咳嗽一声，吐出浓痰，慢悠悠说，老毛师傅有两个儿子，三个女儿，统统赶上插队落户，一个新疆，一个内蒙古，一个北大荒，一个云南西双版纳。我说，好像1949年，宜将剩勇追穷寇，解放全中国，到处插上红旗。我爸爸说，小英是老幺，本身可以留在上海，但她自己报名去江西，支援小三线建设，进了兵工厂，其他兄弟姊妹，只好在农村吃苦头，去云南的后来翻过边境，跑去缅甸闹革命，差点被打死。我说，这只云南故事，我蛮感兴趣，以后可以写小说，但你先讲张海妈妈吧。我爸爸说，有啥好讲，小英爸爸是我的师傅，小英妈妈就是我的师母，但我没看到过师母，生小英时光大出血死了。我说，怪不得，张海从没提过他的外婆。我爸爸说，养到第五个了，老早养小囡死人，没啥大惊小怪，老毛师傅特别欢喜小英，好像她是师母转世而来，但她的哥哥姐姐们，却觉得小英害死了他们妈妈，小英克母，等于丧门星，所以小英跟兄弟姊妹们的关系蛮僵的。我说，晓得了，为啥老毛师傅独独欢喜张海，但你还是没回答我的问题。我爸爸说，你这小鬼，烦死了，我头一趟认得小英，她从江西请病假回了上海，老毛师傅让我上门吃饭，就在莫干山路老房子。我说，印象好吧。我爸爸说，我是复员军人，老毛师傅关门徒弟，还没认得你妈妈，欢喜我的小姑娘不少呢，小英年轻时光也漂亮，有点像五朵金花里的一朵，到底是哪一朵，已经想不起来了。我直说，爸爸，老毛师傅是想让你做女婿吧。我爸爸一本正经说，不要瞎讲，我跟小英是纯洁的革命友谊，她回上海是请病假，终归要跑医院，但她本身没毛病，到医院传染上了毛病，三日两头去开药，打针，吊盐水瓶，我是身强力壮小伙子，不怕传着毛病，每趟骑了脚踏车，让她坐了书包架上，一路荡她去医院。我说，再后来呢？有啥故事？我爸爸说，屁故事都没，小英看好毛病，就回江西兵工厂，继续生产高射炮，支援越南人民抗击美帝国主义，在她回去前一天，我请她吃了顿小笼包，就在长寿路。我说，讲到要紧地方了，你们只是吃了顿饭？我爸爸捉急，搔搔头颈说，好吧，吃好饭，又去燎原电影院，看了一场罗马尼亚电影，名字忘记了，也是讲一个厂长的故事，好像是造船厂。我说，《沸腾的生活》，扮演厂长的男主角，是罗马尼亚最有名的大导演，尼古拉耶斯库。我爸爸莫知莫觉说，啥人晓得，反正电影看好，我骑了脚踏车，拿小英送回莫干山路，又隔几年，你也出生了，张海也出生了，小英抱了儿子回娘家，这是我第一趟看到张海。我说，来过我家吧。我爸爸说，让我想想，你只有六个月大，老毛师傅出了事体，手指头被切掉了，只怪我操作机器不当心，师傅却不怪我，张海也是六个月，小英抱了他来做客，你们两个男小囡，困了一张床上调尿布。我说，我妈妈是啥态度？我爸爸说，问这做啥？过去这样多年数，记不清，直到老厂长追悼会上，你跟张海才碰着。听到此地，夜市人群之中，飘过好几张面孔，我觉着都像张海。我盯了我爸爸说，再问一只问题，爸爸，你要老实回答我。我爸爸翻面孔说，没规矩，这是跟爷老头子讲话态度吧。我说，张海是不是我的兄弟？我爸爸说，你讲啥？我摊开来说，一年前，你想去黑龙江，张海开了红与黑，带你到苏州沧浪亭，这日夜里，我就想要问了，我跟张海是不是同父异母兄弟？我爸爸瞪起眼乌珠说，瞎讲。我是咄咄逼人说，今日又有新发现，为啥张海爸爸不要他？做爸爸的不会不要儿子，因为张海不是他的儿子，是你的儿子。我爸爸直摇头，转身就走，离开夜市，去寻车子。我跟在后头说，我会寻到证据的。

回到酒店房间，我爸爸生闷气，打开窗门，吃香烟。我没精神跟他吵，打开笔记本，噼里啪啦打字。突然，我爸爸问我，今日几号？我说，4月1号，春申厂的厂庆日，八十八周年。我爸爸说，清明节快到了，回去上坟。

四

正清明，本该是倒春寒，雨纷纷，没想着，多云转晴，最高气温二十三度，好像热天快到。小长假，路上潮潮翻翻，还是我开车，带了我爸爸，我妈妈，我娘子，儿子菜包，坐得扑扑满。昨夜，我爷爷来托梦，关照今年清明，想要看看菜包，他的长房重孙子。到了墓园，二十年前，周边全是农田，油菜花黄，牧童遥指杏花村，现在嘛，皆是连绵不绝工厂。爷爷奶奶墓碑前，按照常规流程，摆出酒水小菜，水果祭品，点上三炷香，烧锡箔，冥钞，轮流磕头，烟熏火燎，热得人汗流浃背，面孔通通红。扫墓完毕，每人吃一只青团，便是寒食。儿子问我，爸爸，寒食节是什么啊？刚上幼儿园，菜包是全班唯一会讲上海话的小囡，等到上小学，老师都讲普通话，小囡只听得懂上海话，再也讲不来了。我说，两千六百年前，晋国大忠臣介子推，一门心思跟了公子重耳，流窜列国，饿得前胸贴后背，便切了自己大腿肉，送给公子重耳搭搭味道，后来重耳翻身发达，当了晋文公，介子推呢，不但是大忠臣，还是大孝子，不想当官，只想陪了老娘，隐居山林，晋文公下令放火烧山，要拿他赶到山下，结果呢，介子推抱了老娘，一道被烧死。菜包大笑说，他是不是傻？我爸爸惊说，此地是公墓，不好笑，没规矩。我说，晋文公心里后悔，从此规定，这日不准生火，只好吃冷饭冷菜，就像青团，还要祭祖扫墓，就是寒食节，因为跟清明太近，后来合并了。我爸爸说，我也是头一趟晓得，菜包啊，再给太爷爷，太奶奶磕两只头，保佑你考试及格，功课门门绿灯，不要再给老师牵头皮了。

　　下半天，全家再去镇江乡下，去给我外公外婆扫墓。我的朋友圈里，除掉新马泰，巴厘岛，日本韩国，欧洲十国游，还有蛮多人在上坟。厂长，小荷，莲子，祖孙三代，上半天，先去浦东川沙，给小荷爷爷扫墓；下半天，小荷开了车，三人横穿上海，到了苏州凤凰山，给张海外公上坟。张海娘带了双胞胎女儿，海悠跟海然，也从江西赶到苏州，墓地上碰着儿媳妇，还有自家孙女，谈不上冰释前嫌，但都牵记张海，落了几滴眼泪水。冉阿让跟女儿征越，还有现在的娘子"山口百惠"，一道去给死掉的老婆上坟。费文莉也是两场，上半天，带了造大飞机的儿子，去给死在日本埋在上海的老公上坟；下半天，去给埋了将近三十年的建军上坟。神探亨特女儿雯雯，带了老娘跟小囡，捧了爸爸的骨灰，赶了正清明入葬，雯雯老公还在监牢，三套房子卖掉，散尽家财，她只好重新出来上班，供女儿读书。香港王总在宁波老家，四明山中，捧了小王先生骨灰，入葬王家祖坟，老老王先生坟墓之侧。千年难见，甘肃狄先生发了朋友圈，独自开车进祁连山，盘山路到雪峰，给无期徒刑死后的老父扫墓。万里之外，保尔·柯察金跟儿子大疆，来到塔克拉玛干沙漠边缘，生产建设兵团公墓，给埋骨黄沙的知青战友上坟。这一日，方才是中国人最盛大的节日，关乎信仰，关乎往昔，关乎人间，关乎阴间，关乎老祖宗，关乎生老病死，还关乎下一代，分量怕是比过年更重。想到下一代，我给小荷发了微信，只问一句，东西准备好了吗？小荷回复，好了，明日收快递。

　　第二日，我收到快递。拆开是个密封袋，好几根头发丝，细细长长，发根毛囊齐全。这是莲子的头发。原来，刚从江西回来，我就给小荷打电话，拜托她一桩事体，请她拔五根女儿头发，不好用剪刀，必须要带毛囊拔下来，才好检测 DNA。小荷问我，哥哥，你不要吓我。我说，我怀疑，张海是我的同父异母兄弟。小荷顿了顿说，好，我帮你，万一我的女儿，跟你有血缘关系，我要有权利晓得。收着莲子头发，我去了司法鉴定中心。五个工作日后，我拿着鉴定报告，结果有点意外，也是失望。我跟莲子毫无血缘关系，张海不是我的同父异母兄弟。这样讲来，便是我瞎想了。我想跟我爸爸道歉，走到门口又回来，我爸爸都忘记掉了，再去提醒他做啥。

我拉开抽屉，寻出我写给张海的电报纸。走到灶披间，我打开天然气，火苗像舌头伸缩，舔着了电报纸上数字，6643 2981 2053 0226 4583 0132，意思是"速归我们等你"。这一组组电报码，二十四个阿拉伯数字，声嘶力竭惨叫，面孔扭曲，皮肤黝黑，肌肉嗞嗞喷出油脂，直到烧成灰烬，又像黑蝴蝶翅膀飞舞，我打开窗门，它们纷纷飘散到苏州河去了。要是张海已在阴间，必能收到这份电报，我想。

烧好电报，我想起有一年夏天，我在北京签售《谋杀似水年华》。当时光，我跟张海已不相往来。排队签名完毕，刚要散场走人，一个女读者迟到，穿了小裙子，稍有几分姿色，跟我差不多年纪。我给她签好名，她叫我在扉页加一句"张海，生日快乐"。我的手指头一顿，帮她写好，再问，张海是谁？她说，是我老公。她是北京本地口音，我的脑子马上被撕开，塞进一片广场，又塞进一根国旗杆，最后塞进一座纪念碑。我向她笑笑，多问一句，张海是你的中学同学吧？她说，你怎么知道？我又问，1995 年，冬天，你去过天安门广场，看过升国旗吗？她先是一笑，又是一惊，点头说，好像有过，我还在念初中。我看看旁边，反正没别人，低声问，我能留你的电话号码吗？她笑了，扬扬眉毛，写了张小纸条，抄给我电话号码，娉娉袅袅走了。回到上海，我终究没再跟张海联系，也没打过这只电话号码，一直困在我的手机里，名字备注成"人民英雄纪念碑女孩"。两年前，我重新碰着张海，本想告诉他这桩事体，但看他已经结婚，小荷是他娘子，还有了小囡，便不好多讲。

还是人间四月天，苏州河静水深流，春风卷起树叶子，撒满黑夜铜钱，一床粉身碎骨破絮。我拨出"人民英雄纪念碑女孩"电话。对方是北京移动，铃声响半天，一个女人接电话，哪位啊？我说，我有个朋友，他叫张海。她说，找错人了，我们离婚五年了，你直接找张海要债吧。我说，你记得吗，二十多年前，天安门广场上，还有一个张海。她说，你谁啊？神经病吧？我说，你别急，我是……一千三百公里外，传来清脆的两个字，傻×。然后，手机嘟嘟嘟响。我坐阳台上，看月亮。我笑了，咯咯咯笑起来，像打了一通恶作剧电话。我娘子出来，看我一眼说，神经病。

其实呢，我还经常牵记起千禧年，张海陪我一道去北京领奖，一道在天安门广场溜达，一道立在人民英雄纪念碑前头，一道坐了京沪线硬卧列车，穿过午夜的南京长江大桥，就像两根火车轨道，飞过银河星辰，永远平行，彼此对视，永不相交。我开始写一本新书，关于春夜，关于春申厂，关于我爸爸，关于厂长，关于小荷，最要紧的，关于张海。白天我在公司，每日开不光的剧本会。夜里，我蹲了电脑前写小说。二十年前学的电报码，如今基本忘记光，只好用拼音输入法。我用了不少上海话，比方"事体""困觉""清爽"等吴语词，文言文里也有，五四时期亦有，鲁迅先生，茅盾先生都用过，自能入白话小说。但不用"侬""阿拉""白相""结棍"等，因怕北方读者不懂，并在普通话中有一一对应的"你""我们""玩耍""厉害"。或用相近发音代替，比如"辰光"就用"时光"，一目了然，且有古意。还有一大变化，老早我欢喜写长句子，现在这篇小说呢，改成短句子，三个字，逗号，四个字，逗号，甚至一两个字，标点符号之间，鲜有超过七八字的。本书通篇，皆是第一人称，看似便当，实则难写。毕竟不是写我一个人，而是一群人，有老有少，有男有女，尤其一个张海，神龙见首不见尾，总是云里雾里。要是第三人称，上帝视角，从洪太尉讲到高俅，从高俅讲到王进，从王进讲到史进，从史进讲到鲁提辖打死镇关西，又从花和尚倒拔垂杨柳讲到林冲夜奔，再到雪夜上梁山，就像一幕滑稽戏，各自粉墨登场，众声喧哗，闹闹忙忙。但我偏偏不唱滑稽戏，而是要唱独角戏，自说自话，像张海一个人唱"金陵塔，塔金陵，金陵宝塔第一层，一层宝塔有四只角，四只角上有金铃，风吹金铃旺旺响，雨打金铃唧呤又唧呤……"。再讲故事，悬疑方面，跟我老早小说不好比，但又保留厂长悬念，张海命运悬念，至今还是未知数。推理破案呢，倒是有1990年春申厂的凶杀案，直到神探亨特烧成灰，建军哥哥之死，还是无头悬案。还有一点，这只漫长故事，大半皆是真的，事体是真的，心情是真的，欲望是真的，我也是真的，还有我一家门，从我爸爸直到我儿子，统统是真的。真归真，却不是非虚构，而是如假包换的虚构。最后这句，好像自相矛盾，有语病，无所谓。

4月中旬，春光大好。我大概上辈子是英雄模范，上上辈子是抗日英雄，上上上辈子是同盟会英烈，上上上上辈子是太平天国，因而今世吉星高照，小说渐入佳境，写到后半夜才困。上床没一歇，听到嗡嗡声响，好像蚊子在飞，又像蜜蜂在飞，不止一只，成千上万的蜜蜂，黑烟云集的蜜蜂，从床板开始，到墙壁，到天花板，飞出轰隆隆声响，好像楼上楼下，隔壁邻居，所有老夫妻，小夫妻，千军万马，集体吃了乌龟，甲鱼，蛇虫，八脚，同时开始造二胎。不对，不妙，大事不好，我睁开眼乌珠，床架子坍塌，天花板落下来，墙头崩坏倾倒，砖头天女散花，窗外白雾嚣张，白光夺目。我爸爸穿了困衣，冲进来说，儿子，快逃啊，地震啦。我打开阳台，推开一盆凤仙花，一盆夜来香，此地只是两楼，还有一层车棚。我跟爸爸翻身跳出去，经过车棚上头，爬到地面，爷俩没啥受伤。我说，不对啊，这是海防路老房子，我们又回来了？我爸爸说，不谈了。我爸爸拉了我的手，一道往外狂奔。我说，妈妈呢？我爸爸说，你忘记啦，你娘今夜住了市委党校。我又说，我娘子呢？儿子呢？我爸爸说，他们在菜包外婆家里。话音未落，我的耳朵差点震聋，背后七层楼房子，像一堆乐高积木，土崩瓦解，砖块碎石横飞。我一把压牢我爸爸，就近倒地，就像碰着空袭，机关枪扫射，弹片从头顶飞过。我的脑子乱转，啥情况，上海会得大地震？这强度，最起码十级。我爸爸说，快往苏州河边逃，那面有空地，不会被房子压死。我说，爸爸，苏州河边，现在全是高楼，跑去送死啊。天上星星落下来，宇宙涂成血红，地下发出巨响，四周烧起大火，烈焰穿空，噼里啪啦乱响，好像人死之后，头七回魂夜，焚烧遗物。瓦砾废墟之中，爬出一个男人，全身灰蒙蒙，血淋嗒滴，面目模糊，抓牢我的手说，阿哥。我惊说，你是？他又抓牢我爸爸说，师傅。我爸爸说，你是张海？男人点头说，我是小海。我心头一热，紧紧抱牢他，再不放开。我在发抖，他也在发抖，我爸爸抱牢我们两个，他的身体暖热，慢慢交说，1969 年，珍宝岛战役，我在黑龙江当兵，沈阳军区高炮 62 师，准备第三次世界大战，对面原子弹就要掼过来了。一只小蜜蜂，又嗡嗡嗡飞来，天下万物，唯独它，不怕地震，停在我的眼睫毛上。然后，爆炸。

　　梦醒了。儿子菜包困了眠床，身坯越来越壮，呼吸声音粗重。我的后背心像在水里，床铺浸湿。春夜，凌晨三点。天花板蛮好，墙壁也蛮好，既没歪，也没裂缝。我跑到阳台上，苏州河一如既往流淌。无人知晓，上海刚刚死里逃生。我打电话到我爸爸妈妈家里，铃响的几秒，我的手在发抖。我妈妈接了电话，还没困醒，声音有气无力。我说，爸爸还好吧。我妈妈说，蛮好。我说，叫他听电话。等了半分钟，我听到我爸爸声音，他是没好气说，儿子啊，啥事体。我说，没事体，想听听你声音。我爸爸说，脑子搭错了，又在熬夜打字吧，几点钟啦，早点困觉，钞票是赚不光的，身体当心，你也不小了。电话挂断，我的面孔上，下巴上，还有胸口，落满眼泪水。

　　儿子菜包惊醒，面孔哭哧乌拉，抱牢我说，爸爸，你哭了？我揩一把面孔说，我没哭，你呢？菜包说，我做噩梦了。我揩揩他的眼泪水说，梦到什么？菜包说，着火了，我害怕。我说，爸爸在这里，别怕。我亲亲儿子额角头，又亲他心口的琥珀，张海送的礼物，让菜包欢天喜地。这枚波罗的海琥珀里，封印一只小蜜蜂，正是我梦中所见。几千万年前，它停了松树上，候分揥数，溢出一摊树脂，完完整整困死，一场飞来横祸，成为永恒一种，直到挂上我儿子头颈。菜包说，爸爸，送我这块琥珀的人是谁？我说，他是爸爸最好的朋友。菜包说，他在哪里？我说，他在很远很远的地方。菜包说，你又骗我。我摇头，笑笑。

这时光，手机收到一条推送，突发新闻，来自法国巴黎，夜空通通红，一片火红围困中，巴黎圣母院，升起滚滚浓烟，遮盖星辰。还有一条直播视频，巴黎圣母院的哥特式尖塔，烈焰冲天，烧得不成样子，裸露八百年来骨架，像菜包手里玩具，眼乌珠一眨，拗成几段，天崩地裂，从高空坠落地狱。视频声音里，除掉猎猎的火烧声，砖瓦木头坠落声，还有男男女女尖叫声，半边面孔都发烫了，鼻头里嗅着焦味道。我抱了菜包，想起刚刚的梦，拍拍头颈说，今夜是啥日子啊，不是我爸爸托梦，不是张海托梦，而是巴黎圣母院托梦，卡西莫多跟埃斯梅拉达托梦。

我觉着头顶发热，好像头发烧起来，吃一口冷水压压惊。我哄儿子回到眠床，待他困熟，我进了书房，开电脑上网。千真万确，全巴黎都是目击证人，圣母院尖顶已灰飞烟灭，等于直接火化。特朗普建议从空中灭火，法国人回答要是如此操作，等于灭顶之灾。后半夜，我彻底困不着，盯了电脑跟手机，看直播，看网友评论。有人传来无人机照片，从天上看巴黎圣母院，好像一副十字架燃烧。不幸中万幸，卡西莫多的钟楼没烧坏，雨果发觉的希腊文"命运"，死里逃生。黎明，窗外渐渐清亮，苏州河泛了雾气，水鸟开始活络，肚皮终归饿了。巴黎时光，刚到子夜，网上传来照片，耶稣受难时光戴的荆棘王冠，千难万险，抢救出来。我困倒电脑椅上，手机又响一记，小荷发来微信，老清老早，只有一条语音，张海有消息了。我的心脏停了两秒，又翻了个身，跳到喉咙口，迫不及待，回一条微信，人在哪里？小荷说，巴黎圣母院。

五

时光倒流一个月。农历早春二月，公历3月。巴黎春夜，跟上海一式似样冷。卢森堡公园隔壁，一所医院病房，张海刚刚发梦，三魂六魄，飞出窗门，先绕公园一圈，飞到塞纳河上，又绕巴黎圣母院飞一圈，跟钟楼上卡西莫多打招呼，跟外墙上怪物雕像吹牛皮，便飞过西堤岛，飞过卢浮宫，飞到埃菲尔铁塔之巅。俯瞰夜巴黎，像漂泊海上巨轮，灯火辉煌，咖啡馆，跳舞厅，小剧院，电影院，喧哗直冲霄汉。唯独安静是两只公墓，蒙帕纳斯公墓，拉雪兹神甫公墓。魂灵头更加轻了，碰着大西洋刮来的风，便往法国东边飘，飘过白雪皑皑勃朗峰，飘到意大利波河平原，看到米兰大教堂，看到圣西罗比赛，米兰德比，蓝与黑赢了红与黑，张海心里不适意。但他落不下来，云里飘啊飘，飘到亚得里亚海，飘到匈牙利平原，飘到喀尔巴阡山，一直飘到乌克兰乱世。飞越战区上空，地面飞来高射炮弹，地对空导弹。到了俄罗斯，雪还没化，河川还结了冰。越过乌拉尔山，西伯利亚森林黑暗无边，从欧洲边缘曼延到太平洋。穿过层层叠叠的云，镶嵌一汪绵长湖泊，像条蚕宝宝，银白色反光的冰面。飘过外兴安岭，飘过黑龙江，便到了中国，地面上更亮，更闹忙，东北人烧烤味道，纵贯东三省，渡过渤海，飞越山东半岛，飞过长江，进入上海地界，魂兮归来。从天上看上海，简直是光的渊薮，荡漾几亿种荧光生物。汽车城，汽车坟场，共享单车坟场，在明亮，密集，高耸的淫威下，上海的暗淡，疏朗，低谷，反倒成了奢侈品，非卖品，易碎品，暗得恰到好处，暗得风生水起，真正暗戳戳，才能烘托上海的明亮，密集，高耸。每一部报废车子，都有一个魂灵头，不甘寂寞，跃跃欲试。看到有人飘下来，所有魂灵头叫起来，快点下来搓麻将，斗地主，四国大战，解解厌气。张海看到一条深沟，又看到一部宝马X5，天窗打开，车里困了一个男人，此人便是我。我手捧一只行星齿轮，恰是张海亲手所做，十八年前送我的礼物。张海的魂灵头落下来，落到我的身上，幽幽扑上我的面孔，鼻头里，眼皮下。魂灵头再往里钻，钻到我的毛细血管，我的心里厢。托梦里，他还是从巴黎出发，开了红与黑，穿过欧洲，穿过西伯利亚，穿过贝加尔湖，冰面开裂，沉入湖底。

春夜，他从巴黎深夜第六区的医院惊醒，听到一个男人唱沪剧：夜已深沉人寂静，听窗外阵阵雨声与雷鸣，想起今日发生事，思绪纷纷难安寝……悠悠飘出病房窗门，飘到卢森堡公园，淹没在巴黎夜空。沪剧变成法语，小护士贴了他的耳朵问，可惜听不懂。大胡子医生来检查，他可以动手指头，翻眼皮，张嘴唇皮，但不能讲话，不好下床走动。他不记得自己名字，从啥地方来，要到啥地方去，困了多少日子，他活了多少岁，长啥样子，细巧呢，还是粗鲁，单眼皮，还是双眼皮，一概不知。但他晓得，自己是个男人，每日早上，下头会肿起来，护士姑娘帮他排出一泡小便。护士每趟转身，臀部包了白裙子，丝袜雪白粉嫩。他抬起手指头，慢慢交靠近，想要触摸丝袜下的肉，这大概就叫性欲。但他伸到一半，心里吓牢牢，手指头缩回来，还有其他东西，更加有力道，叫人直角挺硬，也叫人作茧自缚，自相矛盾。他拼命想啊想，脑子先是一摊糨糊，又像散黄的蛋，更像输液管里的葡萄糖，闪过一道道光，一块块橡皮，侵入太阳穴，侵入一个小房间。他想要进去，防盗门坚固，跑来一个小姑娘，掏出钥匙板，十几把钥匙，一根一根试过来，终归有一把没错。打开房门，他看到一张蒙尘的办公桌，一摞厚厚的书，《静静的顿河》《牛虻》《马克思恩格斯全集》《鲁迅全集》《巴金全集》。

《牛虻》书页里飞出两只蛾子，翅膀扑扇扑扇，空气里写满了字，金颜色的字，每个都像方块，一是一条杠，二是两条杠，三是三条杠，四稍微复杂点，他用普通话读，用上海话读，还有一点点扬州话，江西话。他认得几千个中国字，方才晓得，自己是中国人。但是中国蛮大，他可能从上海来，也可能从扬州来，甚至江西来的。上海在啥地方呢？太平洋西岸，长江入海口，黄浦江拿上海分成两半，苏州河又拿浦西分成两半。苏州河边有老多工厂，北岸的造币厂，南岸的面粉厂，澳门路的春申厂，一车间，两车间，厂长办公室，职工浴室，锅炉房，还有仓库。魂灵头里的小房间，已经跟随这爿工厂，进了焚尸炉，变成骨灰。他又记起一部车子，仓库里开出来，上半身的红，下半身的黑，像一本书的名字。他的头又痛了，橡皮飞入太阳穴，钻遍每一根血管，拿他的眼乌珠挖出来，舌头掏出来，喉结剥出来，心脏捏得粉粉碎，还要拿他的魂灵头，一点点从天上收回来，从地下收回来，移山填海的力道，终归回到心里。

　　一个月后，巴黎的春天，牵丝攀藤地暖起来，病房窗门外，卢森堡公园，姹紫嫣红开遍。一只小蜜蜂，活了三千万年，琥珀里复活，撞碎透明棺材，悠悠然飞来，停了他的嘴唇皮上，窸窸窣窣，落下亮晶晶花粉。他打一只喷嚏，肌肉点火，神经启动，人像弗兰肯斯坦，病床上弹起，双脚落到地板，双手撑了墙壁，跌跌冲冲。他寻着一面镜子，看到自己面孔，陌生的面孔，完全不认得，捡垃圾般头发，这辈子最长的胡子，额角头爆出粉刺，他用手指甲挤掉，白的酱汁，红的鲜血，黑的刺头，飞溅，狂飙。喉咙要烧起来，小护士用吸管喂他吃水，一如沙漠甘泉，慢慢打开黏膜，气流震动声带，舌头不再是石头，开始柔软，湿润，活络，终归讲出两个字，回家。

　　隔天，警察来了，配了个中国人翻译，讲一口温州普通话。翻译告诉他，今年1月份，塞纳河边，巴黎圣母院对面，他困倒地上，头部重伤，已经昏迷，大小便失禁，幸好送到医院，捡回一条命。

他身上无任何证件，也没手机，没钱包，无法判断身份，国籍，可能是法国华人，也可能是中国游客，或者日本人，韩国人，甚至越南人。这种情况，只好由政府买单，让他困在公立医院。医生讲他醒不过来，要么变成植物人，要么翘辫子。一个月前，他的情况恶化，生命体征下降，医生下了死亡通知单，判决他活不到天明。这一夜，他是魂舍分离，从濒死之中，睁开眼乌珠，恢复知觉。医生护士都被吓煞，无从解释，如何起死回生，最后归结于生命力。他听不懂法语，英语也是困难，只好困了病床，慢慢恢复，锻炼肌肉，直到能走路，重新讲话，听起来像中国话。翻译问他，你是谁？他想了想，莫名悲伤，还是不记得，就像隔了一张糖纸头，可以透光，却是前世今生，黄泉人间。医生批准他出院。他在医院冲淋，剪头发，剃胡子，揩面孔。镜子前，他又年轻十岁，下巴光光，一层青皮，法令纹淡下去，眼乌珠清澄，一生一世，犟头倔脑。三个月前，他受伤昏迷时的衣裳，医院一直保留，现在物归原主。外套内插袋里，滑出一张明信片，巴黎圣母院的黑白照片，好像蛮有年头。他决定，先去明信片上的地方看看。

　　这日黄昏，他出了医院，像苦役场出来的冉阿让。穿过卢森堡公园，荡到塞纳河边，两只脚是自由的，两只眼乌珠也是自由的，他可以看路上漂亮姑娘，可以看树梢上的火烧红云，看古老的房子跟教堂。但他并不觉着自由，反而心里难过，因为对自己尚一无所知。当一个人，没名字，就没自由。他走到莎士比亚书店门口，隔了塞纳河，望了巴黎圣母院，屋顶上翻腾黄颜色烟尘，橘红颜色火焰，一团团黑烟升起，扑散夜空。警报声响起，消防队来了，警车来了，教堂里奔出失魂落魄的人，大家掏出手机拍照片，拍录像，还有尖叫，落眼泪水。有人在胸口画十字，有人跪地祈祷。他昂了头颈，看到巴黎圣母院尖塔，正在分崩离析，一边烧了通通红，一边烧了墨墨黑，就像金陵塔，塔金陵，金陵宝塔第十三层，十三层宝塔有五十二只角，五十二只角上有金铃，风吹金铃旺旺响，雨打金铃唧呤又唧呤，这座宝塔造得真伟大，全是古代劳动人民汗血结晶品啊，名胜古迹传流到如今……巴黎圣母院《安魂曲》，尖叫声，嚎哭声，遮天蔽月的烟尘中，八百年的尖顶断裂，所有星星月亮，齐齐坠落下来。他也跟了一道断裂，坠落，五内俱焚。烧红的地狱，烧焦的天堂，该死无葬身之地的，死无葬身之地。该万箭穿心的，万箭穿心，刻出一个名字：张海。

他是张海，统统想起来了。1月，原定从巴黎飞回上海的早上，张海开了红与黑，停到塞纳河边，巴黎圣母院眼皮底下。这部老爷车死而复生好几趟，早该寿终正寝，不可能再开一万六千公里回上海，就算用集装箱海运回去，结局一样是报废。张海亲了风挡玻璃，既是吻别，也是永别，红与黑一生，终归画上句号，留了塞纳河畔，也算是善终。此地有老多旧书摊，他觅着一张古董明信片，一百年前风景，巴黎圣母院黑白照片。张海没还价，二十欧元买下来，答应给小荷的礼物。张海去乘地铁，赶回拉雪兹神甫公墓，傍晚要上飞机，陪了厂长回国。街头开始聒噪，像炸油墩子的油锅，一点点飞溅到面孔上，烫出一只只血泡。又像他做过黄牛的演唱会，几百人穿了黄马甲，举了各色旗子，五颜六色标语。他们从法国各地而来，从诺曼底，从普罗旺斯，从阿尔萨斯，从科西嘉岛。他们像从大仲马的书里来，有的像达达尼昂，有的像阿多斯，有的像波尔托斯，有的像阿拉米斯，不是我为人人，人人为我，而是个个怨恨，人人愤懑。黄马甲小青年，黑头盔警察，黄与黑的较量，一边是冰山，一边是洋流，撞出千山万雪。玻璃橱窗敲碎，模特衣裳剥光，红颜薄命。汽车烧起来了，路易威登烧起来了，唾沫星子烧起来了，荷尔蒙烧起来了，冬天北风都烧起来了，怒火冲天，烟雾腾腾，一天世界。中医讲法是阴虚火旺，急火攻心。催泪瓦斯飘出来，像一团魂灵头，气势汹汹，变化莫测，飘到张海眼睛里。他便开始悲伤，落满眼泪水，鼻涕水，不是泪腺在哭，真是心里在哭。枪声响起来，惊心动魄的三秒钟，有人奔起来，有人趴下去。只有张海，挺直后背，立在马路当中，莫知莫觉，无处可逃。他望了巴黎圣母院，望了哥特式尖顶，好像屋顶上的白雪，一点点烧成烈火。一枚橡皮子弹，旋转而出，闪闪发光，直角挺硬，绕了巴黎圣母院飞一圈，又绕卢浮宫飞一圈，最后贴了塞纳河飞，气流掀起一层层水波，终归飞回老地方，绕了莎士比亚书店飞一圈，绕树三匝，何枝可依，只觅着一个中国人，便瞄定他的太阳穴，验明正身，手起刀落。橡皮子弹钻进去，钻进脑子，钻进记忆，钻进悲欢离合。子弹钻啊钻，钻进魂灵头，钻进春申厂的小房间，钻进永动机图纸里。张海飞出去了，像一只沙袋，被人夯了一拳头，剪断了吊绳，掼倒在地。意识消失瞬间，有人拎走张海的包，护照，手机，皮夹子，所有证明身份之物没了。只留一样，便是巴黎圣母院明信片，插了外套袋袋里。血涌出张海的额角头，困在塞纳河边，巴黎圣母院对过，莎士比亚书店门口，乔伊斯，海明威，兜兜转转的地方，距离长眠不醒，只隔一张糖纸头。

三个月后，大梦方醒，回到此地，张海还是张海，巴黎圣母院已是一团火海，小荷的梦成真了。眼门前铺开一张铅画纸，画出小荷的面孔，莲子的面孔，还有我的面孔。大团眼泪水，像刚烧开的热水，扑簌出眼眶，升起嗞啦嗞啦蒸汽。张海一转身，看到个中国小姑娘，举了手机拍照。他说，能借我用下手机吗？小姑娘被他吓着，连连摇头，转身逃去。张海心急火燎，看到中国面孔就上去问，横解释，竖解释，人家就是不肯借，拿他当作骗子。终归寻着一个好心人，愿意借手机给他，开口"空你去哇"，原来是日本人，手机没装过微信，只好作罢。山重水复，张海碰着个法国小姑娘，她在上海蹲过两年，听得懂几句中文，便借了手机。张海登录微信，切换自己账号，好友里翻出小荷，当场拨了视频通话。

张海手指头在发抖，巴黎圣母院也在烈焰中发抖。换算时差，上海应是凌晨四点，小荷肯定困熟了。张海等了四十秒，好像四十年这样长远。每日早上，小荷六点半起床，开车去长兴岛，江南造船厂上班，夜里必要关机，免得被打扰。张海准备按掉，等到上海天亮再打。这时光，视频电话接通了，小荷还困了眠床，甘泉新村家里，莲子抱了妈妈，小手揉了眼睛，头发长得更密更黑。小荷困死懵懂，面孔浮肿，眼乌珠没神，望了巴黎的张海。张海失踪的日子里，小荷的手机没关过，半夜摆了床头，等候他的消息。莲子叫起来，爸爸，爸爸。小荷手机掼到地板，再捡起来，她的手在抖，屏幕天旋地转，张海看了头晕。小荷抱了女儿，娘俩哭哭笑笑，又在床上跳啊，翻跟头啊，席梦思床垫要跳穿。一万公里外，小荷看到巴黎圣母院在燃烧，似是梦中风景，莲子笑得更加开心，好像外国放焰火，爸爸给女儿的礼物，毕生勿忘。

六

巴黎圣母院烧掉次日，张海去了中国大使馆，补办护照要十五个工作日，他办了一张旅行证，加急两个工作日，代替护照回国。小荷问他，飞机还是火车？巴黎到莫斯科有国际列车，莫斯科再到北京，有中国铁路 K3 次。不过路上漫长，横穿欧洲，西伯利亚，绕过贝加尔湖，经过蒙古国，从北京再回上海，加上两趟换乘，至少一个礼拜。张海决定飞回来，好早点看到娘子跟小囡，哪怕他死了天上。小荷给张海买了飞机票，又转账两万欧元，付了张海住医院账单。回国这日，上海晴空万里，巴黎暴雨如注，像要浇灭巴黎圣母院最后的火头，黄马甲队伍也被冲得粉粉碎。张海先去拉雪兹神甫公墓，芳汀从中国旅游回来，还在焚尸炉前烧死人。浦小白抱了张海，没再乱叫爸爸。张海答应小姑娘，帮她拿爸爸再寻回来。张海到了戴高乐机场，没再错过，上了飞机，心脏怦怦乱跳，准备受罪十几个钟头。但他没再头晕，更没呕吐，还在飞机上困熟，耳水不平衡毛病，顷刻消逝，究竟是橡皮子弹打中脑子的功劳，还是他不再怕飞机了？啥人晓得。

　　张海回来的航班，小荷没告诉别人。她一个人开车子，跑到浦东国际机场，终归接到老公，验明正身，带回甘泉新村。莲子扒了阳台，在六楼狂喊爸爸，今年秋天，小姑娘就要读小学了。张海回到改装车店上班，好几部车子排队，等他回来修呢。我爸爸每日打电话给他，想去望望徒弟。张海说，师傅，你来看我，阿哥会不开心吧。我爸爸说，瞎三话四，骏骏也想望望你。张海说，师傅，你不是欢喜泡温泉吗，问问阿哥有空吧，他是忙大事体的人，三日两头飞来飞去，我不好意思打扰他。我爸爸一口答应，先打电话问我，我真是出去签售了，日程表扑扑满，一直排到五一长假。但是不巧，冉阿让跟"山口百惠"，已经买好机票，订好酒店，一道去新西兰旅游，顺便带上莲子，还有征越的混血儿子，这两个小囡，等于没血缘关系的兄妹。聚会只好往后推，过好五一长假，小荷被单位外派出差，一带一路任务，印度尼西亚造船厂技术改造。

　　5月尾巴，最后一个周末，保尔·柯察金从新疆回来，要跟小东见面。小荷从印尼出差归来，面孔晒出小麦色，终归聚齐。正是江南好风景，落花时节又逢君，我开了宝马X5，带了我爸爸，儿子菜包，老年痴呆的保尔·柯察金；张海开了绿牌子的上汽荣威，带了娘子小荷，女儿莲子，厂长"三浦友和"，加上阿妹海悠，小姑娘在上海不容易，张海娘拜托儿子多多照顾；征越开一部英国产的捷豹轿车，带了她爸爸冉阿让，后娘"山口百惠"，还有混血儿子，小名黄毛。三部车子，先在忘川楼会合，一道上高架，浩浩荡荡，到了松江，佘山脚下，温泉度假村。此地是冉阿让订的，一来佘山有天主教堂，远东第一圣殿，这两年他经常上山做弥撒；二来是征越的新媒体公司，帮这家度假村做过广告，她来可以打七折，开了七间客房。夜饭订了日本料理，吃三文鱼刺身，寿喜锅涮肉。小荷改回原来发型，大大方方，露出眉角疤痕，若有若无，只有我会细看。菜包跟黄毛，莲子，三个小囡，捧起三只iPad，联机打游戏"吃鸡"。

最后的春夜。天刚黑下来，一只雪球般的大猫，轻轻攀上屋顶头，猫眼放射幽幽绿光。度假村有园林，张海拎一只皮箱子，牵了我儿子去玩耍。我跟我爸爸，小荷跟莲子，一道跟了后头。沿了石灯笼小径，爬上小山坡，葳蕤翠盖之中，有只小巧亭子，名为"春申亭"，正对佘山，望到山顶天文台，还有教堂尖顶，烘出一片剪影。我爸爸递给张海一支中华。张海说，师傅，我戒烟了。我爸爸说，我戒了一辈子，都没成功，你哪能就戒了？张海说，一来呢，小荷要养二胎，封山育林比较好；二来呢，我在巴黎昏迷期间，等于自动戒烟几个月，最吃力的阶段过去了；三来呢，我亲眼看到巴黎圣母院烧掉，据说起火原因，便是一只香烟屁股，真是造孽。天尽头，亮起一根细细红线，夕阳余晖粲然，可惜被高楼黑影戳破，煞了风景。小亭子里有灯，就是蚊子蛮多，嗡嗡乱飞。小荷备了防蚊水，喷了两个小囡身上。张海打开箱子，竟是一只矿石收音机。我爸爸拍大腿，眼乌珠本身浑浊，重新放光，像夜里老猫。菜包凑来问，这是什么？我说，矿石收音机，爸爸小时候做的。菜包笑说，爸爸又骗我。我爸爸说，菜包，真是你爸爸做的，就在你现在的年纪。菜包说，这个怎么充电？我说，矿石收音机，不需要电源。菜包说，不用电？张海说，不信啊，试验给你看看。白月挂天，萤火幽幽，张海在亭子上升起天线。我爸爸说，小海，这只矿石收音机，你改过了吧。张海说，做了蛮多改良，可以收短波了。菜包问，什么是短波？张海说，无线电短波，发射到地球高空的电离层，折射以后能传几千公里，几万公里。菜包说，电离层就像一面镜子吧，我在抖音里看到过。我爸爸说，这你也懂啊，为啥读书不灵光。张海笑说，电离层跟太阳活动不断变化，所以短波不大稳定，像海浪打来打去。我爸爸问，小海啊，现在可以听短波吧，不是收听敌台吧。张海笑说，师傅，你放心吧。矿石收音机响了，菜包瞪起眼乌珠，抓牢我手臂膊，嘘。小荷也抓牢莲子。果然像海浪声音，一层层扑上来，沙沙沙下去，再扑上来，夹了亭子上风声。我调整可变电容，声音越发明晰，一个男人讲话，语速奇快，漱口水般颤音，好像舌头打结，背景音潮潮翻翻，不是电磁干扰，不是短波杂音，而是足球比赛转播，主播讲西班牙语，或者葡萄牙语，基本上是拉丁美洲，好像吃了兴奋剂，响一声"Gooool……"平地惊雷，连绵不绝，小荷是一吓，菜包跟莲子咯咯咯笑起来。可能是布宜诺斯艾利斯河床体育场，也可能里约热内卢马拉卡纳大球场，主播一歇歇是帕瓦罗蒂，又变成卡雷拉斯，最后是玛丽亚·卡拉斯。天上繁星点点，地球另一边的电波，中锋在黎明前死去，布宜诺斯艾利斯的激情，撞击六万米高空电离层，折射穿越太平洋，荡气回肠的旅行，降落佘山脚下，矿石收音机天线上。足球转播戛然而止，又一片海浪打来，颗粒声布满星空，响起一个男人声音："北京时间，1998年4月1号，夜里十点钟，听众朋友们，大家好，此地是上海人民广播电台，空中评弹节目，现在为你播出，苏州评弹开篇《宝玉夜探》。"我爸爸面色大变，小荷也抱了女儿，就差落荒而逃，张海拉了她说，不要吓。三弦如同流水，欲饮琵琶马上催，一个苏州男人，低吟浅唱："隆冬寒露结成冰，月色迷蒙欲断魂，一阵阵朔风透入骨，乌洞洞的大观园里冷清清，贾宝玉一路花街步，脚步轻移缓缓行，他是一盏灯一个人。"好像贾宝玉提了灯，蹀了步，上到亭子，寒塘渡鹤影，冷月葬花魂，教人听得魂灵出窍，回到故事开始的春夜。

月挂中天，蝙蝠出洞，受了电磁短波诱惑，上下蹁跹。收起矿石收音机，菜包牵了莲子的手，好像兄妹。回到温泉区，终归进入主题。女同志们，小荷，"山口百惠"，莲子，这是祖孙三代，还有征越，海悠，一道去泡女汤。男同志们，我，我爸爸，菜包，张海，厂长"三浦友和"，保尔·柯察金，冉阿让，他的外孙黄毛，一道去泡男汤。进了更衣室，赤了膊，变成白斩鸡，我摘了眼镜，摘掉儿子胸口琥珀，热水碰着琥珀，小蜜蜂要烫死。张海根根肋骨弹出，上海到巴黎之行，体重降了二十斤吗，但他还有力道，抱起丈人老头，放入热气腾腾的中药池，飘满胖大海，何首乌，板蓝根气味，嗅了销魂，号称能治百病，赛过李时珍。冉阿让看了眼红，他也泡进来，胸口挂一只金链条，十字架荡头，先知耶稣戴了荆冠，赤身裸体，摊开双臂，中药池里受难。厂长从巴黎回来，最尴尬是冉阿让，两人再没讲过话，现在一道泡了中药池里，言语倒是稠起来了，像越熬越浓的中药。厂长讲起在巴黎十年，从没泡过温泉，后来脚骨断掉，只好芳汀服侍他热水揩身。下礼拜，他就要回巴黎了，张海跟小荷的意思，就让厂长回去吧，芳汀一直在等老公，浦小白更加需要爸爸。冉阿让头梳清爽，不讲老早事体，只讲垃圾分类。我爸爸泡硫磺池，一股臭鸡蛋味道。我爸爸说，我们这点老头子，既没毒，又不好回收，更不能给猪吃，只好是干垃圾，最后出送西宝兴路，铁板新村。保尔·柯察金也在硫磺池里说，扫帚不到，灰尘照例不会自己跑掉，我们早晚要被扫到历史的垃圾堆里。他的身坯最胖，奶脯肉，腰头肉，屁股肉扑出来，池水逼出去不少，脱了一千度眼镜，等于瞎子。菜包跟黄毛，两个男小囡，一道泡了牛奶池，打水仗，漂纸船，比赛鸡鸡大，闹忙得不得了。我呢，一个人泡在按摩池，热水冲刷颈椎，肩膊，日日夜夜伏案写小说，打键盘，自然吃力。冉阿让爬出中药池，泡到我的按摩池，幽幽地说，要是神探亨特还活了，这只酒鬼，必要泡红酒池。

　　泡到一半，我跟张海立起来。此地有搓澡工，我们趴下来搓背。张海搓出一条又一条老垢，收集齐后，一字排开，他笑说，阿哥，你看啊，这一条是哈萨克斯坦，这一条是俄罗斯，这一条是芬兰，这一条是波兰，这一条是德国，最后这一条，才是法国。我笑笑说，现在你走过的路，已经比我远得多了。张海说，阿哥，我们多长时光没见过面了？我说，一年多吧，旧年春天到现在。张海说，不对，我觉着老多年了。他也扑了床板，闭了眼睛，哼哼唧唧，搓澡师傅力道蛮大。我说，有桩事体想告诉你。张海说，好。我说，我去过一趟江西，碰到你妈妈，她讲起你的爸爸，他不在意大利，他就在国内。张海顿了顿，又笑了笑，眼角细纹灿烂。张海说，我晓得。我惊说，啥？张海说，三年前，我爸爸到上海，专门来寻过我，就在莫干山路老房子，我完全不认得他了，我爸爸离开江西时光，我还在读小学，只记得他蛮年轻，现在头发秃了，肚皮大了，面孔全是褶子，没变的是福建口音，他跟我讲，他在海南十多年，结了婚，开过沙县小吃，现在退休不做了，住在海口养老。我说，他来寻你做啥？张海说，就是来看我，本身他还担心，父子重逢，我会骂他，但我对他蛮客气的，请他吃了顿饭，又带他到甘泉新村，让我爸爸抱了抱莲子，让小囡叫一声爷爷，然后，我送我爸爸到虹桥机场，让他回海南岛去了。我说，你还恨他吧。张海说，不恨，儿子不会恨自己爸爸的。

　　搓好背，张海又抱起厂长，放到大池子里。我陪了我爸爸、保尔·柯察金一道下去。菜包跟黄毛也跳进来，热水溅了我一面孔，被我骂一顿。六个大人，两个小鬼，统统泡了大池子里，水温稍微有点高，蒸汽模糊眼乌珠。我爸爸凑到张海旁边问，小海啊，我想起一桩事体，红与黑现在啥地方？张海说，我醒过来以后，又去塞纳河边寻过，再也寻不着了。冉阿让啧啧说，可惜啊。我说，我等了红与黑寻我托梦。菜包游过来问我，爸爸，红与黑是什么？我说，一部车子，在老远老远的地方。菜包趴了我的后背上问，爸爸，为啥人家要寻你托梦？我拿儿子抱到大腿上，看了我爸爸说，关于托梦的由来，恐怕跟我出生当天，发生的一桩大事体有关系。我爸爸说，你是讲春申厂地下，挖出一口青花瓷大瓮缸，因为这桩事体，我错过了你的出世，被你妈妈牵头皮一辈子。我说，前两日，我去上海博物馆，认得中国瓷器研究员，他讲确有其事，可惜青花瓷敲碎了，挖出来一男一女，已经变成白骨，纺织品碎片都没了。冉阿让说，这日我也在场，老毛师傅甩起榔头，敲碎了青花瓷大瓮缸，厂里所有人都看到了，一个小伙子，一个小姑娘，啥衣裳都没穿，光屁股，刚刚接触到空气，冬天风里一吹，马上变成白骨精。我说，上海博物馆分析过青花瓷碎片，釉面浓重青翠，犹如蓝宝石，还有铁锈斑痕，俗称"锡光"，大名叫"苏麻离青"钴料，产自阿拉伯，美索不达米亚，现在伊拉克共和国，萨马拉城，当地有座螺旋通天塔。张海说，原来是进口的原材料。我说，用过"苏麻离青"的青花瓷，只有三个时期，一是元朝末年，二是明朝洪武年间，三是永乐宣德年间，所以讲，你看到的这对男女，已在瓮缸里困了六百年。我爸爸说，年数蛮久了，老毛师傅真是辣手，这只青花瓷大瓮缸，要是没被敲碎，摆到今朝，最起码值一部车子吧。冉阿让说，岂止一部车子，值一套上海静安区的房子。菜包倒吸一口冷气，众人冒了热汗无声，只有冉阿让的外孙黄毛，还在热水里游泳。我说，上博的研究员告诉我，瓮缸里藏了老多香料，经检测是胡椒，肉桂，肉豆蔻，丁香，南洋群岛特产，估计是明朝永乐年间，郑和下西洋时代来的。菜包插嘴说，郑和下西洋，不得了。我说，郑和下西洋的出发地，长江口刘家港，便是今日太仓浏河。张海说，就在上海隔壁嘛，沪太路笔直下去就到。我说，元朝明朝，就有来料加工，国际订单生活，从阿拉伯进口"苏麻离青"原料，在景德镇烧制完成，按照伊斯兰艺术风格，一律植物花纹，绝不可有人或动物花样，再运到刘家港，跟随三宝太监船队，直挂云帆济沧海，去西洋万里，海上丝绸之路，卖到波斯湾，或者苏伊士，去阿拉伯，去波斯，去土耳其，今日在伊斯坦布尔，奥斯曼帝国故宫，收藏有全世界最漂亮的元青花瓷。保尔·柯察金也起劲说，我不禁要问，这只青花瓷大瓮缸，为啥没跟随郑和下西洋，而是埋了苏州河边呢。我泡了热水里说，苏州河古称吴淞江，永乐年间，户部尚书夏元吉，治理太湖流域，黄浦江成为大川，吴淞江反倒变成支流，奠定了上海兴盛的基石，永乐三年动工，永乐四年完工，永乐五年，郑和船队从刘家港起锚出发，春申厂所在地方，六百年前，极可能是吴淞江疏浚工地，距离刘家港不过数十里，绝非偶然。"三浦友和"说，当时光，我刚进春申厂，就碰着这桩大事体，老毛师傅夯起榔头，敲碎青花瓷大瓮缸，露出一对男女，赤身裸体，紧紧抱了一道，像新婚夫妻洞房，还好一阵风吹过，变成了白骨精。我说，瓮葬倒不稀